재현
에
도전하는
문학

식민지 조선의
모더니즘 문학과
재현의 위기

재현에 도전하는 문학

식민지 조선의 모더니즘 문학과 재현의 위기

초판인쇄 2022년 8월 25일 **초판발행** 2022년 9월 1일
지은이 크리스토퍼 P. 한스콤 **옮긴이** 오선민 **펴낸이** 박성모 **펴낸곳** 소명출판 **출판등록** 제1998-000017호
주소 06641 서울시 서초구 사임당로14길 15 서광빌딩 2층
전화 02-585-7840 **팩스** 02-585-7848
전자우편 somyungbooks@daum.net **홈페이지** www.somyong.co.kr

값 30,000원 ⓒ 오선민, 2022
ISBN 979-11-5905-710-6 93800

재현에 도전하는 문학

식민지 조선의
모더니즘 문학과
재현의 위기

크리스토퍼 P. 한스콤 지음
오선민 옮김

THE REAL MODERN
LITERARY MODERNISM AND THE CRISIS OF REPRESENTATION IN COLONIAL KOREA

역자노트

본문의 모든 인용은 영문판에서 번역하고 한국어판을 따로 참고했습니다.

한국어판 서문

『재현에 도전하는 문학』원제는 *The Real Modern*은 무엇을 말할 수 있는지를 결정하는 경계가 공동체의 한계 안에서 도전받는 순간에 대해 논하고 있습니다. 제가 전제의 기본으로 삼는 바는 그 경계가 식민권력의 현실주의적 논리에 따라 결정된다는 점입니다. 그러한 논리에 의해 언어는 실재를 식별하고 글이나 말로써 사실을 투명하게 전달할 수 있는 것이 되어 결과적으로 언어가 곧 실재 사물과 일치하고 맙니다. 예를 들면 제국주의 담론은 언어를 식민지의 인구를 식별하고 묘사하기 위한 도구로 사용했습니다. 이 책은 모더니즘을 바로 이 같은 논리에 도전하는 것으로서, 지배적인 제국주의 담론에 도전하는 하나의 해석방식으로서 보고 있습니다. 1930년대 한국의 모더니즘 문학은 이러한 재현적 관계를 검토함으로써 언어가 현실을 간단히 반영할 수는 없음을, 단어가 곧 지시 대상물이 될 수는 없음을 주장했습니다. 『재현에 도전하는 문학』은 말할 수 있는 것의 경계가 도전받는 순간이야말로 예술의 정치와 문학사의 관계를 해명할 수 있는 기회라는 점을 강조하려고 합니다.

여기에서 저는 두 가지의 가설을 제시해보고 싶습니다. 첫째, 언어는 사물 때문이 아니라 언어 자체의 성격 때문에 현실로부터 영구적으로 분리될 수밖에 없습니다. 둘째, 바로 그렇기에 언어는 현실에 개입할 수 있습니다. 이런 관점을 견지했기 때문에 연구를 완성해가는 동안 줄곧 책의 제목을 '다소 실재적인More or Less Real'으로 삼고 있었습니다. 이 '다소'에는 두 가지 의미가 있습니다. 우선 그것은 단어와 그것을 통해 지어지거나 설명되는 것 사이에는 항상 대략적인 적합성만 있다는 것을 뜻합니다. 일반화시켜 말해보자면 언어는 '실재'가 아니며 항상 실재를 대체하는 무엇이지요. 밀러J. Hillis Miller는 가상의 문학 세계에서 "언어의 정상적인 지시성은 중단된다"고 말했습니다.[1] 이런 의미에서 보면 문학은 실재를 "다소/거의/어느 정도" 포착할 수 있기는 하지만 그때 언어와 실재의 관계는 역사학에서 요구하는 글쓰기와 실재의 일치 같은 것은 아닙니다. 언어를 통해 현실을 구성할 때 그 언어가 나타내는 현실은 언어보다 "더 많거나 적지 않다"고밖에 할 수 없지요. 언어는 "현실 이상도 이하도 아니다"라고도 할 수 있습니다. 이 책은 현실이 오로지 단어로만 구성된다고 힘주어 주장하고 있지 않습니다. 오히려 담론이 현실에 강력한 영향을 미칠 수 있는 만큼 현실도 담론에 상당한 영향을 미친다라는 점을 강조하려고 합니다.

이 책을 위한 학술토론회에서 저의 한 동료가 'More or Less Real'은 너무 노골적이니 보다 중층적인 뉘앙스를 주는 The Real Modern으로 제목을 하는 것이 어떻겠냐는 제안을 주었습니다. 이 책의 원제는 감사하게도 그런 의견 덕분에 탄생했습니다. 우리는 이 제목을 두 가지 의미로 이해해볼 수 있습니다. 한편으로 이 제목은 언어가 그것이 의미하는 바와 다른 것을 말한다는 뜻을 암시하면서 하나의 아이러니를 일으킵니다. 이 책은 마치 그런 일이 가능한 듯한 어떤 "실재적 근대"아니면"근대의 실재"를 발견하는 것을 목표로 하지 않습니다. 이 책은 문학 언어라는 것을 사회적 또는 정치적 현실을 검증하는 도구로 보는 리얼리즘의 요구를 수용하는 텍

---

1   J.Hillis Miller, *On Literature*, London and New York : Routledge, 2002, p.20.

스트에는 큰 주의를 두지 않습니다.

다른 한편으로 이 제목은 아이러니와는 관계가 없는 간단한 진술로도 이해할 수 있습니다. 이 책은 식민지 시대 한국 모더니즘 소설이란 의사소통 능력에 대한 믿음을 상실한 시대적 "표현의 위기"에 대한 하나의 반응이었음을 발견하고 있기 때문입니다. 모더니스트들은 리얼리즘의 명령을 거부하면서, 역설적으로 식민지 시대라고 하는 근대적 맥락 안에서 언어에 가해진 실질적인 제한들에 주의를 환기시켰습니다. 모더니스트들은 언어의 오류성을 근대의 특징으로 지적함으로써 특정한 발언에 내재된 명료성이해가능함에 도전했던 것이지요.

이 제목의 의미를 한국어로 번역하는 것은 단순한 문제가 아니었습니다. 『재현에 도전하는 문학』은 원래의 제목이 품고 있던 아이러니를 잃게 합니다. 하지만 그 본래의 강조점은 확장해 줍니다. 이 제목은 모더니스트들이 "재현再現"을 그들 글쓰기의 이유그들에게 자극이자 목적로서는 거부했지만 형식의 기법으로서는 받아들임으로써 재현의 또 다른 출현을 강력하게 암시했음을 드러냅니다. 오랫동안 모더니즘적 문학 실천은 비정치적이고 협력적인 장르로서 받아들여졌기 때문에 "재현"을 모더니즘과 연결시키는 것은 꼭 필요하면서도 대단히 어려운 일이 됩니다. 그리고 모더니즘이 "도전"한다는 말은 모더니즘과 리얼리즘 사이의 경계를 더욱 강하게 환기시키는 것처럼 보이기도 합니다. 하지만 이 단어에는 "도발"과 "모험"이라는 뜻이 있지요. 때문에 "도전"을 통해 1930년대 한국 모더니즘 프로젝트의 도발적이고도 모험적인 느낌을 딱 맞게 포착할 수 있습니다.

"재현에 도전하는 것"의 의미는 세 가지 방식에서 말씀드릴 수 있겠습니다. 그것은 맹위를 떨치고 있는 장르 분류에 의문을 던지고, 비서구 리얼리즘이라는 것에 저항하고, 오늘날의 문학과 정치성에 대한 관심을 촉구하는 것입니다.

첫째, 『재현에 도전하는 문학』은 지금까지 상속되고 있는 장르 분류에 도전하는 것을 목표로 합니다. 리얼리즘과 모더니즘은 식민지 시대에 등장한 장르였지만 이 구분은 20세기 한국 문학사의 중심적 조직 원리가 되어 왔습니다. 그러나 이 책의 목적은 리얼리즘적 문학 실천보다 모더니즘지역적이든 글로벌적이든을 높이거나 모더니즘 범주를 통해 한국 근대 문학의 전체 역사를 설명하는 것이 아닙니다. 장르의 구분을 결정짓는 것은 문학-역사적 관습에 따른 결정이고 하나의 독서 방식입니다. 우리는 이러한 결정과 독서 방식을 문학사의 역사-리얼리즘적 또는 의사소통적 모델이라고 합니다. 이 책은 세계를 포착할 수 있는 언어적 타당성이 부인되고 그러한 부인이 식민지적 맥락과 함께 만들어낸 진공 속에서, 모더니즘이 어떻게 실재를 표현하려고 했는지를 알아보고자 그 문학 언어가 역사-정치와 교차하는 부분에 대해 조사했습니다. 모더니즘 텍스트의 정치성은 정확하게 의사소통 모델의 다큐멘터리적 허식을 비판하고 그것에 개입할 수 있는 다른 방식의 담론을 만드는 것을 목표로 했다고 할 수 있습니다. 저는 이와 같은 방식으로 비교 식민지 연구의 길을 열어보려고 했습니다.

둘째, 모더니즘 작가와 비평가들이 말한 "실재"라는 것을 통해 생각하는 일은 문학 텍스트 수용을 과도하게 결정짓는 특정한 장르 분류와 이런 텍스트를 읽고 해석하는 데 쓰이는 연구 방법론을 다시 생각해보게 합니다. 특별히 이 점은 책이 처음 출판된 북미에서의 소위 비서구 문학에 대한 연구와 관련이 있습니다. 여기에서 이 책이 도전하려는 재현은 비서구에서 진행되는 지역학 연구가 종종 비서구 텍스트를 일종의 증거 가치를 갖는 무엇으로 이해한다는 점을 지적하는 표현입니다. 이러한 이해의 관점에서 비서구의 문학 텍스트는 어떤 구체적 실재를 지시하는 한에서 문서의 지위를 받고, 독자에게 비서구의 "실재"나 "정치적" 맥락에 관한 무엇을 알려주는 정도에 따라 가치 평가를 받습니다. 여기서도 역사-리얼리즘적 또는 의사소통적 모델은 완전히 작동하는데, 텍스트가 실제 사건에 들어맞고 민족적 맥락의 "실재"를 독자에게 전달해준다고 주장하는 것이 되기 때문입니다. 이는 제국주의적 인식론이 언어를 민족이나 인종 정체성과 일치한다고 보는 것과 같은 방식이라고 할 수 있습니다. 따라서 리얼리즘과 모더니즘을 분류적으로 구별하는 것에 대한 비판은 지역학 연구의 방법론이 언어를 세계의 다른 지역들을 연구대상으로 '읽을 수 있게' 만들고 그 이해를 돕는 수단으로 바라보는 것을, 그 지역의 사회적 정치적 상황을 표현하는 것으로서 요구하는 경향을 반대하게 합니다. 언어가 실재와 일치하고 그러면서도 우리에게 실재를 투명하게 전달한다는 생각은 문학사 안에서 작품을 분류하는 원칙으로서뿐만 아니라 그 결과로도 작동합니다.

셋째, 『재현에 도전하는 문학』은 한국 문학사의 이른 시기를 연구하고 있지만 문학의 정치가 전면화될 때 나타나는 복잡한 문제는 식민지 시대에만 있는 것이 아닙니다. 이중구속동일성을 구축하게하는 불가능한 요구, 아이러니그 의미와는 다른 말을 하는 언어의 사용, 또는 발화의 육화국가문학 프로젝트를 뒷받침하는 말과글의 일치를 다시 분리하는 것는 전 세계적의 모더니즘에 공통적으로 발견됩니다. 모더니즘/리얼리즘 논쟁이 한국 문학사에서 반복해서 진행되어 왔기 때문에 이 책에서 다시 언급하는 것이 불필요해 보일 수도 있습니다. 그러나 식민지 상황에서 만들어졌던 문학 미학과 정치의 교차점으로 되돌아가 장르 분류를 둘러싸고 나타났던 여러 실천을 검토하게 되면 지금 우리가 언어와 재현을 둘러싸고 부딪치고 있는 여러 문제들이 어떤 과정을 거쳐 발생한 것인지를 이해할 수 있습니다. 『재현에 도전하는 문학』은 문학이 식민지 시대부터 현재에 이르기까지 다양하고도 급진적인 방식으로 규범적 담론의 한계를 드러내왔음을 주장합니다.

제4장의 일부분은 「김유정의 「병상의 생각」과 경험주의 담론 비판」이라는 제목으로 *The Journal of Korean Studies* 14.1Fall 2009 35~60쪽에 발표되었던 것입니다. 제3장에서 발췌된 「모더니즘, 히스테리 그리고 식민지 이중구속 ―박태원의 『소설가 구보씨의 일일』」은 잡지 *Positions : asia critique* 21.3Summer 2013에 실린 바 있고 듀크대학교 출판부의 허락을 받아 재간행되었습니다. 제1장의 구절들과 결론은 「차이도―한국문학 연구에서 초국가적 전환을 다시 생각함」이라는 제목으로 *PMLA* 126.3May 2011 651~657쪽에 발표되었고 Modern Language Association의 허락 아래 재간행되었습니다. 글들을 다시 펴낼 수 있도록 허락해주신 이들 잡지에 깊은 감사를 드립니다.

차례

예술을 촉발하는 경험의 기본적 차원은 흠칫 물러서게 하는 객관적 세계에 대한 경험과 관련되어 있다. 현실에 대한 풀리지 않은 적대는 형식이라는 갖가지 내재적 문제로서 예술 작품에 되돌아온다. 이것은 각종 객관적 요소가 예술 안에 삽입된다는 뜻이 아니다. 이로써 사회에 대한 예술의 관계가 규정된다는 의미이다. 테오도르 아도르노, 『미학 이론』 5

식민지 조선에서 모더니즘의 실천과 글쓰기 풍경

모더니즘을 이끈 작가 박태원1909~86은 1933년에 「피로─어느 반일의 기록」이라는 제목의 단편소설을 발표했다.[1] 이야기는 이보다 더 유명한 박태원의 1934년 작품 『소설가 구보씨의 일일』의 전조로도 읽을 수 있는데 글이 잘 써지지 않는 작가가 한숨을 돌리기 위해 경성의 여기저기

---

1 【역주】저자는 경성을 '서울'로 쓰고 있지만, 식민지의 시대적 상황을 더 잘 드러내기 위해 이 책에서는 '경성'으로 계속 표기한다.

를 돌아다니면서 하는 생각과 행동을 그린다. 「피로」에는 모더니즘 소설을 읽어본 독자라면 익숙하기 마련인 여러 특징이 나온다. 이 소설의 1인칭 시점은 심신이 허약하고(서사 안에서는 고질병이라고 강조된다) 누가 봐도 불성실해 보이는 인물을 통해 구성되고 있다. 화자이기도 한 이 주인공은 식민지 수도 경성[1]의 도시 공간을 별다른 목적 없이 어슬렁거리면서,[2] 우유부단한 성격 탓도 있고 목적지나 목표를 설정하지 않는 습관 때문이기도 하여 가끔씩 어디로도 향하지를 못한 채 가끔씩 가만히 서 있다. 형식적으로는 의식의 흐름 기법, 상투어나 광고가 텍스트에 직접 삽입되는 식으로 기교를 낸 장치, 주인공이 작품의 처음과 끝에 같은 까페 같은 자리에 앉아 있는 식의 순환 구조가 사용되고 있다. 주제적 측면에서는 마치 사소설인 듯 주인공이 스스로를 드러내면서 일인칭 "고백체" 글쓰기에서 쓰이는 여러 관습이 활용되면서 전체적으로 자기 반영적 글쓰기 행위가 다루어진다. 박태원 작품의 특징이랄 수 있는 심층적 주제들도 나온다. 화자가 자신이 어떤 사람인지를 규정하거나 밝히기를 망설인다든가, 좌절된 욕망을 자꾸 떠올린다든가, 소통의 어려움이나 불가능성을 인식한다든가 하는 일이 작품 구석구석에 스며들어 있다. 주인공은 시종일관 홀로, 또한 조용히 존재한다.

박태원은 1950년에 한국 전쟁 발발과 함께 월북했고 북한에서 오랫동안 최고로 성공적인 경력을 펼쳤다. 그럼에도 불구하고(남한에서는 1980년대 후반까지 그의 소설이 금서였다) 그는 통상적으로 모더니즘 작가로 간주된다. 이것은 박태원이 특별히 언어를 실험적으로 사용했고 글쓰기의 기교나 문체에 면밀한 주의를 기울였던 점과 관련이 있다. 박태원의 작품은 1930년대 초반 무렵에 일본 식민 권력이 좌익 작가들을 엄중히 탄압한 이후, 다시 말하면 사회 "참여"적 사실주의 문학이 쇠퇴한 뒤에 나타난 사회 "윤리"적 문학들(심리 소설, 고백체 소품, 여행기, 취미론, 그리고 내용을 초월한 특권적 문체나 정치를 초월한 미학을 표출했던 특별한 소설) 중 하나로서 새로운 문학 흐름을 대표하는 것처럼 보였던 것이다.

이 책의 목표 중 하나는 이런 식으로 규범을 갖추게 된 문학사의 서술과 그 역사성을 문제삼는 것이다. 이 역사성 안에서는 여러 문학 형식의 흥망성쇠가 현실 세계의 다양한 사건과 딱 맞아떨어지고, 작품은 그 내용이 현실을 반영하는 정도에 따라 판단된다. 나는 「피로」의 핵심 대목에서 상당히 정교하게 묘사되고 있는 창문의 출현을 출발점으로 삼고 싶다. 창문은 몇 가지 주요 주제와 갖가지 기교, 식민지의 모더니즘 비평과 소설에서 흔히 발견되는 여러 논점을 응축하고 있다. 「피로」는 다음과 같은 묘사로 시작한다.

그 창은—6尺×1尺 5寸 5分의 그 창은 동쪽을 향하여 뚫려 있었다. 그 창 밑에 바특이 붙여 쳐놓은 등탁자 위에서 쓰고 있던 소설에 지치면, 나는 곧잘 고개를 들어, 내 머리보다 조금 높은 그 창을 쳐다보았다. 그 창으로는 길 건너편에 서 있는 해멀슥한 이층 양옥과, 그 집 이층의 창과 창 사이에 걸려 있는 광고등이 보인다. 그 광고등에는,

〈醫療器械 義手足〉

이러한 글자가 쓰여 있었다…….

그러나 그 창으로 보이는 것은 언제든 그 살풍경한 광고등만으로 그치는 것은 아니다. 나는 오늘 그 창으로 안을 엿보는 어린아이의 새까만 두 눈을 보았

던 것이다.

그러나 물론 열 살이나 그밖에 안 된 어린아이들은, 바깥 보도 위에 그대로 서 있는 채, 그 창으로 안을 엿볼 수 있도록 키 클 수 없다. 아마 지나는 길에 창틈으로 새어나오는 축음기 소리라도 들었던 게지…….

발돋움을 하고 창틀에가 매어달려 안을 엿보는 어린아이의, 그렇게도 호기심 가득한 두 눈을 보았을 때, 나는 스티븐슨의 동요 속의, 버찌 나무에 올라, 먼 나라 아지 못하는 나라를 동경하는 소년을 기억 속에서 찾아내었다.

그러나 대체 우리 어린이는 그 창으로 무엇을 보았을까? …… 나는 창으로 향하고 있는 나의 고개를 돌려 그 어린이가 창 밖에서 엿볼 수 있는 온갖 것을 내 자신 바라보았다…….[3]

즉시 몇몇 사소한 부분이 독자의 주의를 사로잡는다. 아주 정확하게 창문의 크기를 잰다든가, 의료 장비 광고를 텍스트에 직접 삽입한다든가, 거의 글 전체를 관통하는 숨막히는 자기 응시 감각이 맨 처음부터 나온다든가 하는 식으로 말이다. 또한 이 도입부는 박태원 소설의 특징이기도 한 방식으로 작품 나머지 부분을 규정하는 틀거리를 제공하는데, 이 서사는 모더니즘 작품에서 잘 쓰이곤 하는 내향적 전환에 의해 인도되면서 주인공의 의식에 있는 외적 현실의 자취를 기록한다. 화자이자 주인공은 말 그대로 자기 머리를 까페 내부로 돌려 창문을 엿보는 아이의 시점에서 그 자신과 그의 환경을 바라봄으로써 이 전략을 수행한다. 이때 "나"는 아이의, 그런 다음에는 자기 시선의 대상이 된다.

이미 카페의 창문이 제공하는 협소한 시야에 한정되어 있던 화자의 시점은 이제 타인의 시선과 뒤섞이거나 그것에 포개진다. 창문으로 내향된 시선은 「피로」의 다른 측면 즉, 이 작품이 1930년대 식민지 조선의 글쓰기 풍경에 관해 어떤 관점을 갖고 있는지에 대해서도 알려준다. 박태원이 잘 쓰는 순환 형식 때문인데 이 작품은 작가이기도 한 주인공이 까페에 혼자 앉아 담배를 피우고 축음기를 들으면서도(주인공이 가장 좋아하는 노래는 엔리코 카루소가 부른 '엘레지'다) 자신의 원고는 진척시키지 못하는 것을 우리에게 보여줌으로써 글쓰기 자체를 자기반영적으로 주제 삼는다. 주인공이 경성을 휘 둘러본 뒤에 다시 까페로 되돌아오는 것, 짐작컨대 우리 앞에 "어느 반일의 기록"이라는 단편소설의 형태로 나타나는 바로 이 글쓰기로 되돌아오는 것이 「피로」의 결말이다. 그래서 어떻게 보면 여기에 나타난 서사 행위는 전적으로 텍스트 자체를 생산하는 과정이 되고, 작품을 읽는 체험은 "글쓰기 체험과 오롯한 유비"를 이루게 된다.[4]

게다가 박태원의 화자가 까페 저 너머에서 들려오는 경성 문단의 몇몇 젊은이들 대화를 다시 읊을 때에는 당시 문단의 한 풍경도 들여다볼 수 있다. 특히 화자가 안경을 쓰고 있지도 않기 때문에(대체로 모더니즘 소설의 화자는 신뢰할 수가 없다) 과연 누가 말하는지를 볼 수 없다. 하지만 이광수1892~1950라든가 좌익 작가 이기영1895~1984 같은 유명한 작가들에 관한 그들의 의견이나 염상섭의 최근 작품 혹은 조선 문학계의 침체에 대한 서로의 통탄 같은 것은 분명하게 들을 수 있다.

이런 방식으로 창문은 서사에 대한 서사를 만들면서 문자 그대로 작품을 틀 짓는다. 다시 말해 창문은 정확하고 실증적으로 서술해야 할 대상인 동시에 또한 구체적인 의미에서의 글쓰기(특정한 서사의 생산물로서)와 일반적 의미에서의 글쓰기(1930년대 식민지 경성의 문학적 풍경으로서)를 드러내 보인다. 주인공이 사는 세계 위에 놓여 있건, 화자의 마음 안에 있건, 창문이라는 개념은 화자가 로버트 스티븐슨Robert Stevenson, 1850~1894의 시를 식민지 조선에서의 글쓰기 행위와 글쓰기 풍경, 그리고 서양의 시선 사이에 놓인 함축적 관계와 함께 언급함으로써 더욱 복잡해진다. 스티븐슨의 시 첫번째 연은 이렇게 노래한다.

체리나무를 올려다보았다
어리지만 나 아니면 누가 오를 수 있을까?
나는 양손으로 나무의 몸통을 붙들었다
그리고 저 멀리 이국을 바라다보았다

어린 화자는 우선 옆에 붙어 있는 문을 보고, 다음에는 강 너머를, 아래의 "흙먼지 길"을, 그리고 나서는 저 어딘가를 발견하기를 기원한다.

높디높은 나무
멀리 더 멀리 나는 내다보아야 하리,
물살이 커지면서 흘러가는 강물을 향해
배들 사이로 출렁대는 바다 속으로,

사방으로 펼쳐진 길들 쪽으로
요정의 나라를 향해 나아가야 하리.[5]

스티븐슨은 낯설고 이국적인 것 언급하기를 좋아했다. 이 작품이 수록된 시집의 몇몇 다른 시에는 외국인에 대해서도 말한다. 거기에서 "여행"

은 "이국"에 대한 감상으로 나타낸다. 화자는 "동방의 여러 도시"나 "앵무새 섬"이라는 해외를 탐험하고 싶어하는 반면 "이국의 아이"는 "터키 아저씨 아니, 일본 아저씨 / 오! 당신은 나처럼 되고 싶지는 않나요?"라고 물으면서 "당신은 아마 자주, 여기저기를 허적허적 돌아 다녔겠죠 / 떠날 수 없다는 것에 지쳐가면서 말이예요"[6]라는 명백히 백인중심주의적 말을 던진다. 「피로」는 문학적 프레임인 하나의 창문에서 시작하는데 스티븐슨의 화자와 닮은 한 소년이 창을 들여다보면서 이국을 찾는다. 하지만 박태원의 아이는 겨우 창밖을 내다보는 나이 많은 한 사나이, 오히려 그 자신이 여행하고 싶어 하고 탈출하기를 꿈꾸는 어떤 작가를 발견할 뿐이다. 일종의 관찰적 순환성이 도입부에서 구축된다고 할 수 있다. 그런데 화자의 시선과 소년의 시선이 둘 다 어떤 "이국을 향한 열망"이라고 할 수 있는 데에서 만나기는 해도 이것은 단지 유리를 통해 비친 어떤 시선을 발견하는 것에 불과하다. 박태원의 인물들이 "먼 나라에 나가지 못함에 지쳐" 도시를 "터덜터덜 돌아다닐" 때에 스티븐슨 식의 감상이 메아리 치면서 울려퍼지기 때문이다. 여기에서 하나의 독해가 가능해진다. 소년이 지닌 이중화된 시선 아래에서 화자 자신은 "외국 아이"가 되고, 박태원의 소설은 고현학Modernologie이라는 유사 종족지의 기법 안에서 피식민자의 좌절된 욕망을 스스로 이야기하는 작품이 된다.[7]

　이야기는 화자가 다시 카페로 돌아오면서 끝나는데 이때 창문의 커튼이 바깥의 풍경과 의족기 광고의 살풍경한 불빛을 가리면서 둘러쳐진다. "이곳 주인이 나를 위하여 걸어준 엔리코 카루소의 엘레지가 이 안의 고요한, 너무나 고요한 공기를 가만히 흔들어 놓았다. 나는 세 개째의 담배를 태우면서, 대체 나의 미완성한 작품은 언제나 탈고하나?……하고 생각하였다. 아마 열한 점도 넘었을 게다. 이 한날도 이제 한 시간이 못 되어 종국을 맺을 게다. 나는 선하품을 하면서 나의 이제까지 걸어온 길을 되풀어 더듬어 보았다."[8]

이야기를 여는 차원으로서의 창문은 문자 그대로 주체(화자, 화자가 응시하는 격자, 서사 자체를 생산하는 응시)와 객체(작품 속에 나오는 거리, 소년, 식민지 경성)에 테를 두르는 틀거리를 제공할 뿐만 아니라, 작품 맨 처음과 제일 끝에 똑같이 커튼이 드리워진 모습으로 나옴으로써 서사 자체를 만들어내는 틀을 제시한다. 여기에서 독자는 이 소년의 자리를 차지하게 되는데 지금 커튼이 드리워져 있는 창문을 통해서가 아니라 지면 자체의 창을 통해 화자를 들여다보게 됨으로써 화자와 주인공, 작가가 너무나도 확실하게 겹치는 설정(우리가 나중에 구보씨의 사례에서 본격적으로 검토하게 되는 어떤 장치이기도 한)을 통해 읽기가 이루어진다.

그래서 「피로」를 모더니즘 소설의 전형이라고도 할 수 있다. 자기-지시성, 글쓰기라는 주제, 산책, 신뢰할 수 없는 화자, 근대 풍경(축음기, 카페, 빌딩이 늘어서 있는 여러 갈래의 도로, 사람들로 북적거리는 식민지 수도의 거리거리), 밖에서 발견할 수 있는 대상을 텍스트 안으로 들여오는 창의적 삽입 방식, 의식의 흐름 기법, 그리고 작가의 목소리와 화자의 목소리를 능수능란하게 포개는 오버랩 수법을 갖고 있다는 의미에서 말이다. 그런데 이와 동시에 우리는 정교하게 다듬어져 있는 「피로」의 구조 안에서 여러 사물이 확산되어 나아감을 놓칠 수 없다. 축음기, 고객들, 카페 안의 레몬티에서부터 수많은 빌딩, 여러 거리, 몰려드는 산책자, 전차 승객들, 여기에 더해 주인공이 식민지 수도를 산책하면서 스치게 되는 일반적인 도회의 풍경까지 말이다. 작품 맨 첫 줄에서부터 창문 크기가 아주 정확하게 그려지는 것을 통해서도 짐작할 수 있듯이 「피로」의 세세한 부분들은 피터 브룩스가 "리얼리즘의 시선"이라고 했던 바로 그런 사실주의적 묘사 양식을 구축한다. 피터 브룩스에 따르면 리얼리즘의 시선이 모더니즘의 시선과 구별되는 점은 "무엇보다 현상계에 적용하는 의식의 선택성에, 그것이 세계의 대상을 다룰 때에 의식 안에 확고한 시점을 수립"한다는 데에 있다.[9] 강은숙은 여기에 동의하면서 다음과 같이 언급한다. "「피로」의 핵심에 있는 것은 외적 현실이라는 객관 세계의 재생산이 아니라 일상 세계를 [주체적]으로 경험하는 주체 내적 의식의 변용이다."[10]

박태원이 1934년에 발표한 평론 「표현, 묘사, 기교」는 리얼리즘을 향한 이와 같은 열정이 "의식 안의 확고함"인 동시에 현실계에 대한 지적임을 그 핵심 내용으로서 밝히고 있다. 이 책의 제2장에서 살펴보게 될 테지만 박태원의 이 평론에서 지시 대상에 대한 언어의 불충분성을 강조하는 예들은 현실을 육화하려는 언어를 만들려는 의지를 통해 그 불충분성을 극복하려 애씀으로써 균형을 잡는다. 박태원은 텍스트의 육체적 외양이나 텍스트를 낭독할 때 나오는 발음이 내용과 함께 작품의 의미에 영향을 주거나 그 의미를 이끌기도 한다고 설명하면서 작품에 실제적 효과를 재생산하기 위해서는 "그럼직한" 언어를 만드는 기교가 있어야 한다고 주장한다. 이러한 기교들은 다양한 의미로 미끄러질 수 있는 언어의 잠재성에 대한 불안을 드러내면서 특정한(의도한) 의미에 언어를 맞추게끔 발화를 육화하는 방식을 선택한다. 그런 까닭에 박태원의 스타일과 형식은 모더니즘의 표준적 정의를 결정하게 만들고 문학사에서 그를 비정치적 반리얼리스트이자 '순수' 문학의 실천자라고 규정하게 하지만, 우리는 이것들을 근대에 대한 체험과 식민지 검열의 규제 안에서 가능했던 거의 초현실적인 미학 실천의 토대로 새롭게 고려해볼 수가 있다.

이렇게 박태원 소설의 한 장면을 간단히 훑어보았을 뿐인데도 한국 문학사가 식민지 소설을 다루는 규범적 서술방식과 해석 방법 둘 다를 문제 삼을 수가 있다. 이런 해석 방법은 한국 근대소설에 대한 이해와 평가를 구조화시키면서 그 체계 안에서 각각의 장르를 위계적으로 배치한 다음 그 안에서 모더니즘을 분석하고 그 위치를 지정한다. 바로 이어지는 장에서 나는 식민지 후반 문단에서 발견되는 두 개의 경향을 다룰 것이다. 하나는 경험주의 언어 혹은 리얼리즘 언어에 대한 비판이며, 다른 하나는 자명한 지시성을 갖고 있었던 언어의 위상이 추락하는 것을 이해하려는 일련의 시도들이다. 이 시도들은 1930년대 중반 식민지 조선의 모더니즘 작가들에게 사유와 실천의 장을 열어 주었는데 문학사에서는 보통 '모더니즘'이라는 표제로 묶인다. 이 책에서 살피려는 세 작가는 자신의 비평문에서 '언어가 그 대상과(즉 그 현실과) 들어맞을 수 없을 때 어떻게 하면 의미 있는 문학을 창작할 수 있을까?'라는 질문을 던졌다. 나는 다음 장에서 박태원의 「표현, 묘사, 기교」, 제4장에서는 김유정의 「병상의 생각」[1937], 제6장에서는 이태준의 『문장강화』[1939]를 읽으면서 이 문제에 초점을 맞출 것이다.

세 편의 비평문은 '세계 안에서 그 자신의 지시 대상과 조응한다'는 언어 능력에 회의를 보이는 동시에 이 근본적 결함을 극복하려는 대책도 제시했다. 나는 세 작가의 비평문을 그들의 소설과 함께 읽으면서 1930년대 조선의 모더니즘이 순수하고 비지시적인 언어적 쾌락을 추구하기 위해서가 아니라 재현의 위기를 극복하기 위해 현실보다 더한 현실(더 좋은 표현이 없기 때문에)을 나타내고자 분투했음을 설명하려 한다.[11] 근대성과 식민주의, 모더니즘은 지시성의 몰락이라는 국면에서 서로 관련을 맺으면서 만났다. 이 지점이야말로 식민지 소설을 생산적으로 다시 읽게 해주는 국면이다. 이 책의 분석을 통해 주류 문학 비평이 식민지 작가에게 주었던 두 개의 선택지가정치적인 것과 예술적인 것 똑같이 식민지적 상황으로부터 만들어진 잘못된 두 길이었으며 이런 식의 선택은 비서양 문학에 대한 유럽중심적 접근의 한계라는 점이 드러날 것이다. 이 독법은 우리로 하여금 형식의 문제로 되돌아온 "현실에 대한 적대"를 발견하게 하고, 모더니즘을 현실 표현의 한계에 주의를 기울이는 하나의 문학적 자의식으로서 보도록 할 것이다. 그런 까닭에 본고의 대부분은 언어와 그 현실, 구체적으로 말해 근대와 식민지적 맥락 사이의 관계를 다루게 된다.

한국문학사에서의 구인회, 모더니즘, 식민담론

이 책은 다음과 같은 질문을 시작으로 식민지 조선의 모더니즘 문학을 다룬다. 어떻게 전례가 없을 정도로 다양한 문학 작품과 문학 비평이 한국 근대사에서 가장 힘겨웠던 시기 중의 하나인, 소위 제국주의화라고 하는 1930년대 일본 식민 통치하에서 창작될 수 있었던 것일까? 비평가 김민정은 "식민지 시대에 가장 높은 문학적 성취를 보여준다고 할 수 있는 작품 대다수가 1930년대에 창작되었다는 것은 과장이 아니다"[12]라고 쓰는데, 이 시기에 식민지 검열은 점차 강도를 더해갔고 일본의 통치자들은 조선어 사용을 금지시키기 시작했다. 식민지 조선을 연구하는 비평가나 역사가라면 1930년대라는 가혹한 환경에서 창작된 문화의 활발함과 다채로움에 대한 질문을 주요하게 붙들 수밖에 없다. 나는 1930년대에 가장 흥미롭고 중요한 산문을 쓴 작가 세 사람, 박태원과 김유정, 이태준에 초점을 맞추면서 바로 이 질문에 다가가려 한다. 나는 작가 개인이나 그 시대에 대해 문학사의 기존 연구를 주요하게 다루기보다는 특히 그들이 제시했던 언어론에 주목할 것이다.[13]

1930년대는 전지구적으로 격동의 시대였다. 주식시장의 폭락, 이탈리아 파시즘과 독일 나치 정당의 부상, 스페인에서의 민주주의 실패, 그리고 일본 다이쇼 데모크라시의 좌절. 또한 1930년대는 대륙 전쟁에 돌입하게 됨에 따라 일본이 도처의 식민지에서 1920년대에 수행했던 "문화통치"나 동화 정책을 제국주의 정책으로 전환했던 시기였다. 일본은 1931년 만주 점령에 뒤이어 대륙으로 세를 확장하기 위한 몸부림 속에 조선을 전략적으로 지정하면서 식민지의 정치적이고 문화적인 삶 전반에 걸쳐 철저한 통제(일본에서의 철저한 통제와 병행해서)를 수행했으며 전쟁 협력을 위해 농산물과 공산품, 노동력을 수탈했을 뿐만 아니라 조선의 피식민자가 제국주의 기획을 적극적으로 지지하고 그에 참여할 것을 강요했다. 다양한 분야에서 식민지의 조선인을 제국의 신민으로 동화시키려는 노력이 강도를 더해갔다. 신사 참배, "순정한 일본인이 되기" 위해서 반드시 '국어'를 할 수 있어야 한다고 하는 "국어운동",[14] 조선이름을 일본이름으로 바꾸는 "창씨개명",[15] 그리고 지원병 제도가 있었다. 레오 칭Leo Ching이 주장했듯이 제국주의화라는 것은 단지 제도적 변화만이 아니라 동화 정책의 내면화까지도 포함했다. 식민화란 단지 국가 차원에 관계된 문제라기보다는 주체의 문제였던 것이다.[16]

식민지 조선에서 정치적 참여가 점차 불가능해지는 가운데에서도 문화 창작은 이어졌다. 많은 작가들이 배출되었고 문학 작품이나 문학 이론에 있어서도 확연한 확장이 이루어졌는데 기교가 세련되어졌고 미학이론이 깊이를 더해갔다.[17] 문학사는 이런 상황이 안고 있는 아이러니를 어떻게 설명할 수 있을까? 질문을 다음과 같이 바꾸어볼 수도 있다. 과연 역사(식민화, 근대화, 기타 등등과 같은 사실들로 이루어진)와 그 영향 아래 창작된 여러 문학 작품 사이에는 어떤 관계가 있는 것일까? 이 질문을 조금 더 추상적으로 만들면 이렇게 된다. 문학어와 현실 사이에는 어떤 관계가 있을까? 이것들은 한국 모더니즘 문학의 실천을 다룬 연구들이 품고 있는 질문일 뿐만 아니라, 사실 1930년대의 많은 작가와 비평가들도 함께 던졌던 주요 질문이기도 하다.

또한 1930년대는 문학사에서 통용되는 여타의 개념을 가지고서는 이해하기 어려운 시대이다. 이 시기에 좌익 또는 프롤레타리아 문학 운동이 잦아들면서 '모더니즘'이라고 할 만한 어떤 것이 일어났다. 모더니즘은 비단 한국 문학이라는 맥락에서만이 아니라 보다 일반적인 문학사적 차원에서도 논쟁을 불러일으키는 과부하된 개념이다. 규정하기 힘들기로 악명이 높아서 어떤 때는 소수의 대가가 내놓은 특권적 정전을 앞세운 유럽 특유의 현상으로 축소되기도 하고, 다른 때는 예술 혁신과 관련된 온갖 다양성을 포함함으로써 '모더니즘'이 갖고 있는 논리적 의미를 잃어버리기도 한다. 하지만 이 용어는 "견딜 수 없을 정도로 모호해 보임에도 불구하고 비평과 문학사, 게다가 문학 이론 논쟁에서 결정적인 역할을 해 왔다".[18] 한국 근대문학은 20세기 전체를 통해서뿐만 아니라 현재까지 모더니즘과 리얼리즘이 지속적으로 맺고 있는 관계를 통해 규정되어 왔다. 토착적 관점에서 보면 한국의 모더니즘은 하나의 매판적 장르가 된다. 작가들이란 기껏해야 서양식 스타일과 양식의 모방자이거나 최악의 경우에 일본 식민화의 협력자일 뿐이다. 그런데 유럽중심적 관점에서 보면 그것은 얼마나 서양 작품과 유사한가에 따라, 그렇기 때문에 얼마나 서양 작품에 비해 열등한가에 따라 정의되는 '비유럽적' 혹은 '대안적' 모더니즘으로 전락한다.[19]

식민지 시대의 문학사는 이분법적 용어들 안에서 전형적으로 구조화되어 있다. 리얼리즘/모더니즘, 핍진성/스타일내용/형식, 집단/개인, 정치/취미딜레탕티즘, 하층민/지배층. 이 책에서 주목하고 있는 모더니즘 계열의 몇몇 산문 작가와 시인, 비평가로 이루어진 구인회는 식민지 시대를 둘러싼 문학 논쟁에서는 문체를 중시하는 비정치적인 또는 '예술을 위한 예술'을 담당하는 축이었다. 그래서 1935년에 지배 권력이 배척했던 프롤레타리아 혹은 좌익 예술가 집단인 카프Korea Artista Proleta Federacio와는 대척점에 놓인다.[20] 구인회는 한국문학사에서 1930년대 초반부터 중반까지 경성 문단에 유력한 영향력을 발휘했던 선구적 모더니스트들의 모임으로 자리매김되어 있지만[21] 구성원들은 시기에 따라 다 달랐다(전 기간에 걸쳐 모두 9명의 동인이 활동했다).[22] 구인회는 카프 1차 검거가 있었던 1933년 8월 즈음에 발족했는데 "솔직한 탐구의 위치에 서서 서로의 작품에 대한 심도 있는 독해와 글쓰기 그리고 비평을 목표로 하는 문학인들의 그룹을 만들기"[23]를 스스로의 목표로 내세웠다.

구인회는 "순수문학"에 집중한 전형적인 모더니즘 동아리로 이야기된다. 구인회의 이런 목표가 예술 창작의 자율적 영역을 지향하는 동인들의 활동을 규정하기도 했고, 구인회의 형성과 결과적 해체를 이끌게 된 역사적 맥락도 있었다. 또 어느 정도는 구인회 회원들의 다양한 문학 활동 때문이기도 했다. 예를 들면 한국 최초의 모더니즘 시인 중 한 사람이라고 불리는 정지용1903~?이 있었다. 특출했던 모더니즘 시인 이상도 단 하나뿐인 구인회의 출판물 『시와 소설』1936.3을 편집했다. 게다가 모임을 이끌었던 비평가 김기림1908~?은 T. S. 엘리엇T. S. Eliot이나 I. A. 리차즈I. A. Richards 같은 영미 비평가뿐만 아니라 정신분석 이론으로부터도 영향을 받아 전위적인 시를 비롯해 여러 시평을 썼다.

하지만 최소한 문학 양식의 측면에서만 보아도 구인회의 회원 자격과 참여 여부의 문제는 거의 정형화되어 있지 않았다고 할 수 있다. 예를 들어보자. 어째서 백석1912~95의 작품이 『시와 소설』에 포함될 수 있었을까? 백석은 조선의 전통과 민속에 관심이 많았고 그의 시적 형상화와 방언사용을 보면 서정시인이라 할 만한데 말이다.[24] 어째서 김유정이 1935년부터 구인회 해산 시점이 되는 1936년까지 동인으로 활약할 수 있었을까? 김유정은 시골 농민들을 향토적이면서도 사실적으로 그려냈던 작가이지 않은가? 한국 문학사 안에서 구인회의 구성원이었던 작가나 시인, 비평가를 하나의 집단으로서가 아니라 각자의 개인으로 달리 검토하게 되면 이 질문은 더욱 복잡해진다. 구인회를 그 자체로 심도 있게 다룬 연구는 거의 없다. 동인들이 공통으로 설정한 목표나 이데올로기가 눈에 띄지 않기 때문이다. 그나마도 진행된 연구는 모임의 기능이나 문학사적 영향관계에 주목하면서 "구인회가 대체로 보아 '모더니즘 동아리' 혹은 '반-카프'"[25]라고 논평한다.

이런 연구 동향이 모더니즘을 단지 리얼리즘의 반대 담론으로 간주하는 경향으로 이끈다. 하지만 비평적 권위의 부재와 문학 지성적 시대정신의 상실에도 불구하고 이 시대는 휴머니즘과 주지주의, 윤리학, 계급 비평의 영역에서 전례 없이 다양한 탐색을 낳았다. 그래서 김민정은 구인회를 어떤 공통적인 정수로서 묶여 있지 않은 다양한 문학 경향이 교차하는 집합체로 볼 것을, 여러 양식의 특수성과 연관성, 또는 유사성을 탐구했던 하나의 시도로서 이해할 것을 제안한다.[26]

나는 이러한 점을 염두에 두면서 산문작가로서 각자 특별하게 비평적 관심을 받았던 구인회 동인 박태원, 김유정, 이태준을 다루었다.[27] 박태원은 실험적 모더니스트로서 전형화되어 있다. 그는 언어의 운용과 문체의 다양한 가능성을 고심하면서 도심 거리의 여기저기를 배회하며 자시 응시에 빠지는 빈혈증 주인공을 독자에게 보여주었다. 반대로 김유정1908~37 농촌 문학 또는 향토 문학과 같은, 사회 참여적이고 현실적인 장르로 소설을 쓰면서 어리숙한 시골뜨기를 통렬한 아이러니 유머의 대상으로 삼곤 했다. 마지막으로 '시적인' 작가라고들 하는 이태준1904~?은 사회의 주변인들, 특히 가혹한 식민 근대의 현실에서 물러나 구시대의 공예품과 미학으로부터 위로를 구하는 어떤 부류의 신고전주의적 탐미가를 서정적으로 형상화하는 데 관심이 많았다.

문학사는 박태원, 김유정, 이태준을 현실적으로 다르게 대우한다. 그렇지만 나는 세 사람의 작품 각각이 특수성과 상호성의 두 측면에서 똑같이 언어를 의사소통에 있어서의 불순한 매체로서 규정하고 있었고, 그들의 소설과 비평, 문학론은 재현의 언어로는 충분한 의사소통이 불가능함을 그 주제로 삼고 있었음을 보일 것이다. 브리앙클 창Briankle G. Chang이 썼듯이 의사소통 행위라는 것은 "등가, 번역, 순환의 원칙 위에서만 일어나야 하며 (…중략…) [여기에서] 의사소통 행위에는 문제가 되는 메시지가 발신되기 전에, 그 메시지가 적절히 수신되기 전에는 더더욱, 메시지 전달의 최우선적 조건이 되는 의사소통 가능성을 주고받아야만 한다는 발상을 함축한 상호주관적 행위가 있다. 논리적으로 말하자면 그렇게 때문에 의사소통에서는 메시지 이전의 메시지, 이해를 가능하게 만드는 것으로서 제시되는 송신 이전의 선험적 송신이 언제나 존재하게 된다".[28]

차차 살펴보게 될 테지만 세 작가의 작품은 '의사소통 가능성'을 실어 나르는 데 따른 언어 자체의 (무)능력을 내용과 형식 모두에서 제기했다. '재현의 위기'는 박태원의 작품에서 언어와 메타 컨텍스트 사이에서 나타나고, 김유정의 소설에서는 허풍선이alazon와 풍자가ironist 사이에서 드러나며, 이태준의 언어론에서는 발화의 자발성과 문장작법 사이에서 드러난다. 작가들은 저마다 언어의 구성적 결함을 인식했다. 즉 지시 대상과 그 재현 사이에 비동일성이 포함되어 있다는 것이다. 그렇기 때문에 이 작가들은 언어가 내포한 그 고유의 불가능성에 가까이 다가갈 수 있도록, 대상 그 자체가 글 위에서 더욱 현시적으로 재－현될 수 있도록 하는 하나 혹은 그 이상의 전략을 제안했다.

문학사는 작품을 그 역사적 맥락에 따라 창조되는 것으로 문학에서의 변화를 발전적으로 일어나는 것으로 가정하는 경향이 있기 때문에,[29] 세 작가들의 주장은 즉각 두 개의 문제를 떠오르게 만든다. 첫째, 세 작가가 그들의 문학을 구조화하는 과정에서 역사적 맥락이 작용하여 언어와 언어의 의미가 떨어지게 되는 언어적 위기가 나타났다는 점이다. 둘째, 모더니즘의 정의를 질문할 때에는 당시에 널리 퍼져 있던 재현의 위기를 기본적으로 고려하면서 그처럼 다양했던 여러 문학 실천을 망라해야 한다는 것이다. 물론 지금까지 문학사 연구에서는 리얼리즘에 대한 관심이 지대했었기 때문에, 그리고 일제 치하의 '식민지 근대성'은 주로 모더니즘이 융성했던 시기1930년대 초반부터 중반까지에 초점을 맞추고 논의되었기 때문에, 모더니즘 문학과 그 실천의 주역들에 대한 검토는 충분하지도 빈번하지도 않았다. 나는 식민지라고 하는 맥락 속에서 문학적 모더니즘에 대해 고찰해보려고 한다. 그러기 위해 식민지 조선의 문화 창조에 대한 지금까지의 주요 재평가들을 연결시켜보면서 동시에 '모더니즘'을 확정시키고 규정할 수 있는 장르로서가 아니라 하나의 해석적 전략으로 간주하면서 '민족'이라는 견고한 테두리 밖에서 그것을 다시 정의하고 자리매김해볼 것이다.

이런 관점 때문에 본 연구의 핵심 문제는 미학적 창작물(이 경우에는 여러 문학 텍스트)과 역사적 맥락 사이의 관계가 된다. 지난 십 년간 식민지 조선에 대한 연구가 활발하게 이루어졌다. 역사적 연구와 문학-역사적 연구는 모두 서사적 의사소통 모델을 지향해왔다. 이 모델에 따르면 (문학적이기도 한) 역사적 서사는 "현실 사건의 구조와 전개에 대한 복제품"이다. 즉 이러한 조응은 "이 재현이 재현되는 사건을 닮아 있다는 점 때문에" 사실로 간주된다.[30] 놀랍게도 남한의 문학사나 비서양 모더니즘을 다루는 연구에서 문학 텍스트는 바로 이런 역사 사실주의적 기준에 붙들려 있었고 소설 서사는 이미 알려져 있는 현실의 사건과 맞아떨어지는 정도에 따라 평가되었다. 우리는 이것을 문학 해석의 의사소통 모델이라고 부를 수 있다.

현실이 (역사적인) 의사소통 모델 밖에 존재하는 언어의 역할과 언어의 지위에 맞물릴 것이라는 관점(이 관점은 우리가 서사 형식의 역할이나 문학적 스타일을 현실과 맺는 관계 속에서 다시 생각하게끔 한다)은 "식민담론colonial discourse"이라는 문구로 포착된다. "식민담론"이란 규정하기 어려운 용어이다. 한국의 식민지 시대를 다룬 연구에서 어느 정도로 빈번히 나타나지만 그 정확성이나 정의에 있어서는 다양한 범위를 갖고 있다. 종종 "식민담론"은 식민 정부가 피식민자를 겨냥하면서 채택하거나, 식민화의 재현에서 제국주의적 기획에 연류된 문학 텍스트나 다른 텍스트에 들어 있는 개발주의 정책 혹은 동화 정책의 여러 대상(정부 문서, 학술 기록 등에서 발견되는 식민화의 재현)을 가리킨다.[31] "식민담론"은 "민족 담론"과 경쟁하면서 나타나기도 하고 때로는 식민화 권력을 모방하는 데에서 파생된 담론으로서 피식민자의 문제가 되기도 한다. 어떤 경우에는 광범위하게 쓰이면서 식민자의 미디어 문화와 피식민자의 미디어 문화를 아우르기도 한다. 그리고 대체적으로는 민족적, 근대적, 식민적 개념들 사이에서 협력 아니면 저항 둘 중 하나의 관계를 제안한다.[32]

식민담론이란 담론 그 자체만큼이나 쉽게 정의할 수 없는 개념이다. 벤베니스트는 "담론이란 보다 광범위한 관점에서 이해되어야만 한다. 모든 발화는 발화자와 청취자를 가정하며 발화자에게는 어떤 식으로든 타인에게 영향을 미치려는 의도가 전제되어 있다"[33]라고 주장했다. 멕케이브 MacCabe는 이런 식으로 개념을 지나치게 단순화하는 것에 반대하면서, 미셸 페쉐가 제안한 대로 담론을 단순히 "의사소통" 모델로 보는 관점을 폐기해야 한다고 본다. 멕케이브는 자율적 발신자가 수신자에게 메시지를 투과한다는 발상보다는, 의사소통과 비의사소통 둘 다를 언어 기능으로 받아들여야만 하며 의사소통 모델은 뒤에 남겨두고 "담론 구성체 즉, 송신자와 수신자 모두에게 작동하는 의사소통가능성(메세지의 타당성을 결정하는)이라는 특수 영역을 탐구해야 한다"고 한다.[34]

바로 이것이야말로 1930년대 모더니즘 작가들이 언어 그 자체를 문제로 삼게 된 지점이다. 나는 한국의 모더니즘을 정의하기 위해 전형적으로 인용되곤 하는 실험적 기교와 스타일의 혁신이라는 것이, 실은 외적 권위가 언어적 발화에 어울리는 감각을 결정하고 기호와 지시체 사이의 관계가 갖고 있는 반복가능성이 불안정해진 그런 환경 아래에서 서사의 의미를 확장하고 고정할 필요에 대한 대응이었다고 주장하려 한다. 이 같은 논의는 모더니즘을 특정 사회의 지배적이고 "전통적인" 담론 양식을 단순히 반대하거나 방해하는 것으로 이해하는 것에서 우리가 한발 더 나아가게끔 한다.[35] 식민지적 상황에서 "언어의 의사소통 기능과 실용 기능"[36]은 부르주아 민주주의 사회에서 나타나는 합리적 상업화에 대한 명백하고도 일관성 있는 상징 질서에 연관되어 있지만은 않았다. 언어 그 자체가 식민화되어 있었고, 리얼리즘을 자연스럽게 충족시켜 줄 만한 사회의 여러 제도 예를 들면 정치, 공공 행정, 학교, 신문, 사법 제도 등이 그 작가에게 허락되지 않았다.[37]

그 때문에 언어의 의사소통 모델이 거부하는 "의미의 오류가능성"[38]이 제국주의라는 형식 아래에서 더 강화되었다. 제국주의라는 형식은 피식민자를 계몽의 이념이 약속하는 권리에는 접근하지 못하게 하면서 그 계몽의 이념을 가지고서 식민화를 정당화했다. 그렇기 때문에 이 책 전체에 걸쳐 나오는 담론 개념은 재현 그 자체와 함께 "담론이 물질적으로, 즉 쓰인 대상이나 말해진 대상으로 어떻게 표현되는가"[39]를 고려했을 때에 일종의 불안을 일으키게 된다. 아래에서 나는 특정한 시공간(식민지 조선의 중기부터 후기까지)에 설정된 담론을 둘러싸고 있는, 이런 특별하면서도 생산적인 불안을 주로 박태원, 김유정, 이태준 작품에 나타나는 모더니즘 문학과의 관계 속에서 소개하려고 한다. 나는 이 세 작가가 표준 문학사에서 상당히 다른 지점을 차지하고 있음에도 불구하고 다음의 두 이유 때문에 함께 묶을 수 있음을 발견했다. 첫째, 이 세 작가는 언어와 그 세계 사이에 놓인 지시적 관계에 대한 믿음을 잃었다. 둘째, 이들에게는 만약 사실일 수 없다면 최소한의 의미라도 발생시킬 수 있도록 재현을 위해 적당한 형식으로 문학어를 재가공하고자 하는 절체절명의 임무가 있었다. 나는 이 같은 '언어에 대한 믿음 상실'을 1930년대 경성 문단에 널리 퍼져 있었던 "재현의 위기"로 간주하고, 세 작가가 이 "위기"에 대응하면서 언어를 의미 있게 만들기 위해 어떻게 비평과 소설을 써 나갔는지를 추적하려 한다.

언어가 식민지 상황에 놓이게 됨에 따라 더 많은 문제가 나타났다. 푸코가 지적하듯이 어떤 담론이든지 간에 외재적 원리(이 원리는 무엇을 말할 수 있는지, 어디에서 어떻게 말할 수 있는지, 누가 말할 수 있는지를 조정하고 규제한다)와 내재적 원리(담론이 그 고유의 지배를 운용하는 원리, 즉 이 원리는 계급화, 배치, 분배의 원칙과 관련되어 있다)에 따라 "조작되고, 선택되며, 조직되고 그리고 재분배"[40]되는 방식으로 생산된다. 식민화 아래에서는 이 원리와 이에 대한 강제가 노골적으로 검열, 대중연설 감시, "국어" 운동, 피식민자의 발언권에 대한 사사건건의 장악으로 나타났다. 공공연하게 담론에 대한 규제가 있었던 것이다. 어떻게 금지하면서 배제했던가, 바로 이 차원이 식민담론에 대한 연구가 빈번하게 그리고 자연스럽게 그 분석 주제를 발견한 곳이었다.[41]

그렇지만 이 책은 무엇보다 담론을 작동시키는 내적 원리에 집중하려 한다. 이 내적 원리란 문학 텍스트나 문학어의 위계를 만드는 유형화와 이 유형화가 문학어와 작가, 세계 사이에서 외재적 관계 혹은 내재적 관계에 의존하는 방식을 말한다. 식민 권력의 손아귀로부터 검열 또는 처벌을 피하기 위한 수단으로서였건, 1930년대에 경성이나 동아시아의 여러 문단에서 일어난 내적 발전의 결과로서였건, 또는 20세기 초에 근대성의 진전에 따라 초래된 사회적, 경제적, 문화적 변화에 대한 대응에서였건, 이 책에서 다루려는 박태원, 김유정, 이태준 세 사람은 언어적이고 문학적인 형식과 개별 문학 작품으로부터 도출할 수 있는 내용이나 의미 사이의 관계 문제에 굉장히 관심이 많았다. 이들은 문학 형식을 다룬 여러 비평문에서 현재까지도 유효한 여러 질문을 던졌는데 예를 들면 이렇다. 글쓰기란 단지 말하기의 연장인가? 언어는 한정적이거나 반복가능한 방식으로 대상을 지시할 수 있는가? 언어는 현실을 표현할 수 있게끔 조작되거나 형상될 수 있는가? 작품을 통해 그 문학적 의미는 충족되는 것인가? 텍스트는 그 해석을 인도하거나 확정할 수 있는가? 물론 이런 질문은 전혀 새롭지 않다. 사실 낡았다고도 할 수 있다. 그러나 이것들은 식민지 조선이라고 하는 환경에서 새롭게 질문되었다. 이 책은 이들 작가의 질문을 되짚어보면서 그들이 주요 비평문에서 고심했던 여러 이론을 탐구해보고 최종적으로는 세 사람의 작품을 언어와 지시성을 다룬 여러 이론을 실천에 옮긴 것으로서 다시 읽어보려 한다.

나는 담론이라는 것을 "바깥으로부터"[42] 문학어의 대상을 구조화하고 창조하는 것으로서만 보고 있지 않다. 문학어 안에서 전개되어 가는 여러 원리들의(이 원리들은 언어적 가능성을 결정하는 역사적으로 특수한 담론 조건 안에서 그 언어의 수용과 의미를 확정하기 위해 안쪽에서 바깥쪽으로 작업을 전개한다) 어떤 총체로서 간주하면서 작업하려고 한다. 이 책은 한국의 모더니즘 문학이 그 사회정치적 맥락으로부터 유리된 현실도피적 미학 실천도, 완벽하게 순수하다고들 하는 유럽 모더니즘에 대해 파생적이고 부차적인 대안도 아니라는 점을 주장하고 있다. 오히려 나는 식민지 조선의 모더니즘은 분명히 식민지적 맥락에 맞서는 대응이자 그 식민지적 맥락에 결부된 것이라고, 또한 재현에 대해 보다 일반적인 위기 즉 현실을 재현하려는 언어 능력에 대한 신뢰가 근대에 와서 상실된 것 때문에 일어난 일이라는 것에까지 논의를 진전시키려 한다. 이 두 사실은 긴밀히 연관되어 있는 것이다. 엘레케 보머 Elleke Boehmer는 "권력을 통합하는 언어의 가능성과 타당성이 평가절하된 것은 광범위하게 퍼져 있던 세기 전환기의 식민주의가 전지구를 가로지르는 무수한 사회적, 문화적, 정치적인 세계들과 마주쳤기 때문"이라고 한다. 그러므로 모더니즘에 대한 관심은 "식민지 모더니즘 글쓰기에서 평가절하되고 탈중심화되었던 모더니즘 양식"에 관심을 두는 일이 된다.[43] 그렇기 때문에 이 연구는 식민지 조선이라는 상황의 특수성을 다루는 동시에 식민지 조선이 처한 정치적 맥락에 관련을 지어 특히 식민주의와 그로 인해 언어에서 발생한 규제에 결부된 문화 창작에 대해 질문을 던지게 될 것이다.

　이후에 살펴보게 될 세 작가가 구인회의 일원이기는 하지만 이들의 작품을 넓은 의미에서 모더니즘 소설로 볼 수 있을지 없을지는 확실치 않다. 표면적으로는 이들의 주요 작품을 가로지르는 형식적 유사점 또는 내용적 공통점을 발견하기가 어렵기 때문이다. 우리가 모더니즘이라는 범주 안에 묶여 있는 그들 작품에서 발견하는 것들이란 단지 모더니즘의 근친적 요소만(예를 들면 자기반영성, 창작 과정에 대한 자의식 넘치는 기록, 서사 구조의 취약성, 가끔씩 제한적이고 오류투성이인 시점을 통해 재현되는 애매함이나 불확실성, 개별 주체와 그 경험의 "내적 전환" 혹은 심리적 해석 등등)은 아니다. 박태원, 김유정, 이태준이 문학 창작과 문학 이론에 대해 썼던 글들을 면밀히 읽게 되면 글들이 모두 의사소통의 불완전한 매체로서 언어에 주목했다는 점이 드러난다. 그래서 나는 그들의 소설이 이런 흐름을 주제화했으며, 심지어는 '의도하는 대로 말한다'라는 언어 능력의 확실성이 상실된 그 언저리에서 창작되었음을 밝히려 한다.

"현실"의 재현은, 그러므로 문화사가와 문학 비평이 식민지 시대의 문학 작품에 대해 요구하는 것들을 참고해야 하고 동시에 이들 모더니즘 작가가 이론화 뒤에 다시 창의적인 노력 속에서 실천한 일련의 전략과 기교를 참조해야 한다. 1930년대 지식인 문단의 비평 속에서 나타난 것이 전자의 입장(문화 창작은 반드시 내용의 차원에서 그 작품에 대한 모든 추후적 해석에 기초를 제공하는 역사적 현실을 반영한다)이다. 이런 관점을 따른다면 이 책의 제1장에서 살펴보게 되는 "재현의 위기"는 20세기 초에 전지구적으로 퍼져 있었던 모더니즘을 보다 폭넓게 설명할 수 있게 하는 "역사주의의 죽음"이라는 것에 대한 반응으로 이해할 수 있을 것이다. 여기서 역사주의의 죽음이란 "역사의 유동성과 다양성에 대한 인식의 증가, 그리고 그 점을 이해하는 주체성에 대한 의식의 증대"를 뜻한다.[44] 박태원이 언어의 다의적 본질에 대해 집착한 것, 김유정이 경험주의를 격렬하게 비판한 것, 이태준이 "글말"로서 문학어를 주제화한 것. 이 모두는 미리 결정되어 있는 실재성으로서의 "현실"을 인식하고 그것을 재현하는 실증주의적 근간에 대한 불신에 동참했기 때문이다. 그리고 문체에 대한 그들의 강조는 내가 일종의 초현실주의라고 논하게 될 것들, 그들의 여러 문학 작품 안에서 "현실보다 더한 현실"을 끌어내었다.

이 책의 서론에서는 제1장과 함께 식민지 조선의 모더니즘을 재고하기 위한 문학사적 맥락을 보이면서 한국문학사에서 모더니즘이 차지하는 논쟁적 자리를 대략적으로 살피고, "재현의 위기"를 1930년대 조선 문단과의 관계 속에서 질문하려고 한다. 재현의 위기는 식민화와 관련해서, 모더니즘 이라고 하는 광의의 구성주의적 세계관과 관련해서, 근대성의 도래와 관련 해서, 이 시기 동아시아 문학 공동체에서 지역적으로 이루어졌던 논쟁과 관련해서 일어난 것으로 이해할 수 있다. 이 "위기"란 식민지 후반에 대한 최근 학계의 관심과도 연결되며, 이 분석의 의미는 문학사를 수정한다는 관점 안에서 그리고 문화의 창조와 역사적 맥락 사이의 관계를 재고한다는 관점 안에서 검토된다.

나는 1930년대 한국 모더니즘 문학의 실천을 언어적 위기, 주체적 위기, 사회적 위기에 대한 대응으로 읽음으로써 한국 모더니즘 문학의 개념을 문학 형식과 역사적 맥락 사이의 관계가 유지되는 과정에서 생기는 유럽중심적 관점과 토착주의적 관점 둘 다로부터 떼어놓으려 한다. 이렇게 상호적으로 서로를 강화하는 접근은 단지 모더니즘을 하나의 확정되고 발전하는 연대기 속에 놓인 일관성 있는 범주로 간주할 때만 유효하다. 그런 조건과 함께 유럽중심적 관점은 비서양 모더니즘을 시간의 논리에 의해 뒤따르는 것 혹은 유럽적인 것에 파생적인 것으로 이해한다. 토착주의적 관점은 모더니즘을 공간의 논리에 의해 특별한 장소에서 나타난 특이한 것으로 제시하고 그럼으로써 개별적인 무엇이자 전적으로 국지적인 것으로 이해한다. 나는 1930년대 경성의 모더니즘을 특정한 식민지 환경 속에서 나타난 것인 동시에 어떻게 언어가 사물의 세계와 연결되어야 하는가라고 하는 오래된 질문에 대한 대답이라고 본다. 그럼으로써 모더니즘을 둘러싼 기본적인 관점을 식민지 조선이라는 환경의 안과 밖에서 보다 일반적으로 문제 삼으면서 독자로 하여금 그동안 수용해왔던 문학의 여러 개념이나 범주로부터 어떤 비판적 거리를 갖도록 독려하려고 한다.

모더니즘은 "위태로운 개념"이라고들 한다. 마테이 칼리니스쿠Matei Calinescu는 모더니즘이 "지속적으로 권위에 맞서는 새로운 전통 혹은 새로운 형식을 자임하면서 전통에 반하고, 부르주아 문명화(합리성, 유용성, 발전이라고 하는 이념들을 두루 갖춘)라는 근대성에 반하고, 마침내 자기 자신에게 반하게 되는 세 축을 가진 변증법이라고 한다.[45] 그런데 경험과 재현 사이의 관계에 대한 질문은 고대로부터 현재까지 이어져 오고 있는 것이다. 즉 경험과 감정과 표현을 구조화시킨 『시학』을 통해 의미나 "즐거움"이 재현과 재현된 것 사이의 비교에서 나온다고 한 아리스토텔레스의 격언에서부터 진리란 언어 현상이라고 정의했던 니체, 피분석자의 언어를 숨어있는 의미를 간접적으로 표현하는 어떤 현상으로 이해한 프로이트에 이르기까지 말이다.

모더니즘을 위기의 개념으로 보는 관점과 예로부터 있어온 것으로 보는 이 두 개의 관점에서 보면 1930년대 조선 지식인들 사이에 나타난 "재현의 위기"는 새로운 어떤 것을 표현하려고 해서 일어난 문제가 아니라고 할 수 있다(비록 특수한 역사적 맥락 속에서 새롭게 나타났다고는 하지만). 여기에서 재현의 위기란 기표와 기의 사이, 말과 사물 사이에 놓인 건널 수 없는 심연에 대한 그들의 통렬한 인식을 말한다. 나는 재현의 위기를 이런 식으로 상반된 입장을 취하는 두 관점 대신에 다음의 두 측면을 통해 읽는다. 하나는 재현의 위기가 그 모더니즘이 처한 역사적 특수성 즉, 식민화의 규제와 근대성의 착수에 대한 어떤 대응이었다는 점이다. 다른 하나는 각기 다른 시공간에서 나타나고 있지만 재현의 위기는 언어와 세계 사이의 간극에 대한 인식으로부터 나왔다는 점에서 공히 "근대적 감수성"의 역할을 하고 있다는 점이다.

모더니즘을 단지 역사적 계기에 의해 이미 정해져버리는 장르가 아니라 하나의 해석 범주로서(1930년대의 문학 풍경을 이해할 수 있는 방법으로서나 오늘날 문학사에 대한 우리의 관점을 형성하는 데에 있어서 이용되는 방법으로서) 검토하게 되면 한국의 모더니즘을 다르게 해석할 수 있게 되고 박태원, 김유정, 이태준을 한국문학사의 안과 밖 모두에서 다시 자리매김할 수 있는 길도 열릴 수 있다.[46] 그렇기 때문에 이 연구의 확장적 임무는 두 개의 축을 갖는다. 첫 번째 축은 유럽중심적/토착적이라는 이분법 밖에서 모더니즘을 다시 정의하면서 한국문학사를 다시 생각해보는 일이다. 두 번째는 상이한 시간과 공간에 펼쳐져 있는 다양한 모더니즘 실천을 비교하도록 하는 기반을 닦는 일이다. 나의 목표는 모더니즘 문학 텍스트와 그 역사적 맥락에 계속 주의를 두면서, 비서양의 문화 창작을 서양과는 극단적으로 다른 것으로 보거나 서양의 파생물로 이해하는 "유럽발 확산론" 모델을 넘어서는 것이다.[47] 나는 언어와 지시 대상에 관한 비교의 문제 안에서 식민지 시기 문학을 바라보는 우리의 이해를 다시 마련하고 독자와 비평가가 언어의 의사소통적이고 동형적인 모델(현실과 맺는 관계에서)에 의존해서 정치와 미학 사이에서 계속 잘 들어맞지 않는 선택을 하게 하는 방법론을 재고하면서, 한국 모더니즘 문학을 한국 문학사 안에서 다시 읽으려 한다.

서론과 도입부가 되는 제1장에 이어서 제2장부터 제7장까지는 박태원, 김기림, 이태준의 순서로 이들의 문학 비평과 산문 작품 둘 다에서 "재현의 위기"가 어떻게 전개되는지를 추적하게 된다. 세 사람 모두 그 사회적 맥락과 관계 맺고 있는 문학어에 대한 이론을 심화시켜서 비평문을 썼는데 나는 그들의 이론을 각자의 작품에 적용할 것이다. 나는 면밀한 검토를 통해 이들 세 작가가 모더니즘적 문학 실천에 대한 통념에 저항했음에도 불구하고, 언어를 다룬 비평문이나 말과 사물 사이의 관계에 대한 각자의 질문 속에서 그리고 문학 작품을 세심하게 가공함으로써 지시성의 상실을 극복하려는 여러 시도 안에서 이들 사이의 공통 지반을 발견했음을 주장하려고 한다. 객관적(과학적) 양식과 주관적(심리적) 양식 모두에서 줄곧 제기되어 온 언어의 오류가능성은 문학 장르 사이의 경계를 흐리게 하고 식민지 문학에 대한 이해를 복잡하게 한다. 그러므로 이 책은 한국의 모더니즘을 문학사가 전개되는 과정에서 줄곧 제기되어 온 이런 위기에 대한 일종의 대답으로 간주하면서 따라가 보려 한다.

나는 모더니즘을 사회역사적이고 언어적인 위기와 관련해서 읽음으로써 1930년대의 문학과 그 식민지적 환경 사이의 관계를 설정해보려고 한다. 식민지 근대성이 언어와 맺는 저 문제적 관계에 대해 고심하는 일은 단지 과도한 검열, 총독부의 언어 정책 등의 관점에서만이 아니라 보다 넓은 의미의 담론적 관점에서도 중요하다. 이 목표를 위해 식민지 주체와 식민지 객체에 대한 사유를 발전시키고, 어떻게 하면 개별 작가의 언어 이론을 식민담론에 대한 비평적 대응으로 읽을 수 있을까에 대한 답을 찾아가면서, 의사소통을 가능케 하는 투명한 매체 안에서 객관적 진실을 드러내려고 하는 권위적인 온갖 시도에 도전하려 한다.[48]

나는 이 책 전체에서 문학 담론을 이미 존재하는 권력 관계를 후정치적으로 뒷받침하는 구조로서가 아니라 오히려 권력 관계에 대한 구성적이고 증상적인 구조로서 다루려고 한다. 이를 위해서 나는 확실하게 담론을 문제 삼을 수 있는 세 개의 분석 양식을 선택할 것인데, 덕분에 우리는 식민지적 상황 안에서 이 어려운 용어를 보다 심도 있게 질문할 수 있게 될 것이다. 정신분석에서는 환자의 신뢰할 수 없는 언설에 대해 반드시 해석을 해야 한다. 환자의 진술이라는 이 언설은 환자의 "현실"과 증상적으로 강력하게 연결되어 있다. 제2장과 제3장에 나오는 "이중구속double bind"은 정신분석적 해석을 특별히 식민지적 상황에 알맞도록 적용한 것이다. 제4장과 제5장은 아이러니 양식으로 읽게 되는데, 피분석자의 언어가 그런 것처럼 모든 언어는 언제나 최소한 두 개의 의미 층위를 표현하고 있어서 신중하게 해석할 필요가 있다. 바꾸어 말하면 언설이 그 현실과 관련이 있다 하더라도 그것은 모든 진술의 다양성을 문제 삼는 다면적 방식을 통해서이다. 마지막으로 제6장과 제7장에서는 서사적 서정성에 대해 단성적 반응만을 이끌어내는 제국주의적 상황과 대비하여, 언어 자체의 구성성에 주목하는 방식의 논의를 병렬적으로 전개시키려 한다. 그럼으로써 시간과 공간, 식민주의라고 하는 삼위일체식 동화의 수사학을 담론적으로 뒷받침하는 '지시성'의 안정감을 그 근본에서부터 흔들어볼 것이다. 결론에서는 1930년대 모더니스트들이 던졌던 재현의 위기와 그 위기가 내포하고 있는 기능주의적 언어 비판 방식을 어떻게 하면 오늘날의 문학사적 실천에 적용할 수 있을 것인가에 관해 질문함으로써 다시 재현의 문제로 돌아와 형식의 정치에 관한 문제를 다룰 수 있는 비교의 방법을 폭넓게 언급할 것이다.

제2장부터 제7장까지는 이중 구조로 배치되어 있다. 우선 문제가 되는 작가들이 썼던 비평문들을 살펴봄으로써 각 작가들이 재현의 위기, 보다 넓게는 1930년대 조선의 문학장과 관련해서 지시성의 문제에 대해 어떤 입장을 갖고 있는지를 생각해볼 것이다. 이 방법을 통해 기존의 문학사가

제시한 분류화는 비판되기도 하고 확장되기도 한다. 그런 다음에 이 비평문들을 대화적이고 상호보완적인 관계로 병치시킴으로써 이들 작가의 언어론과 소설이 제공하는 안내를 따라서 각 작가들의 소설을 다시 읽어보려 한다. 이에 따라 제2장은 박태원의 「창작여록－표현, 묘사, 기교」[1934]를 자세히 다루게 된다. 박태원이 연재한 이 에세이들은 단지 그가 모더니즘적 언어 실험에 관심을 가졌다거나, 문학적 기교를 가다듬는데 어떤 박래적 영향(박태원은 케이트 맨스필드Kate Mansfield, 모파상Guy de Maupassant, 알퐁스 도데 Alphonse Daudet, 그리고 쥘 르나르Jules Renard, 또 다른 몇몇을 예로 언급한다)을 받았는지에 대한 증거만 보여주고 있지는 않다. 박태원은 모더니즘이라는 이름 아래 수행된 실험들이 순수한 비지시적 언어의 쾌락(식민지 시대 모더니스트들에게 종종 붙여지는 비난이기도 한 "예술을 위한 예술")을 추구하려는 것이 아니라 오히려 기표와 지시 대상 사이의 간극을 극복하기 위한 시도를 통해 "보다 더 현실 같은" 현실을 나타내기 위해 분투했다. 이 점을 언급함으로써 우리는 모더니즘에 대한 통상적인 인식을 확장시킬 수 있다. 박태원은 텍스트의 신체적 외양과 소리 내어 읽을 때 그 텍스트가 발생시키는 음성이 내용과 함께 의미를 전달할 수 있다는 이유 때문에, 작가가 현실 효과를 재생산하기 위해 "그럼직한" 언어를 만들어 내야 한다고 주장했다. 나는 재현의 위기에 대한 모더니스트의 이 같은 대응을 식민 지배 아래에서 만들어진 불안과 연결시킴으로써 다시 정치화할 것이며, "이중구속"에 대한 그레고리 베이트슨의 이론으로 돌아가 박태원의 언어 이론이 근친 관계를 발견하게 되는 그 심리적 양식 안에서 식민지 근대성, 언어적 위기, 그리고 문학적 대응 사이의 관계를 제시할 것이다.

제3장은 박태원의 대표 중편 『소설가 구보씨의 일일』[1934]을 자세히 읽

으면서 식민지 후반에 쓰인 박태원의 모더니즘 소설에서 질병과 욕망, 언어가 어떻게 서로 연결되어 있는지를 소개하는 문제로 넘어간다. 이때 우선적으로 히스테리 개념을 적용해볼 것이다. 왜냐하면 고전이 된 이 작품에 나오는 여러 증상의 주제적 사용을 묘사하고, 이 모더니즘 텍스트 자체를 하나의 증상으로 이론화하고, 최종적으로는 독자나 비평가에게 이 텍스트의 히스테리적 힘을 제시하려고 해서다. 여기서는 히스테리를 어떤 사회적 담론의 산물로서, 개인적 병인론을 넘어서는 것으로서 이해하게 된다. 이때의 사회적 담론이란 언어에 대한 욕망과 관계된 하나의 조건을 뜻한다. 히스테리 주체는 현실적 욕망 혹은 억압된 욕망을 증상으로 전환시키면서 거짓된 만족을 얻기 때문에 그는 언제나 진실의 중개자인 기표를 불신함으로써(히스테리 환자의 만족은 의미나 지시성이 주는 기쁨을 포함해서 언제나 지연된다) 자신의 상황을 드러내게 된다. 그다음에는 제2장에서 설명한 그레고리 베이트슨의 이중구속 개념을 경유해서 "히스테리"를 차별적인 식민담론의 모순된 요구가 만들어낼 수 있었던 하나의 산물로 지정할 것이다. 그럼으로써 박태원의 작품을 그 역사적 맥락에 연결시키고, 그의 중편소설을 강제된 동화의 히스테리적 명령에 대한 관계로 보고 스타일과 내용이라는 두 측면에서 함께 읽어나갈 것이다.

주인공 구보를 신경쇠약환자(텍스트가 진단하는 대로)로서가 아니라 히스테리 환자로 다룸으로써, 1930년대의 소설과 문학 비평에 나타난 기표와 지시체 사이의 문제적 관계를 소개할 것을 주장함으로써, 히스테리를 차별을 꾀하는 동화의 모순적 명령("우리처럼 되라! 그러나 지나치게 우리 같이는 말고!")에 연결지음으로써 제3장은 모더니즘 소설(그리고 보다 일반적인 차원에서는 경성 문단에서 나타난 재현의 위기)을 식민 통치하의 주체성과 언어에 관련된 여러 복잡한 문제에 깊숙이 연루되어 있는 것으로 이해해 보려 한다. 지속적 불만 상태에 있는 남자 히스테리 환자 혹은 여자 히스테리 환자는 줄기차게 다음과 같은 질문을 던지게 된다. "나에게 뭔가 요구할 때, 당신이 진짜로 원하는 게 뭐예요?" 박태원의 문체도 이와 같다. 그의 문체는 어떤 것도 의심할 수가 없도록 표현에 정확성을 부여하고자 한다. 그것은 텍스트가 어떤 식으로 받아들여지는가의 차원에서, 다시 말해 독자에게 그 텍스트가 무엇을 의미하는가에 관해 그 의미를 확정하려는 부단한 시도이다. 이 지점에서 우리는 또다시 리얼리즘적 실천과 모더니즘적 실천으로 가르는 기존 문학사의 여러 범주를 침식시키는 유의미한 혼란을 발견하게 된다.

박태원의 작품이 암시적인 방식으로 통상적 장르 분류가 안고 있는 여러 주요한 문제를 제기하고 모더니즘과 식민지적 조건 사이의 관계를 재고할 것을 촉구한다면, 제4장의 김유정의 「병상의 생각」은 노골적인 방식으로 도구적 언어 개념을 비판하면서 문학사적 범주의 한계를 보인다. 1937년 김유정이 타개한 바로 그 달에 발표되었던 이 에세이는 서간체로 쓰여 있는데 그리 잘 알려지지는 않았다. 김유정은 과학, 사랑, 미학의 각 영역에서 경험주의 담론이라고 할 수 있는 것을 포착하여 이 세 가지 계기에 나타나는 주관주의와 객관주의에 대해 비판했다. 김유정은 특히 지시 대상을 충실하게 포착할 수 있다는 언어의 지시적 능력에 대한 순진한 믿음을 문제 삼았는데 그가 보기에 자연주의 소설 양식이나 "신심리주의적" 소설 양식 모두 이 순진한 능력을 전제로 언어를 하나의 투명한 의사소통 매체로 이해하고 있었다. 김유정은 이러한 관점을 대신해서, 근대 문학의 목적이란 그런 담론 양식을 완벽한 재현의 불가능성에 직면시킴으로써 인간의 지식과 이해의 향상을 위한 부단한 노고를 통해 바로 그 담론 양식을 넘어가는 것이라고 주장했다. 나는 김유정을 1930년대 경성 문단에 만연했던, 재현의 위기라고 하는 보다 일반적 차원의 맥락 속에서 경험주의 담론과 연결 지어 보려 한다. 김유정이 리얼리즘과 심리주의를 이중으로 비판하고 윤리적 문학 실천이나 인간주의적 문학 실천을 동시에 옹호한 것은 그가 식민지 시기 문학사에 대한 우리의 이해를 높이게 하는 강력한 이상주의를 지향했기 때문이다.

제5장은 김유정의 소설로 옮겨간다. 그의 작품은 1930년대 조선의 향토적 삶에 나타난 궁핍함을 포착하고 있기 때문에 철저한 리얼리즘을 추구했다고 이해되어 왔다. 이와 달리 나는 김유정 특유의 언어와 의미 사이에 존재하는 간극에 대한 사유를 살펴봄으로써, 그를 그 같은 교착 상태의 문제를 아이러니를 통해 직면하고자 했던 한 사람의 모더니즘 작가로 읽으려고 한다. 이 아이러니는 그의 작품 안에서 식민 경험이나 근대성 일반에 연결된 현실과 그것의 드러남 사이에 발견되는 불일치라는, 현실의 이중구조를 형식적으로 보여준다. 수사적인 비유와 아이러니가 갖는 철학적 입장을 경우해서 「봄봄」[1935]이라든가 「땡볕」[1937], 「봄과 따라지」[1936]같은 김유정의 정전을 다시 읽게 되면 한국 문학사에서 대단히 중요한 이 작가의 자리를 다르게 만들어볼 수가 있다. 그리고 문화 창조와는 근본적으로 아이러니한 관계일 수밖에 없는 식민화에 대해서도 재고해볼 수 있게 된다.

박태원의 작품은 지시성의 한계를 극복하려는 창의적 실천을 펼친 것으로서, 김유정이 객관성과 주관성을 비평한 것은 재현의 근대적 위기에 대한 이론적 기초인 것으로서 각각 읽어 가면서, 제6장은 이태준이 1939

년에 발표한 『문장 강화』에서 어떻게 언어적 실천을 이론화했는지에 주의를 돌린다. 1930년대 말 공적 담론 양식으로서의 조선어가 거의 박멸되기 바로 직전에 구성된 이 일련의 강의는 글을 쓰려는 학생들을 위한 초급 교재로 일축되곤 한다. 하지만 내가 발견한 것은 이태준이 "작문 연습"이라고 했던, 지금까지 잘 다뤄지지 못했던 『문장강화』에서의 지적 조탁이다. 우선 나는 이태준이 설정한 구어 사회(글쓰기가 수사학적 전달에 매여 있는)에서 문어 사회(근본적으로는 말하기에 기반한다고는 하나 글쓰기가 최우선의 매체가 되는)로의 전환에 대해 논하려고 한다. 그런 연후에 『문장강화』를 '근대 국어'의 탄생과 함께 입말이 글쓰기의 기초가 됨으로써 어떤 의미화가 발생했는가'를 다룬 체계적 연구로서 읽을 것이다.

나는 "말을 쓰라"고 하는 이태준의 권고가 동아시아 국어 표준화의 특징이었던 "언문일치" 기획과는 유사하지 않다는 것을 발견했다. "말을 쓰라"는 것은 오히려 언어의 지시적 층위, 다시 말해 기호의 시각적이고 청각적인 측면을 개발하여 "내면의 말"을 구현할 것을 요구하고 있었다. 여기에서 이태준은 문학 작법의 임무를 조제 길José Gil이 "목소리를 낳는 신체"라고 말했던 즉 입말의 특징과 글말의 특징을 모두 살리면서 의미를 순수하게 표현된 것 위로 또는 그것의 너머로 전달하는 생산에 중심을 둠으로써, 박태원이 글말에 내재한 "그럼직함"의 본성을 통찰했던 것을 확장시킨다.[49] 나는 『문장강화』를 1930년대 재현의 위기를 특징짓는 "말해진" 것과 "의미한" 것 사이에 존재하는 구성적 간극을 이론으로써 극복하고자 했던 최고로 복합적인 모더니즘적 시도로 읽는다.

이태준은 1930년대 조선에서 가장 유명하고 최고로 영향력이 있었던 편집자이자 작가라 할 수 있다. 일반적으로 그는 식민지적 삶이라는 위기로부터 벗어나 지나간 시절을 관조적으로 회고하려고 하는 "반모더니즘" 딜레탕트 혹은 "신고전주의자"라고 이해된다. 그러나 제6장에서 밝히게 되듯이 1930년대 후반까지 이태준은 언어의 지위에 대해 철저히 질문했다. 그렇기 때문에 나는 제7장에서 이미 정전이 된 이태준의 몇몇 단편소설을 "서정적 산문"으로서, 즉 말과 글의 문체적 상호 침투에 대한 예로서 읽는다. 이를 위해 그가 『문장강화』에서 발전시켰던 "글말"이라는 개념을 논의를 위한 근거로 삼으려 한다.

이태준이 사용한 기교는 리얼리즘 산문의 전제들을 침식시키는 방식이었다. 그것은 독자를 위해 현실을 이해시켜주고 묘사해주는 인식 주체 즉 필립 번스타인이 말한 계몽 주체의 "비논리성"이라고 부른 것을 문제시하는 방식으로서 의식과 말, 글 사이에서 복잡한 매듭을 엮는다.[50] 그의 소설은 동시대 현실로부터의 후퇴도 아니고 리얼리즘 산문의 명백한 예도 아니다. 나는 이태준의 소설을 '언어는 그 지시 대상에 투명하게 들어맞는다'라고 하는 관념에 저항하고 '인식 주체는 국어에 내포된 음성중심주의 담론을 보증한다'고 하는 발상도 거절하는 모더니즘적인 것으로서 읽을 것이다.

그러므로 이 책의 분석은 재현의 위기에 대한 이론화, 이 위기에 대한 비평적 대응, 의사소통적 간극을 극복할 어떤 실천이나 방법에 주의를 두려는 여러 모더니스트의 다양한 모색 과정을 추적하게 된다. 그러면서 박태원과 김기림, 이상이 쓴 여러 소설 텍스트에 이 같은 "창작" 방법이 어떤 역할을 하는지를 살펴볼 것이다. 결론에서는 이 책이 다루고 있는 두 개의 주요 논점을 다음과 같이 다시 설명하게 된다. 하나는 만약 독자가 1930년대 모더니즘에 대해 이 책이 분석하면서 부여한 특징을 수용한다면, 문화 창조와 그 창조 맥락 사이의 관계를 그리기 위해서는 기존의 장르 범주에 대한 재평가와 식민지 조선의 문학사에 대한 재고가 필요해진다는 점이다. 다른 하나는 식민지 조선의 모더니스트들이 언어의 지시능력에 대한 믿음을 상실한 것과 문학어에 대한 도구주의적 이해를 적극적으로 비판한 것을 보다 넓은 차원에서 본다면 그것들은 "모더니즘의 형이상학"과 연결될 수 있다는 점이다. "모더니즘의 형이상학"은 단지 재현의 핍진성만이 아니라 모더니즘에 고유한 매체적 본성에 내적으로 초점을 맞추면서 과학주의적 모델과 역사주의에도 도전한다.[51]

　이것들은 특히 비서양의 문학사를 위한 유의미한 통찰이 된다. 안드레 슈미드Andre Schmid가 지적하듯이 어떤 식으로 역사가 쓰이는가는 제국주의의 지배를 받았던 동아시아의 지역학에서 결정적이다. 그것은 특히 국민국가라는 관념을 통해 지리적으로 묶여 파악되는 역사에 저항하기 위해서 대단히 중요하다. 그런 역사들은 "영어로 쓰였음에도 특정 국가를 초월할 수 있는 역사적 힘들을 상실하는 것을 감수하고서 개별 국가가 중심이 된 역사 형태를 강조하려고 한다. 특히 그런 역사적 힘들이 아시아에 뿌리를 둔 경우에 말이다".[52] 비서양적 맥락에 놓인 모더니즘을 유럽 중심주의/토착주의라는 이분법 밖에 존재하는 하나의 해석 양식으로 재개념화하게 되면 비서양의 모더니즘적 실천을 주변적인 것으로 치부하는 비교들, 문학사가 배분한 갖가지 우선권들, 온갖 방법들에 대한 질문이 발생하게 된다. 나는 이러한 "지리학적 맹점"[53]을 지적하면서, 분석 과정에서 마련해야 하는 비교의 토대를 지역학에서보다 더 넓게 탈식민주의적 비교문학의 차원에서 비서양의 장소를 재고하는 데까지로 확장시키려 한다.

한국의 모더니즘 작가들은 대단한 수준의 소설을 썼을 뿐만 아니라 훌륭하고도 독창적인 비평가들이었다. 작가들의 소설과 비평문 사이에서 이루어진 상호 작용을 분석하고 이것과 병행해서 이들의 소설과 문학론 작업을 신중하게 읽음으로써, 나는 문학사가 통상적으로 박태원, 김유정, 이태준에게 할당했던 여러 분류의 토대가 침식되는 것을 보일 것이다. 문학 텍스트에 대한 해석을 여러 분류 체계에 의한 과잉결정으로 이해하는 것, 근대를 지시성과 언어에 대한 인간의 이해에서 일어난 근본적 전환(언어와 그 세계 사이에 존재한다고 [인간이] 전제한 관계 속에서 일어난 변화)에 뒤따르는 것으로 보는 것, 이것을 꼭 새로운 발상이라고 할 수는 없다. 그럼에도 나는 언어 차원에서 "현실"의 지위 즉, 핵심적이기는 했었지만 한국문학사에서는 어떤 식으로든 충분히 이론화되지 못했던 현실의 측면을 다시 생각해봄으로써 1930년대에 관해서 또는 일반적으로 문학사적 실천에 대해서 새롭거나 최소한 흥미로운 관점을 얻을 수 있기를 바란다.

다른 작가들처럼 박태원, 김유정, 이태준도 말과 사물, 기표와 지시체 사이의 단순한 조응 관계를 넘어서려고 했다. 담론 차원에서 식민지 근대성과 상호 작용하고, 언어의 물질성을 주장하고, 역사적이고 현실적인 해석 양식들을 거부하고, 현실과 어떻게 충실한 관계를 맺을 것인가에 따라 규정되는 문학 실천으로서의 리얼리즘을 초월하면서, 세 작가는 식민지 시기 내내 문학어를 이론화하고 또한 구성해가면서 "현실"이라는 개념을 "근대"와 연결시켰다. 이들 모더니즘 텍스트가 전지구적 비교 문학의 맥락 안에 (식민지 상황과 맺는 그들 관계가 지닌 특수성뿐만 아니라, 형식 분석을 품은 모더니즘 텍스트로서 그들 작품의 타당성이 지닌 특수성에서) 현실적으로 존재함을 확실히 주장함으로써 우리가 이들 작품을 대해 가져왔던 여러 역사

는 작품들이 재현에 대해 보여준 복합적이고 유의미한 인식에 정당성을
부여하게 될 것이다.

제1장
제국의 역설
1930년 경성 문단에 나타난 재현의 위기

레이 초우Rey Chow는 자신의 책 『세계를 겨냥하는 시대*The Age of the World Target*』의 서론에서 언어와 그 세계 사이의 관계에 대한 여러 사유가 20세기를 통과하는 동안 어떻게 변했는지를 쓰고 있다. 첫째는 근대성의 관점에서다. 푸코가 이론화한 것처럼 우리는 말과 사물 사이의 등가성으로부터의 추락이 일어난 결과 세계에 관한 확실한 앎의 상실에 따른 언어적위신의 하락을 경험한다. 사물의 세계로부터 언어적 소외가 일어나는 것이다. 여기에서 문학은 유사함과 유비, 혹은 낯설음과 차이를 통해 그 세계로부터 달아나는 듯이 보일 수 있다. 탈구조주의Post-structuralist 이론은바로 이런 관점을 물려받았다. 즉 언어의 임무는 자기 지시적이며, 레이초우가 쓰듯이 자기 반영성이 언어에 "접합되어" 있다는 것이다. 이를 언어적 전회라고들 하는데 가브리엘 스피겔Gabrielle Spiegel은 이에 대해 "언어를 인간 의식의 구성적 중개자이자 의미의 사회적 생산이라고 보는 관념이며, 세계에 대한 우리의 이해는 그것이 과거의 것이든 현재의 것이든오직 언어라고 하는 애초부터 코드화된 지각의 렌즈를 통해서만 도달할수 있다라는 개념"이라고 요약한다.[1]

우리는 이런 식의 즉각적 지시성과 확실성의 상실에 대한 보상으로 과학적 글쓰기 또는 해석적 글쓰기가 출현하는 것을 본다. 바르트는 이에 대해 다음과 같이 썼다. "언어란 단지 도구에 지나지 않아서 투명하려고, 가능한 중성적인 것이려고 한다. 그래서 언어의 밖에 그리고 언어에 앞서 있는 과학적 문제에 종속되어 있다. 한편으로는 그 무엇보다도 과학적 메시지의 내용 즉 모든 것이 된다. 다른 한편으로는 결국에는 과학적 내용을 표현하도록 위임된 구어 형식 즉 아무 것도 아닌 것이 된다."[2] 이런 관점을 바탕으로 경험주의 담론이나 과학 담론은 언어를 진리와 지식을 무매개적으로 전달하는 수단, 투명한 의사소통과 지식 생산, 자연계나 세계의 다른 영역을 객관화하기 위한 도구적 수단으로 이해한다. 레이 초우는 지역학을 이러한 객관화의 담론 중 한 예로 다루면서, 바로 이같은 언어가 "대상이 된 그 문화의 지역을 실체화하고 (…중략…) 그 장소를 더욱 판독 가능하게, 보다 접근 가능하도록, 보다 '우리'의 쓰임에 유용하도록 만든다"라고 주장한다.[3]

식민지 조선의 모더니즘은 지시적 위기에 대한 창의적 대응으로서, 언어의 의사소통 모델과 언어와 그 언어를 전제하는 세계가 맺는 관계가 의지하는 더 큰 서사에 대한 믿음이 사라진 것에 따른 증상적 반응으로서 이해할 수 있다. 나는 모더니즘을 단지 철학적 의미에서 제기된 "근대인의 세계 속 고향 상실감"과 같은 초월론적 위기나 "진선미라고 하는 전능한 준거의 상실"이라고 하는 미학적 위기에 대한 반응으로서만이 아니라, 알렌 메길Allan Megill이 역사주의의 몰락에 대해 말했던 것처럼 "광범위하게 펼쳐져 있는 역사주의의 세속화된 형식인 진보에 대한 믿음이 붕괴한 것에 대한 반응"이라고도 본다.[4] 도로시 로스Dorothy Ross도 모더니즘의 자리를 "서구 문화와 사회라고 하는 보다 넓은 차원에서의 위기" 안에 마련하는데, 그 안에서 진화론과 지식 비평은 "과학이 자연에 대한 확고불변의 지식을 낳을 것이라는 믿음을 파괴했고", "어떤 지식과 가치들을 낳는 힘을 지닌 것으로서의 역사적 사유를 앗아갔다". 이와 함께 "산업화와 제국주의, 세계대전은 자연이나 역사에 선한 질서가 존재한다는 것에 대한 의혹을 확대시켰다".[5] 그런 까닭에 마이클 벨Michael Bell이 지적하듯이 모더니즘 실천은 "비평적으로나 창조적으로나 문학 형식과 지식(혹은 인식) 양식 사이의 관계를 핵심적으로 고려한다".[6] 마이클 벨은 자연과학의 영역에서나 역사학의 영역, 또는 언어학의 영역에서 대체적으로 객관적 지식 양식이 축출되고 전통적으로 과학 편향적이었던 "리얼리즘"이 약화되며 "의심의 해석학"이 나타난다는 점을 지적하는데, 여기에서 맑스주의적 허위의식, 프로이트적 억압, 니체주의적 기독교 비판은 해석이라는 것을 진리나 의미를 향한 투쟁에서의 특권적 범주로 다시 설정한다.

식민지 비평가와 재현의 위기

모더니즘 비평 실천의 전제조건이라고 하는 자기 재현의 위기, 사회 재현의 위기, 역사 재현의 위기는 식민지 시대 세 명의 주요 비평가가 쓴 비평문에서 지시성으로부터의 "추락"이라는 발상과 만난다. 최재서와 임화, 김기림의 문학론에서(1930년대 중반부터 후반까지 그들이 쓴 모든 글에서) 이 "추락"은 남자 혹은 여자가 의도한 것을 작가가 말하거나 표현할 수 없다는 점과 관련이 있으며, 이들 작가는 종종 "위기"라는 용어를 식민지 조선이 직면하게 되는 사회적 맥락과 담론적 맥락을 설명하기 위해 썼다. "위기"는 보다 일반적 차원에서 근대와 관련되어 있었을 뿐 아니라 구체적으로는 특수한 역사적 조건을 나타낸 것이기도 했다. 당시는 사회주의 프롤레타리아 문학에 대한 탄압이 있었으며 일본의 식민화 아래에서 삶의 현재적 현실성을 그리려는 시도를 묶어 버렸던 식민지 검열도 있었다. 1930년대의 작가들은 이러한 상황을 함께 하면서 식민지 사회의 현실적 곤궁과 그것을 소설 형식이나 시적 형식으로 재현하는 일 사이에 놓여 있는 도저히 해소할 길 없는 간극을 드러냈다. 문학에 대한 진리, 자신에 대한 진리, 작가와 사회 사이의 관계에 대한 진리의 상실이 광범위하게 표출되었다. 이것들은 주로 주관 세계 또는 객관 세계를 재현하는 언어의 능력에 관련된 문제였다.

문학 비평가 임화는 카프와 조선 프롤레타리아 문학 운동이 와해된 1930년대 중반 직후의 시대를 이상과 현실 사이의 간극이 점점 더 벌어져가는 위기의 시대로 규정했다.[7] 식민 권력의 손아귀에 있는 폭력과 검열의 위협 때문에 시대의 작가들은 이 간극을 좁힐 수가 없었고, 문학 작품을 통해 이데올로기를 현실적 사회 조건에 대한 재현과 연결시키기가 불가능했다. 임화는 바로 이 문학사의 "영점"에서 "말하려는 것"과 "그리려는 것" 사이에 존재하는 불일치한 전개에 대해 즉, '이상'과 '현실' 사이에 존재하는 간극에 병행해서 나타나는 분열의 진전에 대해 썼다. 이 간극은 남성 작가나 여성 작가가 자신의 작품을 갖고 인물과 환경 사이에서, 성격과 상황 사이에서, 또는 자아와 그의 환경 사이에서 유기적 통일체나 조화를 만들어낼 수 없게 했다. 결과적으로 많은 작가들이 "내성소설"이나 "심리소설" 그리고 "세태소설" 사이에서 소설적 글쓰기의 스타일을 선택할 수밖에 없었고, 이들 스타일은 모두 임화가 '조화있게 통합된 예술작품'이라고 평가한 것 안에서 각각의 요소를 녹여내지 못한 채 인물의 내면만이나 그 작품의 사회적 맥락만을 강조했다.

내성에 치우친 작품과 외부 세계에 집중하는 작품으로의 분열은 작가의 분열된 내면 즉, 그 작가가 말하려는 것과 실제로 작품 안에서 그리는 것 사이의 분열을 반영한다. 작가가 재현하려고 하는 바는 작품 속에 그려진 세계와 조응하지 않고, 묘사하려는 세계를 살리려고 하면 작가의 생각은 서사와 조화를 이룰 수가 없게 된다. 임화가 썼듯이 "작가의 생각을 살리려면 작품의 사실성을 죽이고 작품의 사실성을 살리려면 작가의 생각을 버리지 아니할 수 없는 딜레마에 빠지는 것이다".[8]

임화는 박태원을 "외향적"이고 "묘사하기를 좋아하는" 작가의 한 예로 보았다. 그런 작가는 텍스트적 재현을 이데올로기적 의미와 의도적 의미에 맞출 능력이 없기 때문에 소설은 전적으로 외부세계를 그리게 되며 작가적 자아는 "힘없고 무력하게" 된다. 최재서가 박태원의 『천변풍경』을 리얼리즘의 객관적 확대로 평가한 것과는 반대로,[9] 임화가 『천변풍경』을 작가의 사유나 작가의 이데올로기를 독자적으로 존재하게 할 능력이 없는 리얼리즘적 무능력이라는 하나의 실패이자 그 예로 본 것은 유명하다. "『소설가 구보씨의 일일』에서 산송장이 되어버린 주인공은 혼란스런 현실에 둘러싸인 그의 나날을 자기반성적으로 회상한다. 『천변풍경』에서는 이 걸어 다니는 송장이 너저분한 현실이 다양하게 교차하는 것을 미세하고 정교하게 묘사하는 것을 볼 수 있다."[10] 임화가 쓰고 있듯이 이 같은 묘사의 가치는 작가가 출현하지 않는데도 독자에게 문제적인 어떤 현실을 전달할 수 있다는 데에 있다. 하지만 이런 방식의 묘사는 현실의 여러 특수 국면에 초점을 맞출 능력이 없고, 무엇이 중요하고 중요하지 않는가를 구별할 수 없는 약점을 갖는다. 이것이 임화의 관점에서 세태소설을 순수 리얼리즘과 따로 분리시켜 "무력의 시대"와 연결시키게 했다.

세태소설에 대한 임화의 핵심적 논점에서는 1930년대 초반부터 중반까지 모더니즘 소설과 모더니즘 비평이 전개시킨 재현의 위기가 몇 년 동안에 광범위하게 문학사의 위기로 받아들여지게 되었다는 점이, 이데올로기적이고 사회 참여적인 글쓰기의 쇠퇴와 연결된다는 점이 명백하게 나타나 있다. 말해진 것과 의미된 것 사이의 분열은 그 자체로 작가의 내부를 향해 확장되어 전적으로 내성적인 접근과 전적으로 외향적인 접근 사이의 선택만을 강요했으며, 작가의 외부에서는 1930년대의 식민지 조선이라는 역사적 시기에서 좌익 문학적 성격의 쇠태로 이어졌다.

임화만 1930년대를 위기의 시기로 규정했던 것은 아니었다. 비평가이자 시인인 김기림은 1939년에 발표해서 유명해진 논문 「모더니즘의 역사적 위치」에서 1930년대 중반이라는 혼란기에 조선문학을 구하려면 어떤 미래적 코스를 선택해야 하는가를 물었다.[11] 김기림은 이 에세이 전체를 통해 문학사를 변증법적으로 즉 긍정과 부정, 종합이라고 하는 진행적 과정으로 이해했다.[12] 새로운 세대나 새로운 시대가 새 가치를 필요로 하거나 요구할 때 낡은 가치는 폐기된다. 그랬기에 1920년대 중반에 낭만주의와 상징주의는 1920년대 후반에 경향시가 중심 장르로 부상함에 따라 서서히 쇠퇴했고, 그에 뒤따라 모더니즘이 1930년대부터 1930년대 중반까지 전개되었는데, 그것은 동시대 사회적 요구에 접촉하는 데 실패하고 더 이상 발전을 이룰 수 없는 지점에 이르게 되었다. "영구한 모더니즘이란 듣기만 해도 몸서리치는 말이다."[13] 김기림은 이렇게 쓰면서 대신 문학사 속 모더니즘의 역할은 무엇인지, 하나의 장르와 만났을 때 모더니즘의 역사적이고 사회적인 역할은 어떤 것인지, 조선의 환경이 문명과 대면했을 때 문학의 미래를 예견하는 하나의 방법으로서 모더니즘의 새 지위는 어디에 있는지에 대한 세심한 검토를 요구했다.

김기림은 문학사적 용어를 통해 모더니즘이 두 가지 경향에 대응한 것이었다고 설명했다. 그 하나가 낭만주의 시나 세기말 시에 나타난 센티멘탈리즘이고 다른 하나가 경향파적이거나 좌익 성향의 시나 소설에 나타난 내용과 이데올로기 편향성이다. 모더니즘은 이 경향에 대해 시어나 시 이면에 있는 언어적 기교를 고려하는 자의식을 갖고 있었으며, 근대 문명이라고 하는 명령을 어느 정도 수용하거나 아예 그것에 항복한다는 기반을 갖고 있었다.[14] 김기림은 '자연에 대한 감상적 묘사나 그 시에 나타나 있는 주관적 감정 표현이 더는 현시대를 살아가는 사람들의 감정을 촉발할 수 없다'라고 했다. 이전의 표현 형식은 도래한 역사의 여러 용어와 맞지 않기에[15] 모더니즘은 근대성으로부터 나와서 "신선한 감각으로서 문명이 던지는 인상을 붙잡았다".[16] 모더니즘은 도시에서 나고 길러진 "근대 문명의 아들"로서 자연의 미에 초점을 맞추었던 시를 대신해서 도시적 테마와 주제를 취했다.

모더니즘은 내용 측면에서만이 아니라 형식 수준에서도 전대 문학 작품이 썼던 언어를 기차와 비행기, 수많은 공장, 군중들이 내는 떠들썩함에 걸맞는 어휘와 작시법으로 대체했다. 그 결과로 모더니즘은 전통적 문학이 내용과 형식 모두의 관점에서 동시대 사회 세계에 적합하지 않다는 사실에 직면하게 했다.[17] 그렇지만 모더니즘은 1930년대 중반에 이르러 위기를 맞게 된다. 모더니즘 자체가 의존했던 특유의 여러 비평 도구들과 그 새로움에 대한 시대의 요구가 달라지자 동시대 현실에 대한 명확한 전망을 상실하게 된 것이다. 김기림은 조선 시단 전체를 개괄하면서 모더니즘과 "사회성"의 종합을 이 위기를 진척시킬 새로운 진로로 보았다. 그런데이 진로는 주어진 역사적 환경 속에서 포기될 수밖에 없었다. 김기림은 여기에서는 근대성이 극복될 수가 없다고 보았다. 그러면서 그는 현재의 역사성과 사회성으로부터 문학의 새 방향을 창안하는 과제는 단순히 모더니즘에 대한 망각이 아니라 모더니즘 그 자체로부터 변증법적으로 끌어내져야 한다고 결론 내렸다.[18]

보다 구체적으로 말해서 모더니즘의 유산이란 재현 언어 그 자체에 대한 자의식적 반성 즉, 동시대 사회에 적합한 말하기와 글쓰기 방법에 대한 주목이다. 모더니즘은 시간의 흐름과 함께 그 "새로움"을 잃자 현 사회의 모순을 반영하는 능력을 상실했으며 그로 인해 역사적 권위를 잃고말았다. 김기림에게 재현의 위기(근대 문명의 전개에 의해 발생하고 모더니즘의 내용과 형식을 반영하는)는 모더니즘 문학의 실천을 규정하는 것이었으며, 또한 1930년대 중반에서 후반까지 식민지 후기 조선에서 나타났던 그같은 위기로부터 변증법적 탈출을 위한 출발지를 제공하는 것이었다.

임화와 김기림이 1930년대 말에 여러 비평문을 써서 그 이전 시대를 소급해 설명한다면, 최재서는 풍자와 1930년대 중반에 30년대의 재현위기를 다루는 평론을 통해 그것을 널리 알렸다.[19] 영향력 있는 식민지기비평가였던 최재서는 1935년 7월에 「풍자문학론—문단위기의 타개책으로서」를 연재하면서 사회적이고 문학적인 위기에 대해 문단의 대응이 빈곤하다는 자신의 관점에 무게를 실었다.[20] 최재서에게 문단의 임무란 자본과 식민주의가 뒤섞여서 만들어낸 논리로 이루어진 동시대 현실에 빠져 있는 분열되고 파편화된 자아의 형상을 인식하고 충실히 그것을 재현하는 것이었다. 그렇기 때문에 풍자는 그런 현실의 객관적 조건을 바꿀수 없는, 심지어 그것을 그릴 수 있는 규범적 문학 전략을 채택할 수 없는 불가능성에 근거한 비관주의에 그 뿌리를 두게 되었다.[21] 최재서는 '국민주의 문학'과 '사회주의 문학'이 대립하는 가운데 이 견고한 이분법 밖에서 그 어떤 새로운 문학 경향도 나타나지 않고 있기 때문에 그 대안이 될 비평적 접근을 찾으려 했다. 다시 말해 이런 교착 상태로부터 빠져나오게 할 수 있으면서 조선 문학의 진보에 도움이 될 여러 가능성을 이론화할 수 있는 문학 분류의 다른 방법을 모색했던 것이다.[22]

최재서는 기계적 인과론의 조잡한 "반영"이론을 피하면서[23] 사회의 위기와 문학의 위기를 신중하게 구별하고 사회가 반드시 문학 세계에 즉각적이고 직접적인 영향력을 미칠 필요는 없다는 점을 지적했다. 최재서는 진정한 문학의 위기가 나타나려면 이전까지 사회와 밀접하게 엮여 있었던 신념 체계가 완전히 무너져 내려야만 한다고 주장했다. "사람들의 감정생활이 의거할만한 모든 지주가 붕괴하여 무신념이 사람들의 생활 태도로 화할 때에 비로소 문학적 위기는 도래한다."[24] 최재서에게 "현대"는 바로 이런 종류의 과도기로서, 여기서는 전통은 폐기되지만 신시대에 적합한 신념 체계는 아직 출현하지 않는다. 조선의 많은 작가를 불구로 만들고 있는 이 상황이 현재 문학 위기의 뿌리에 놓여 있는 것이다. 이에 대해 최재서는 다음과 같이 말했다. "작가는 독자를 예상하지 않고 창작할 수도 있다. 그러나 작가는 신념이 없이는 창작할 수 없다. 설혹 전 세계가 그의 예술을 조소하고 비난한다 할지라도 작가가 그 자신의 예술에 대한 신념만 있다면 그는 창작할 수 있다(그리고 이 최후의 신념은 흔히 보편적 진리의 형식을 취하여 존재하여 왔다).”[25]

이런 류의 신념이 없다면 작가는 파편화된 여러 인상의 한가운데에서 표류하는 채로 진실된 예술로 사회적 삶의 흔적을 녹여낼 수단을 쥐지 못한 채 그것을 흐트러뜨리게만 된다. “작가가 충분한 창작 의사를 가지면서도 성실하게 창작할 수 없는 모순상태—이것이 즉 진정한 의미의 문학적 위기이다.”[26] 여기에서 최재서는 사회의 위기(전통적 신념 체계의 쇠락)를 주체의 위기와, 작가 자아의 파편화 또는 분열과 그로 인해 발생한 예술 작품의 무능력(하나의 예술 작품이 유기적 통일을 이루면서 사회 전체의 삶을 창조적으로 포착하지 못하는 점)과 연결시킨다. 최재서는 임화와 같은 관점을 갖고 1930년대 중반을 통찰했다. 두 사람 모두 문학 위기의 뿌리에서 주체의 분열을 보고 이 분열을 의도한 대로 말하거나 표현할 능력이 없는 작가의 무능력에 연결시켰다. 최재서도 외부 세계를 향해 있는 작가의 태도나 입장이 작가의 미학적 기교에 어떻게 반영되었는가를 우선 주목했다. 최재서는 문학 분류체계를 이데올로기에 한정하고 국민주의 문학과 사회주의 문학 사이의 교착상태로 여러 가능성을 내포한 문학 비평 의식을 좁히는 “논리적 자살”을 감행하는 대신에 비평의 영역을 주체성 즉, 자아와 세계 사이의 관계로 옮긴다.

최재서는 외부 세계를 현대성의 세계, 다시 말해 “전통을 그대로 수용할 수도 없고 또 그렇다고 실질적으로 거부할 수도 없”[27]는 세계로 보았다. 현대 세계가 갖는 전환의 본성을 고려한다면 개인은 다음 세 가지의 위치나 태도 중 하나를 선택할 수 있다. 수용적 태도 즉 전통과 현대가 낳은 현실을 수용하기. 거부적 태도 즉 현대의 현실을 아직 현실화되지 않은 사회적 형식에 대한 건설적 환상으로 대체하기. 마지막으로 비평적 태도 즉 수용과 거부의 중간 지점에 서서 비평적 시선은 전통으로 돌리면서도 현재를 명확하게 보려고 애쓰면서 동시대성의 실패와 결점들을 맹렬히 비판하기. 비평적 태도의 기능은 "소극적 파괴" 즉 전통을 파괴하면서 과거 지향적 세계관을 약화시키고 그러면서도 현재 현실의 부정적 측면에 주의를 기울이는 동시적 노력이라고 할 수 있다. 문학사의 영역으로 되돌아가보면 우리는 비평적 태도의 소극성이 "국민주의적"(긍정적이고, 적극적인) 문학과 "사회주의적"(이념적이고, 미래지향적인) 문학 사이에 놓인 이분법의 덫을 피하면서 둘 중 어느 하나를 선택하기보다는 둘 다를 거절하고 있음을 볼 수 있다.

현대 이전에 시작된 "저급한 풍자"는 개인을 공격하는 데에 사용되는 한편 "정치적 풍자"는 특정 시기에 존재하는 정치적 권위나 권력을 비판하며 "고급한 풍자"는 인류 전체를 그 비판 대상으로 삼는다. 하지만 최재서에 따르면 풍자의 미학적 형식 즉 작가 자신이 자기를 풍자하고 해부, 분석, 비판하는 것은 현대에만 독특한 것이다. 최재서는 윈덤 루이스Wyndham Lewis, T. S. 엘리엇T. S. Eliot, 그리고 올더스 헉슬리Aldous Huxley를 자기 풍자의 원류로서 인용하는데 특히 자아와 비자아로 분열된 현대인에 대한 윈덤 루이스의 이론을 언급한다.[28] 최재서는 비자아라는 것이 개인의 성격이나 사회가 계속해서 완전한 상태에 있을 수는 없다고 하는 낭만적 관념이 쇠태함에 따라, 인간은 원래 불완전하게 태어난다고 하는 각성이 확산되면서 출현했다고 본다. 모두가 바라마지 않을 것 같은 고귀한 인간 정신의 대변자들과 영웅, 천재에 대한 19세기적 숭배와는 한참의 거리를 둔 "불완정한 개성의 출현은 명일의 세계를 암시하여 준다".[29] 그 때문에 현대인들에게 나타나는 하나의 일반적 특징은 절망으로, 우울(지적으로 연약한 자의 선택)아니면 풍자(자기비판과 자기 조소를 통해 주체의 주인이 되는)를 낳는다는 것이다.[30] "자기 풍자는 무엇보다도 현대의 산물이다. 전대엔 생겨날 수 없었던 현대의 독특한 예술형식이다. (…중략…) 자기 풍자는 자의식의 작용이고 자의식은 자기분열에서 생겨나는데, 이 자기분열은 현대에 와서 비로소 결정적으로 형식화하였기 때문이다."[31]

자아와 비자아의 현대적 분열이란 무엇인가? 그것은 우연과 만일에 대해 매순간 맹목적으로 행동하는 인간이라는 동물과, 이 행위자를 "노예적이고 인생의 광대이자 바보"로 보는 내적 관찰자 사이에 놓인 현대적 분열을 뜻한다. 바로 여기에서 자기 풍자가 탄생하는 계기가 나타난다고 최재서는 쓴다.[32] 현대의 특징이 된 주체의 분열은 한 사람의 인간체 안에 작용과 반작용이 공존하도록 한다. "현대인은 맹목적으로 행동하는 다음 순간 비자아로 하여금 이를 관찰하고 비판하고 조소케 한다. 이것은 인생의 최대 비극이다. 그러나 그것은 현대인의 피치못할 운명이다." 이것은 자아와 비자아라는 양극 사이에 놓인 교류작용으로, 이것이 "웃음의 스파-크를 일으킨다".[33]

진리, 언어, 제국의 역설

임화, 김기림, 최재서는 저마다 1930년대 중반 식민지 조선이라는 사회적이고 담론적 맥락을 설명하기 위해 "위기"라는 용어를 사용한다. 특히 그들은 근대 주체의 분열, 즉 자아와 비자아의 분열, 외부와 내부의 분열, 의도하거나 사유한 것과 말하거나 표현한 것 사이의 분열을 이론화한다. 세 비평가는 각각 이 분열의 원천으로 "현대"를 언급할 뿐만 아니라 간접적으로는 특정한 "사회 환경"(사회주의 프롤레타리아 문학에 대한 탄압, 일본의 식민 통치 현실을 묘사하려는 그 어떤 시도도 제한하는 식민지 검열)을 지목한다. 식민지 근대성이란 것은 임화가 언급했듯이 이상과 현실 사이의 간극이며, 김기림이 보았듯이 조선문학과 그 역사적 맥락 사이의 괴리이다. 최재서는 이것을 신념을 상실한 현재라고 경고하면서, 오직 비평적 자기 풍자와 그 풍자가 동반하는 웃음을 통해서만 이런 현대가 낳은 주체적이고 문학사적인 교착 상태를 극복할 수 있다고 한다.

문학사적 차원에서 이 "교착상태"는 두 개의 문제와 연결되어 있다. 하나는 카프의 해체이고 다른 하나는 프롤레타리아 문학 운동에 대한 조직적 규제 때문에 나온 "민족주의" 문학과 "사회주의" 문학 사이의 간극이다.[34] 카프는 "프롤레타리아 계급 문화의 수립이라는 목표를 추구"했으며, 활약했던 가혹한 십 년 동안 정치 세력이 되기 위해 고투했다.[35] 1931년과 1935년에 또다시 이루어진 카프 구성원들의 대거 정리 이후, 조선에서의 정치 운동 기능을 담당했던 카프의 역량은 눈에 띄게 축소되었고 식민 권력은 두 번째 "검거"를 통해 1935년 5월, 공식적으로 카프의 해산을 선언했다.[36]

카프는 조직 내부의 당파적 분열과 이데올로기적이고 미학적 입장에서 발생한 복잡한 전환에도 불구하고 1920년대 후반과 1930년대 초반에 걸쳐 영향력을 행사했다. 카프의 해체는 문학계에서 프롤레타리아 문학 운동에 깊이 관여하지 않았던 작가들에게 하나의 틈을 열어 주었는데 임화식 표현대로라면 그것은 "이데올로기의 쇠퇴"[37]였다. 이 점을 고려한다면 카프의 해체는 식민지 문학사에서 결정적 계기를 제공하는 동시에,

그 종식과 더불어 일종의 부재하던 이상이었던 모더니즘을 비정치적이라는 평가로 껴안으면서 더욱 돋보이게 했다. 형식과 내용 중에서, 혹은 정치와 미학 중에서, 어디에 강조점을 둘 것인가 하는 논쟁이 식민지 조선 문학의 특수함이라고 할 수는 없다. 그렇지만 앞에서 인용한 임화, 김기림, 최재서가 지적한 대로 1930년대 중반 문단 내부에서 진행되었던 논쟁적 국면들은 어떤 교착이나 위기를 낳았고, 이것의 극복은 식민 통치 아래에 놓인 근대 문학의 연속성을 상상하기 위해 필요한 것으로 보였다.

문학사의 이런 맥락은 1930년대 작가들에게 도저히 극복할 수 없을 것 같은 간극을 보여주었다. 그것은 식민지 사회의 현실적 곤경과 그것을 소설이나 시적 형식을 통해 이상적으로 재현하는 것 사이에 놓인, 다시 말해 일본 제국주의 통치의 군국주의화와 함께 과거 좌익 활동가들에 의한 사상전향이 고조되는 것과 그 아래에서의 협소해진 문학적 실천 사이에 놓인 간극이었다.[38] 이 같은 괴리는 근대적 주체성의 문제 즉 개인과 사회 사이의 분열, 자아와 비자아의 분열과 밀접히 관련 있는 것으로서 확대되어 이론화되었다. 임화와 최재서 모두 이런 분열과 위기를 조선 문학 공동체에 특수한 것으로서 보았는데 이것은 또한 병렬적으로는 근대적 개인에게 내재되어 있는 위기의 결과이자 그 위기에 기원을 둔 것이었다.

앞서 살펴보았듯이 최재서는 "자아의 분열"을 특별히 근대성과 결부시키고 주체의 위기를 문학적 실천에 연결하면서 풍자를 근대 문학의 비평적 임무에 최적한 양식이라고 한다. 임화는 심리적이고 묘사적인 여러 소설 기교에 대해 비평적으로 평가할 때에도 근대적 주체에게서 나타나는 근본적 분열 행동하는 자아의 맹목적인 동물적 충동과 바로 이 일상적 자아 내부에서 자아를 면밀히 뜯어보는 "관찰하는 타자" 즉, "비아"[39] 사이의 분열을 그 근저에 설정한다. 세태소설이 독자에게 주체 외부에 존재하는 것들에 대해 객관적인 듯한 묘사를 보여주는 동안, 심리 문학은 내면을 향해 있는 이중적 시선의 여러 사례들을 제시한다. 임화가 암시한대로 카프 해산 후 1930년대 중반의 상황에서 이러한 분열은 이데올로기와 객관적 관찰의 유기적 통합 즉 식민지 근대성이라는 모순된 현실의 안에서 또한 그것에 맞서면서 새로운 비평 문학을 낳을 수 있는 통합을 불가능하게 한다.[40] 최재서가 자기 풍자라는 개념을 갖고 극복하려 했던 것이 바로 자아와 비자아 사이의, 내부와 외부 사이의, 주체성과 객체성 사이의 분열이 낳은 불구성이다.[41] 근대인은 어떻게 행동하더라도 그에 따른 자기 비판적 반성을 하게 된다. 그리고 그 문학적 결과가 현실이나 진리를 총체적으로 파악할 수가 없는 장르의 내적 분열이다.[42]

주체성과 관련된 주체의 위기와 문학의 위기는 근대의 전환기적 본성으로부터 뻗어 나온 사회적 위기와 관련되어 있고, 이렇게 연결된 위기들의 갖가지 증상은 언어 자체에 고스란히 들어 있다. 신념 체계나 우주론은 급속도로 붕괴되고 일관성 있는 사회적 가치나 그 가치를 작동시킬 수 있는 제도의 네트워크가 없기 때문에, 작가는 표류하면서 사회의 총체 혹은 인종-민족적 전체를 재현하는 예술 작품을 창작하지 못하게 된다. 최재서는 이 같은 분열의 문학사적 파장과 개인적 파장에 대해 논하면서 사회와 개인의 파편화를 언어 그 자체의 본성에 연결한다. 최재서는 현재의 사회적 현실을 거부하는 작품들을 비평하면서 자신의 논점을 만든다. 미래적 이상과 주의를 선전하는 이런 문학 작품들은 독자의 심미적 상상력에서는 비현실적인 것으로 나타난다.[43] 그러나 최재서는 어떻게 서사 언어를 특별하게 사용함에도 "진정한" 문학의 지위를 얻을 수 없는 것인지를 묻는다.

그 답은 언어 그 자체가 본래적으로 미끄러지는 성질을 갖고 있다는 데에, 즉 문학이 언어와 상징[44]을 통해 만들어진다는 데에 있다.

言語는 어떤 필요에 의하여 그 의미 내용을 임의로 변경 시킬 수 있다. (…중략…) 그러나 씸볼에 있어선 그것을 별안간 임의로 변경할 수는 없다. 文學의 매개로서의 씸볼은 항상 장구한 시일과 민족적 경험에 의하여 사회의 傳統的 生活로부터 즉흥적으로 생겨나 사람들의 情緒的 想像的 生活과 얼키어 있기 때문이다. 그렇기 때문에 이 같은 전통적 씸볼은 그 傳統 자체가 소멸한 뒤에도 착실히 오랫동안 사람들의 정신생활을 지배한다. 낡은 傳統을 일거에 거부하는 新文學이 왕왕 우리에게 생소한 감을 주어 친해지지 못하는 대부분의 이유는 여기에 있다.[45]

근대와 같은 전환기에 문학적 상징은 과거의 영속에 대한 표식으로서 세월에 걸쳐 누적된 구태의연한 의미의 짐을 끈질기게 붙들게 되는데, 낯선 방법에서나 익숙지 않은 환경에 적용될 때조차 다시 말해서 상징이 출현하는 사회 환경이 그 기호로 하여금 친숙한 내용이나 의미를 발생시킬 수 있는 자리를 부여할 능력을 잃었을 때조차 그렇다.

최재서는 이것이야말로 말이나 상징의 차원에서 드러나는 사회주의 문학의 취약점이라고 본다. 다시 말해 사회주의 문학은 굳이 전망적 미래의 정반대라고만은 할 수 없는 이 현재의 모순을 포착하기에 무능하다. 그렇기 때문에 특히 현재의 위기로부터 파생된 서사 언어 안에서 어떻게 의미를 창출할 것인가에 대해 거의 주의를 기울이지 않는다. 현재가 품고 있는 특수한 모순이 무시되어서는 안 된다. 왜냐하면 이 모순을 통해 문학의 의미 그 자체가 활성화되기 때문이다. 그래서 상징 또는 기호의 본성 위에서 최재서의 비평문에 나타난 위기의 세 영역이 만나게 된다. 즉 그것은 사회정치적 위기(근대에 의한 신념의 상실), 문학사적 위기(식민 지배 아래에 있는 현재 조선 문학의 부진이나 교착), 주체적 위기(분열된 자아)이다. "말하려고 한 것"과 "그리려고 한 것" 사이의 근본적인 간극이 존재할 때 작가가 선택할 수 있는 최선은 언어 그 자체의 오류가능성을 인지하고 전통과 현재의 위기 둘 모두에 비평적 관점을 드리우면서 그 간극을 주제화하는 것이다.

그 결과 진실이라는 개념과 언어라는 개념 둘 다 1930년대 중반 사회 현실의 다층적 영역에서 위기에 처하게 된다. 이 시기에 식민담론은 타자의 여러 영역을 묘사하는, 실제로는 그것들을 소유하는 소위 실증 과학(생물학, 종족학, 언어학, 위생, 인류학 등의)에 의지해서 타자들과 그들의 영역을 "읽을 수 있게끔"하면서 그것들을 제국이 "이용할 수 있도록" 알 만한 양과 공간으로 바꾸었다. 1930년대 문단에서 논의되었던 언어의 위기는 동시대 문학사적 실천에 놓여 있었던 리얼리즘적 방법론에 대한 비판과 나란히 가면서도, 1930년대에 쓰인 많은 문학 텍스트를 경험적 이면서 "리얼리즘적"인 묘사 양식으로서의 식민담론과 연관 짓는 독해를 강요했다.

표준적 문학사는 식민지 작가에게 두 개의 선택지를 강요하곤 한다. 하나는 착취적인 산업적 식민화(도시 혹은 시골에서)를 리얼리즘적이거나 자연주의적으로 묘사하면서 식민지적 실재성에 대한 비판에 착수하는 것이다. 다른 하나는 주인을 섬기는 "노예인 언어"로 말하면서 사회 정치적 위기에 대한 그 어떤 언급도 피하는, 외국식 모더니즘 문학이나 문체적 "순수" 문학을 모방하는 것이다. 이런 구별은 문학사에서 "참여" 문학과 "순수" 문학 사이의, 문학 실천 양식이자 문학 장르의 이름이기도 한 리얼리즘과 모더니즘 사이의 구분을 반영한다. 식민지 작가는 반드시 그 민족의 자연스럽고 투명한 언어 즉 "모어"("모어"로 하는 반식민적 저항 행위 또는 "모어"라는 반식민적 저항 행위로 이해되는)로 피식민자의 현실을 나타내거나 아니면 식민화된 주체로서 말할 수 있는 남자나 여자의 자리를 버리고 제국의 언어 즉 "노예의 언어"를 받아들일 수밖에 없다.[46]

이 잘못된 선택은 제국주의화 자체의 산물이다. 비평가이자 철학자 이진경은 식민지 후반을 "제국주의의 역설"로 특징짓는다. 이진경이 개념화한 대로라면 이 역설은 제국이 개별 민족 국가의 범위를 초월하는 가운데 탈국민적이고 초국민적인 사유와 행동을 촉구하기 위한 노력을 할 때, 그 스스로 민족 국가와 그 산물 사이에서 식민주의라고 하는 즉 그 민족에 적대적인 것을 낳고 만다. 이진경은 이렇게 쓴다. "식민지 인민을 하나의 민족으로 만들어내는 것은 '민족'의 경계를 지우고자 했던 제국주의라는 것이다."[47] 이 역설은 식민자와 피식민자 둘 다의 정체성으로까지 확장된다. "피지배 민족에 대해서는 제국의 신민으로의 동일화를 요구해야 하지만, 동시에 자신들의 지배적 위치를 유지하기 위해서 그들과의 차별성을 유지해야 한다는 점에서 그렇다."[48]

이진경은 스피박이 써서 유명해진 탈식민주의 연구의 제목을 활용하여 "식민지 인민은 말할 수 없는가?"라고 질문한다. 이 질문에는 피식민자가 제국주의의 지배를 받는 주체로서 피식민자라는 지위를 넘어서 말할 것을 요구받는 동시에 피식민화된 주체로서 보편적 위치에서 말하는 것은 거부된다는 의미가 들어 있다.[49] 이진경은 제목으로 쓴 이 질문에 대해 결국 피식민자는 말할 수 있지만 말할 수는 없다고 답한다. "그들이 말할 수 있는 지점은 자신이 말하는 언표 뒤에 가려 들리지 않고 그들이 선 자리는 그들의 언사에 가려 보이지 않게 된다."[50] 식민지 후반 제국주의화 속에서의 발화는 제국의 초국가적 기획을 뒷받침하는 보편적 위치에서 말해질 것을 강요받으며 어떤 식으로든 보편화되면서 피식민자로의 실재적 위치를 모호하게 가려버렸다. 제국과의 동일시 과정에서 "동아신 질서"라고 하는 기획된 연대가 만들어낸 제국-중심에 대한 식민지의 위계 관계는 시야에서 감추어졌다. 역설적으로 피식민자가 말할 수 있었던 바로 그 위치가 발화행위 그 자체로부터 뽑혀버린 것이다.[51]

여러 문학사가 암묵적으로 식민지 시기의 모더니즘을 비정치적이며 반민족적이라고, 혹은 친일적이라고 간주하는 지점이 바로 여기다. 식민지 모더니즘이 그 특수성을 말하는 데에는 실패하면서 언어에 대해서는 보편자적 자리를 수용했다는 것이다. 하지만 우리는 식민지 모더니스트들이 언어 문제에 접근할 때 언어적 진실의 장소로서 보편자에 특권을 부여하지 않았으며 그 대신에 모든 언어의 진실성을 문제 삼았다는 것을 차차 보게 될 것이다. 결과적으로 일본 제국주의 후반기에 나타난 초국가적 국면으로의 전환에서 요구된 것은 식민화와 제국의 명령이 낳은 산물이자 또한 그에 대한 대응인 언어와 지시체 사이의 보편적 문제에 대한 관심이다.

심지어 피식민자의 민족적 정체성도 언어와 문화, 종족이라고 하는 잇따른 연속을 통해 결정되었다. 그렇지만 피식민자는 사유와 행동의 초민족적 공간에 동참할 것을, 논리적 관점에서는 민족적 귀속을 떨치며 나오는 공통어 즉 제국의 언어를 실상의 "민족어" 대신에 수용할 것을 요구받는다. 부분적으로는 식민지 주체에게 강요된 모순적 요구에 뒤따르는 이 같은 역설적 상황이 조선 문단에 이론의 여지없는 어떤 위기 즉 적절하게도 "재현의 위기"라고 파악된 언어의 불충분함에 대한 비평적 자각을 낳았다. 최재서와 임화, 김기림, 또 그 밖의 작가들은 이 위기를 설명했으며 김유정, 이태준, 박태원은 문학이론을 통해 이 위기를 반영했다. 이 위기란 발화의 자리가 발화 그 자체로부터 떨어져 나와 버린 상황으로서, 말해진 것과 의미된 것 사이의 간극을 명확하게 한다고 하는 '언어로부터의 소외'를 의미했다.

이런 수정주의적 재구성을 똑같이 초국가적이고 전지구적인 현재의 문학사 방법론에도 적용해볼 수 있을 것이다. 1930년대에 이루어진 통찰들을 현재의 문학 해석 실천 위에 가지고 옴으로써, 그리고 '비서양 문화가 개입되었을 때에 언어는 어떻게 다루어지는가'라고 하는 레이 초우의 질문으로 돌아옴으로써 말이다. 레이 초우는 소위 제3세계 문학이란 세계를 벗어나 있는 것으로서가 아니라 그 세계의 희생물로서 다루어진다고 본다. 문학어는 사물의 세계가 있기 전에는 무용하며 사물의 세계에 의해서 결정된다는 것, 리얼리즘의 언어는 현실 안에서 나타나면서 그 현실을 우리에게 보여주는 방식으로 바로 그 현실로부터 만들어진다는 것이다.[52] 이 지점에서 경험주의 방법론은 문학 텍스트를 어떤 특정한 현실 안에 고정시키는데 대개의 경우 그 현실이란 예컨대 식민지 근대성이라는 식으로 불리는 민족적 현실이 되곤 한다.[53]

1930년대에 쓰인 여러 언어론을 신중히 검토하면서 각각의 언어론이 리얼리즘이나 경험주의적 언어를 비평한 점을 진지하게 다루려는 까닭은 그 세계를 벗어나려는 충동, 또는 사물에 의해서 결정되는 것이 아니라 그의 언어를 통해 결정되는 세계를 갖고자 하는 충동을 최선을 다해 강조하려고 해서다. 이 경우에 언어는 바로 그것으로부터도 낯설어지면서도 언제나 언어가 사로잡으려고 하는 것으로 정의되는 그 현실로부터도 떨어져 있는 것이 된다. 가장 일반적인 의미에서 만약 우리가 역사주의, 경험주의, 과학주의 기타 등등이 공유하는 언어와 세계 사이의 관계를 동형적 구조(음성 기호와 정신 기호 사이의, 정신 기호와 사물 사이의 관계들이 음성적이거나 정신적 진실을 위한 전제조건으로 작용한다고 하는)[54]라고 한다면, 모더니즘 문학의 실천에서 언어의 오류가능성에 대해 강조하는 것을 단순한 예술지상주의로 여길 수는 없다. 이것은 반드시 이 동형적 관계와 대한, 이 양식을 지탱하고 이 양식이 지탱하는 담론과 그 이해의 양식에 대한 비판으로서 이해해야만 한다. 나는 김유정, 박태원, 이태준 세 사람의 작품이 지닌 혁명적 잠재성을 정당화하려고 애쓰면서 다음 장에서는 이들 작가와 비평가가 언어 자체를 그들 예술의 질료로서 어떻게 바라보았던가에 집중하려고 한다. 나는 분석의 틀을 문학사의 분류 체계가 결정한 대로 따르지 않고 텍스트 그 자체로부터 이끌어낼 것이다.

　동시에 나는 이들 텍스트가 처한 조건의 역사적 특수성 즉, 이 시기 문화 창작에 대해 일종의 권력장 역할을 했던 사회 정치적 권력의 네트워크에 대해서도 간과하지 않을 것이다. 지나치게 확고한 분류체계("모든 모더니스트는 비정치적 딜레탕트다")나 여타 지역이나 그 사람들이 갖는 의미에만 한정된 방법론은 이 텍스트가 문학과 문학사, 우리가 그들이 역사를 묘사하는 언어의 고유한 쓰임을 바라보는 방식을 바꾸는 힘을 감추거나 은폐할 수가 있다. 이들 모더니스트의 글쓰기를 1930년대 식민지 조선에서 일본 제국주의 통치 아래에 놓여 있던 언어와 담론에 대해 고민한, 깊은 우려의 증상들로 이해함으로써 "식민지 근대성"과 식민지 근대성의 담론적 조건에 대한 우리의 인식이 깊어질 수 있는 기회가 생길 것이다. 뿐만 아니라 특별히 지금의 문학과 문학사에 미치고 있는 제국주의적 앎의 방식의 영향력을 완화시킬 수 있는 기회도 얻게 될 것이다. 여기에서 동형적, 의사소통적 언어 모델에 대한 비판은 일단 근대성 전파론을 수반하는 역사주의(혹은 역사주의의 몰락에 대한 징후)에 대한 암묵적 비판이나 "부정적 반영"[55]을 보여주고 또한 노골적으로 비서양에 대해 객관적으로 접근하려는 태도에 하나의 교훈을 제시하고 있다. 차크라바르티^{Dipesh} Chakrabarty는 이 역사주의를 "피식민자를 향한 기다리라는 권유"로서 설명한 바 있다.[56] 이들 모더니스트가 경험주의를 비판하고, 현실과의 관계에서 언어가 갖는 여러 한계나 갖가지 잠재성을 이론화하기 위해 돌아선 것은 식민담론의 핵심에 자리한 모순을 겨냥해서였다.

20세기 초 한국에서 가장 독보적인 모더니즘 작가를 꼽으라고 한다면 대부분의 사람들은 박태원을 거론할 것이다. 그는 모더니즘 문학이라는 논쟁적 장르를 둘러싼 이론과 언어적 실천에서 눈부신 성좌를 그린 전형적인 예다. 박태원은 언어를 실험적으로 다루었고, 기교에 관심이 있었으며, 표현 주체의 내면을 표현하는 것에 대해 고민했다. 외국문학의 영향을 많이 흡수했을 뿐만 아니라 일상생활에도 관심을 두었다. 이 모든 것이 모더니스트로서 박태원의 위치를 뒷받침해준다. 이와 함께 1930년대부터 현재까지 비평가들은 박태원 소설이 비정치적이어서 당대의 다양한 역사적 관심사와는 동떨어져 있다고 간주해왔다.

이 장에서는 식민지 조선의 맥락에서 모더니즘이 어떻게 탈정치화되었던가를 추적하고, 그런 연후에 문학적 실천의 형식적 측면이 어떻게 식민지 근대성이 연류되는 지반으로 작동할 수 있었는지를 검토하려고 한다. 박태원은 비평문에서 문학어란 거의 초현실적일 정도로 정확하게 표현되어야 한다며 점점 더 그쪽을 의식하면서 글을 썼다. 이런 점은 즉각 박태원이 모더니스트인지 의심하게 하는데, 그가 해석과정에서 의도하지 않은 의미로 미끄러질 수 있는 언어의 잠재성을 우려했음을 말해주기 때문에 우리로 하여금 식민지적 상황에서 예술이 정치적 혹은 역사적 맥락과 어떤 관계를 맺는 것인가를 재고하게 만든다. 나는 모더니즘 문학에서의 내성화와 식민담론의 주체화를 향한 전환 사이에서 발견되는 평행적 관계를 보이면서, 당대 역사적 조건과 필연적으로 연루되어 있는 상황에서 특별히 언어의 다의성에 주목한 모더니즘 문학의 실천적 잠재성을 "이중구속"이라는 범주를 사용하여 분석함으로써 확장시켜 보려 한다.

나는 박태원의 작품을 정치와 역사로부터 유리된 모더니즘 미학의 표식으로 미리 판정해버렸던 이전의 독법에 반대한다. 오히려 그의 소설과 비평 텍스트에 나타난 형식과 내용 모두는 도시적이고 근대화된 상황으로부터만이 아니라 식민주의가 내포한 모순적 요구로부터도 똑같이 논리적으로 파생된 것이라고 이해할 수 있다. 문학어에 대한 그의 독특한 비평 작업을 면밀히 읽으면서 한국 문학사에서 차지하는 박태원의 자리를 재검토할 때, 우리는 그가 문학론에서 제안했고 자신의 작품을 통해 실천했던 스타일의 혁신이라는 것이 언어와 현실 사이의 관계를 수정하는 역할을 함을 즉, 담론 그 자체의 척도를 재고하게 함을 발견할 수 있다. 언어와 현실 사이의 이 관계가 식민지 시대로부터 현재까지 박태원 작품에 대한 비평적 반응을 구조화했었기 때문에 한국 문학사에서 모더니즘의 역할과 지위는 재평가되어야만 한다.

탈정치화하는 모더니즘

박태원을 두고 이상^{1910~1937}과 함께 1930년대 한국 모더니즘을 이끌었던 선구적 작가들 중 한 명이라고 한다. 특히 박태원이 언어를 실험적으로 사용한다든가 글쓰기의 기교나 스타일에 집중된 관심을 두었다든가 했기 때문에 그의 작품이 1920년대 초반의 리얼리즘에서 벗어난 새로운 문학 경향들 중의 하나를 대표하는 것처럼 보인다. 이 시기 한국 문학의 특징이라고 하면 1930년대 초반에 전개되는 두 개의 경향이 자리를 잡았던 것이라고 할 수 있다. 그 하나가 조선 프롤레타리아예술동맹^{Korea Artista Proleta Fereracio, or KAPE}이 실행하고 박영희, 김기진, 이기영, 임화 등이 재현한 사회주의 리얼리즘이고, 다른 하나가 유미주의자들 즉 "순문학" 지지자나 예술지상주의자들이 실천하고 박태원, 이상, 최명익^{1903~1946} 등이[1] 재현한 모더니즘이다. 지나친 단순화라고는 해도 이 도식은 1930년대 조선 문단을 크게 가르는 주요한 두 분할을 보여준다. 하나는 좌익 사회주의 리얼리즘 작가와 그들의 과잉정치적 작품이며, 다른 하나는 형식주의자들과 교조적 정치 메시지를 초월하여 미학적 자질을 강조하고 있는 그들의 순수문학이다.

박태원은 1930년에 「수염」을 펴내면서 시대의 문학 풍경 속으로 뛰어들기 전에 상당수의 시와 비평문을 출판했다. 그 시절 경성 문단에서 비교적 앞 세대에 속했던 백철^{1908~1985}은 이태준과 함께 박태원도 1933년 전에는 잘 알려지지 않았다는 점을 언급한다. 왜냐하면 프롤레타리아 문학이 헤게모니를 쥐고 있었고 박태원이 쓴 텍스트에는 정치적인 내용이 들어있지 않는 것처럼 보였기 때문이다.[2] 일본은 1931년에 대륙 침략을 감행했고 카프의 구성원들은 제국의 중심에서나 식민지에서나 양쪽 모두에서 급진적인 정치 활동을 끌어내리려는 시도의 일환을 통해 대대적으로 검거되었다. 이 시점에서 그동안 문단에서 무시되었던 이들이 중요해졌다.[3] 박태원은 "이 시기 문단의 변화가 외적 실재에 대한 묘사에 종속되는 것에서 벗어나 형식, 기교, 문학 작품 그 자체의 구조에 보다 강조를 두는 전환을 포함하고 있다"[4]라고 썼다. 박태원은 이 같은 전환과, 리얼리즘과 모더니즘 사이에 발견되는 분열(이 분열은 단지 20세기를 관통하는 한 국문학사뿐만 아니라 전지구적으로 퍼져있는 근대 문학의 구성적 분할을 이론의 여지없이 구조화했다)이 조선 근대 문학사의 시작을 보여준다고 적었다.

그 결과 좌익 비평가 임화는 1938년에 쓴 에세이 「세태소설론」에서 박태원의 작품을 주로 다루게 되었다. 임화는 특별히 박태원이 1936년에 발표한 소설 『천변풍경』[5]을 비평했다. 아마 『천변풍경』은 박태원의 제일 유명한 작품일 것이며, 소품들의 느슨한 연쇄를 통해 서울 변두리에서 벌어지는 나날의 일상을 따라가는 것으로서 "출판 직후부터 줄곧 세태소설의 좋은 예로 살펴져 왔다".[6] 소위 말해 이런 태도의 문학(구조의 부재와 애매하게 조작된 원칙, 모호한 문장은 이 같은 태도의 문학이 지닌 단점들이 되었다)은 19세기 서양 "리얼리즘"이 여러 사회적 주제를 객관적으로 다루기 위해 "본격" 소설로 내달리지 않을 수 없었던 것과 비교하면, 좌익 비평가들에게서 나타나는 이데올로기의 쇠퇴라 할 수 있다.[7] 순수하게 묘사적인 형식으로 나타나는 것 안에서 작가의 해석적 입장과 주제적인 입장을 지정하려는 시도는 거의 불가능했기에, 좌익 작가이자 비평가인 김남천은 "천변풍경은 거리의 하층민들과 그들의 옷들 그리고 태도들을 파노라마적으로 묘사하는 데에 있어 근본적인 한계가 있으며 (…중략…) 이 한가운데에서 어떤 종류의 이론적 '도덕성'을 찾는다는 것은 헛된 노력

이다"라고 했다.[8]

　이 시기의 박태원은 작품에서 이야기의 흐름이나 작가적 존재를 포함시키는 것 둘 모두에 관심이 없었던 듯하다. 최재서는 이렇게 쓴다. "우리가 이 작품에서 전적으로 작가에 관심을 두게 되면, 그것은 단지 그의 부재를 의식하는 것밖에 되지 않는다. 즉 누군가가 한 편의 영화를 보면서 카메라의 존재를 의식하지 않는 것과 마찬가지로, 우리가 이 작품을 읽을 때 우리는 작가에 대해서 의식하지 않게 될 것이다. 작가의 위치란 작품 안에 있는 것이 아니라 밖에 있다."[9] 최재서는 박태원의 작품을 이상이 1936년에 쓴 단편소설 「날개」와 비교하면서 "작가들 각자는 대상과 조우할 때 주체성을 지우기 위해 가능한 한 노력하고 있다. 그것은 박태원의 관점에서는 객관적 태도로, 이상의 관점에서는 객관적 태도를 지닌 주체로 나타났다"고 한다.[10] 이러한 측면은 최재서가 빈번히 카메라 아날로지를 인용하게 했다.

　　그[박태원]는 자기 의사에 응應하여 어떤 가작적假作的 스토리를 따라가며 인물을 조종하지 않고 그 대신 인물이 움직이는 대로 그의 카메라를 회전 내지 이동하였다. 물론 그 카메라란 문학적 카메라─소설가의 눈이다. 박씨는 그의 눈 렌즈 위에 주관의 먼지가 앉지 않도록 항상 조심하였다. 그 결과 우리 문단에서 드물게 보는 선명하고 다각적인 도회묘사로서 우리 앞에 나타났다.[11]

　세계의 나머지 부분으로부터 빠져나온 "밀봉된" 이 도회 풍경에 결핍되어 있는 것은 "그의 작품의 모든 구성 안에서 나타나는 좁은 세계를 압박하고 인도하는 더 큰 사회적 힘"이다.[12] 텍스트를 사회적으로 종속된 것으로 보는 독법을 따로 떼어놓고 보면 박태원 소설에 나타난 객관 묘사, 파노라마적인 자질은 모더니즘 작가라면 관심을 가질 법한 미학적, 형식적 관심의 증거로서 종종 인용되곤 하는 것들이다.

박태원의 작품은 1980년대 후반까지 남한에서는 사실상 읽을 수가 없었다. 공산주의 세력과 미국을 등에 업은 남쪽 사이에 적대가 가열되면서 분단이 이어지던 시기였던 데다가 박태원은 북쪽으로의 이주를 선택한 월북작가였기 때문이다.[13] 사실 그가 1930년대 문학계의 핵심과 가까이에 있었다는 점에 이론의 여지가 있을 수 없다는 것을 감안하면 1950년부터 1989년 사이 남한에서 그의 글쓰기에 대한 비평 작업이 극도로 적었다는 것은 놀랄 만하다. 그 이후에 이루어진 박태원에 관한 비평 작업들은 주로 "반전통적"이고 "실험적인" 기교 즉, 1930년대 후반에 박태원을 다룬 여러 글들에서 이미 제시했던 평가적 범주와 비평적 경향에 초점을 맞추었을 뿐이다.[14]

확실히 박태원의 초기 작품에도 표현 기교나 스타일을 다듬는 것에 대한 관심은 선명하게 나타나 있다. 「오월의 훈풍」[1933]에서 보이는 언어적 간명함과 그 배분 방식에서부터 「거리」[1936], 「전말」[1935], 「피로」[1933]와 같은 이야기에 나오는 2페이지에 달하는 길이의 문장과 각종 상징들, 여러 방정식, 신문 스크랩 그리고 광고에 이르기까지, 박태원의 글쓰기는 스타일의 실험에 있어서 초미의 한 수를 둔다. 텍스트 외적 요소를 포함한다든가, 리듬감 있게 휴지를 만드는 긴 문장 구조라든가, 순수하고 논리적인 혹은 의사소통적 언어가 필요로 하는 것을 아예 초월하거나 넘어서 버리는 과장되고 과도한 표현이라든가, 서사적 중심의 부재라든가(예를 들면 복수적이고 분할된 채로 이동하는 시점, 중심 이야기나 중심 플롯의 부재) 하는 형식 실험은 박태원을 "스타일리스트"라거나 "모더니스트" 작가로 보이도록 더 부추긴다.[15] 박태원의 작품은 대체로 언어와 구조, 플롯을 넘어서서 기교를 강조했던 것으로 받아들여져 왔다. "박태원의 소설에 관해서 말하자면, 그것은 문학적 기교가 아니라 기교의 문학이다"라고 쓴 비평도 있다.[16]

이 같은 평가가 취하는 결정적 논지는 1930년대부터 그 이후로 박태원의 작품이 거의 비정치적 편향을 보인다는 것이다. 이런 평가는 두 개의 연원으로부터 뻗어 나왔다. 하나는 초기 좌익 비평가들이 박태원의 작품을 '파노라마적이다, 정치적이거나 도덕적인 내용은 빠져있다'라고 비평했던 것으로부터이다. 다른 하나는 박태원의 작품을 스타일의 제약에 묶여서 완전히 주관적인 내용 속으로 관점을 축소시켜버린 모더니즘이라고 설명하는 것으로부터이다. 김유정은 "그가 그 자신을 둘러싼 삶을 그려냈음에도 불구하고, 이 모든 것들 때문에 종국에는 그 자신의 자화상에 다름 아닌 것으로 드러난 그의 독특한 감수성을 실어 나르고 말았다"[17]라고 쓴다.

우리는 어떻게 다음과 같은 이중적 요구들을 조율할 수 있을까? 박태원의 작품은 내성interiority에 초점을 맞춘 모더니즘 소설에 대한 주관적 취향을 표현한 동시에 식민지 시기라고 하는 도회적 현실에 대한 총체적이고 객관적인 시점을 표현했다. 최재서는 작가가 카메라와 감독이라는 두 가지 기능을 수행한다는 점을 지적함으로써 객관적 "카메라"라는 그의 모델 속으로 주체성의 침입이 일어난다라고 논했다. "소설가는 카메라적 활동에 있어 거지반 완전히 개인적 편차를 초월할 수 있으나 그 감독자적 활동에 있어선 주관의 관습성을 떠날 수 없고 또 떠날 필요도 없다.

카메라를 어떤 장면으로 향하고 또 어떤 질서를 가지고 이동하느냐 하는 것은 결국 개성이 결정할 것이고 또 그 결정이 개성에 의거하였다는 데에 예술의 존엄성과 가치가 있다."[18]

그렇기 때문에 최재서에게는 소설적 글쓰기의 기교적 측면에서 저자의 주관성이 잠재적 객관화의 과정 속으로 스며들어 갈 수 있고 가야만 하는 것이 되었다. 비평가 안회남도 여기에 동의했는데, 그는 박태원의 첫 단편소설집을 비평하면서 그 작품의 가치를 주체가 현실 묘사와의 관계에서 어떤 위치를 취하는가에 두었다. 안회남에 따르면 박태원이 동시대 세계의 최고 작가들과 동렬에 놓일 수 있는 것은 정확히 그의 기교 때문이다. 특히 박태원은 주로 근대 도회인들의 '입장'과 '각도'를 주제로 삼았다. 박태원의 작품은 감상적이라기보다는 "지적"인데 "감각"을 감정 위에 특권화시키곤 함으로써 주인공의 복잡한 심리 상태를 때때로 드러내었고 그 결과 소설은 복잡한 작품이 되었다.[19] 안회남은 박태원의 작품 중 그 어느 것도 "기교주의"라는 용어에 맞아떨어지지 않는 것이 없으며 박태원이 비평적이고 실천적인 잠재성을 이런 기교 자체에 부여했다는 점은 과장이 아니라고 주장한다.[20]

박태원의 문학적 실천을 검토하면서 그가 보여준 기교의 잠재성을 진중하게 다루고 "모더니즘"이라는 용어에 포함된 통상적 이해 또한 다면화하면서, 나는 식민지 시대 비평에서 파생된 제한적 장르 범주들에 대해 우리가 다시 작업해볼 수 있다는 것을, 모더니즘 문학의 실천과 식민지라는 맥락 사이의 관계를 모더니즘과 리얼리즘이라는 이분법 밖에서 질문할 수 있음을 주장하려 한다. 우리는 식민지 시대 문학에 접근하기 위한 익숙한 분석 범주들을 늘리고 또한 그 같은 분석으로부터 기대되는 각종

산출물이나 결과가 수용되는 범위를 넓힘으로써 모더니즘 문학의 실천을 단지 주체성의 일람표로서만이 아니라 식민지 근대성의 이중구속에 대한 색인으로서 그에 대한 지도를 그려볼 수 있을 것이다.

모더니즘의 언어

모더니즘은 종종 다음 두 양식 중 하나로 설명된다. 하나는 과거에 대한 단절로서이고, 다른 하나는 현재 즉 "근대성"에 적합한 어떤 미학적 표현의 양식으로서이다. 아래에 나오는 박태원 작품에 대한 대부분의 설명은 모두 후자의 범주에 속한다. 우리가 차차 보게 되겠지만 박태원 자신은 식민지 근대라고 하는 담론적 제약 안에서 문학어를 이론화하고 활성화시키기 위해 고투했다. 그렇지만 우리가 모더니즘 문학의 실천이라고 하는 주관적 양식을 리얼리즘이라는 객관적 양식을 넘어서려는 운동으로서 혹은 그 부인으로서 이해할 때, 이 두 양식은 종종 뒤섞이는 모습을 보인다. 다시 말해 여기에서 모더니즘 미학은 우선 근대적인 것에 대한 하나의 표현으로서 그리고 과거에 있었던 재현 모델의 거절로서 이해된다고 할 수 있다.

주관적 의식의 내적 전개라는 것은 자연에 대한 질서정연한 복사나 모두가 알고 있는 현실에 대한 정확한 묘사를 지적하기 위해서라기보다는 주로 모더니즘 서사의 운동을 설명하기 위해서 사용되었다. 모더니즘 작품은 경험을 과도하게 단순화시키는 것을 뛰어넘기 위해 이전의 형식들보다 더한 병치와 아이러니를 사용하면서, 시간적 서사 구조를 통해서가 아니라 "내적인 지시성의 총체적 패턴"[21]을 통해 미학적 통일을 이룬다. 피터 포크너Peter Faulkner는 이렇게 주장하기도 한다. "모더니즘에 대한 옹호는 언제나 다음과 같은 주장을 포함해 왔다. 모더니즘으로 쓰인 최고의 작품들은 일관된 원칙 또는 보다 미묘하고 복잡하지만 궁극적으로는 만족할 만한 질서로 짜여 있는데 그것이 기존에 마련되어 있었던 방법들보다 동시대 현실에 더 적합하기 때문이다."[22] 상대주의, 주체성, 회의주의, 그리고 복잡성에 대한 자각, 이것들은 모두 근대적 상황을 묘사하기에 부적당한 "리얼리즘"을 거절하면서 대신에 표현의 대안적 형식으로 돌아섰던 모더니즘 예술의 핵심 개념인 것처럼 보인다.

모더니즘 작가는 "일찍이 여러 리얼리즘 작품이 시도했던 것 이상으로 실재 현상의 자의적 우발성을 따르고, 심지어 현실 세계의 재료를 추려내서 양식화하게 된다. 물론 그는 어쩔 수가 없을 것이다. 모더니즘 작가는 합리적으로 작품을 진척시킬 수가 없을 뿐 아니라 계획한 결론에 맞게 외적인 사건들의 연속성을 집결시킬 만한 시점을 갖추지도 못한 채로 작품을 전개시켜야 한다."[23] 그렇기 때문에 모더니즘 작품의 주인공은 차차 내성적인 것처럼 읽히게 된다. 남자 주인공이나 여자 주인공은 자신의 사회경제적 맥락으로부터 벗어나서 내면으로 돌아서는데 이것은 리얼리즘 소설의 재료로서 취해지는 공동체적이고 민족적인 삶의 사회적 측면을 텍스트적으로 조직하는 것으로부터 물러나서 작품의 형식이나 그 혁신에 더욱 관심을 기울이고 있는 작가 의식을 어떤 식으로든 비춰주게 된다. 모더니즘 작가는 중심 인물의 복잡한 의식을 그리기 위해 애쓰는 가운데 어떤 기교나 장치를 활용하게 되는데, 여기에는 자기 반영성, 동시성, 병치나 몽타주, 애매모호성, 타인들 속에 통합되어버린 개별 주체에 대한 해부가 있다.[24] 근대성 자체는 규범적 관점에서 다음과 같은 미학적 대응을 요구한다고 할 수 있다. 즉 모더니즘은 그 이전의 표현 양식을 거부해야 함과 동시에, 도시화와 전지구적 시장이라고 하는 소외를 조장하는 상업적 조건에 따른 근대적 삶의 파편화와 그 급속한 진행 속도에 맞는 보다 적절한 형식을 수용해야 하는 것이다. 결과적으로 모더니즘은 칼리니쿠스가 '위기'의 개념이라고 한 것처럼 근대성을 수용하는 동시에 그것에 저항하는 것으로 이해되어야 한다.

그러므로 언어적 실험, 말의 생략, 이미지의 이접적 병치, 사회 정치적으로 명확한 내용의 부재. 이런 것들은 근대사회에 대해 반응하는 가운데 여러 낡은 형식은 거부하는, 전지구적으로 보편적이기는 하지만 전지구적으로 위계를 가진, 그러한 모더니즘적 미학 실천으로 받아들여졌다. 박태원의 텍스트에는 이 같은 장치가 다수 나타나 있다. 박태원도 어느 정도는 전지구적 문학 경향에 발맞추면서 제임스 조이스와 앙드레 지드, 또 동시대 일본의 유명한 작가인 요코미츠 리히츠나 아쿠타가와 류노스케를 읽고 있었다.[25] 박태원은 알퐁스 도데, 기 드 모파상, 그리고 쥘 르나르Jules Renard와 같은 작가들을 잘 알고 있었다. 또한 번역가로서 톨스토이의 여러 단편소설, 캐서린 맨스필드의 「차 한 잔」[1931], 그리고 헤밍웨이의 「살인자들」[1931]의 한국어 번역을 만들어냈다.[26]

김상태는 「박태원 소설과 실험의 언어」라는 논문에서 구태의 문학 양식과 결연한 박태원 작품의 혁신적 성격을 특히 문장 구조에서 나타난 언어의 사용에서 발견한다. 그의 작품에서 발견되는 서사적 중심의 부재가 기이함, "열린 언어", 형식 실험(광고, 방정식, 그리고 그와 유사한 것들), 복수의 시점이나 다양한 전지 시점이라는 결과를 낳았다는 것이다. 김상태는 서사 공간이 "이동한다"라고 하는데, 이는 독립되어 있는 장면들이 텍스트 자체의 스타일이나 기교에 따라 유기적으로 함께 연결되기 때문이다.[27] 이런 까닭에 김상태는 박태원의 작품이 기존의 서사 양식을 대체하는 방식으로 언어를 갖고 실험했으므로 "모더니즘적이다"라고 결론 내린다.[28]

여기에서 박태원의 작품은 "예술이 그 흐름에 따라 죽은 관습과 절연해왔던 역사적 과정의 부분처럼",[29] 다시 말해 "한때 널리 퍼져 있었던 예술적이고 윤리적인, 사회적인 갖가지 가정"[30]이 부서지는 것과 나란히 가고 있는 미학적 단절로 보인다. 박태원의 독특한 문학 스타일은 이렇게 과거와 구별되는 지점을 보여준다. 기교에 주안점을 둔다든가, 시간 순서를 따른 서사 구조를 약화시킨다든가, 현실이 지닌 자의적이고 우발적인 본성에 대해 텍스트 형식 안에서 그것을 어떻게 반영할까를 강조한다든가, "언어라고 하는 담론적 상징 체계의 한계를 극복하기 위해"[31] 실험적으로 언어를 사용한다든가 하면서 리얼리즘의 언어와 단절을 그었기 때문이다.

이와 함께 박태원의 작품은 과거 문학 양식에 대한 단절을 확실히했던 것으로 보인다. 그의 소설은 형식과 내용 둘 모두의 측면에서 특히 재현에 시각적 양식을 수용했으므로 "근대"라고 하는 특정한 역사의 순간을 표현하는 것으로도 읽을 수 있다. 그의 글쓰기는 1930년대에 발전중이던 다양한 영화 기술이나 기교들과 연관되어 있었고, 박태원은 영화와 저널리즘, 문학을 포함한 여러 근대 예술들 사이의 "활발한 교류"를 담당했던 것처럼 보인다.[32] 앞서 언급했던 위기의 이론가들 다시 말해 1930년대부터 활동한 세 사람의 핵심 비평가들은 박태원의 작품이 영화적 기교의 진전을 반영했다고 보았다. 예를 들면 최재서는 박태원 작품에 나타난 작가를 "카메라"이자 감독이라고 생각했다. 임화는 박태원식 구성을 "모자이크" 방법이라고 보았다. 그리고 김남천은 박태원의 작품에서 찾아볼 수 있는 "파노라마적" 묘사 방법은 돌아가는 필름에 담기는 빠른 속도의 현실 효과와 연결된다고 평가했다.[33] 이 같은 영화 기교의 수용은 일반적으로 박태원 작품에서 화자의 역할을 약화시키는 요인들 중 하나라고 이해되곤 했다. 우리는 여러 인물이나 각종 사건에 대한 어떤 주관적 표현 대신에 서사적 주체가 되는 인물들에 초점을 맞추는 움직이는 "렌즈"를 갖게 된다. 우리는 사건들과 인물들 사이에 "합리적"이거나 "논리적"인 관계들을 따라 구축된 작품이 아니라 "작품의 여러 요소를 호혜적으로 보충하는 방식으로 변형되어 가는 파편화된 개별 장면들을 보게 된다".[34]

여기에서 비평가 손학수는 박태원이 당시 헐리우드 영화가 보여주던 연속 편집에 반대하면서 소비에트 영화에 나타나는 몽타주 기법을 따라했다는 증거를 찾아냈다. 모더니즘에서 가장 즐겨 사용하는 기교인 몽타주는 급속하게 변하는 근대 현실을 묘사하는 데 적합한 매개체여서 시간과 공간이 뒤섞이는 여러 차원을 반영할 수 있다. 박태원은 섹션별로 분류된 신문과 각종 상점 광고, 고딕 활자체, 엄청난 길이의 문장들, 의식의 흐름을 보여주는 곳곳의 휴지들, 일상 회화적 어조를 사용했다. 이 모두는 손학수가 보기에 독자에게 시각적인 효과를 불러일으키려는 의도를 갖고 있었다.

박태원이 사용한 "팔로우"나 "트렉킹 숏" 역시도 시각적 효과를 낳으면서 화자가 어디를 보든지 간에 그 시선의 움직임을 뒤쫓는다. 화자의 움직임을 따라가는 장면들은 "오버랩"이나 "이중노출" 기법을 통해 회상하게 되는 시간과 조화를 이루면서 서사가 연속적인 움직임을 갖게 하고

"의식의 흐름이라고 하는 근대소설의 특징을 효과적으로 표현한다".[35] 여기에서 박태원이 영화로부터 차용한 두 개의 기교는 작품을 과거의 문학적 관습으로부터 구별시켜주면서 그가 근대적 삶의 범위나 그 속도를 보다 잘 표현할 수 있게 했다. 그렇지만 손학수는 사회의 총체성이 지닌 구성적 본성이 바로 그 형식 안에 드러나게 되는 것으로서 알려져 있는 몽타주 기법의 잠재성을 대단히 낮추어 평가했으며 대신 몽타쥬에 작품의 "내적인 리듬"을 만드는 기능을 부여했다.[36] 이 영화적 기교는 "단조롭기 그지없는" 나날의 삶이 지닌 순환적이고 반복적인 시공간적 성격을 창조하기 위한 기능으로서 도입되었고 그랬기 때문에 박태원의 소설에 "사회적 이슈"나 "그 시대 특유의 각종 사건"이 거의 전부 빠지고 말았다고 설명했던 것이다.[37]

모더니즘의 문학적 실천을 규정하는 이 두 번째 양식은 그 첫 번째 양식이 모더니즘 문학 실천의 특수성을 "단절"이라는 개념에 기대어서 표현하는 것과 마찬가지로, 역사적 자료를 편찬하는 방식을 선택하는 것에 민감하다. 이 대목에서 말하는 몽타쥬의 사용은 여러 규범적 서사 양식에 잘 맞지 않는 어떤 저항을 의미하는 것이 아니다. 그 대신 이 때의 몽타쥬는 "역사적 시간의 침입을 받지 않는" 반복되는 일상의 한 가운데에서 "역사의 진보나 또는 그 비슷한 것들이 의미 없고 터무니없다"라고 생각하는 사람들에게 그날그날의 사소한 사건들 속에 행복을 구하는 일이 놓여 있다는 점을 내재적으로 보이도록 작동한다.[38] 이런 식의 분석은 정치적인 것이나 역사적인 것을 희생시키면서 또는 기껏해야 그런 것들의 부재나 불가능성을 암시하면서 작품의 미학성에 초점을 맞춘다.

모더니즘이 그 역사 사회적 맥락과 어떤 관계를 맺고 있는지를 설명하는 두 개의 양식이 있다. 하나는 어떤 "단절"과 새로운 양식의 출현을 지정하는 것이고, 다른 하나는 특정 시기의 사회 구성을 표현하기에 적합한 것으로서 그 텍스트를 읽는 것이다. 이 둘은 모두 박태원의 작품이 이상할 정도로 전지구적인 모더니즘 문학 실천이라는 맥락으로부터나(전자의 경우), 식민지 근대성이라고 하는 특수성으로부터나(후자의 경우) 유리되어 있다고 설명한다. 작가의 형식 실험과 1930년대 식민지 조선 사이에 놓인 복잡한 관계를 어떻게 이해해야 할까? 모더니즘 소설의 "내성적 전환" 다시 말해 재현적 일관성을 깨고 형식적 실험에 강조를 두고 있는 것과 식민지화라는 그 환경 사이의 관계를 어떻게 설정해볼 수 있을까? 만약 모더니즘의 핵심 성격이 "일상생활"에 초점을 맞춘 개인의식의 전개라고 한다면, 이 의식이란 것이 꼭 집합적인 여러 개념이나 가치들(특히 이전과 동시대의 "경향성"과 구별되는 특정한 문학적 가치)에 구속될 필요는 없다.[39] 다시 말해 만약 모더니즘이 도시 풍경에서 소외된 자기라는 것에 매료된다고 한다면 이런 전제 조건들은 반드시 조선이라는 상황과 함께 텍스트적으로 짜여야만 한다. 단지 어떤 보편적 근대 공간이라는 측면에서만이 아니라 식민지 그 자체라고 하는 공간 안에서, 그리고 제국주의화가 진행되는 상황과 제국주의가 그 개인의 존재론에 미치는 강력한 주의 아래에서 작품은 상호 텍스트적으로 구성되어야 하는 것이다.

동아 제국이라고 하는 결과는 일본이 서구 열강과 평행선을 그을 수 있게 했고 이 때문에 일본의 식민지에서 창작된 모더니즘 문학에서는 어떤 종류의 이중 구속이 발생했다. 세이지 리피트Seiji Lippit는 "모더니즘"이라는 용어의 정의가 방대한 범위의 문학 실천과 예술 실천을 망라한다고 지적하면서 다음의 두 요소가 포함된 일반적 정의를 제시한다. 즉 모더니즘은 재현의 붕괴에 관련되어 있으며, 동시에 서양적인 것과 동일시된 근대성에 대한 비평으로서 작동해야 한다는 것이다. 이러한 정의는 비서양의 모더니즘을 읽으려 할 때 하나의 질문을 불러 일으킨다. "근대성 비판(서양 세계의 전통에 대한 어떤 반기)을 비서양적 문맥(그곳에서는 근대라는 것이 줄곧 서양의 이미지에 묶여 있었다) 안에 두게 되면 어떤 일이 벌어지는가?"[40]

이 질문을 식민지라는 문맥 속으로 확장시키게 되면 문제는 더 복잡해진다. 근대성 비판을 비서양적 맥락에서만이 아니라 동아시아의 식민자에 의해 점철된 문맥, 다시 말해 정의상 서양은 아니지만 그 자체로는 서양이라는 것과 결부되어 있는 문맥 속에 두게 되면 어떻게 될까?[41] 세이지 리피트의 논의대로 만약 제국과 식민화가 다이쇼 코스모폴리타니즘 체계와 세계 문화라고 하는 보편적 영역(근대성이라고 하는 보편화된 영역 안에 서로 공유했던 정체성)에 전적으로 동참했던 모습 안에서 발견되는 갖가지 균열과 함께 1920년대 무렵 일본 모더니즘 문학의 배면에 스며들기 시작했다면, 정말 그렇다면 이것이 어떤 식으로 조선 모더니즘의 형식이나 내용에 작용했을 것인가?

우리는 이 책에서 1930년대 박태원 소설 작품에 나타난 언어의 주체화가 근대에 대한 하나의 "단절"이자 어떤 대응을 나타낼 뿐만 아니라 그 형식 차원에서는 식민지 근대성이라고 하는 여러 모순을 가리키면서 또한 반영했다는 것을 차차 발견하게 될 것이다. 모더니즘이 단지 심층적 주체성을 향해 있는 "내적 전환"이라는 정의는 근대와 관련된 특수한 서사 안에서 정치적으로 투자되었던 것으로서, 이것은 텍스트에 들어있는 정치성을 부정한다. 특히나 식민지 상황에서 텍스트의 형식과 내용에서 종종 시장과 근대성 일반을 향한 부정할 수 없는 적대가 보임에도 불구하고 그렇다. 때문에 나는 박태원이 식민지적 "재현의 위기" 안에서 보여준 언어에 대한 그 특유의 불신과 스타일의 사용을, 의미의 불확실성을 촉진하기보다는 오히려 그 불확실성을 고치기 위한 하나의 시도로서, 언어에 가해지는 모순된 요구들에 대한 우려 섞인 하나의 대응이었다고 논하려 한다. 박태원이 기교에 대해 쓴 글은 명확하게 규정할 수 있는 것처럼 이해되었던 리얼리즘과 모더니즘이라는 두 장르 사이의 경계를 흐리고, 식민지 조선의 문맥에서 모더니즘의 문학사적 의미를 다시 생각하기를 촉구하며, 특정한 역사의 시공간에 부착되어 있는 한정된 미학적 기준틀을 넘어서서 모더니즘을 다시 정의할 것을 요구한다.

"표현, 묘사, 기교"

모더니스트들은 식민담론이라고 하는 모순적인 명령 아래에서 언어와 현실 사이의 관계를 어떻게 새롭게 이해했던 것일까? 식민담론의 문맥 안에서 말할 수 있는 것의 범위는 어떤 식으로 제한되거나 확장되는 것일까? 박태원은 스타일과 기교에 대한 자신의 생각을 1934년 겨울에 발표된 「창작 여록−표현, 묘사, 기교」에서 구체적으로 밝혔다. 이 글은 『소설가 구보 씨의 일일』의 연재가 종료된 4개월 뒤에 쓰였다.[42] 박태원은 이 긴 에세이에서 많은 문제를 지적했다. 나는 그 문제들 가운데에서 다음의 세 가지를 추려내 보려 한다. 박태원에게서 나타나는 언어의 불결정성 문제는 어떤 것인가? 박태원은 신뢰할 수 없는 기표에 어떤 방법을 가지고 다가갔던가? 박태원은 어떤 기법을 통해, 작가가 언어를 조정해가며 독자를 위해 의도대로 의미를 생산해 낸다고 하는 통념을 파헤쳤던가?

박태원은 언어의 중의성을 이야기하면서 이 에세이를 시작한다. 단어는 그들 사이에서나 그 자체로서 다양한 의미를 가질 뿐만 아니라 의미 역시도 그 단어가 한 텍스트 안 어디에 나타나는지에 따라 바뀐다. 그렇다면 어디서 구두점을 찍어야 하며 어떻게 단어를 소리 내어 읽어야 할까? 간단히 말해 스타일이나 형식은 내용 그 자체만큼이나 의미를 결정한다고 할 수 있다. 쉼표(당시 한국어 문법이 이룬 하나의 혁신)는 텍스트에 쓰인 "어디 가니?"의 의미를 확정할 수 있다. "어디 가니"가 "가니?"를 뜻한다면 "어디, 가니?"는 "어디에 가는 거니?"[43]라는 말이다. 여기에서 자음의 이중성은 단지 강세나 어조를 특화할 뿐 아니라 단어나 구절에 정서적 가치를 부여한다. 발음의 차이를 지적하면서 문면에서는 그것들을 정확하게 나타내는 것 역시 발화가 만드는 차이를 보다 선명하게 드러내게끔 한다.[44] 박태원은 이렇게 쓰고 있다. "다만 내용을 통하야 어느 일정한 의미를 전할 뿐에 그쳐서는 안 된다. 반드시 그와 함께 그 음향으로 어느 막연한 암시를 독자에게 주도록 하여야만 한다." 내용언어으로는 이지에 호소하고, 텍스트의 청각적이거나 시각적인 형태문장는 동시에 감각에 호소해야 한다. "그때에 비로소 언어는, 문장은, 한 개의 문체를, 즉 '스타일'은 가졌다 할 수 있다."[45]

박태원이 여기에서 들고 있는 수많은 예들 중 하나가 "아이스크림"이다. 조선어에는 "아이스꾸리"와 "아이스크림"이라는 두 개의 공식 발음이 있다. 두 발음 모두 동일한 지시 대상(얼린 유제품)을 가리키지만 "아이스크림"이 카페나 티-하우스에 앉은 우아한 남녀의 이미지를 연상시키는 반면 "아이스꾸리"는 한길 위에 아이스크림 파는 사람을 향해 달려드는 어린이들을 떠올리게 한다. 이처럼 같은 단어의 다른 텍스트적 재현은 특정한 기분이나 분위기를 만든다. 소리뿐 아니라 형태 또한 단어의 느낌을 바꿀 수 있다. 여기에서 박태원은 "위트"와 "유머"를 예로 드는데 "위트" 그리고 "기지", "유머", "해학"은 각기 다른 느낌을 발생시키고 독자에게는 다른 의미를 전달한다. 이들이 다르게 발음되기 때문이기도 하지만 "우리의 시각에 이들 글자 각각의 외양이나 형태가 주는 효과"[46]가 다르기 때문이기도 하다. 박태원이 "스타일"이라고 하는 것이 바로 특정한 단어가 지닌 외양과 소리에서 나타나는 이 같은 차이다.

두 번째, 박태원은 내용을 따라가는 와중에 작품의 구조가 효과를 만들고 의미를 실어 나를 수 있다고 주장한다. 박태원은 텍스트 안의 방향에 대해 이야기하기 시작한다. 한 남자가 전봇대 꼭대기에 안아서 땅 위에 서 있는 사람과 대화한다고 하면 이 텍스트는 이들 각자의 발화 방향을 따라서 펼쳐져야만 한다는 것이다. 위에서 아래로 다시 또 아래에서 위로, 개별 발화자의 관점을 보다 정확하게 옮기기 위해서 말이다.[47] 그리고 나서 박태원은 쥘 르나르의 『박물지초博物誌抄』1899 도입부를 분석하면서 이 놀라운 프랑스 작가의 기교를 언급한다. 그는 무수한 개미를 표현하기 위해 페이지 위에 연이어서 숫자 3을 연속적으로 찍는 기교를 발휘했다. "소박"하고 "단적"인 이 표현 방법, 단지 숫자 3에 불과한 바로 이것은 내용을 초월하고 또 넘어서는 의미를 실어 나를 수 있는 텍스트의 형식적 능력을 드러낸다.[48]

글자나 문구의 구조를 초월해서 플롯 자체도 내용을 넘어서는 효과를 창출하기 위한 식으로 구조화될 수 있다. 박태원은 다른 글에서 알퐁스 도데의 『사포』1884를 분석한다. 박태원은 다케바야시 무산Takebayashi Musōan,

1880-1962의 번역을 가지고 작업하면서 작품의 짧은 도입부에 처음부터 끝까지 이어질 소설의 전개가 요약되어 있다는 것을 발견한다. 여기에서 주인공은 일생동안 자신의 정부가 되는 여인을 긴 계단 위로 데리고 간다. 그녀의 발을 쓸어 올리고 싶은 강렬한 내적 열망이 완전히 폭발해버리기까지 차차 기진맥진해 간다. "그가 데리고 가는 것은 더 이상 한 사람의 여인이 아니었다. 대신에 그것은 그를 숨 막히게 하는 무겁고, 섬뜩한 무엇이었으며, 그것은 순간적으로 그를 떨어져 내리고 싶게, 그녀의 잔인할 정도로 치명적인 위험에 내쳐 드러눕고 싶게 했다."[49] 이 소설의 핵심과 주요 사건은 (이 청년은 정부를 향한 욕망 때문에 차례차례로 가족도 잃고 사회적으로도 실패하게 된다) 이토록 "정교하게" 쓰인 문구 안에 압축되어 있다. 여기에서도 작품의 구조는 작품이 갖고 있는 한정적 내용을 넘어서 더 멀리까지 의미를 전달하면서 단지 소설의 도입부로서만이 아니라 작품 전체를 총체적으로 보여주는 역할을 한다.

세 번째로 박태원은 이 에세이를 끝내면서 위에서 언급한 "이중노출" 기교를 보다 상세히 다룬다. 그는 영화의 역사가 지극히 짧음에도 불구하고 예술가란 모름지기 영화로부터 많은 것을, 특히 그 기교적인 측면과 관련해서 배워야만 한다고 쓴다. 박태원은 "오우버랩" 수법이(최근에 그가 제임스 조이스의 『율리시즈』를 읽었기 때문에)[50] 자신만의 관심은 아니라며 『소설가 구보씨의 일일』에서 두 개의 인용문을 뽑아 길게 예로 든다. 첫 번째 인용문에서는 구보가 서울에서 찻집을 하고 있는 다방 주인 친구와 저녁을 먹으러 나간다. 구보는 동경에서 만난 적이 있는 한 여성을 계속해서 생각하고 있는데, 그가 그녀를 알게 된 것은 우연히 그녀가 놓고 나온 대학 노트를 통해서였다. 거기에는 그녀가 받은 엽서가 들어 있었다.

구보는 그 엽서 때문에 그녀의 이름과 주소를 알게 되었고 찾으러 갔던 것이다.

茶立에서 나와, 벗과 大昌屋으로 向하며, 仇甫는 문득 대학노-트틈에 끼여잇섯든 한 장의 葉書를 생각하야 본다. 勿論 처음에 그는 망설거렷섯다. 그러나 女子의 宿所까지를 알 수 잇서스면서도 그 한 機會에서 몸을 避할 수는 업섯다. 그는 優先 젊엇고, 또 그것은 興味잇는 일이엇다. 小說家다운 왼갓 妄想을 질기며, 이튿날 아침. 仇甫는 이내 女子를 차젓다. …… 인품 조촌 主人 여편에가 나왔다 들어간 뒤, 玄關에 나온 노-트 主人은 分明히 …… 그들이 걸어가고 엇는쪽에서 美人이 왓다. 그들을 보고 빙그레, 웃고 지낫다. 벗의 茶立 옆, 카페 女給.[51]

두 번째 오버랩 장면은 구보가 친구와 식당에서 설렁탕을 먹고 있는 동안 동경에서 이 여인과 함께 보낸 나날을 계속 생각할 때 따라온다. 그 때 구보는 무사시노에서 그들이 택시를 타던 순간을 떠올린다.

그들이 武裝野館 앞에서 自動車를 나렷슬 때, 그러나, 仇甫는 暫時 그곳에 웃둑 어엇슬 수밧게 업섯다. 그것은 뒤에서 나리는 女子를 기다리기 위하여서가 아니다. 그의 아페 外國婦人이 빙그레 우스며 서엇섯든 까닭이다. 仇甫의 英語敎授는 男女를 번갈아 보고, 새로히 意味深長한 웃음을웃고, 오늘 행복을 비오, 그리고 제길을 걸엇다.

그것에는 혹은 삼십독신녀의 젊은 남녀에게 대한 빈정거림이 잇섯는지도 몰은다. 仇甫는, 少年과 가티, 이마와 코잔등이에 무수한 땀방울을 깨달엇다. 그래 仇甫는 바지주머니에서 手巾을 끄내여 그것을 씻지 않으면 안 되엇다. 여름 저녁에

먹은 한 그릇의 설렁탕은 그러케도 더웟다.[52]

이 각각의 구절에서 기억은 현재와 합쳐지고, 과거 현실이 현재 속으로 뒤섞이면서 하나의 이미지가 된다. 두 번째 오버랩에서 카페 여급과 땀에 젖은 구보의 얼굴이 하나로 엮이는 것이다. 박태원은 이중노출 기법이었기 때문에 "현재와 과거의 교섭交渉, 현실과 환상의 교착交錯"이 효과적으로 표현될 수 있었다고 쓴다.[53] 그 여인과 땀방울, 또는 수건은 돌고 도는 과거와 현재를 둘러싼 여러 이미지를 나타낸다. 현재의 서사가(단순히 지인끼리 함께 거리를 걷고 제각기 설렁탕을 시켜 먹게 되는) 갖는 "의미"는 과거의 순간과 과거의 의미까지를 망라하도록 확장된다. 동시에 서사적 사건의 의미도 확대되어 하나의 이미지를 형성하면서 고정되는데, 이러한 육화는 주인공의 기억에 물질적 현실감을 주면서 독자에게는 덧없는 기억이 실체적이고 육체적인 이미지 안에서 활성화되게 한다.

여기서 지적해 둘 만한 두 개의 비평적 지점이 있다. 첫째, 박태원은 확실히 기교를 언어적 의미의 범위와 깊이를 확장하기 위한 하나의 수단으로 생각했다는 점이다. 스타일을 현실과 유리된 순수한 기교로 제시하지 않았으며 언어의 모양이나 소리, 배열순서, 구조를 신중하게 가공함으로써 복잡한 현실을 재현하는 데 활용했다(게오르그 짐멜의 저 유명한 도식에 따르면, 이 복잡한 현실에서는 "시시하기 그지없는 외적인 것들이 결국은 인생의 의미와 그 스타일에 관한 최종 결론과 긴밀한 관계를 맺는다").[54] 둘째는 언어의 가변성이 국제적이고 다언어적으로, 유럽과 식민지 조선 사이에, 동경과 경성 사이에 전개된다는 점이다. 박태원이 쓰는 다양한 예들은 영어 단어를 조선어로 바꾸어 쓰는 과정에서, 혹은 유럽의 몇몇 소설 작품을 일본어 번역으로 읽을 때에 발생하는 언어의 다양성과 이언어성을 표현하고 있다. 박태원이 펼쳐낸 것의 복잡성은 단지 도회적인 것일 뿐 아니라 국제적이며 다언어적인 것이기도 해서 단일한 상징체계의 온갖 한계를 다 넘어간다. 게다가 이중 노출 기법이 포착한 "현실과 환상의 교착"이란 경성과 동경 사이 즉 식민지의 수도와 제국의 중심부 사이에 놓인 공간적 교착이다. 기교는 단지 작가의 "위트와 지성", 그리고 작가 심경의 "예리함"을 통해서이지만 일시적이나마 이런 맥락 안에서 의미를 확정하게끔 작동할 수가 있다.

박태원이 에세이에서 옹호한 여러 기법들 중에 확연히 두드러지는 것은 언어를 "근사하게" 만들려는 시도다. 예문은 셀 수 없을 정도로 많다. 독자에게 두 발화자의 위치(한 사람은 위에 있고, 다른 사람은 아래에 있는)를 명확하게 해주기 위해 텍스트를 횡적이고 반전된 형태로 구성한다든가, 갑작스레 조용해진 주위 환경(콘서트 홀)에서 크게 소리 내는 것을 강조하기 위해 크고 굵은 문자를 쓴다든가,[55] 쥘 르나르가 숫자 3을 거미들의 행렬을 표현하기 위해 연속적으로 배열했다든가, 알퐁스 도데가 소설의 첫 두 장에 작품 전체의 플롯을 제시하는 상호텍스트적 구조를 사용했다든가, 쓰인 텍스트의 음성적 질감인 말의 억양, 리듬, 강세를 명확히 드러내기 위해 문장 부호나 여타의 기교를 사용한다든가, 작품의 제목이나 작품 속에 나오는 특정한 이름들이 모두 중요성을 띤다든가,[56] 그리고 최종적으로 과거와 현재의 의미를 하나의, 어떤 단편화된 이미지 안에 맞춰 끼워 넣는 이중 노출 수법을 사용한다든가. 이 모든 것이 바로 그런 예가 된다.

이런 수법들은 여러 가지 의미로 미끄러져 버릴지도 모르는 언어의 잠재성을 염두에 둔 불안에서 파생되었기 때문에 언어 위에 특정 의미를 고정시키게끔 발화를 육화하는 방향으로 나간다. 이 같은 불안이 출현하게 되는 그 간극이란 그레고리 베이트슨Gregory Bateson과 바츨라비크Paul Watzlawick 가 "아날로그" 언어와 "디지털" 언어라고 했던 것들 사이에 나타나는 간극 과 조응한다. 디지털 방식의 의사소통은 문어를 우리가 일반적으로 생각하 는 것으로 나타낼 수가 있다. 즉 기표는 기의를 대리하는데 여기에는 기표 와 기의 사이에 그 어떤 필수적 관계도 필요가 없다. 예를 들면 숫자 5는 숫자 3보다 크지 않다. 또 숫자에 관해서라면 "특별히 5 비슷한 것"이나 3 같은 것이 있을 수 없다.[57] 하지만 아날로그 방식의 의사소통에서는 "실제 적 크기들이 사용되며, 이것들은 담론 주체가 생각하는 현실의 여러 크기 에 들어맞는다".[58] 아날로그 방식의 의사소통에서는 그것에 가까운 뭔가가 있다. 즉 여기에는 의사소통의 비구어적인 여러 형태들, 예를 들면 "자세, 몸짓, 표정, 어조, 순서, 리듬, 단어들 그 자체의 억양 (…중략…) 등은 그 의 사소통의 실마리들과 마찬가지로 서로가 상호작용하는 그 어떤 문맥에서 도 나타난다".[59] 박태원은 언어 외적인 실마리들을 자신의 텍스트에 안착 시키면서 어떤 식으로든 "아날로그" 방식의 의사소통을 첨가하려고 했으 며, 어떤 메타텍스트적 해설을 동원해서 그 언어가 어떻게 다루어지는지를 독자가 알 수 있게끔 한다. 이것은 내용에 대한, 의미에 대한 해설적 설명 이 아니다. 이때의 의사소통은 오히려 행간에서, 말하자면 문장부호, 활자 체, 구조의 차원, 간단히 말해 스타일의 차원에서 "아날로그" 방식으로 일 어난다.

이중구속과 식민담론

미학과 정치적인 것(텍스트와 그 문맥) 사이의 관계는 줄기차게 제기되지만 잘 풀리지는 않은 질문이다. 나는 박태원이 내용의 형식이 지닌 이점을 주의 깊게 활용하려고 했던 그 담론적 맥락을 갖고 씨름하면서, 미학과 정치적인 것 사이의 구조적 관계에 대한 확정적 설명을 하기보다는 사회적 형식과 미학적 형식(이 형식들은 모더니스트들이 제국 일본이라는 구체적 문맥 안에서 언어의 지시적 기능에 맞서 고투할 수 있게 빛을 던져 주었다) 사이의 잠정적 연결고리를 만들려는 목표를 세웠다. 이러한 문맥의 어떤 점들이 문학적 표현에 한계와 제약을 부여했던 것일까? 그렇지만 이 측면들은 주어져 있던 문학적 표현이 지닌 한계에 맞서기도 했을 것이다. 어떻게 하면 우리가 한국의 모더니스트들이 비평문과 소설에서 바로 이 한계를 비판했다는 점을 갖고서 식민지 근대에 대한 이해를 높일 수 있을까? "제국의 역설"과 그에 따른 진실의 상실이라는 통념이 문학어에서는 즉 "그 자체적인 통제 속에서 담론이 시행되는" 여러 내적 규칙들의 집합 안에서는 어떻게 자신을 드러내었던 것일까? 모더니즘 문학 실천이 보인 형식의 혁신적 측면들을 어떻게 하면 언어 차원에서 일어난 식민지 사회의 모순된 조건에 대한 관계 또는 그 관계에 대한 하나의 반응으로서 읽을 수 있는 것일까?

처음에는 모더니즘 운동이 외부로부터 안쪽으로의, 사회적인 것으로부터 개인적인 것으로의, 외적인 요인으로부터 정신적 메커니즘으로의, 제국 일본과 1920년대부터 1930년대에 걸친 그 식민지 사이의 사회정치적 관계 즉, 동화정책에서부터 황민화로의 전환에 발맞춘 것으로 보일 수 있다. 1937년 제2차 중일전쟁의 발발부터 1945년 그 패배에 이르기까지 일본과 그 식민지들 사이의 관계는 제국주의의 기획이라는 용어로 설명될 수 있는데 즉 "식민지 사람들을 제국의 신민으로 전환시키기 위한 문화 정치적인 캠페인이 있었고 (…중략…) 정치와 문화의 보국은 전쟁 준비를 함에 있어 식민화된 사람들을 제국의 충성스러운 신민으로 전환할 것을 요구했다".[60] 레오 칭은 "제국주의화"를 초기 동화정책의 확장(일종의 식민화 최종 단계)로 이해하게 되면 "국민화 과정(정체성의 고투가 근본적인 문제이자 도처의 관심거리로 나타나는) 안에 놓인 식민화된 주체성의 갈등"[61]이 모호해진다고 지적한다.[62] 동화의 주된 모순은(구체적으로는 1920년대 조선에서 "문화 정책" 또는 "문화 통치"에서 보이는 문화의 수용과 정치적 권리 사이에서 나타나는 격차) 식민의 기획을 식민의 객체화 과정으로 전환했을 때 모호해진다.[63] "그러므로 국민화 과정에서 문화적 재현은 사회적인 것에서 구체적으로 문제가 되는 사회적인 것을 빼내어 개인적인 것의 존재론으로 대체해버렸다. (…중략…) 이 동화의 담론에서 피식민자를 일본인으로 만드는 문제는 하나의 식민 통치 프로젝트로서 인식되면서 받아들여졌다. 그러나 국민화 과정에서 (…중략…) 일본인이 된다고 하는 것은 피식민자의 전적인 책임이 되어버렸다."[64]

정체성에 대한 레오 칭의 생각은 어떤 평행 논리에 의해 만들어진다. 식민자와 피식민자 사이의 유사성과 차이라는 것이 역사적으로 필연적인 요인이 아니라 실은 일본 식민주의 자체라고 하는 이 역사적 조건이 생산한 담론이라는 것이다. 국민적으로, 인종적으로, 혹은 문화적으로 구획된 범주들은 "식민지 근대성이라고 하는 시간성과 공간성 외부에 존재하는 것이 아니라 바로 이 시간성과 공간성을 통해서 구획될 수 있었던 것이다".[65] "범아시아주의"라고 하는 저 유명한 이데올로기는 제국 일본을 서양의 지배 형식으로부터 수사적으로 구별시키도록 기능하면서 "서양이라고 하는 '타락한' 제국 권력에 맞서 아시아 전체의 이권을 수호할 것을 선포했다".[66] 이와 함께 동화 정책은 일본인의 특권을 전제로 하면서 즉 "피식민 주체들에 관해서는 민족이나 그 인민을 식민화함으로써 '차이'나 '특권'을 주장하면서"[67] "차별적 동화 정책"의 효과를 만들었다.[68]

피터 두우스Peter Duus가 지적했던 것처럼, 이같이 조선인을 일본 신민의 일부로 보는 "아시아의 형제애"와 일본의 우월성이라고 하는 모순된 문구는 철저하게 차별적이면서도 그와 동시발생적인 여러 가지 인식을 낳았다. "조선인이라고 특별한 것은 없다." 1906년 국회위원이었던 아라카와 고로는 이렇게 썼다. "만약 당신이 (…중략…) 자세히 살펴보지 않는다면, 당신은 아마 그들을 일본인이라고 착각할 것이다. (…중략…) 당신은 아마 일본인과 조선인이 같은 유형의 인간이라고 생각할 것이다." 하지만 아라카와는 이어서 다음과 같이 덧붙인다. "만약 당신이 자세히 [조선인을] 살펴본다면, 그들이 약간 멍청하고, 그들의 입은 열려있고 그들의 눈은 둔탁하며, 뭔가 빠져 있다는 것이 드러나리라. (…중략…) 누군가는 그들이 인간이라기보다는 짐승에 가깝다고 말할 수도 있을 것이다."[69]

이 장면에서 발견되는 나르시즘과 편집증이라고 할 만한 각각의 것들 사이의 교차는 호미 바바Homi K. Bhabha가 식민적 모방에서 지정했던 식민권력의 양가성을 보여준다. 다시 말해 이 양가성이란 "교화된, 즉 인식 가능한 타자, **거의 동일하지만 과히 동일하지는 않은** 차이의 주체를 향한 열망"이다.[70] 식민담론은 분열되어 있어서 현실에 대한 두 개의 태도를 낳는다. "어떤 이가 현실이라고 생각하는 것을 다른 이는 부인한다. 그리고 현실을 현실에 대한 '흉내'로 반복하고 재가공하려는 욕망의 산물로 대체한다."[71] 아라카와의 묘사에는 한편으로는 일본인과 조선인 사이에서 발견되는 문화적이고 형태론적인 여러 가지 유사점이라는 "현실"이 놓여 있고, 다른 한편으로는 일본인과 조선인 사이에 "거의 무의미할 정도로 사소한 차이" 즉 제대로 규정되어 있지도 않은 게으름이라든가, 아둔함, 결함이 설정되어 있다. 피식민자가 문명화되었다든가, 근대적이라든가, 하는 등으로 간주되는 식민자의 지위에 접근하면 할수록 이런 방식의 흉내 내기는 더욱 위협을 받게 된다. 문화적이고 역사적인 차이의 초극에는 최소한이자 도무지 어쩔 수가 없는 차이를 지닌 타자에 피식민자를 끼워 넣으려는 계산된 노력이 필요한 것이다.

죄책감, 정당화, 사이비 과학이론, 미신, 거짓 권위, 그리고 유형화의 즉각적 반복은 분열담론이 발생시키는 소란을 **형태적으로** "정상화"하려는 처절한 노력으로 보인다. 분열 담론이란 자신이 언표된 양식에 들어 있는 합리적이고 계몽적인 주장을 위반하는 담론이다. 식민 권력의 양가성은 반복적으로 **흉내 내기**(거의 없지만 전혀 없지는 않은 차이)로부터 **위협**(거의 전체적이지만 아예 다르지는 않은 차이)으로 전환된다.[72]

그렇기 때문에 동화의 시나리오 안에서 명령자가 피식민자에게 전달하는 "차단의 장소"라는 것은 하나의 모순이 된다. "우리처럼 되라!" 식민자는 요구한다. "하지만 너무 우리처럼은 말고." 여기에 나타나는 자가당착의 언술은 놀랍지 않다.

일본의 인종적 근본주의와 그 제국주의적 공격성이 놓여있는 자리가 바로 여기다. 그 자체의 구성적 특이성과 우월성을 내포한 일본성이란 것이 다른 아시아인들에게는 접근불가능한 것이기 때문에, 일본성을 통한 제국주의와 식민적 투자는 결국 그 자신의 존재론적인 실존을 위협하게 될 것이다. 다르게 말해보자. 만약 일본이 누리는 쾌락이 단지 "타자들"의 쾌락을 차별함으로써만 달성된다고 한다면, 그 차이의 근절을 통해 일본에 고유한 쾌락을 근절시킬 수는 없을까?[73]

소니아 량Sonia Ryang은 1910년부터 1930년대까지 조선을 여행했던 일본인들을 조사하면서, 같음과 다름을 동시에 욕망해야 하는 상황 속에서 배태된 불안이 이들 일본인 여행객들의 조선 인식에 놓여 있었다고 본다. 이 무렵 일본인들의 조선 여행기는 "이는 단지 조선인들을 그 후진성으로부터 구해내기 위해 '그들을 적절히 가르치는 문제'에 불과하다"라고 하는 공적 담론을 강조하고 있었다.[74] 달리 말하면 이 공적 담론이란 "그들을 우리와 닮게 하라"라고 하는 명령문의 확장이라고 할 수 있다. 그러나 거기에는 피식민자를 너무나 잘, 혹은 너무나 많이 가르치는 데에 따르는 곤란함이 계속해서 존재했다. 소니아 량은 은퇴한 일본 육군 사관학교의 교수가 조선을 여행하면서 한 말을 이렇게 인용한다. "'조센진은 전혀 뒤떨어지지 않는다. 만약 우리가 그들을 아주 잘 가르친다면 우리는 그들을 거의 일본인처럼 만들 수 있을 것이다.' 하지만 '우리는 한 가지를 명심해야만 한다. 만약 우리가 그들을 너무 잘 가르쳐놓게 되면 그들은 [일본에 저항하는] 반란을 도모하는 것과 같은 옳지 않은 일을 원하게 될 것이다.'"[75] 불안은 비단 정치적 봉기의 가능성에서만 나타나 있지 않았다. "조선인의 '모방 능력'을 일본의 정체성을 위협하는 것으로 보는 불안도 있었다."[76] 예를 들면 자주 조선을 드나들었던 한 방문객은 "자신의 눈에 조선인을 지나치게 일본인과 동등하게 대우하는 편의적이고 위계 없는 동화정책을 경고했다. 이는 조선인이 일본인과 완전히 똑같게 만들 것이므로 결국 일본의 식민 통치를 무효로 만들 수 있을 것이기 때문이다".[77]

나는 이와 같은 역설적 명령이(우리처럼 되라, 하지만 지나치게는 말고!) 내용의 차원과 메타 내용 차원 사이에서 모순적인 관계를 드러내는 방식으로서, 하나의 명령이나 일련의 경고 안에 정반대의 의사소통을 요구하는 이중구속의 한 예가 될 수 있다고 생각한다. 계급과 그 구성원들 사이에 상이한 수준의 추상화가 규정되어 있다고 하는 버트런트 러셀의 논리 유형에 근거해서 보면, 이중구속 이론은 병적 상태(정신분열)의 의사소통적 기원을 이 같은 상이한 추상화의 관계가 거듭 깨어지는 것에 대한 이해로부터 시작한다고 할 수 있다.[78]

그레고리 베이트슨과 몇몇 다른 이들은 이 이종구속을 확장시키는 데 필요한 조건들의 세부를 만들었다. 여기에는 둘 혹은 보다 많은 수의 사람들이 참여하는데 이들 중 한 사람이 "희생자"로서 혹은 뒤에 가서는 "수신자"로 언급된다. 이중구속은 이 수신자에게 반복적으로 일어나는 경험이다. 우선 외적 권위가 만드는 부정 명령문이 있다. "만약 당신이 이렇게 하지 않는다면 나는 당신에게 벌을 줄 것이다." 그리고 "만약 당신이 이것을 한다고 해도 나는 당신에게 벌을 줄 것이다"가 있다. 두 번째 명령문은 보다 추상적 차원에서 첫 번째 명령문과 충돌한다. 첫 번째의 메시지에 담긴 하나의 요소와 충돌하는 동시에 체벌의 위협이 이를 뒷받침한다. 그리고 세 번째 명령문은 이 명령의 장을 떠나는 것을 거부한다.[79] 두 번째 명령문은 주로 비음성적으로 전달되면서(자세, 동작, 얼굴 표정 등등) 메타 의사소통의 수준에서 작동한다. 즉 수신자가 어떻게 그 메시지를 이해해야 하는지를 알려주는 의사소통적 차원에서 두 번째 명령이 활약하게 되는 것이다.

제일 단순한 예들 중 하나로 "이 기호를 무시해"라고 읽히는 기호가 있는데, 이것은 그레고리 베이트슨이 주요하게 다루었던 일화이다. 이 예는 한 소년이 병원을 방문한 어머니로 인해 받은 정신적 좌절을 극복하는 이야기이다. 소년이 다가가서 껴안자 어머니는 몸을 움츠렸다. 그러자 소년이 자기 팔을 풀었는데 이제는 어머니가 "더 이상 엄마를 사랑하지 않는 거니?" 하고 묻는다. 환자에게는 다음과 같은 딜레마가 닥친다. "만약 내가 계속해서 안고 있는다면 엄마에게 내 사랑을 보여 드릴 수가 없다. 그런데 내 사랑을 보여드릴 수가 없다면 엄마는 나를 떠날 것이다."[80] 이것을 이중구속의 기본 모델이라고 할 수 있다. 아이의 애정표현을 열망하는 어머니는 물러나는 몸짓을 하기는 하지만 자신의 행동으로 인해 뒷걸음 치는 아이에게 애정에 찬 상냥한 반응을 함으로써 이 수용하기 곤란한 적대감을 부정하고, 다시 이 상황 속으로 아이를 끌어들이면서 악순환을 갱신한다. 그레고리 베이트슨은 이렇게 쓴다. "핵심은 엄마의 사랑 가득한 행동이 자신이 만든 적대적 표현에 대한 하나의 의견이 되면서(왜냐하면 애정 표현은 적대적 행위에 대한 보상이기 때문에) 결과적으로 적대적 행동이라기보다는 메시지를 지닌 하나의 다른 명령이 된다는 것이다. 즉 이것은 메시지들로 이루어진 하나의 장면에 대한 메시지인 것이다. 그렇지만 이 명령은 그 본성상 소위 적대적 부인이라는 여러 메시지의 존재를 부인한다."[81]

이 같은 위치에 놓인 수신자는 그 권위자와의 관계를 유지하려고 하면

이 의사소통을 정확하지 않게 해석해야만, 이 두 차원(가장된 감정, 실제 감정)을 구별하지 않아야만 한다. 달리 말하면 아들은 "어머니의 속임수를 지지하기 위해 자신의 내면 상태에 대해 스스로를 기만해야만 한다".[82] 왜냐하면 각 명령의 수준 중 하나를 곧이곧대로 따르면 벌을 받게 되기 때문이다. 결국 이 시나리오에서는 설명을 하려는 아이를 비난의 방식으로 이해할 수도 있는 어머니 때문에, 아이가 메타의사소통의 차원(그 자체의 모순을 지적하고 있는)에서 이 상황에 대해 말할 수 없게 된다. 그레고리 베이트슨은 뇌에서 일어나는 화학적 불균형이나 유일무이한 유년기의 트라우마가 때문이 아니라 이 같은 상황의 반복이 정신분열을 이끌 수 있다고 생각한다. 주어지는 말이 무슨 뜻인지를 추측할 수가 없고 대답해야 할 말을 직역해야 할지 의역해야 할지를 결정할 수가 없기 때문에 수신자의 메타커뮤니케이션 시스템은 결국 파괴되고 만다. 결국 "주체 자신에게서 나온 명령은 마치 그것들이, 직접적으로 속임을 당할 수는 없으나 매우 잘 속일 수가 있는 어떤 외적 권위에 기인한 것처럼 취급된다".[83]

이 이중구속 모델은 몇 가지 이유 때문에 식민지적 상황에서 유용하다. 첫째, 이중구속 모델은 상호행위적이고 상호주체적이고 의사소통적 모델이며, 그 병리적 증상이 특정한 사회 환경에 기인한다는 점을 고려한다. 단지 병리적 증상이나 사회 환경의 본질 때문이 아니라 이 둘 사이의 관계를 감안하는 것이다. 둘째, 이중구속 모델은 이러한 관계에서의 언어의 상태에 주의를 기울이는데 여기에 병리적 언어가 작동하여 초기의 역설적 명령과 그러한 모순된 여러 명령이 반복적으로 노출된 결과 병리적 증상이 일어난다. 진술에 의미를 부여할 수 없는 무능력은 그 의미를 이해할 필요에 대한 예민한 주의력과 결합되었다. 주체는 메타커뮤니케이

션의 수준에서 역시나 모순적인 의미를 내포하고 있는 진술을 반복적으로 직면하게 되고(엄마는 사랑받고자 하지만 아들의 포옹에 움츠려 든다) 이런 상황을 견뎌가면서 그는 발화와 언술 사이에서 벌어지는 간극 속에서 길을 잃고 헤매게 된다.

제3장에서 보게 되겠지만 라캉은 히스테리를 앓는 주체와 그[녀]가 반복하는 질문 즉 "발화의 수준에서 당신이 말하는 바는 이것이지만 이 진술과 함께, 이 진술을 통해, 나에게 말하고 싶은 것은 무엇인가요?"라는 것이 욕구와 욕망 사이에 놓인 간극에서 나왔다는 점을 지적했다.[84] 히스테리 환자는 무언가를 욕망하는데 만약 그것이 주어지게 되면 반드시 그것을 거부한다. 그러나 이것은 일시적인 거절이다. 왜냐하면 그는 자신이 사랑하는 대상을 끝내 단념할 수가 없기 때문이다. 이는 슬루즈키Sluzki가 지적하듯이 일시 정지 상태에서 욕망의 대상이라고 알려진 것을 간직한 채로 "맞습니다, 그런데 아니에요"라고 하는 무한 반복적 대답을 낳게 된다. 의사소통 이론으로는 이런 상황에 원인을 제공한 이중구속 상황을 다음의 명령문으로 설명할 수 있다. "솔선수범하라, 하지만 솔선수범이 금지되어 있다는 것을 명심하라!" 간단히 말해 능동성은 벌을 받고 수동성은 보상을 받는 이런 상황의 반복과 이러한 조건이 이끄는 데에서 나오는 모순적 메시지가 히스테리를 낳는다고 할 수 있다.[85]

주로 비정치적이고 기교에 초점을 맞추고 있다고 간주되지만, 나는 박태원의 문학적 실천이 예술과 그 예술이 지시하는 대상 사이의 관계에 진지하게 초점을 맞춘다는 점에서 그가 식민지적 상황에 구성적 이중구속이 결부된 것으로 보고 "의사소통적이고 실용적인" 담론을 침식시킬 수 있는 기반을 구축했음을 발견했다. 그의 언어는 식민지 근대성이라는 맥락에서 기교 혹은 스타일이란 의미를 의도적으로 애매하게 하거나 정치적 주제에 대한 언급을 회피하기 위해 식민지 경성의 현실을 "판타지의 스크린"[86]으로 가리려는 수단이 아니었다. 의미의 식별(말의 확인)이 대단히 중요했지만 검열 때문에 "디지털 방식의" 의사소통이 제한된 상황에서, 식민지 근대는 이중 구속 상황으로서 즉 "세계와 관계를 맺는 스타일 전체가 (…중략…) 거기에서 어떤 자극은 구조적으로 거부되고, 어떤 의미는 구조적으로 억압되며, 인식의 결핍은 강화되거나 보상되고, 확인은 처벌되는 것을 뜻하는, 그러한 이중구속으로서 읽힌다. 여기에서 우리는 정신분열이 일어날 수밖에 없다는 데에 동의할 수밖에 없다".[87]

3장에서 나는 박태원 작품에서 정신분열의 발병만이 아니라 히스테리적 모더니즘의 출현도 추적해보려 한다. 박태원의 작품은 역설적이고 애매모호한 방식을 통해 문학에 있어서 서양적 표준을 수용했기에 모방적이면서도 주체 중심적인 논리를 갖추고 있었던 통상적인 여러 리얼리즘 텍스트보다도 더 직접적인 방식으로 식민주의라는 이중구속에 직면한다.[88] 박태원이 문학어에 대해 밝힌 사유들, 그리고 그 자신의 작품에서 구현했던 발화와 언술 사이의 분열은 내용의 차원에서와 마찬가지로 형식의 차원에서도 불명료한 의미를 포함하고 있었다. 그렇기 때문에 우리는 박태원의 이 "히스테리적" 텍스트가 독자에게 해석 욕망을 불러일으킨다는 것을 볼 수 있다.

말해진 것과 의미된 것 사이의 간극은 요구와 욕망 사이의 간극이기에 거기로부터 이중구속에 대응하고자 하는 히스테리가 출현한다. "당신은 나에게서 뭔가를 요구하고 있다. 그런데 당신이 진짜 원하는 것이 무엇인가? 이 요구에 대한 당신의 목적은 뭔가?" 이것은 단지 모더니즘 기교로 쓰인 박태원 텍스트에 대한 반응만이 아니라 그 텍스트 내부에서 일어나는 어떤 응답에 대한 결과이기도 하다. 그의 텍스트는 질병을 하나의 틀로 사용하는데 이 장치는 식민지 수도에서, 그 신체 위에 증상으로서 나타나는 것에서, 식민담론 안에서 또는 그것에 의해 마련되는 주체의 언어 안에서 일어나는 욕망의 순환과 반복을 읽게 한다.

제3장
모더니즘과 히스테리
박태원, 『소설가 구보씨의 일일』

이 장에서는 박태원의 중편 『소설가 구보씨의 일일』을 읽으면서 식민지 후반에 쓰인 한국 모더니즘 소설의 지위에 대해 소개하려고 한다. 지금까지 살펴본 것처럼 박태원의 작품은 1920년대와 1930년대 조선 문학계를 구축했던 두 개의 구분 즉 좌익 사회주의 리얼리즘 작가들과 "참여"라는 이름으로 공공연히 정치화되었던 그들의 문학, 그리고 형식주의자들 또는 "순수"문학의 옹호자들과 교훈적 메시지보다 미학을 강조했던 그들의 문학 중에서 비정치적인 쪽에 속해 있었다.

나는 1930년대 조선에서 쓰인 모더니즘의 핵심 텍스트들 중 하나를 다시 고찰하면서, 이런 식의 범주적 대립과 근대 문학사를 상당부분 구조화시켰던 이 범주적 대립에 수반하는 이분법(객관적/주관적, 물질적/형이상학적, 사회적/개인적 등등)에 대해 검토하고자 한다. 나는 이 시기에 박태원이 소설에서 주로 썼던 세 가지 테마 즉 욕망, 병, 지시성의 문제에 초점을 맞추려 한다. 나는 이 세 개의 테마가 가진 어떤 일관성을 고려하기 위해 히스테리라는 정신분석 개념을 가지고 올 것이다. 만성질환에 시달리는 화자를 히스테리 환자로(인물 그 자신이 진단한 신경쇠약의 환자로서가 아니라) 읽음으로써, 우리는 모더니즘 텍스트라는 것이 단지 도시 즉 근대화의 맥락에서 출현한 것만이 아니라 식민주의라는 요구와의 고투 즉 식민지 조선의 여러 작가가 직면했던 언어에서 주관성과 객관성의 딜레마를 심사숙고하는 가운데 나타난 것이기도 함을 이해할 수 있게 된다.

구보가 식민지 수도의 거리를 배회할 때에 느꼈던 만족에 대해서 다루었던 연구들은 그것을 식민지 조선에서 일어났던 식민 도시화나 자본주의 근대성의 구축에 따른 사회적 현상으로서, 근대 도시라는 특정한 역사 공간 안에서 사적 행복을 구하려는 개인적 현상으로서 읽어 왔다. 이러한 독법은 박태원 작품이 단지 내면성을 표현하는 데에만 관심이 있었고 스타일의 문제에 사로잡혀 있었다고 하는 기존의 분석에 잘 들어맞는다. 그렇지만 아래에서 볼 수 있듯 구보에게서 언어의 부정확성을 증상으로 한 특징이 나타나고 질병과 재현 사이에 보다 일반적으로 그릴 수 있는 여러 관계가 있다는 점을 고려한다면, 구보 텍스트를 역사-사실주의적으로 접근하는 문학사적 방법으로는 이 텍스트가 '세계를 충분하게 재현할 것으로 기대되는 언어의 능력(『소설가 구보씨의 일일』로 쓰인 바로 그 언어의 능력을 포함해서)'을 어떻게 문제 삼는지를 질문할 수 없게 된다.

나는 히스테리라고 하는 정신분석적 형식을 이용함으로써 구보의 욕망이 언어적 지시성의 문제로부터 우리를 멀어지게 하는 것이 아니라 오히려 그쪽으로 이끈다는 점을 보일 것이다. 히스테리라는 개념은 모더니즘 문학 텍스트를, 특히 1930년대 식민담론이 지닌 모순된 각종 명령과의 관계 속에서 다시 읽도록 하는 방법을 제시함으로써 질병, 욕망, 언어를 생산적으로 연결시킨다. 구보에게서 나타나는 히스테리를 추적하다 보면 텍스트가 지닌 최종의 의미를 찾는 것(예나 지금이나 문학 비평이 소설을 해석하기 위해 선택하던 방법인)을 넘어서, 히스테리와 관계 맺는 문학적 실천으로서의 모더니즘의 문제라든가, 텍스트와 그 해석 사이의 연관이라든가, 또 최종적으로는 식민지적 맥락과 박태원의 소설에 나오는 수수께끼 사이의 연결고리라든가, 이런 일련의 관계가 떠오르게 되면서 그것을 다시 검토하게 된다.

우선 모더니즘과 히스테리에 대한 정신분석학적 정의는 모두 "신뢰할 수 없는 화자"의 존재를 공유한다. 그 때문에 둘 다 표현 매체에 각별한 주의를 기울이게 된다. 모더니즘과 히스테리는 처음부터 독자나 분석가가 "어떤 해석 행위를 통해 유추된, 드러나기 전까지 감추어져 있던 진짜 의미"가 무엇인지를 찾아보려는 욕망을 갖도록 부추긴다. 증상이라는 개념이 이 관념에 의해 구성되어 있기 때문에 그 특성상 "감추어진 것이 무엇이든 간에 그에 상응하는 증상은 사실일 수밖에 없으며, 이 주체의 진실은 그나 그녀가 감춘 것 안에 들어 있다"[1]라고 하는 해석을 유도한다.

구보는 만족스러운 해석을 이끌어내기보다는 그것을 가로막으면서 라플랑슈Laplanche가 "수수께끼 기표"라고 했던 것을 보인다. "수수께끼 기표"란 의미를 갖고는 있지만 메시지의 발신자나 수신자 모두에게 어떻게 해도 해소될 수가 없는 불투명함을 남기는 기표를 뜻한다.[2] 이런 식으로 만족감이 지연되기 때문에 독자는 충족되지 못한 채 남아 있는 의미 즉 "만족감의 지연을 고발하는 언술"을 해석하는 과정에서 히스테리를 갖게 된다.[3] 구보에 대한 해석 행위와 그 문학사적 의미를 구하는 임무는 『소설가 구보씨의 일일』이라는 이 중편소설에 의해 유도되면서 또한 거부되기에 이 텍스트에 대한 우리의 "번역"은 또한 실패가 되고 만다.[4] 히스테리를 타자의 "케 보이Chè vuoi?"라는 발화에 반응하면서 나타나는 것으로 읽으면 식민지적 관계 그 자체를 생산적으로 검토할 수 있는 길이 열린다. 여기에서 박태원이 스타일을 혁신하도록 만든 언어적 불결정성의 핵심에 이중구속이라고 하는 식민지적 모순 명령('만약 그것이 가능하기만 하다면' 성공적으로 대응할 수 있다고 하는 기반을 전제로 해서 피식민자에게 주체적 진실을 요구하는)이 있었음을 알 수 있다. 그러므로 모더니즘 텍스트의 어려움은 의사소통적 장애물(검열에 의한) 때문이 아니라, 오히려 구보가 쓰이고 읽혔던 역사적 맥락 속에서 나타난 다른 차원의 의사소통 때문이라고 할 수 있다. 그렇기 때문에 이것은 문학사에 나타난 여러 "비현실적" 텍스트와 식민지적 맥락 사이의 관계를 재고하게 한다.

프로이트적 개념인 히스테리는 정신적/신체적 분리 위에 걸쳐 있기 때문에 구보가 소설 내내 강박적으로 표출하는 여러 신체적 증상의 근원을 정신적인 것으로 규정하게 한다. 그런데 소설은 계속해서 독해를 지연시키고, 결과적으로는 그 텍스트에 통달함으로써 의미를 확정하려는 해석학적 욕망을 좌절시킨다. 만약 피분석자의 언어라는 것이 분석가가 해석하거나 유도해서 의미 있는 것으로서 도출해 내야 할 무엇이라면, 구보는 독자를 히스테리에 빠트리는 언어의 결정불가능성(타인의 욕망을 알 수 없는 무능력)과 자신에 대한 앎의 불가능성(자신의 욕망을 구조화시킬 수 없는 무능력)을 연출함으로써 텍스트를 지배하려는 권위와 그 욕망의 근간을 침식시키고, 우리의 이해를 결코 허락하지 않는 언어 이면에 잠재적으로 감추어진 것을 가리킨다.

히스테리는 이 세 가지 영역(모더니즘 문학, 모더니즘 문학에 대한 해석, 식민 담론)에서 주체의 상태를, 언제나 타자를 향한 욕망에 반응하면서 나타나는 그 상태를 질문하도록 한다. 그런 까닭에 이 장에서는 『소설가 구보씨의 일일』을 세 가지 차원에서 읽어보려 한다. 텍스트 자체에 고유한 주제론의 차원에서, 주체와 자기 인식이 갖는 관계론의 차원에서, 식민지의 이중구속과 그로 인해 1930년대 경성 문단을 좌우하게 되었던 비평 담론인 재현의 위기로부터 나타난 하나의 반응적 차원에서 말이다. 나는 특히 피분석가의 증상적인 언어를 해독할 때 분석가의 해석학적 역할과 관련해서 프로이트적인 히스테리 이해를 넘어설 것이며, 이와 동시에 모순적이고 불안에 찬 식민담론 안에서 모더니즘 텍스트를 히스테리화하는 역사의 특수 장소를 향해 나아갈 것이다. 구보는 정신분석의 틀 안에서 신체적이고 언어적인 여러 증상들을 드러내면서도 그 해석을 방해함으로써, 독자가 환원시킬 수 없는 저 텍스트와 히스테리적인 관계를 맺게 만든다.

히스테리와 모더니즘

19세기 후반과 20세기 초에 발달한 히스테리 개념은 여러 측면에서 모더니즘 개념과 함께 전개해 갔다고 할 수 있다. 예를 들면 히스테리에 대해 정확한 정의를 내리기란 어렵기가 악명 높다는 점을 들 수 있다. 그러나 또한 히스테리는 프로이트가 정신분석 이론을 발전시키는 데 기초적인 역할을 했다.[5] 모더니즘 역시도 "애매하기가 참을 수 없을 정도"지만 근대 또는 현대 문학을 규정하는 범주들 중 하나의 역할을 했다. 히스테리 개념은 욕망과 언어, 상상과 질병을 연결시킨다는 점에서 고무적인데, 사실 이 모든 주제들은 박태원의 작품과 그의 글쓰기에 대한 비평론에서 빈번하게 나타난다. 즉 모더니즘 개념은 과거와 현재, 텍스트와 그 맥락을 이으면서 "여전히 풀리고 있지 않은 미학적 주제, 이데올로기적 주제, 역사적 주제들을 연결"시키는 힘을 갖고 있다.[6]

히스테리는 사회적 요구와 주체의 욕망 사이에서 충돌이 일어날 때 출현한다.[7] 즉 그 개인의 욕구, 그 "가장 비밀스러우면서도 억눌려 있는 바람"[8]이 억압되는 과정에서 "참기 힘든 생각"[9]과 연결된 억눌린 정서가 "신체적으로 표현된 형태"로 나타나는 것이 히스테리적인 증상이다. 그렇기 때문에 히스테리 환자의 욕망 충족이란 어떤 의미에서는 기만적이어서 증상이라고 하는 간접적 재현 속에 암호화되어 나타난다. 더 나아가 이 히스테리 환자는 "그녀의 욕망을 단지 불만족스러운 욕망으로서만 지지할 수 있다".[10] 주체가 자기 욕망의 객관적 원인에 가까이 가면 갈수록 그 자신으로부터는 더더욱 멀어지게 되는 것이다.[11] 문학 형식으로서의 모더니즘도 사회의 요구와 주체 욕망의 표현 사이에서 어김없이 나타난다. 미학 범주로서 이 용어는 모더니즘 문학 실천에서 주변부 사례들을 억압하는 동시에 "모더니즘 연구에 나타나는 억압, 귀환, 전이에 대한 비이합리적이고 은폐된 전개" 즉 "모더니티 그 자체에 내재된 해결되지 않은 복잡성을 반영하는" 그 과정에서 따라 나오는 "의미의 불협화음"을 발생시키면서 모더니즘의 정의를 희석시킨다.[12]

이러한 점은 우리가 박태원의 소설과 비평문을 분석하는 데에 두 가지 논점을 제기한다. 첫째, 욕망은 이 패러다임 안에서 중개된 것으로서 항상 타자의 욕망에 근거를 둔다.[13] 다양한 비평들이 박태원 작품에 나오는 욕망의 경로에 접근하려 했다. 왜냐하면 작품 속 화자들이 계속해서 행복, 즐거움을 찾고 구하기 때문이다. 반면에 나는 구보가 어떻게 항상 불만족

상태에 있는지, 어떻게 이 시기 박태원 소설의 특징이 되는 그 고유의 순환 구조가 만들어지는지를 이해하기 위해서 화자들의 욕망이 기인하는 자리를(그 욕망이 무엇인지에 대해서가 아니라) 질문할 것을 제안한다. 둘째, 히스테리 개념을 문학어에 대한 박태원의 사유 바로 옆으로 가지고 오게 되면 우리는 기표에 대한 그의 불신, 진실을 전달한다고들 하는 언어의 능력에 대한 그의 의혹에 주의를 둘 수밖에 없게 된다. 박태원은 의미라는 것을 "애매모호하고, 다기능적이고, 숨겨 놓으려고 한 무엇은 무심코 드러내버리고, 드러내려고 한 무엇은 슬쩍 감추어버리는"[14] 그런 것으로 생각했다. 우리는 그가 사용하는 문학적 스타일 안에서, 증상적 독해라고 하는 그 소설화된 무대 위에서, 또한 구보가 끊임없이 시연하는 히스테리 환자의 질문 속에서, 박태원의 이 같은 정념이 메아리치는 것을 보게 된다. "이것이 네가 말한 것이야. 하지만 정말 네가 원하는 건 뭐야?"[15]

그러나 이것을 넘어서 나는 구보의 경우에서 볼 수 있는 이러한 의미의 결정불가능성과 히스테리 환자의 질문에 찬 반응을 함께 낳는 역사적 맥락은 단순히 근대성 때문으로만 볼 수 없음을, 더 구체적으로 그것은 일본 제국주의하에서 피식민자가 받는 모순된 명령 즉 식민자와의 동일성과 식민자와의 차이화를 동시에 요구하는 식민지적 동화 담론임을 제안하려고 한다. 이런 관점에서 히스테리는 개인적 병인에 기인한다기보다는 어떤 사회적 담론의 산물로서 언어 안에서 또한 언어에 의해서 구축된 어떤 관계의 결과로서 나타나는 동시에, 언어에 가정된 지시성의 가능성을 침식시킨다. 이후로 나는 구보가 신경쇠약(20세기 초반에 주체와 근대성의 관계를 떠올리는 데에 사용되었던 지배적 은유 양식들 중 하나)이라고 진단했던 그의 만성질환을 검토하고 나서, 신경쇠약 자체를 다루는 것을 넘어 구보에게서 최고조의 형태로 나타났던 '질병과 주체성이 맺는 관계' 즉 증상과 언어가 맺는 관계의 문제로 넘어갈 것이다. 구체적으로는 구보를 식민주의의 모순된 명령에 연루된 채 히스테리를 앓는 인물로서 살펴보려 한다. 식민지 지식인에게 가해지는 이중구속은 "어떤 실패한 호명에 대한 효과이자 증언으로서" 히스테리를 발생시킨다. "무엇이 히스테리적인 질문일까?" 즉 왜 나는 당신이 말하는 대로의 나인가? "만약 상징적인 주체화를 만족시킬 수 없다면, 혹은 주체가 그 상질 질서를 규제하지 않고서는 충분히 주체의 무능력을 표현할 수 없다면 말이다."[16] 구보에게는 그레고리 베이트슨이 원인인 동시에 증상이기도 한 것으로서 생각한 특수한 의사소통 양식이 나타난다. 또한 구보에게는 라캉이 히스테리 환자를 주체가 구성되는 과정에서 욕망이 어떻게 기능하는가를 보여주는 예로 삼았던 것이 들어 있다. 구보는 언어란 본래 신뢰할 수 없는 것이라는 것을, 언제나 간접적으로 표현되는 것이며 그 자체로 끊임없는 해석의 연쇄를 불러 일으킨다는 것을 보여준다.

보존에서 전환으로 – 신경쇠약자 구보

『소설가 구보씨의 일일』은 구보, 경성의 도심 풍경을 관찰하면서 자기 자신에 대해 글을 쓰는 이 작가의 산책을 자세히 다루고 있다.[17] 이야기는 청계천 근처의 구보네 집에서 어머니의 관점으로부터 시작된다. 어머니는 결혼도 안 하고 직장도 없는 26살이나 된 아들의 장래에 대해 안달복달이다.[18] 구보는 "어디, 가니?"라는 어머니의 노심초사하는 질문을 뒤로 하고 아무 대답 없이 집을 나서는데 소설은 세 번째 장면에서야 구보의 시점으로 바뀐다. 이 처음의 세 장면만으로도 우리는 박태원이 작품을 통해 얼마나 언어 문제와 모더니즘 작품의 전형적 특징으로 간주되는 문체의 혁신에 지대한 관심을 기울이는지를 알 수 있다. 예를 들면 전체 대화는 짧게 두 행씩 진행되고 뚝뚝 끊어지는 문장들은 의미를 요약하면서 전달된다. 그리고 생각이 갑자기 확산되거나, 현재 이루어지는 "행위"(이 이야기에 나오는 첫 번째 신체적 움직임은 텍스트의 6페이지에서 구보가 집을 나와 길모퉁이를 돌아가는 것으로 묘사된다)와 어울리지 않는 회상이 등장하기도 한다. 그리고 세 번째 장면에서는 차트에 쓰인 처방전 같은 것이 포함되어 있다.

구보는 우리에 갇힌 동물처럼 "자리를 맴돌면서" 온종일을 도심 한복판에서 보낸다.[19] 구보는 정오부터 낮 2시 사이에 걷거나 거칠게 전차에 올라타는 등 경성 도심을 돌아다니며 여행하는데 한 손에는 단장을, 다른 손에는 공책을 들고 있다. 그는 중심가인 종로의 서쪽 끝 부근부터 시작해서 동대문 쪽으로 움직였다가, 청계천 남쪽의 일본인 거주 지역을 통과해 내려가서는 다시 서대문이 있는 서쪽으로 되돌아서 종로에 있는 식당과 카페 쪽으로 나온다. 작품이 다루는 배경이라든가, 그 행위라든가, 의식의 흐름을 따르는 서술은 제임스 조이스의 『율리시즈』와 비교할 만한데 박태원은 이 작품을 잘 알고 있었고 구보 이야기에 직접 삽입하기도 했다.[20] 제임스 조이스의 『젊은 예술가의 초상』에서 "일상적 물질"이 예술로 변형된 것처럼,[21] 식민 도시의 주민들은 메트로폴리스의 거리, 광장, 전철역, 카페, 식당에서 "들쭉날쭉하게 파편화된 요소들의 모자이크"로 변형되어 출현한다.

우리가 질병이라는 개념을 처음 만나게 되는 것은 31개의 장면 중 세 번째에서다. 아침에 집을 나온 직후에 구보는 목적지도 없이 망설이는 채로 길모퉁이에서 멈춰 선다. 구보는 어느 쪽으로 가야만 하는지를 고민하다가 갑자기 신경쇠약에 따른(구보가 그렇게 믿는다) 격렬한 고통을 느낀다. 구보는 자신의 상태에 완전히 빠져들었다가 가까스로 길 옆에 비켜서서 (왜냐하면 몽상에 빠져서 크게 울리는 자전거의 종소리를 듣지 못했기 때문이다) 빠르게 달려오는 자전거에 부딪치는 것을 피한다. 이 때문에 구보는 자신의 청력이 떨어진 것인가를 의심하게 되고 우리는 그가 이런 의혹을 갖는 것이 이번이 처음이 아니라는 것을 알게 된다(병원의 조수는 구보에게 단지 귀가 좀 더러울 뿐이라고 말한 적이 있지만 그는 차라리 중이염을 앓고 싶다고 생각한다). 구보는 의학 용어 사전을 뒤져서 자신의 귀에 관련된 모든 종류의 질병을 찾아 뽑아보았던 것을 떠올린다.[22] 가까운 시일 내에 어쩌면 보청기가 필요할지도 모르겠다고 추측하면서.

중이염에 대해 구보의 장황한 설명은 즉각 시력 문제에 대한 서술과 그가 총독부 병원을 방문했을 때의 기억에 의해 보완된다.[23] 이어지는 장면에서는 현기증과 "신경쇠약"에 대한 더 많은 상념이 따라붙는 식으로 또 다른 끔찍한 두통과 피로가 갑자기 작품의 설정으로 나온다.[24] 그가 앓는 모든 만성질환이 전적으로 집에서 하지 못했던 통속 소설 읽기(이는 구보가 9살 때 읽었던 춘향전부터 시작한다)라는 건강치 못하고 비밀스런 습관 때문이라는 이론이 여기에 따라 나오면서,[25] 과거에 그가 시도했다가 실패한 여러 처방과 함께(정신요법을 포함해서) 피로와 권태를 포함한 또 다른 만성질환 리스트들이 나온다. 갑상선 장애와 신장염, 만성 위염증에 대한 깊은 관심(다른 여러 상태들 중에서도 특히) 등[26] 그가 어느 날엔가는 걸릴 수도 있을 질병들이 계속해서 나열된다.

여름 한낮의 뙤약볕이 맨머릿바람의 그에게 현기증을 주었다. 그는 그곳에 더 그렇게 서 있을 수 없다. 신경쇠약. 그러나 물론, 쇠약한 것은 그의 신경뿐이 아니다. 이 머리를 가져, 이 몸을 가져, 대체 얼마만한 일을 나는 하겠단 말인고ー. 때마침 옆을 지나는 장년의, 그 정력가형 육체와 탄력 있는 걸음걸이에 구보는, 일종 위압조차 느끼며 (…중략…) 변비, (…중략…) 피로, 권태, 두통, 두중頭重, 머리가 무겁거나 띵한 증상, 두압頭壓[27]

위에서 그리고 소설의 다른 여러 장면에서 우리는 구보가 명백히 즐거운 마음으로 자신의 증상을 편집한 뒤에 신경쇠약이라는 진단을 내리고, 그런 연후에 그 질병의 결정적 측면을 다루는 과정에서 잠재적 증상들을 독특한 방식으로 나열함으로써 신경 탈진이나 기력 상실을 설명한다는 것을 알 수 있다. 프로이트의 사유에서는 신경증과 히스테리 환자에게 먼저 발현되는 것으로서, 도시적 삶이나 사회적 진보, 세련된 지성과 성적 쾌락과 밀접하게 연관된 것으로서 신경쇠약은 19세기 후반에 거의 일상적인 용어가 되었다. "이종어heteroglossic적이며 다의어적polysemic이고, 과잉결정된" 질환이 지닌 "규정할 수 없는 가능성"은 "한 개인이 어떻게 문화적 근대화와 관계를 맺는가에 대한 거의 일반적인 비유"[28]가 되었다. 박태원의 소설에서 질병이라는 은유가 어떻게 쓰이는지를 이해하는 데에 내적 맥락을 제공하는 것이 바로 이 일련의 증상들이다.

미국 내과의사 조지 비어드George Beard는 신경쇠약이 광범위한 여러 증상들을 아우르면서 "모든 기능과 기관들을 공격할 수 있"고 종종 다른 장애의 연쇄 속에서 발생한다고 했다.[29] 그는 『미국의 신경과민』[1881]이란 책에서 신경과민을 감정의 단순과잉이나 신체 질환으로 보기보다는 신경에너지의 결핍 즉 자극의 빈곤으로 정의한다.[30] 톰 루츠Tom Lutz가 지적한 것처럼 이것은 신체 에너지에 대한 경제 이론이었다. "신경 에너지가 필요 이상으로 공급될 때 (…중략…) 그 결과 신경 파탄, 혹은 신경과민이 나타났다."[31] 비어드는 인간 신경계에 가해지는 이런 부담의 근본적 원인을 근대 문명 자체라고 보았다.[32]

여기서 즉시 언급해야만 하는 두 가지 핵심 사항이 있다. 첫째, 비어드는 신경쇠약을 근대화의 결과이면서 그 "문명화" 과정의 신호로서 보았다. 다시 말해 신경쇠약은 진보적인 "발전된" 질병인 것이다. 근대 문명이라는 중핵을 떠안은 대가는 인간 신경 에너지의 고갈과 그에 수반된 신경쇠약이었다.[33] 둘째, 신경쇠약은 각종의 물질적이고 사회적인 힘이 인간의 신체라고 하는 "핵심 기계"에 가하는 여러 가지 영향에서 기인한다는 점을 강조하는 것이 중요하다. 이때 그 물질적이고 사회적인 힘들로는 전신, 소음(합승 자동차의 웅얼거림, 자동차의 딸랑거리는 경적소리 (…중략…) 우리의 시끄러운 도로 위에서 거대한 군중이 내는 자박자박하고 질질 끓는 발소리),[34] 기차 여행이라는 "분자적 소란", 새로운 사조의 급진적인 전개와 그 수용, 사회적 이동성이라는 새로운 잠재성, 근대 도시에서 수행되는 막대한 사업을 들 수 있다.[35]

식민지 조선도 예외는 아니었다. 도시적 근대성의 풍경, 예를 들면 북적거리는 거리, 대중교통 체험, 카페와 찻집에서 나오는 축음기 소리, 상점에서의 과시적 소비는 구보가 그렇게 멈칫멈칫 이동하는 바로 그 세계를 만들었으며, 1920년대 후반과 1930년대 초반에 신경쇠약을 다룬 저

널리즘은 근대성과 도시 거주자들의 쇠약함 사이의 관계에 대한 공공의 인식을 반영했다. 신경쇠약은 "전체 국민적 정수를 더더욱 신경쇠약 쪽으로"[36] 이끄는 근대적 삶의 속도와 그 "복잡한 환경"에 기인한 질병 즉 정신적이고 신체적인 스트레스라고 하는 맥락에서 나타난 피로의 축적이었다.[37]

하지만 1930년대 중반에 이르러 신경쇠약에 대한 분석은 주목할 만한 전환을 맞이했다. "감각예민"이 신경쇠약의 발현에 있어서 외적인 요인보다 더 중요한 것으로 취급되었다. 질병이 발발했음을 알리는 증상들은 반복되는 충격이나 트라우마, 오랜 시간에 걸쳐 억눌린 감정 혹은 정상적인 성애의 좌절에 의해 유발된 환자의 감정생활의 어떤 측면으로부터 발생한 폐색 현상이 되었다.[38] 그래서 정신분석학자 안정일은 『소설가 구보씨의 일일』이 출간되던 해에 신경쇠약의 기원이 단지 피로에 있지 않고 오히려 개인의 성적 본능을 둘러싼 고통스런 체험이나 감정에 있다고 썼다. 정신적이거나 신체적 영향을 낳은 것은 특히 "지속적인 근심, 자책이나 억압"과 같은 생각이나 그에 따른 감정에 수반된 정서의 억눌림이라는 것이다. "정신분석가, 특히 프로이트가 주장했던 것처럼"[39] 신경쇠약 증후군의 복잡한 원인이 여기에, 즉 성욕의 억제와 그에 따른 "정서의 전치나 재배치"[40]에 있다.

여기에서 우리는 도시—산업적인 병인론에서 심리적 병인론으로의 중요한 이동이 일어나는 것을 보게 된다. 이것은 물리적이고 외적인 요인에서 내적이고 정서적인 요인으로의 이동인데 이 정서적 요인은 억압의, 메커니즘으로부터 즉 비어드의 신경쇠약이 아니라 프로이트가 정의한 히스테리를 떠올리게 하는 전치conversion로부터 출현한 증상을 동반한다.[41]

욕망 그리고 『소설가 구보씨의 일일』에 나타난 증후군 해석

구보 자신이 신경쇠약이라고 내린 진단은 보존의 경제an economy of conservation 안에서 작동하면서, 그의 아픈 몸을 근대성이 활기를 띠는 과정에 연결시킨다. 그러나 소설은 우리가 화자의 진술(혹은 진단)을 불신하거나 그것을 뛰어넘어 작품을 읽도록 인도한다. 『소설가 구보씨의 일일』은 종종 서사 안에서 증상의 해석을 그 자체로 테마가 되게 하고 또 화자를 해석된 증상의 장소로 만든다. 다시 말해 신뢰할 수 없는 진술을 하는 화자는 정신분석을 통해서 해석될 수 있는 어떤 틀 안에 들어가거나 상징화되어야만 한다.

『소설가 구보씨의 일일』은 작품 초반부터 우리에게 여러 증상을 읽도록 가르친다. 전차를 타면서 "[구보는] 뜻 모를 웃음을 입가에 띠어본다. 그의 앞에 어떤 젊은 여자가 앉아 있었다. 그 여자는 자기의 두 무릎 사이에다 양산을 놓고 있었다. 어느 잡지에선가, 구보는 그것이 비非 처녀성을 나타내는 것임을 배운 일이 있다".[42] 여기에서 우리는 감추어져 있는 하나의 성적인 의미가 어떤 몸짓이나 행동에 영향을 미친다는 것을 본다. 드러나지 않았던 원인이 의도치 않게 튀어나와서 하나의 기호로 전환된 것이다. 이날 오후에 구보는 찻집으로 향하는 길에서 그 자신을 분석하기 위해서 똑같은 증상을 적용시킨다. "문득, 제비와 같이 경쾌하게 전보 배달의 자전차가 지나간다. (…중략…) 구보는 갑자기 자기에게 온 한 장의 전보를 그 봉함을 떼지 않은 채 손에 들고 감동하고 싶은 충동을 느꼈다. (…중략…) 흥, 하고 구보는 코웃음을 쳐보았다. 그 사상은 역시 성욕의, 어느 형태로서의, 한 발현에 틀림없었다."[43] 구보는 자신의 생각이나 감정을 그 내용과 전적으로 다른 어떤 것에 대한 화법으로 다시 해석하는 것이다. 전보에 대한 열망은 깊이 억눌린 성욕의 표현이 된다.

이와 같은 장면은 여기에서 화자 구보가 갖는 권위가 약화되는 데까지 독자를 데리고 간다. 자신의 생각과 경험에 대한 구보의 표현은 어떤 증상적 독해를 시작하게 하는데 주체성에 대한 진실이라든가, 그것에 대한 일람, 욕망 등을 표현하는 그의 언어 능력을 의심하게 만드는 것이다. 이것은 구보를 신경쇠약자로 읽는 것과는 완전히 다른 작업이다. 신경쇠약 담론은 근대성의 심리적 힘과 신체적 힘이 교차하는 자리에 개체의 심리학과 생물학에 대한 보존적, 경제적 이해를 제공한다. 동시에 신경쇠약 담론은 정치적이거나 사회적인 신체가 지닌 건강과의 조화를 형상화한다. 하지만 우리는 여기에서 정신력의 무의식적 전환을 위한 필수적 보존에서부터 여러 신체적 증상(우산의 위치, "봉인된 전보"에 대한 집착, 등등) 쪽으로 이동해 왔다. 『소설가 구보씨의 일일』에서는 직설화법이든, 몸짓 언어 또는 간접화법이든, 생각이나 감정에 대한 내적이거나 외적인 언어 표현 모두가 결코 진실을 드러내 보이지 않는다. 질병과 욕망, 언어의 연결 고리를 통해 구보가 표현하는 여러 증상은 신경쇠약으로서가 아니라 오히려 히스테리 즉 지속적으로 해소되지 않는 욕망의 기호로서 해석될 수 있다.

수많은 비평가들은 서사를 이끄는 것으로 나오는 "행복"과 만족의 추구를 구보의 욕망으로서 이해하려고 애써 왔다. 소설은 "어머니"라는 제목의 장으로 시작하고 구보는 새벽 2시에 새로이 효심을 다지면서 집으로 귀가하는 식으로 하루를 끝내는데, 이 때문에 어떤 비평문이 구보가 되풀이 하는 찾기의 핵심으로 가족, 가정생활, 혹은 단순히 어머니를 설정하는 것은 그리 놀랍지 않다.[44] 이와 반대로 아버지의 부재를 구보가 집 밖에서 행복을 찾으려 배회하는 것의 감추어진 동기로 볼 수도 있을 것이다. 어떻게 보면 행복 추구와 탈출 욕망이 동시에 만들어지는 곳이 바로 식민지의 도시 공간일 수도 있다. 이때의 목표가 추구될 수 없음은 구보가 자신의 살림과 가족에게로 되돌아가는 것에서 잘 설명된다.[45] 이러한 독해에서 구보는 소외된 개인이면서 동시에 식민화된 지식인의 재현이 되며, 구보의 고독은 그가 걸어 다닐 때 결코 손에서 놓지 않던 단장과 공책을 통해서 자기 외로움을 부르주아적이고 구태에 빠진 양식들의 받아들임으로 해소하려는 무력한 개인의 상징이 된다.[46]

이 도시 공간 자체에 내재한 모순들이 구보의 불만족을 야기한다고도 볼 수 있다. 1930년대 제국 일본의 식민 수도 경성의 도회 풍경은, 새로이 근대화되기는 했으나 인종과 그에 따른 부의 편차에 따라 북쪽의 조선인 지역과 남쪽의 일본인 거주지로 양분되어 있었다.[47] 특히 새 도시에서 밝은 불빛과 카페, 붐비는 거리를 갖춘 일본인 거류지는 빈궁한 식민적 현실의 한 가운데에 근대성의 스펙타클을 안겨 주었다. 이런 도시 환경의 여러 변화 속에서 경성 지식인들의 모습은(비평가 김기림의 "댄디즘"이라든가, 박태원의 지팡이와 실크모자, 이브닝 자켓이라든가, "시골의 방탕아" 김유정이 입은 옥양목 색감의 블랙코트라든가, 이상의 빗질안한 머리카락과 흰 구두라든가) 딱히 규정하기가 어려운 어떤 근대를 욕망하는 젊은 예술가와 잘 어울렸다. 문학사가들은 구보 역시 소외된 룸펜 인텔리겐치아로, 경성 거리 산책자의 한 예로 보는데 구보가 도착되고 왜곡된 식민 도시를 헤매면서 자신의 인상을 기록하기 때문이다.[48] 그 밖의 다른 비평가들은 식민자본의 상업화, 소비에 대한 새로운 주의, 건강이나 행복, 가정생활, 위생과

같은 동기를 계속 반복하는 광고가 제공하는 상품에 대한 욕망의 생산을 자세히 다룬다.[49]

비평가들은 주인공이 끝없이 행복을, 개인적인 만족을 추구하는 듯 보인다는 점에 거듭 초점을 맞추어왔다. 달리 말하자면 사실 비평가들은 구보가 갖고 있는 욕망의 양식과 대상을 규정하는 것에서 비평적 만족을 추구했다. 그러나 여기에서 나는 구보가 욕망하는(여성, 가족의 원자적 일원이 되는 것, 부르주아적 일상에 참여하는 것, 부, 문학적 명성 등) 특정의 대상을 확정하기보다는 차라리 어떻게 구보의 욕망이 계속해서, 결코 그가 원하는 것을 확실하게 발견하지 못하는 채로 이어지는가를 관찰할 것을 제안하고 싶다. 구보는 계속해서 자신의 사회적이고 대인 관계적인 처지에 의심을 품으면서 만족을 못 느낀다. 그는 계속해서 화자로서의 자기 능력에 의문을 던진다. 발화와 언설 사이에서 발생하는 의미의 미끄러짐에 대한 박태원 그 자신의 불신과 평행해서, 이 언어는 결코 진실을 말하지 못하게 된다. 구보가 잠재적인 만족감 같은 것을 조금 가지게 될 때에도 어떤 식으로든 그의 욕망은 거짓되거나 부재하는 것으로서 드러나고 만다.

위에서 살펴본 바대로 이 부재야말로 히스테리 환자와 히스테리의 특징이다. 히스테리는 꼭 우리가 환자를 관찰하고 분석하면서 진단하는 개인적 병리의 형식이라기보다는 오히려 개인적 욕망의 착종과 맞물린 사회적 맥락이 갖는 배치의 결과로 출현하는 타자들과의 상호 관계 맺음의 형식이라고 할 수 있다. 히스테리는 상관적이며 질문의 형식을 갖는다. "이것이 당신이 말한 그대로다, 그러나 당신이 진실로 내게서 원하는 것은 무엇인가?"[50] 이것 자체가 "타자의 욕망"[51]과 동일시된 욕망인 것이다. 나는 그렇기 때문에 『소설가 구보씨의 일일』에 대한 분석에서 히스테리라고 규정할 수 있을 텍스트의 세 측면에 초점을 맞추려고 한다. 그 세 가지란 언어의 결정불가능성이나 언어에 대한 불신, 때문에 타인의 의도를 이해할 수 없는 무능력, 자기 인식의 결핍과 그에 따른 독자적인 욕망의 부재, 마지막으로 히스테리 양식을 지닌 텍스트에 의해 독자에게서 이루어지는 특별한 전이이다.

히스테리환자 구보씨의 일일

우리가 「표현, 묘사, 기교」에서 보았듯이, 박태원은 언어의 불확정성을 기본적 조건으로 하고, 그 때문에 나타나는 문어의 무능력 즉 문어가 아무런 문제없이 그 독자적 의미를 독자에게 전달하지 못함을 상정한다. 또한 박태원은 자신의 일관된 문학 비평 작업을 통해서, 쓰인 텍스트 내부에서 효과를 발생시킬 수 있고 의미나 함축을 전달할 수 있는 문장 구조의 지시적 층위를 활용함으로써 지시 대상에 대한 언어의 불충분함을 극복하기 위해 노력한다. 그는 이러한 관심을 구인회 창립자인 이태준과 공유한다.

하지만 텍스트 안에 의사소통을 가능케 하는 여러 단서들을 포함하는 식으로 해서 말의 의미를 확정하려는 박태원의 노력에도 불구하고, 그가 쓴 소설의 구문론은 문두를 "혹"과 같은 단어로 시작하고 문미를 "듯싶다"와 "지도 모른다"와 같이 끝냄으로써 기본적으로 빈번하게 불확정성을 일으킨다. 이런 식으로 끝내는 구조는 이 작품의 도입부에서만도 세 번이나 사용되고 있다. "중문 앞까지 나간 아들은, 혹은, 자기의 한 말을 듣지 못하였는지도 모른다", "또는, 아들의 대답 소리가 자기의 귀에까지 이르지 못하였는지도 모른다", "중문 소리만 크게 나지 않았다면, 아들의 "네" 소리를, 혹은 들을 수 있었을지도 모른다".[52] '듯싶다' 구조는 세 번째 장면에서 나온다. "그러나, 다행하게도 구보는 중이 질환을 가진 듯싶었다." '지도 모른다' 구조 역시 세 번째 장면에 있다. "불원한 장래에 '듄케르 청장관'이나 '전기보청기'의 힘을 빌리지 않으면 안 될지도 모른다."[53] 그리고 다섯 번째 장에서 다시 나온다. "그는 결코 고독을 사랑하지 않았는지도 모른다. 아니 도리어 그는 그것을 그지없이 무서워하였는지도 모른다."[54]

"일지도 모른다"라고 하는 끝을 모르는 이 말이 작품의 도입부 전체에 걸쳐 출현하곤 한다는 사실을 간과해서는 안 되는데, 처음부터 이 장면은 의사소통의, 주로 발화적 의사소통의 가능성을 제기하고 있다. 구보의 어머니는 자신의 질문, "어디, 가니?"에 대한 아들의 대답을 들을 수가 없는데 구보는 귀의 문제, 아마 왼쪽 귀에 만성 중이염을 앓고 있어서 보청기가 필요할 것이기 때문이다. 이처럼 정확한 규정을 하지 못하는 문자 언어가 음성 언어의 불확정성이 자리하고 있는 텍스트의 차원에 표시된다. 그 자신을 들리게 만드는 능력 또는 타자를 들을 수 있는 능력이 내용의 차원에서 나타나는 것이다. 네 번째 에피소드에서는 화자의 시력이 떨어지고(망막의 맹점과 근시), 다섯 번째 에피소드에 이르면 이 불확실함은 화자의 내면, 그의 감정생활에까지 확장된다. 여기에서는 박태원이 쓰고 있는 애매모호한 문법 구조를 갖는 작품 문맥이 작품 형식에 언어적 구조를 반영하게 하는 중요한 기점이 되면서, 단지 타인과 의사소통할 수 있는 능력뿐 아니라 자신이 지닌 욕망을 알아차리는 능력까지도 의심스러워지고 만다.

신뢰할 수 없는 화자의 존재는 모더니즘 텍스트에 익숙한 특징이며 구보도 예외는 아니다. 그의 청력, 그의 시력, 그의 허약체질, 이 모든 것이 자신과 타인 앞에서 자기 경험을 재생하는 그의 능력을 의심하게끔 한다. 비록 그가 자신의 "주관적 증상"들을 대단히 상세하게 나열할 수 있을지라도 구보가 그것들의 원인까지 이해한다고는 보이지 않는다.[55] 이런 이유 때문에 그가 경성 거리를 자기 트레이드마크인 단장과 노트북을 끼고서 산책하는 소설가라고 해도 작품만은 도저히 창작할 수가 없는 것이다. 이런 "인식"에 대한 무능력은 소설 속 행위 안에서 공간적 용어들로 번역된다. 바꾸어 말해 도시를 돌아다니는 구보의 움직임은 불규칙하고, 무계획적이며, 이유가 없다. 어머니가 계신 집을 뒤로하고 나오자마자 그는 청계천을 따라 걸으면서 "일 있는 듯싶게" 광교 교차로로 나아가면서, 어디로 가야만 하는가를 궁금해하다가 문득 깨닫는다. "모두가 그의 갈 곳이었다. 한 군데라 그가 갈 곳은 없었다." 그는 꼼짝하지 못하고 멈추어서 있다가 갑자기 다시 걷기 시작하기로 결심한다. 그는 종로 교차로를 향해 나가는데, 거기에 딱히 볼일이 없음에도 전적으로 우연에 기대어 그쪽으로 돌아선다. "처음에 그가 아무렇게나 내어놓았던 바른발이 공교롭게도 왼편으로 쏠렸기 때문에 지나지 않는다."[56]

그가 자기 자신에 대한 지식도 없고 움직임과 행동, 말을 극복하려고 하는 자신을 통제하지도 못하는 바람에, 화자와 작중 인물인 구보 사이에 이상한 간극이 벌어지고 만다. 자기 자신을 잘 이해하지 못한다는 것은 구보에게 고유한 욕망이 없음을 말해준다. 심지어 걷기 시작했을 때 그의 발이 어디를 가리킬 것인지에 대한 것에까지도. 그에게는 의지나 의욕이

전적으로 결핍되어 있는 듯하다. 구보가 자신의 결핍에 대해 다음과 같이 질문하는 것을 보면 텍스트 자체가 우리의 이런 독해를 뒷받침해 줌을 알 수 있다. "구보는 담배에 불을 붙이며 자기가 원하는 최대의 욕망은 대체 무엇일꼬"[57]라고 묻는다. 여기에서 구보는 이시카와 다쿠보쿠石川啄木의 단가를 인용한다. "참말로, 차기가 원하는 것은 무엇일꼬 / 그러나 그것은 있을 듯하면서도 없었다."[58] 그리고 구보는 이렇게 동의한다. "그러나, 구태여 말해, 말할 수 없을 것도 없을 게다."[59]

이 점이 어느 정도 작품 전체를 통해 증명된다. 구보는 통상적인 결혼 생활에 대한 욕구와 화신백화점(그가 엘리베이터를 기다리는 한 가족을 보게 된)에서 보내는 부르주아식 레저에 대한 욕망에 맞서 고투한다.[60] 그는 목적지도 없이, 단지 혼자 남겨질까봐 다른 사람들을 좇아 전차에 오른다.[61] 8캐럿의 금시계를 꿈꾼 다른 이에 대한 기억을 떠올리면서 행복의 원천은 부에 있는 것인가고 생각하기도 하고,[62] 까페 벽에 붙은 포스터를 보면서 여행을 할까 생각도 하고,[63] 공자의 경구 중 하나를 인용하면서는 벗들과 더불어 있기를 갈망하기도 한다[64] 등등 텍스트에는 이런 예들이 차고 넘친다. 매 순간, 심지어 구보가 성욕에 대해 역겨움을 느끼고 그 애욕에 대한 자신의 반응에 혐오감을 느낄 때조차, 그의 욕망은 타인의 욕망에, 타인의 시선에 의해 이끌리고 있다.

어떤 의미에서는 똑같은 메커니즘이 작품의 제일 중심 사건에도 적용된다고 할 수 있다. 구보는 서사의 몇 장면에서 동경에서 인연을 맺었던 한 여인과의 연애를 회상하는데, 이 생각이 진지하게 떠오르는 것은 단지 어떤 경쟁자가 장면 속으로 들어올 때뿐이다. 유학생이던 구보는 이 여인이 약혼했다는 것을 알았을 때 오직 패배를 받아들이기 위해 여인과의 관계를 발전시켰다. "격렬한 감정을, 진정한 욕구를, 힘써 억제할 수 있었다는 데서 그는 값없는 자랑을 가지려 하였었는지도 모른다. (…중략…) 진정으로 여자를 사랑하였으면서도 자기는 결코 여자를 행복하게 해주지는 못할 게라고, 그 부전감不全感, 온전하지 못하다는 데 대한 자의식이 모든 사람을 불행하게 만들어버린 것은 아니었던가?"[65] 그런데 동시에 이런 회상을 이끌고 그것을 다시 이야기하면서 즐거움의 형식을 낳는 것이 바로 이 부전감이다.

이 장면은 강력하게 히스테리 환자에게서 나타나는 어떤 상태를 떠올리게 만든다. "히스테리 환자는 주로 회상 때문에 고통받는다."[66] 프로이트는 사건이 종결되고 난 한참 뒤에 갑자기 떠오른 기억이 "회상의 느닷없는 침입"[67]이라는 히스테리 증상을 유발시킬 수 있다고 썼다. 여기에서 구보는 욕망의 대상이 되기 위한 경쟁에서 스스로 물러났던 한 장면을 떠올린다. 구보는 그녀가 약혼했음을 밝히자 연인으로서 자기 자격을 다른 남자에게 물려준다. 작품의 다른 곳에서처럼 여기에서도 구보는 중개된 욕망의 주체, "욕망하는 주체로서 자신의 위치를 차지하지 못하는 듯한, 오히려 단지 타자의 욕망의 대상이 되는 히스테리적 주체"[68]이다. 동경에서처럼 타인을 욕망하게 될 때, 구보는 이 욕망이 만족되지 않은 욕망으로 남으리라는 점을 확실히 하거나 또는 다른 사람의 욕망임을 직면하면서 히스테리적 판타지로서 그것에 반응한다.[69]

나아가 구보의 이 회상에서 소설 언어는 특별히 농밀한 스타일로서 나타난다. 여기에서 박태원은 자신이 애용하던 영화적 "이중노출"기법(한 장면의 어떤 요소를 뒤이은 장면의 요소와 중첩시킴으로써)을 사용하면서, 갑자기 과거의 문맥과 현재의 생각에 관련된 각각의 문장들을 병렬적으로 동시

배치한다.[70] 여기에 애매모호한 언어가 더해지면서, 위의 장면 안에서 '지 모른다' 구조는 구보의 내적 동기와 문면 자체의 의미 둘 다에 불결정성을 부여한다. 작가는 이 같은 애매모호함을, 작품 구조 안에서 구보가 동경에 서의 연애를 그린 통속 소설을 상상하는 작가이자 인물임을 덧붙이면서 수용한다. "통속 소설은 템포가 빨라야 한다." 박태원은 이렇게 쓴다. "그 전날, 윤리학 노트를 집어 들었을 때부터 이미 구보는 한 개 통속 소설의 작자였고 동시에 주인공이었던 것임에 틀림없었다."[71] 일종의 환치meta-lepsis라 할 수 있는 이 기법은 정확히 욕망이 억눌리는 그 순간 타자를 향한 욕망이 막힐 때에 일어난다. 이 장면에서 구보는 3중화되면서(박태원의 주인공, 통속소설의 작가, 그 소설의 인물), 의미의 재현자가 각기 다른 허구의 차원에서 욕망을 증식시킴에도 불구하고 결코 진실을 설명할 수 없으리라 는 점을 강조한다.[72]

구보는 "다섯 개의 능금 문제"와 같은 수수께끼의 형식을 통해 텍스트 여기저기에서 만족의 불가능성을 표시한다. 그는 자신이 사과 다섯 개를 갖게 된다면 대체 어떤 순서로 먹어야만 하는가를 놓고 고심한다. 그는 찻집에서 어울렸던 시인 친구에게 세 가지 방법을 제시한다. 첫째, 가장 맛있는 것부터 먹기. 이 맛난 사과는 항상 남은 것들 중에 최고로 단 것 을 먹는다는 만족감을 줄 것이다. 둘째, 가장 맛없는 것부터 먹기. 이것은 맛의 정점으로 데려다 줄 것이다. 셋째, 그것들 중에서 아무렇게나 고르 기. 구보의 입장에서 각각의 방법은 모두 불만족으로 귀결된다. 왜냐하면 어떤 경우에나 마지막에는 가장 맛없는 사과를 쥐고 있게 되거나, 사과를 고르는 매 순간 그것들 중 가장 맛없는 것을 먹도록 강요받게 되기 때문 이다.[73] 또다시 욕망은 만족이 거부될 때에만 작동한다. "그것들은 결코

'만족스럽지 않다.' 왜냐하면 히스테리 환자는 사물을 그 자체로 내버려두지 않기 때문이다. 결과가 어떻든 간에 그녀는 구할 것이다, 하지만 즉시 의심을 할 것이며, 불만족은 고개를 쳐들게 되고, 결국 또다시 그녀는 모든 결핍이 제거되어야 하는 상태를 욕망하면서 내달리게 된다."[74] 이것이야말로 구보에게 자리 잡은 욕망의 정의이며, 욕망의 객관적 원인은 절대로 획득될 수가 없으니 그것은 얻고자 다가가는 자로부터 점점 더 멀어지게 된다. 구보에게 만족이란 언제나 거짓된 만족일 수밖에 없다.

"다섯 개의 능금" 에피소드도 위에서처럼 서사의 여러 수준과 메타 텍스트적 해설이 서로 겹치는 지점 근처에서 일어난다는 점은 주목할 만하다. 박태원은 독자에게 경고를 주는 듯하다. 구보는 자신의 친구를 그가 구보의 글에 아주 열광하는 독자임에도 불구하고 단지 작품 중 한 편만을 읽고서는 마치 "구보를 완전히 알 수나 있었던 것 같이 생각"하는 신용할 수 없는 친구라며 음흉하게 언급한다. 오늘 그의 친구는 구보가 요사이 발표한 작품에 나타나는 작가가 "그의 나이 분수보다 엄청나게 늙었음을 말했다. 그러나 그뿐이면 좋았다. 벗은 또, 작자가 정말 늙지는 않았고, 오직 늙음을 가장하였을 따름이라고 단정하였다".[75] 이러한 대화를 고려하게 되자 구보는 그의 친구가 위장되었거나 가장된 것으로 작품 속에 나오는 나이에 대한 책략을 언급한 것이 기뻤다. "그러나 구보가 만약 구태여 젊어 보이려고 했다면 그의 친구는 아마 그가 무리해서 젊음을 가장하였다고 말했으리라."[76] 여기에서 작가와 작중 인물(구보와 구보의 인물, 박태원과 그의 인물인 구보) 사이의 간극에 대한 질문이 발생한다.

이 장면 다음에 갑자기 다섯 개의 능금에 관한, 우스꽝스럽기 짝이 없는 "게으름뱅이"에 대한 질문이 나와 구보의 친구는 혼란에 빠지게 된다.

이 친구는 앙드레 지드에 관해 장황하게 말을 늘어놓던 중이었는데, 도대체 다섯 개의 능금과 문학 사이에 어떤 교섭이 있는 것인지 의아할 수밖에 없었다.[77] 여기에서 앙드레 지드에 관한 언급은 이 장면이 참고로 삼을 수 있는 또 다른 읽기의 층위를 추가하는 셈이 된다. 이 프랑스 작가는 미장아빔mise en abyme 기법을 쓴 것으로 잘 알려져 있는데, 미장아빔이란 '소설 속의 소설' 기법으로서 텍스트에서 반성적 자의식의 의식을 강조하기 위해 사용되는 무한 소급 기법이다. 앙드레 지드에 대한 언급은 독자를 이 수수께끼의 바로 앞에 나오는 장면으로 되돌아가게 한다. 거기에서 구보와 친구는 소설 속 작가의 "위장"(박태원의 텍스트에서 작가이자 주인공인 구보, 구보의 텍스트에서 작가이자 작중인물인 구보 등등)에 대해 토론을 하고 있었다.

"시Dichtung : creative writing의 메커니즘은 히스테리적 판타지의 메커니즘과 동일하다." 프로이트의 말이다. 작가는 판타지를 경유해서 "자기 경험의 결과로부터 그 자신을 보호한다".[78] 하지만 박태원은 자신의 소설을 읽고 뭔가를 이해했으리라 생각하는 독자들을 질타하는데, 구보가 그 자신이 "쓰기"도 하고 그 안에서 활약도 하는 "통속소설"로서 동경에서 있었던 일을 그려 냄으로써 그 경험으로부터 자기 스스로 거리를 만들었을 때조차 그렇게 한다. 책략 자체로 드러나게 되어 있는 소설에서의 위장 장치들(여기에서 환치나 미장아빔은 그 작품이 의식의 창작품이라는 데로 주의를 이끈다)은 모더니즘 소설에서 드문 것이 아니다. 독자로서 우리는 (구보의 시인 친구가 그러하듯이) 속임수에 당하지만 인물의 동기와 욕망을 이해하려고 애쓰는 가운데 만족을 얻는다. 우리가 언어라는 것이 애초부터 기만적인 것이라고 불신하더라도 말이다. 독자가 실패한 번역가임을, 그는 문학 창작과 문학

연구 사이에 놓인 간극에 묶여 있음을 지적하는 것이 구보의 임무다. 나는 차차 이 문제로 돌아올 것이다.

언어의 불확정성이 신뢰하기 어려운 구보의 감각적 장치와 연결되는 것처럼, 텍스트 전반에 걸쳐 나오는 증상적 독해는 종종 언어와 글쓰기에 관련이 된다. 특히 위에서 나온 우산과 전보의 예에서는 단지 억압과 전환에 대한 심리적 경제가 작동할 뿐만 아니라, 그 분석에 뒤따라 구보가 즉각적으로 환상적 기억인 경험을 다시 말하는 과정에서 정신을 놓치는 일이 벌어지기도 한다. 전보의 경우, 이 환상은 특히나 글쓰기 자체에 엮여 들어간다. "이제 수천 매의 엽서를 사서, 그 다방 구석진 탁자 위에서, …… 어느 틈엔가 구보는 가장 열정을 가져, 벗들에게 편지를 쓰고 있는 제 자신을 보았다. 한 장, 또 한 장, 구보는 재떨이 위에 생담배가 타고 있는 것도 깨닫지 못하고, 그가 기억하고 있는 온갖 벗의 이름과 또 주소를 엽서 위에 흘려 썼다……."[79]

구보가 자신의 생각 과정을 분석한 장면에 병치되는 것은 글쓰기에 대한 기록이다. "구보는 거의 만족한 웃음조차 입가에 띠며, 이것은 한 개 단편소설의 결말로는 결코 비속하지 않다, 생각하였다. 어떠한 단편소설의―. 물론, 구보는, 아직 그 내용을 생각하지 않았다."[80] 구보의 성적 충동은 전보라고 하는 보다 무해한 욕망 쪽으로 간단히 변환되지 않는다. 우선은 전체 에피소드가 다시 언급되면서 "허황된 일"로 변환된다. 그리고 그 에피소드는 소설 한 편에 대한 잠재적 결론을 통해 마무리된다. 구보가 욕망에 대한 자기 경험으로부터 스스로를 보호하려고 하기 때문에, 그의 동경 연애담을 다룬 "통속 소설"을 마련함으로써 서사적 화면을 서둘러 닫으면서 그의 환상을 공고히 한다.

마지막으로 또 하나의 예를 히스테리 환자 구보에 대한 우리의 그림에 추가하고자 한다. 박태원이 의사소통의 매체로서 언어를 불신한 것은 구보가 타인들의 말에 불신하는 것으로 즉, 그들이 자신의 말을 통해 무엇을 말하고자 하는지를 분명히 하려는 의지나 능력이 있는지 없는지를 확신하지 못하는 것으로 변형되었다. 지금까지 우리가 보아왔듯이 박태원은 어떻게 쓰더라 해도 문어에서 의미의 미끄러짐이 일어날 수밖에 없다는 것을 알고 있었다. 구보라는 캐릭터도 자신이 처한 환경 속 사람들의 언어에서 발화와 언술 간에 발생하는 동일한 미끄러짐을 정확히 알고 있었다. 구보와 그의 한 친구는 소설의 끝에서 까페에 앉아 몇몇의 여급들과 함께 술을 마신다. 그때

갑자기 구보는 온갖 사람을 모두 정신병자라 관찰하고 싶은 강렬한 충동을 느꼈다. 실로 다수의 정신병 환자가 그 안에 있었다. 의상분일증意想奔逸症. 언어도착증言語倒錯症. 과대망상증誇大妄想症. 추외언어증醜猥言語症. 여자음란증女子淫亂症. 지리멸렬증支離滅裂症. 질투망상증嫉妬妄想症. 남자음란증男子淫亂症. 병적기행증病的奇行症. 병적허언기편증病的虛言欺騙症. 병적부덕증病的不德症. 병적낭비증病的浪費症……

그러다가, 문득 구보는 그러한 모든 것에 흥미를 느끼려는 자기가, 오직 그런 것에 흥미를 갖는다는 것만으로도 이미 한 것의 환자에 틀림없다, 깨닫고, 그리고 유쾌하게 웃었다.[81]

"무어, 세상 사람이 다 미친 사람이게―." 구보 옆에 앉아 있던 여급이 묻는다. 여급은 나이를 묻는 구보의 질문에 짐짓 거짓으로 대답하면서 자

신이 보기보다는 훨씬 어리다고 주장한다. 그래서 구보는 당의즉답증當意
卽答症이라는 증상으로 그녀를 진단하면서 늘 끼고 다니는 노트를 펴서 의
사와 환자 사이의 대화를 읽는다. "의사는, 코는 몇 개요. 두 갠지 몇 갠
지 모르겠습니다. 귀는 몇 개요. 한 갭니다. 셋하구 둘하고 합하면. 일곱
입니다. 당신 몇 살이요, 스물하납니다(기실 38세)."[82] 구보는 여급의 거짓
말에 재치 있게 답하면서 그녀 역시 항상 질문에 제대로 된 대답을 할 수
없는 증상을 보이는 정신분열로 고생한다는 것을 알려 준다.

줄기차게 행복을 추구하는 것과 결합된 식으로 욕망은 항상 타자에 의
해 중개되는데, 구보는 식민지 경성에서 그가 마주치는 사람들에게 계속
해서 질문을 던지면서(그는 자신에게 비춰지는 그들 모습의 진실성을 의심한다)
신경쇠약에 시달리는 지식인이라기보다는 히스테리에 빠진 예술가의 초
상이 된다. 형식적 차원(문법 구조, 미장아빔 사용, 환치)에서의 모호함, 주인
공과 화자 사이에서 벌어지는 간극, 말해진 것과 의미된 것 사이에 놓인
해소불가능한 간극에 이르려는 의사소통에서의 계속된 실패 등을 거듭
마주하게 됨에 따라 우리가 여기에서 "욕망의 수수께끼"를 풀기는 쉽지
가 않다.[83] 박태원은 익숙한 정신분석 기법을 사용해서 신체적으로 또는
행위로 나타나는 여러 증상의 기원을 무의식적인 것과 심리적이 것에 두
도록 하면서, 화자를 자기 자신에게나 타인에게 알 수 없는 존재로 만든
다. 구보는 발화와 언술 사이의 분열을, 말하는 대로 의미될 수 없는 언어
의 불가능성을 탐색을 하면서 경성 도심을 돌도록 선고받으면서 그 분열
을 육화한다.

해석 욕망

만약 입말을 중개되지 않은 표현으로, 글말을 중개된 표현으로 구분하는 음성중심주의를 수용한다면, 사카이 나오키가 지적한 것처럼 우리는 반드시 "중개한다는 측면에서 보았을 때 의사소통이 떠안게 되는 온갖 어려움과 갖은 실패를 받아들일 수밖에 없고" 발화 자체는 "어떠한 방해도 없는 친밀함"[84]으로 채워져 있다고 가정하게 된다. 박태원은 「표현, 묘사, 기교」에서 종종 다음과 같은 공식을 가정한다. 즉 발화는 진실에 대한 특권적 장소가 되며 언어적 재현이 그 대상에 적합해지기 위해서는 입말과 글말이 서로 얽힌 여러 양상에 의지할 수밖에 없다고. 그런데 구보의 입말은 투명하지가 않다. 즉 쓰인 것이나 표현된 것에서만이 아니라 말해진 것에서도 어떤 간극이 나타나고 그 간극으로부터 병리적인 효과가 발생한다. 박태원은 주로 일인칭 화자와 의식의 흐름 기법을 사용한다. 그러면서 심지어 주인공의 "내면" 발화에 있어서조차 인물이 자신을 신뢰할 수 없고 자기에 대해 알지도 못한다는 것을 나타낸다. 더하여 소설에 나오는 공적이고 "외적"인 발화들 역시도 증상으로서, 표현된 의미에 있어서나 그 배면에 감춰지거나 암시된 원인에 있어서나 믿을 수 없고 불명확한 것으로서 분석된다.

왜 식민지적 현실에 대한 구보의 반응이 히스테리적 판타지의 형태를 취할 수밖에 없는가? 우리가 박태원의 소설은 1930년대의 사회정치적 맥락과 떼어놓고 생각할 수는 없다는, 그와 같은 새로운 문학사적 의미를 덧붙일 수 있는 지점이 바로 여기다. 박태원 소설은 일본 제국주의 치하에서 식민적 존재에게 가해졌던 이중구속에 대해 형식과 내용 모두의 차원에서 이루어진 시의적절한 대응이었다. 식민지적 이중구속의 맥락에서 보면 문명화되어 있고 근대적인 저 "외부"는 욕망되고 추구되어야만 한다. 하지만 피식민자는 결코 그것에 충분히 동화될 수가 없다. 바로 여기에서 피식민 지식인들은 모순적 명령에 직면하게 된다. "솔선수범하라, 그러나 솔선수범이 금지되어 있음을 명심하라" 혹은 "우리처럼 해라, 그러나 지나치게 닮지는 말고!" 결국 그 때문에 하나의 의사소통 시스템인 언어가 무너지고 마는 것이다. 이와 같은 재현의 위기 안에서 박태원은 독자에게 지시성의 붕괴를 재현하고 표현하면서, 질병과 의사소통 불가능성이라는 주제를 표현 매체인 언어에 내포된 무한정성을 지적하는 언어 개혁에 계속 연결시킨다.

여기서 논점은 박태원의 텍스트가 주인공/피분석자에 의해 억압되어 있기 때문에 독자/분석가가 쉽게 해석하고 이해할 수 있는 여러 증상으로 나타나는 트라우마적 사건들을 계속 만들어내고 있다는 점이 아니다. 오히려 나는 제약 없는 온갖 의미를 만들어내는 텍스트의 주장을 거절하면서, 텍스트에 내포된 최종 의미를 확정하려고 시도하는 대신에 작품에 나타나는 수사적이고 주제적인, 또는 구조적인 측면이 구보 욕망의 진짜 대상과 구보가 구하려는 의미를 해석하고 지정하고 싶은 독자나 비평가의 해석 욕망을 추동한다는 점을 지적하고 싶다. 구보에게 있는 것은 식민지 모더니즘 텍스트(와 모더니즘 그 자체, 제국주의라는 전지구적 맥락과 결코 무관하지 않은)[85]를 언어, 질병, 그리고 욕망이 한데 섞인 조건에서 나오는 히스테리적 증상이자 히스테리를 일으키는 힘으로 이해할 수 있는 출발점이다. 텍스트에 나타나는 신체적이고 정신적인 증상들, 그리고 이 시기 박태원 소설에서 발견되는 순환 구조는 발화와 언술 사이의 간극을 활성화시킨다. 그리고 독자로 하여금 '의미를 발생시키는 텍스트'와 '지시성에 대한 욕망'에 대한 그 자신의 요구에 질문을 던지도록 한다.

비평가는 텍스트가 품은 질문에 최종적인 답을 마련할 수 있을지 몰라도 구보는 자기 욕망에 대한 질문에 더 대답할 수가 없다. 대신 우리는 일련의 욕망과 거절, 계속해서 지연되는 만족과 바로 그 불만족이 주는 즐거움, 자아와 타자 사이나 경험과 재현 사이에서 일어나는 만족될 리 없는 욕망을 얻게 된다. 그러므로 근대성에 대한 모더니즘 작가의 반응은 히스테리적인 판타지처럼 구조화되고, 그 모더니즘 텍스트는 "우리가 자신의 욕망과 타자의 욕망을 이해할 수 있도록 했던 지배적 형식들을 방해하면서"[86] 독자가 지닌 욕망 자체를 질문하게 한다. 구보는 욕망의 문제를 제기하고 활성화하면서 욕망의 문제에 있는 여러 모순을 우리가 다시, 또다시 반복 시연하도록 이끈다.

박태원이 모든 발화의 진실성을 심문하는 히스테리 환자의 모습을 통해 지시성에 대한 질문과 투명한 재현을 목적으로 하는 언어 능력에 대해 문제제기를 한다면, 이 장에서 우리는 언어를 진실과 지식을 매개 없이 실어 나르는 장치로 보는 관념을 공공연히 비판함으로써 이 질문을 심화시킨 어떤 작가에게로 넘어간다. 1937년, 작가가 죽은 이 해에 「병상의 생각」이라는 제목을 달고 다양한 주제를 포괄하는 서간체 형식의 에세이가 발표된다. 나중에 한국문학사의 정전이 되는 김유정은 여기에서 과학과 연애, 미학의 세 영역 모두에서, 내가 경험주의 담론이라고 부른 어떤 것을 고심하면서 주관주의와 객관주의를 비평한다. 김유정은 언어에는 지시체를 충분히 포착할 수 있는 능력이 있다고 보는 안일한 믿음과, 자신의 자연주의 소설과 "신심리주의" 소설 둘 모두의 기반이 되는 어떤 경향을 문제 삼는다. 김유정은 완벽한 재현의 불가능성이라는 가정에 직면하는 글쓰기 양식, 결코 도달할 수 없는 이상이랄 수 있는 인간의 온 지식과 이해를 줄기차게 붙잡으려는 이 양식에 대해 논한다.

나는 경험주의 담론에 관심을 두고 있었던 김유정을 1930년대 경성 문단에서 이념의 경계를 가로질렀던 보다 일반적 차원에서의 재현의 위기와 함께 묶으면서 그의 비평(그리고 그에 뒤따른 윤리적 문학 실천에 대한 옹호)이 식민지 시기 문학사에서 담론과 현실 사이의 관계를 생산적으로 생각하게 하는 범주들로 아이러니와 이상주의를 언급했음을 보일 것이다. 또한 이 장에서는 식민지 문학에 대한 우리의 이해를 구조화하는 장르적 관습들을 재검토하고 모더니즘 문학 실천을 재규정하기 위한 시선으로 김유정이 줄곧 썼던 비평문을 검토할 것이다. 앞장에서 우리는 박태원을 초현실적인 글쓰기를 했던 모더니스트의 본보기로 보았는데 여기서는 김유정을 통해 더 놀라운 예를 보게 될 것이다. 김유정은 근본적인 리얼리스트로서, 재현의 의사소통 모델을 비판했으며 그의 비평은 익숙한 문학 범주 안에 도저히 끼워 맞출 수 없는 어떤 문학 형식을 낳았다. 모더니즘이 "문학적 형식과 지식 또는 인식에 대한 양식 사이의 여러 관계에 주로 관심을 둔다"[1]고 하면, 김유정의 문학 비평과 소설은 언어와 앎 사이의 결정적 연결고리를 탐구함으로써 우리로 하여금 식민지 문학을 다시 틀 짓는 데까지, 문학사가 갖고 있는 의사소통 모델에 의존하는 어떤 방법론을 넘어서는 데까지 나아가게 한다.

앞에서도 살핀 바 있지만 식민지 조선의 모더니즘은 일본의 식민 권력이 1930년대 중반 좌익 문학 운동의 기세를 억압한 뒤에 확연히 나타났던 것으로 이해되어 왔다. 이런 관점은 카프를 근본적으로 정치적인 것으로서 리얼리즘 문학의 실천에 뿌리를 둔 반식민지 운동으로서 간주하는 반면에 모더니즘 운동은 예술을 위한 예술이라는 관점을 견지한 것으로서 그 예술 창작에 있어서 자율적이거나 비정치적인 한계가 있는 것으로 간주한다. 나는 "비정치주의"로 간주된 모더니즘 소설에 대한 부정적 의

견에 반대하면서 1930년대 모더니즘 텍스트가 정치와 사회, 문학사적 권력의 지방적이면서도 글로벌한 성좌와 관련시켜서 더 자세히 들여다 보아야 할 필요가 있음을 제안하려고 한다. 특히 나는 모더니즘 소설의 가능성을 단지 부정성(좌익 리얼리즘 문학 영향의 돌연한 부재, 식민지적 상황이라는 현실을 소개할 수가 없는 작가의 무능력, 또는 검열과 탄압으로부터 강요된 비정치주의)으로부터 나타난 것으로서가 아니라 언어와 현실의 관계에 대한 특정한 인식을 능동적으로 비판하면서 출현하는 것으로서 이해하고 있다.

나는 여기에서 보편적 차원에서나 비서구 모더니즘이라는 특수한 차원에 서서 모더니즘에 대한 미학적이고 문학적으로 특징지을 수 있는 단 하나의 정의나 일련의 한정적 성격을 제시하지는 않을 것이다. 다종다양한 일련의 미학적 실천을 인위적으로 균질화하고 여러 문학 텍스트에 대한 우리의 이해를 미리 결정해버리는 일련의 범주를 세우는 대신에, 모더니즘의 실천을 재현의 붕괴라는 관점에서 보다 일반적인 근대성 비판으로 보아야 한다.[2] 아래에서 우리가 보게 되듯이, 이는 염무웅이 지적한 것처럼 작가 수의 증가, 서양의 여러 문학 실천과 다양한 이론이 지닌 영향력의 확연한 확산, 그리고 미학 이론의 기술적 재정비와 그 특화 등의 몇 가지 특징으로 이해할 수 있는 식민기 중후반의 문학과 문학 비평 둘 모두의 다양성을 다루게 될 때 특히 중요해진다.

1930년대 조선에서는 (종종 잘 구별이 안 되는) 휴머니즘, 지성주의, 미학주의 고전주의, 리얼리즘, 초현실주의, 문화주의, 다다이즘, 역사소설, 그리고 동아시아 문학 등 꼭 여기에 국한되지 않는 다채로운 문학 운동과 이론이 전개되었다.[3] 염무웅에 의하면 1920년대에 정치와 학술, 개성을 통합하려 했던 문학적 노력이 무너짐에 따라 스타일에 대한 강조가 중요해졌다. 그리고 거기에서 이데올로기가 모더니즘 문학 실천의 정의이기도 한 '기교'에 무릎을 꿇게 되었다. 그 때문에 1930년대 식민지 조선 문학의 구조는 하나의 증상으로서, 문학 외적 영향의 동시적 증대와 식민지 근대성의 여러 현실에 대한 참여로부터 거리를 둔 내적 전환에서 파생된 하나의 상태로 보이게 되었다.[4]

비록 한국 문학사는 1930년대를 문학과 비평에 대해 이분법적 용어들로 설명하면서 특히 카프의 탄압과 그 최종적 해산에 따라 1920년대에 있었던 민족주의적이며 해방적인 성향을 잃고 식민 지배 권력에 굴복했던 시기로서 보고 있지만, 자세히 들여다보면 정치적 참여에 있어 의견이 갈렸던 계열 어느 쪽에서나 사유와 실천의 다채로움을 발견할 수 있다. 게다가 1930년대 문학장에서 확연히 드러나는 균질성을 넘어서, 이 시기에는 리얼리즘 미학의 실천이나 형식주의 미학의 실천에 있어서 공히 이제까지는 전혀 이상하지 않았던 기표와 지시체 간의 상관성이 즉 언어 자체가 문제가 되었다. 1930년대는 20세기 초 한국 문학사에서 결정적인 시기라고 할 수 있다. 그 시기에 문학 창작과 그 수용을 구조화시키는 데에 도움이 되는 여러 개념과 용어가 새로 만들어지거나 다시 검토되었기 때문이다. 1930년대 경성 문단에서 일어났던 지시성과 문학어의 재이론화에 대한 광범위한 비평은(나는 이를 재현의 위기라고 한다) 김유정이 죽기 두 달 전에 서간체로 발표한 유일한 비평문 「병상의 생각」이 갖는 중요한 계기를 검토해 볼 수 있는 맥락을 제공한다.[5]

김유정의 편지는 기존의 여러 장르 범주에 대해 질문해 볼 수 있는 특별한 기회를 제공한다. 김유정은 주로 가난한 시골 농촌 마을에서 벌어지는 일상적 고투를 상투적 구어체로, 유머러스하고 가끔은 상스럽기도 한 언어로 표현했던 리얼리즘 작가로 널리 알려져 있다. 하지만 그도 1930년대 중반 문단의 핵심이라 할 수 있는, 경성에 기반을 둔 예술가, 비평가, 시인, 그리고 소설가들의 연합동아리, 한국 문학사에서는 전형적으로 모더니스트라고 규정되는 구인회의 일원이었다. 김유정은 시골 사람들을 토속적이고 현실적으로 묘사했다고 알려져 있는데, 그런 그가 1935년부터 구인회가 해산되던 1936년까지 그룹의 일원으로 있었다는 점을 어떻게 설명해야 할까?[6] 나는 글쓰기에 대한 김유정 특유의 생각으로 다시 되돌아감으로써 문학사적 범주라는 것이 이렇게 명백하게 충돌한다는 것을 보일 것이다. 김유정은 「병상의 생각」에서 "신 심리주의" 문학과 리얼리즘 소설 모두에서 작동하는 언어의 지시성에 대해 날카롭게 비평했는데 그것은 그 시대 지시성의 성격에 대해 보다 넓게 질문할 수 있게 하고 김유정의 소설과 한국 문학사에서 차지하는 그의 지위에 대해 재고하게 하는 창문을 열어 준다.

나는 김유정의 삶과 남한 문학사의 정전에 놓인 그의 자리를 간단히 논한 뒤에 "과학의 시대"라고 그가 부르는 것 안에 있는 경험주의 언어에 대한 그의 비평을 분석할 것이다. 식민지 후반에 있었던 정치적 표현에 대한 억압, 근대성으로의 인식 전환, 근대적 주체성을 설명할 때마다 나오는 "분열된 자아"의 출현은 재현의 위기에 대한 인식과 연결되어 있었다. 언어는 다음의 세 영역 모두에서 그 자체로 불안정하고 신뢰할 수 없는 것이 되고 말았다. 식민 검열 아래에서 사회적 전통의 일관성으로부터 근대의 이데올로기적 파편화로 전환되는 시기에 재현의 주체이자 재현의 객체가 되어 버린 근대적 개인의 자기 반영성이라는 관점을 염두에 두도록 하자. 나는 1930년대에 현실, 사물들, 또는 세계가 어려움 없이 말로 표현될 수 있다고 하는 가정이 약화된 점이 문학 표현의 장을 불안하게 하고 모더니즘적 실험을 위한 방법을 열어 주었을 뿐만 아니라, 오늘날에 있어서도 그 같은 비평은 기존의 문학사적 범주들을 뛰어넘게 하고 재현과 사회적 현실 사이의 간극을 제거하려는 방법론들을 재검토하는 데 활용할 수 있다는 점을 보일 것이다.[7]

문학사에서의 김유정

김유정은 1937년 3월 29일 아침 타개했다. 자신의 삶과 문학 경력을 29살이라는 젊은 나이로 마감했다.[8] 김유정은 1935년 「소낙비」로 『조선일보』 신춘문예에 당선하면서 경성문단에 데뷔했으며 2년 뒤 그가 죽기 전까지 28편의 소설을 발표했다.[9] 김유정은 1908년 11월 28일 지금의 강원도 춘천 부근인 실레 마을의 부유한 지주 집안에서 태어났다고 알려져 있다.[10] 가족들은 1910년 한일합방으로 인한 식민 통치 때문에 어려움을 겪었고, 그의 아버지는 집안의 땅 대부분이 수탈당하게 되자 서울에 집을 사서 1913년 토지 조사 사업 때문에 몰수당하기 전까지 그 집을 유지했다. 전 가족이 1914년에 경성으로 이사했으며 어머니는 그가 7살이 되던 해인 1915년이 얼마 지나지 않아, 아버지는 1917년에 돌아가셨다.

형이 집안의 유산을 낭비하고 돌아다닐 동안 김유정은 많은 학교를 전전했다. 그는 1930년 22살에 연희전문대학에 들어갔으나 겨우 3개월을 다니다가 교칙 위반으로 학교에서 쫓겨났다. 같은 해 강원도로 돌아와서 전문대학에 등록했고, 실레 마을에서 야학을 열고 1933년까지 지냈다.

1933년에는 다시 경성으로 올라와 자신의 누이와 함께 살았다. 이 상경 직후에 그는 폐결핵에 걸리고 만다. 1934년에 그는 문학 작업에 집중하기 시작했고, 1935년 「소낙비」로 『조선일보』에서 개최하는 신춘문예 현상공모에서 일등상을 탔다. 같은 해에 「金따는 콩밭」과 「만무방」, 「봄봄」, 「노다지」를 포함해 저 유명한 몇 편의 단편소설을 발표하면서 구인회에 참여했다. 김유정은 1936년에 최소한 12개의 단편소설과 6개의 에세이를 발표했으며 작품들은 주요 문학잡지와 대중지에 한 달 단위로 소개되었다.

비평가들과 문학사가들은 김유정의 소설을 시골 하층민의 일상적 삶을 주제로 삼는 비-좌익 리얼리즘의 대표로서 다루곤 한다. 유인순은 9종의 주류 근대 문학사가 김유정 소설에 대해 공통된 관점을 견지한다는 것을 발견했다. 말하자면 "그의 작품에는 가난의 문제, 이에 대한 객관적 묘사가 나오며, 이것들은 독특한 소설어를 사용한 문체로 표현되었고 유머러스하게 다루어졌다".[11] 그의 작품을 다룬 많고 많은 연구에서 나오는 핵심 용어들이 여기에 다 나와 있다. 객관적 묘사, 독특한 언어, 유머, 그리고 가난의 문제. 김윤식과 김현은 "그 어떤 작가들보다도 김유정은 선명하게 식민 통치하의 극빈한 농촌 마을을 그려낸다"고 쓴다.[12]

이재선은 농촌의 궁핍을 직접 재현한 것에 똑같이 초점을 맞추지만 특히 김유정 소설에서 발견되는 유머를 지적한다. "김유정의 문학 세계는 근본적으로 풍자적이고 골계적이다. 이런 관점에서 보면 그가 세계를 이해하는 방식과 세계에 대한 태도는 어떤 지적인 것, 어떤 냉철하고 현실주의적인 감수성, 비극적 진지함이라기보다는 일종의 해학적 특징을 갖고서 넘쳐 흐르는 어떤 감수성이라고 할 수 있다."[13] 이재선은 김유정 작품의 핵심적 면모가 단순하지만 정직한 인물, 충격적인 결말, 예측할 수 없는 행동과 품행, 현실의 이미지를 굴복시키는 유머, 아이러니한 반-미학, 그리고 저속하고 토속적인 일상어의 사용 안에 있다고 하면서 다음과 같이 말한다. "김유정은 풍자적인 해학을 다루는 이와 같은 오목렌즈를 통해 그 자리에서 자신들의 인생을 끌어가는 것 외에는 어떤 선택지도 없는 소작농의 삶의 양식을 따라 농촌 마을의 어둡고 음울한 현실을 보여준다. 그렇게 그의 문학은 소작농의 일상생활을 웃음과 함께 떠올리게 하면서 고통스런 연민을 배가시키는 식으로 작품에서 중요하고 진실된 가치를 드러낸다."[14]

정한숙도 김유정 작품에서 소개되는 주된 주제가 농촌의 빈궁한 현실이라는 점을 논한다. "생활의 극빈한 환경이 김유정 소설에 등장하는 핵심적이고도 공통된 측면이다."[15] 예를 들면 "「동백꽃」의 사춘기 주인공의 좌절된 행동은 구체적 현실에 직면한 무력한 누군가를 뜻한다".[16] 정한숙은 김유정 소설 속 인물들의 비합리적인 태도가 사회적 출세를 향한 의욕에서 나온 것이 아니라 생존 본능 즉 가난과 배고픔으로부터 탈출하려는 원초적인 충동에 기인한다고 본다. 예를 들면 아내를 매음굴에 판다든가, 지하의 금맥을 찾기 위해 애써 키운 수확물을 들어 엎는다든가, 세금 징수를 피하기 위해 자신이 일군 경작물을 훔친다든지 하는 식으로 말이다. 조동일도 김유정이 가난의 문제를 그렸다는 데에 동의하면서 당시에 이기영 같은 다른 카프 작가들이 식민 현실을 풍자적으로 그리는 동안에 김유정은 해학과 풍자를 섞어 쓰면서 독자들이 웃음을 터뜨리는 바로 그 순간 암시적으로 사회적 불평등에 대한 어떤 관점을 제기하는 방식을 써서 대단히 어려운 과제를 수행했다는 점을 강조한다.[17]

김유정의 작품을 다룬 다양한 연구들은 텍스트 분석의 기초로서 작가의 전기적 요소들에 초점을 맞추는 것을 그 전통으로 삼았다. 김유정이 농촌에서 태어나 지주들과 소작농과 함께 자랐고 생의 마지막 몇 년을 식민 수도 경성으로 이주했기에 식민화된 삶의 변두리에서 이야기를 길어 내어 기존의 문단과 출판계에 그것들을 쏟아부었으리라는 것이다. 그의 문학을 심리적으로 다룬 것이건, 전통의 관점에서 다룬 것이든 모두 이러한 관점을 견지한다.[18] 하지만 김유정의 삶을 자세히 들여다보게 되면 이런 특징화에 어떤 작위적 측면이 있음이 드러난다. 김유정은 비교적 부유한 집안에서 태어났다. 일찍이 부모를 잃고 11살 무렵에 경성으로 이사했을 때에도 처음에는 그의 형과 나중에는 그의 누나와 함께 도시의 여러 학교를 전전하면서 이후 10년의 대부분을 보냈다. 그는 22살이 되던 해인 1930년 말까지 춘천으로 되돌아가지 않았다. 그리고 그곳에서도 1930년과 1933년 사이 겨우 3년을 보냈을 뿐이며 그런 연후에 경성으로 돌아와 죽음을 맞았다. 김윤식이 지적한 것처럼 도시에서 보낸 김유정의 해들을 생각해본다면 김유정을 전적으로 농촌 작가로, 소작농의 사투리에 흠뻑 젖어 있는 강원도의 토속 작가로 설명하는 것은 어쩐지 이치에 맞지 않는다.[19]

찾아볼 수 있는 전기적 정보의 측면에서만이 아니라 작가가 창작에 몰두했던 그 짧은 기간 동안 쓰인 소설의 구성적 측면에서도, 김유정의 문학사적 인격을 지배적으로 구성하는 것들 안의 불일치를 볼 수 있다. 김종건은 구인회 작가들이 공간을 어떻게 다루었는가를 분석하면서 김유정이 실제로 발표한 28개의 이야기 중에 14편이 도시를 배경으로 하고 있고, 10편이 외딴 산촌을 배경으로 한다고 지적한다. 단 4편만이 실로 농촌의 일이다.[20] 소작농이든 소외된 농민이든 혹은 도시 빈민이든 김유정은 비평에서 식민지 조선인들의 비참한 삶에 초점을 맞추고 있었다. 그것은 김종건이 말한 대로 1930년대 사회 현실에 대한 작가의 역사의식을 드러낸다.[21] 김종건은 김유정이 서사의 두 번째 수준을 고안할 수 있었다고 논한다. 이 수준이란 어떤 보편적인 공간으로서 이야기 안에서 특정한 공간으로 직접 묘사된다기보다는 어떤 원인적 힘으로서 암시된 현실을 포함한다. 이야기 공간에서 그려진 익살스럽거나 터무니없는 여러 사건이 독자를 웃게 만들기는 하지만 그 인물들의 여러 행위 뒤에 있는 사회적 현실(가난, 착취, 어리석음 등등)이 우스꽝스러운 장면으로 바뀌면서 "우리의 웃음은 조롱이라기보다 연민과 애정을 띤 웃음이 된다".[22]

김유정을 지방 출신이라는 점에서만 바라보지 않는 관점은, 한 작가를 출생에 따라 규정하면서 문학사 안에 자리매김하는 의견을 수정하는 독법이 되기에 그와 같은 여러 비평을 넘어선다고 할 수 있다. 하지만 작가와 장소(김유정과 그의 출신지, 나아가 그의 민족 사이를 잇는 유기적 연결고리) 사이의 관계로부터 텍스트와 독자 사이의 관계로 넘어가면서도 계속해서 유지되는 것은 독자와 서사적 현실 사이에 놓인 언어의 매개적 역할에 대한 무관심이다. 바꾸어 말해 이 경우에 김유정은 비록 그의 역사의식이 식민지적 현실을 폭넓게 조망한다고는 해도, 자신이 경험한 것을 작품을 통해 독자에게 직접 이전시킬 수 있는 어떤 존재로서 제시할 뿐이다. 김종건은 「총각과 맹꽁이」[23]에서 작열하는 태양 아래에서 일하고 있는 농민을 묘사하는 것에 대해 이렇게 말한다. "이것은 그 너머에서 장면을 쳐다보는, 거리를 갖고 이들의 일하는 모습을 보는 외부자, 구경꾼의 관점이 아니다. 오히려 여기에서의 묘사는 독자가 이 노부勞夫, 작열하는 태양,

흘러내리는 땀방울을 감각적으로 느끼게끔 만든다. 그의 묘사는 우리가 직접적으로 이런 것들에 대해 의식하도록 하는 결과를 낳는다."[24] 텍스트에 대한 김종건의 해석은 느낌에 대해, 감각과 감정에 대해 어떤 신비로운 장치를 설정하고 있다. 이 장치가 독자를 텍스트에 연결시킴으로써, 결과적으로 독자는 작가 자신이 경험한 현실에까지 연결된다. 나의 논의에서 중요한 것은 바로 여기에서 언어라는 매체가 간과된다는 점이다. 김종건은 독자와 서사적 시공간이 직접적으로 연결된다고 소개함으로써, 그 어떤 언어의 사용에서도 발생할 수밖에 없는 간극(기표와 지시체 사이의 간극)을 지워버린다. 그렇기 때문에 김유정의 소설적 서사가 현실을 반영한 것으로 받아들여졌던 것이며 그리하여 김유정의 작품은 일상의 리얼리즘에 국한되고 말았다.

작품에 대한 전기적 접근이 갖게 되는 여러 한계는 김유정의 소설을 중개됨 없는 직접적 의사소통의 한 예로서 다루기보다는 그 언어적 차원을 문제 삼을 때 훨씬 더 표면화된다. 예를 들면 김윤식은 단편 「두꺼비」[25] 를 분석하면서 김유정의 작품은 그 언어에 더욱 주의를 기울이는 방식으로 그 문학적 스타일의 기초를 파악할 때 보다 확실하게 파악될 것이라고 한다. "단지 하나의 이야기를 전달하는(도입, 발단, 전환, 결말) 소설 한 편인 것 이상으로, 이 작품은 작가가 그 자신의 언어(목소리)에 매료된 예라 할 수 있다. 내용의 전달이 일차적인 것이 아니라 그것이 서 있는 언어가 우선한다."[26] 김윤식이 쓰고 있듯이 만약 근대성의 자본주의적이고 식민적 측면에 대해 미학적으로 주로 대응한 것이 회의적 모더니즘이라면,[27] 우리는 김유정의 작품을 1930년대라는 상황에 깊이 연류된 것으로서 단지 시대 상황을 반영했을 뿐만 아니라 그 위기에 대해 어떤 식의 미학적 표명을 한 것으로서 읽을 수 있다.[28] 혹은 손정섭의 지적대로 "김유정의 소설은 쉽고 단순하게 접근할 수 있다고 해도, 실은 그 내적 형식은 실험성의 보이지 않는 차원을 갖고 있다"[29]고 이해해 볼 수도 있다. 손정섭이 말하는 이 "내적 형식"이란 작품의 전체적 구조나 틀거리를 말한다. 이것은 "반영 이론"이라고 하는 피상적인 적용법이나 작가에 대한 온갖 전기적 접근을 통해서는 포착하기 어려우며 오직 언어에 대한 근대적 아이러니를 통찰함으로써만 설명할 수 있다. 이 근대적 아이러니란 언어의 사용이 "우선 누군가를 세계 속으로 삽입하려는 노력임과 동시에 그것이 언제나 불가능함"을 의미한다.[30]

손정섭의 평가는 김유정의 글쓰기와 지금까지 내가 재현의 위기라고 불러왔던 것 사이를 잇는 하나의 연결고리를 제시한다. 이 재현의 위기는 1930년대 경성 지식인 그룹의 성격을 결정했던 것으로서 문학사적 위기가 주체의 위기에(근대성에 따른 주체의 분열에), 역사적 위기에(근대성의 출현에 따라 전통적인 합의가 상실된 것에), 그리고 식민화라는 사회정치적 위기에 뿌리를 두고 있음을 보여준다. 나는 김유정이 근대성을 마주한 방식이 이론적 관점에 있어서나 창작적 관점에 있어서나, 말해진 것과 의미된 것 사이를 가로지르는 아이러니적 간극(완벽한 의사소통의 불가능성)에 초점을 맞추고 있었다고 하면서, 그의 소설이 근대를 재현의 한 위기로서 직면하고 있었음을 주장하려고 한다. 이 위기를 김유정 작품에 대한 나의 분석에서 하나의 경험적 전제조건으로 삼고서 작가의 비평과 소설 양쪽 모두에서 언어에 어떤 지위가 부여되었는지에 초점을 맞추게 되면 텍스트 외적 문맥과 텍스트 사이에 인과성이 있다고 보는, 더는 우리가 지지할 수 없는 작품 평가에 있어서의 결정론적 관점을 피할 수가 있다.

다시 말해서 나는 김유정의 작품을 "현실을 있는 그대로 포착"하려는 시도로 보지 않는다. 나는 김유정 소설에서 나타나는 아이러니를, 언어란 반드시 (식민지적) 현재나 (유토피아 또는 사회주의적) 미래 둘 중 하나를 재현해야만 한다는 관념을 거부한 어떤 기교로서, 오히려 "누군가가 말하고자 한 것"과 "누군가가 쓰려고 한 것" 사이의 간극을 아우르면서 언어 그 자체의 오류가능성을 감지하고 식민지적 근대의 위기에 대한 비판에 맞게 그 간극을 이론화한 하나의 기교로서 이해한다. 김유정은 주관적이거나 객관적인 세계의 두 측면 모두를 재현한다고들 하는 언어 능력에 대해 비판했다. 그는 문학 장르를 진실의 상실에 대한 보다 일반적인 논의들과 1930년대 중후반 식민지 조선의 지적인 삶을 규정했던 표현의 한계라는 조건 안에서 문학사를 심리적/근대적인 것과 리얼리즘적인 것으로 극단화시켜 구별하는 지배적 현상을 가로지른다.

경험주의 담론 비판

　　김유정은 「병상의 생각」에서 이와 같은 재현의 위기를 소개하면서 자신의 지위를 형식주의 소설과 리얼리즘 소설 둘 다에 반하는 것으로 설정한다. 이 작품은 1937년 초반에 나온 어떤 편지인데 외견상 자신의 연인 박봉자를 향해 쓰고 있다.[31] 김유정은 섬세하게 다듬어진 이 열정 넘치는 편지에서 버림받은 연인의 반응을 추측해내려고 애쓰는 것을 넘어서 당시에 있었던 여러 문학 논쟁을 좌우했던 많은 주요 범주들을 다룬다. 예를 들면 표현과 소통, 형식과 내용, 예술가와 사회, 주체와 객체, 그리고 근대성에서 문학의 자리 등이 있다. 문학어에 있어서 주체성과 객체성 둘 다를 다루는 그의 비평은 몇 가지 이유에서 놀랍다. 왜냐하면 특히나 많은 문학사가들이 김유정의 소설을 농촌문학이라든가 향토문학이라고 하는 범주 즉, 사회 참여적이며 현실적인 것으로서 전형적으로 설계된 장르 안에 위치시켰었기 때문이다. 김유정의 단편소설은 객관적 리얼리즘의 전형적 전통에 서 있는 것처럼 보인다. "현재 사용되는 일상의 언어를 통해 정확하게 농촌의 실체적 현실을 표현하고 있는데", 이 정확성이란 "단지 언어를 숙고하여 다듬어서가 아니라 오랜 관찰과 직접적 접촉을 통해 획득된 것이다. 다시 말해 민족의 실질성이 객관적으로 보일 수 있는 것은 그의 일상적 구어를 통해서이다."[32]

이런 종류의 논의는 김유정의 작품을 민족 전체의 삶에 대한 재현으로 추켜세우는 문학사적 전형으로 보일 수 있다. 우리가 앞서 살펴보았듯이 김유정의 소설에 이와 같은 역할을 부여한 것은 주로, 그가 시골 생활을 "오랜 관찰"을 했으며 그 덕분에 토속어에 정통하다고 하는 작가의 전기적 조건이다. 언뜻 보아도 여기에서 언어라고 하는 매체에 대한 관점은 삭제되어 있다. 즉 '기표'와 '지시체' 사이에 내재된 간극에 대한 관심이 빠져 있기 때문에 김유정의 문학은 현실을 정확하게 재생산하거나 반영한 것으로서 이해되고, 그는 단지 일상의 리얼리즘을 추구했다는 것으로서만 평가절하된다. 김유정의 소설집에 실린 개정의 서문을 예로 들어보자. "종종 김유정은 그의 이야기가 실제로 벌어지는 그 실제 자리를 소리와 영상으로 채록한듯하며, 그 장면의 감정을 있는 그대로 포착하고 있다. (…중략…) 소리와 영상을 통해 우리 목전에서 인간의 손에 의해 편집되거나 조작되지 않은 현실이 펼쳐진다."[33] 김유정 작품 전체가 문학사에서 전형적인 가치를 띌 수밖에 없는 까닭은 그의 소설이 이런 식으로 무매개적 표현으로 쓰여 있기 때문이며 그래서 우리 민족의 마음에 직접 호소하는 듯이 여겨진다는 것이다.

이러한 상황을 다르게 생각해보자. 만약 김유정의 소설을 재현적 언어 문제에 연류된 것으로서 보고 그가 겪은 언어의 딜레마를 이론화할 수 있다면, 우리는 기존 문학사의 여러 전제들 즉 김유정 소설에서 발견되는 "토속적 아름다움"[34]에 대한 의문을 해소하려는 다양한 분석들을 저지했 던 바로 그것을 넘어설 수 있을 것이다. 스타일과 언어에 대해 김유정이 가졌던 관심에 초점을 맞추면 그의 작품을 동시대 다른 작가나 비평가와 함께 묶을 수 있게 될 뿐만 아니라 다음과 같은 질문에도 대답할 수 있게 된다. 선구적 모더니스트였던 이상이 왜 김유정을 1930년대의 김기림, 정지용, 그리고 박태원과 함께 "큰 예술가"들 사이에 자리매김시켰을까? 결과적으로 우리는 김유정의 작품을 사회적 위기를 반영한 것으로서만이 아니라, 형식 차원에서 사회적 위기 자체를 선언한 것으로서 1930년대 라는 시대와 깊이 연류되어 있던 것으로서 이해할 수 있다.

이 편지는 잇따라 나오는 대쌍적 개념들을 즉 과학과 기술이라는 20세 기적 분류, 연애와 성의 차이점, 그리고 문학 비평 용어로 표현된 예술과 기술의 근대적 괴리 등을 둘러싸고 세심하게 조직되어 있다. 김유정은 이 용어들 각각이(기술과 성, 기교) 주체, 객체, 혹은 둘 다에 대해 충분한 지 식을 과감 없이 보여주고 있다고 주장한다. 이전의 편지에서 박봉자는 김 유정이 사랑을 고백한 이유(즉 그의 성적 욕망)를 알고 있었으면서도 "연애 를 위한 연애"[35]를 요구해왔다. 이에 김유정은 다음과 같이 대답한다. 과 학자에게 묻는다면 '세균전이나 성형수술과 같은 비극적이거나 경박한 기술 발전의 한가운데에서도 "과학을 위한 과학"을 실천할 주체적 자유를 주장할 것이다'라고. 마찬가지로 근대 작가도 재현을 광범위한 차원의 인간성에 대한 윤리적 관심에 연결시키지 않고, 객체(자연주의나 리얼리즘을 통해서) 혹은 주체("신심리주의 소설"을 통해서)의 진실을 표현해야 하는 "예술을 위한 예술"을 주장하고 있다는 것이다.[36] 성, 기술, 혹은 기교라고 하는 문제들에서의 지식이나 전문성으로부터 획득된 잘못된 확신은 사랑과 과학, 예술에 가정된 혹은 강요된 '순수성'을 이끌어 내지만 이 순수성은 성적, 기술적, 그리고 기교적 실천에 있어서의 보편성이나 객관성을 차례로 잃어버린다. 김유정은 이 과정을 사회적인 것으로부터의 위험한 고립이라고 설명하면서 진실과 윤리성의 운반체로서 연애와 과학, 예술의 가치를 회복시키기 위해 애쓴다.[37]

앎과 행위에 대한 경험주의적 양식들에 반해 김유정의 연애와 과학 그리고 예술은 충분한 (간주관적이거나 객관적인) 지식의 불가능성을 드러내면서도 그 불가능성을 계속해서 극복하려고 한다. 김유정은 연애가 상호 이해의 획득과 다른 인간 존재와의 연대를 거듭 구하도록 하는, 자아와 타자 사이에 있는 틈입할 수 없는 경계를 극복하도록 하는 근본 윤리임을 주장한다.[38] 과학은 경험으로부터 가급적 진리에 가까운 지식을 추출하려고 시도한다. 그리고 예술은 이성의 영역에 있는 지식을 감성의 영역으로 반드시 옮겨와야 하는 임무를 맡아야만 한다.

다른 용어를 써서 말하자면 성과 기술, 기교에 대한 담론은 사카이 나오키가 말한 바 있는 균질언어적 말걸기homolingual address와 관련되어 있다. 이 것은 "동종의 매체 안에서 상호 투명한 의사소통을 정상적이라고 간주하고" 번역이나 통역을 필요로 하지 않는다. 반면에 연애와 과학, 예술의 담론은 "이언어적 말걸기heterolingual address"를 수용한다. 이것은 "상호 투명한 의사소통의 정상성을 따르지 않는 대신 모든 발화가 의사소통에 실패할 수 있다고 간주한다. 왜냐하면 그 어떤 매체에도 이질성heterogeneity이 내재되어 있기 때문이다".[39] 김유정은 기교와 기술이라고 하는 확신에 찬 전문지식을 지시성이라고 하는 문제적인 영역에 직면케 함으로써 확고부동해 있던 지식의 근저를 흔들고, 표현과 의사소통 간의 관계에 대해 질문한다. "어느 누구는 예술의 목적이 전달에 있는가, 표현에 있는가, 고 장히 비슷한 낯을 하는이도 있습니다. (…중략…) 표현이란 원래 전달을 전제로 하고야 비로소 그 생명이 있을 겝니다. 다시 말하면 결과에 있어 전달을 예상하고 계략하야 가는 그 과정이 즉 표현입니다."[40] 여기에서는 말하기가 의사소통에 앞서 있다. 그리고 이 에세이는 이들 사이의 간극과 의사소통의 불확실성을 주장한다. 표현이 의사소통의 전제조건이지만 그 자체로 의사소통인 것은 아니다. 사카이 나오키가 지적하듯이 단일언어적 말걸기에서와는 반대로 이언어적 말걸기에서 사람은 반드시 "당신 자신을 수신자에게 전달해야 한다 (…중략…) 수신자가 필연적으로 그리고 자동적으로 당신이 말하고 있는 것을 이해할 것이다라는 가정 없이. 물론 당신은 수신자가 당신이 말하는 바를 이해하기를 바라겠지만(왜냐하면 이런 바람 없이는 말걸기라는 행위가 구성될 수 없기 때문에) 당신은 결코 그것을 확신할 수가 없다."[41]

  사카이 나오키의 텍스트로부터 하나의 그림을 다시 그려보자면, 우리는 목표를 가격하기 전에 먼저 목표를 겨냥해야만 한다. 그러나 목표를 세우는 행위에 성공하리라는 가정을 붙일 수는 없다. 사실 애초에 "말 걸기가 가능한 까닭은 메시지란 언제나 도착할 수가 없기 때문이다".[42] 이것이 김유정이 그토록 자연주의 리얼리즘과 신심리주의 소설 혹은 사소설을 혐오했던 까닭이다. 그랬기 때문에 김유정은 바로 이와 같은 관점에서 에밀 졸라와 제임스 조이스를 똑같이 하품을 연발시키는 지겨운 것이라고 말한다. 각각의 작품은 객체(자연주의의 경우에는) 혹은 주체('신심리주의 소설'의 경우에는)를 언어 속에서 충분히 재현될 수 있는 것처럼 다룬다. 이 점에 반대하면서 김기림은 이렇게 쓴다. "예술이란 자연의 복사만도 아니려니와 또한 자연의 복사란 그리 쉽사리 되는 것도 아닙니다. 그렇게도 사실적인 사진기로도 그 완벽을 기치 못하겠거늘, 하물며 어떼떼의 문짜로 우리 인간의 복사란 너무도 심한 농담인 듯싶습니다."[43]

여기에서 우리는 내가 경험주의 담론이라고 하던 것의 핵심 전제에 대한 어떤 대립을 볼 수 있다. 이 핵심 전제들은 다음과 같다. '언어는 투명하게 전달한다', '표현 또는 재현은 의사소통과 일치한다', '말은 어떤 식으로든 그것이 재현하고자 했던 사물이나 객체와 일치하거나 그것에 전적으로 종속된다.' 즉 이것들은 단순하게 보자면 롤랑 바르트가 「과학에서 문학으로」에서 "과학의 언어적 지위에 관한 문제"[44]라고 했던 것, 표현의 여러 형식적 측면에 대한 고려를 제거해버리는 "투명한" 언어의 기능주의적 처치를 불러일으키는 전제들인 것이다.[45] 김유정은 문학의 측면에서만이 아니라 과학적인 간주관의 영역에서도 똑같이 발견되는 기능주의 담론과, 이 담론이 언어(현실을 한 치의 부족함도 없이 포착할 수 있다고 보는) 안에서 갖는 확실성을 폭넓게 비판하면서 롤랑 바르트가 문학에 부여했던 특별한 임무를 받아들인다. 즉 문학의 구성적 이질성을 통해 과학 제도가 거절했던 언어적 주권성이라는 것을 활발하게 대변하는 일 말이다.[46] 더 나아가서 김유정은 경험주의적이거나 "과학적인" 양식을 구별하는 것은 내용보다 우월한 형식만이 아니라 그 둘 사이에서 수립된 분리라고 이해한다. 그러면서 과학적이거나 리얼리즘적 세계관 안에 만연한 객관성과 형식주의적 관점에 내포된 주관성이 기표와 지시체 사이의 관계에 대한 각자의 가정 속에서 서로 합의를 이루는 지점에 대해 언급한다.

만약 과학적 방법론이 경험주의에 즉 관찰이나 감각 경험을 통한 앎의 추출에 달려있다면, 과학 담론은 뜻밖에 우리가 낭만적 양식이라고 부르는 것 안에서 작동하게 된다. 이 낭만적 양식이란 "경험과 그 경험의 재현을 구별하는 것을 거부하며" 그 안에서 "경험의 주체성은 그것이 언어로 번역될 때에만 보존"[47]된다. 여기에서 김유정은 폴 드만이 발견하는 낭만주의의 진실을(주체성의 동시적 고양과 의식이나 경험, 또는 객관 세계에 대한 재현에서 언어의 중개적 역할을 고려하는 것에 대한 거절) 또한 과학 담론의 진실로서 발견하면서, 이 범주 아래에 객관주의 문학 실천과 주관주의 문학 실천을 똑같이 대단한 중요성을 부여하면서 포함시킨다. 그 결과 김유정은 극단적으로 다르게 보이는 것들 즉 임화는 "말해진" 것과 "의미한" 것이라고 했으며 최재서는 언술 행위의 주체와 발화의 주제라고 했던 것을, 게오르그 루카치가 「서술할 것인가 묘사할 것인가?」에서 "극단적 주관주의는 의사 객관주의의 게으른 구상화에 가깝다"[48]라고 했던 바로 그 역설적 지점에서 함께 묶을 수 있게 된다. 리얼리즘과 형식주의 모두 문학 창작의 경험주의적 양식을 수용하면서 외부 세계나 정신세계의 세세한 부분들을 관찰하고 묘사하는 것이다.

윤리적 문학 실천을 위하여

1930년대는 언어의 지시적 능력에 대한 신뢰를 잃어버리기에 충분한 이유가 있던 시대였다. 과학적, 역사적, 그리고 객관적 언어에 기댄 제국주의의 이데올로기가 식민 기간 내내 일본의 통치를 정당화하기 위한 확실한 방법이 되어 여러 지시적 관계들을 약화시켰는데, 일본이 대륙 본토에 대한 군사적 개입에 박차를 가함에 따라 검열은 더욱 강화되었고 의사소통의 자유는 본격적으로 제한되기 시작했다. "이중" 발화는 식민지의 주체에게 점차로 필수적인 것이 되었다. 특히 조선어 문제에 대해서만 보더라도 1930년대는 훨씬 개방적이었던 1920년대 "문화정책"과 1930년대 후반과 1940년대 초반의 제국주의화("국어운동"과 "창씨개명"을 포함한 여러 동화정책을 통해 식민지에서 일본어 사용이 권장되거나 강요되었던 시기) 사이의 놓인 곤란한 시기를 대변한다.[49] 게다가 1930년대에는 전통적인 것으로부터 근대적인 것으로 삶의 양식에 있어서 큰 전환이 일어났는데, 이러한 문명화 과정에서의 전환에 따라 언어는 과거의 의미를 그대로 짊어지고 있었으나 많은 작가들은 급변하는 현실에 언어를 맞추어야만 하는 도전에 직면해야 했다. 결국 근대적 아이러니의 주체가 나타나게 되었는데, 언어로 기술하는 주체나 그 기술 속에 등장하는 객체 모두 동시대 도시 공간 안에서 살아가는 탓에 의식이 분열되어 있을 수밖에 없었다.

김유정은 표현이 언제나 의사소통에 앞선다고 보았다. 그의 통찰에 따르면 표현은 언제나 번역을 필요로 하며 간주관적인 언어는 항상 의사소통에 실패할 수 있다. 언어란 언제나 낯선 것이기에 특정한 문화 공동체나 민족 전체에 속한 구성원 사이의 결속력 없이는 절대로 투명한 매체가 될 수 없다. 특정한 담론(여기서는 사랑, 과학, 혹은 예술)이 윤리적으로나 "인간주의적"으로 기능하는 이유는 바로 실패하기 마련인 언어의 능력과 이후에 김유정이 계속해서 "친밀함에 대한 갈망"[50]이라고 부르는 것의 인식 여부에 달려 있다.[51]

김유정은 주체의 분열을 함께 논하면서 과학과 사랑 모두를 "분열된" 담론의 예로 언급한다. 이것들은 기술과 성에 관련된 도구주의적 지식 양식들을 통해 이론화되어 있고 그 과정에서 각각이 인간성 일반과 맺는 관계를 잃어버렸다. 과학을 위한 과학과 사랑을 위한 사랑에 반대하는 김유정의 논점은 미학적 영역에까지 미치는데, 여기에서 예술을 위한 예술은 그가 문학의 영혼이라고 했던 글쓰기의 기교적 측면에만 초점을 맞춘다. 김유정은 초주관성의 실천자나 초객관성의 실천자 둘 모두가 언어의 투명성을 가정하면서 그 언어가 내면세계와 외면세계 모두를 타인에게 투명하게 전달할 수 있다고 믿는다는 이유로 비판한다. 그는 에밀 졸라의 자연주의나 제임스 조이스의 의식의 흐름 서술에 차용된 "사진 같은" 객관성을 언어의 차원을 전혀 고려하지 않고 장르나 주체의 문제에서만 변별점을 만들어낸 것이라며 비판한다. 그러한 객관성은 언어라는 차원에서 보았을 때 의사 객관주의와 극단적 주관주의가 구별될 수 없음을 간과한다는 것이다.

이 지점에서 김유정이 펼치는 논의는 저 유명한 게오르그 루카치가 포착했던, 완전히 달라 보이는 두 문학 형식들 사이의 유사점을 다시 상기시킨다. 루카치는 「예술과 객관적 진실」에서 그가 "기계론적 유물론"이라고 부른 것 즉, 문학에서 "객관 세계의 반영이라는 개념을 강조"하는 것을 "주체적인 이상주의"에 연결했다. 관념론이란 "직접 경험이 주관화되어, (…중략…) 확실히 개인적인 것(인상으로서, 감정적 반응으로서, 등등. 이런 것들을 낳는 객관적 현실로부터 추상적으로 떨어져 나온)의 독립적이고 자율적인 기능으로서 인식되는" 물질적 현실로부터의 분리를 뜻한다.[52] 이에 덧붙여 루카치는 다음과 같이 쓴다. "이론들은 잘못된 객관주의와 잘못된 주관주의의 절충주의로 속속들이 물들어간다." 루카치가 보기에 널리 알려져 있는 객관 묘사는 "거짓된 주체성" 즉 독자에게 "고착화된 사물의 연속"(그것이 정신적인 것이거나 외적 세계에 대한 것이거나 간에)을 제시하는 자기중심적이고 고립된 개인과 나란히 가는 것이다.[53] "관찰과 묘사의 방법은 문학을 과학적으로 만들기 위한 시도의 일부로서 계발되었다. [하지만] 이 같은 작법 양식은 극단적인 반대항 즉 절대적인 주관주의로 쉽게 빠진다."[54]

다른 저자들이나 비평가들과 마찬가지로 김유정에게도 언어에 대한 전반적인 믿음의 상실은 책임감 있는 행동과 책임감 없는 행동을 구별하는 윤리적 반향을 가져왔다. 과학을 위한 과학은 순수 지식을 추구하고 개체적 이익을 위한 토대를 정당화하면서 앎의 윤리적 차원을 무시한다. 반면에 예술을 위한 예술은 예술적 표현과 인간의 공익 사이의 관계를 무시한다. 김유정은 예술과 인간성 사이를 연결시킬 수 있는 개념을 제공하려고 노력하면서 결과적으로 편지의 마지막 문단에서 "위대한 사랑"을 제안한다. 비록 이런 생각이 아직은 불투명하더라 해도 김유정은 글쓰기에 대해 "그 위대한 사랑이 내포되지 못하는 한, 오늘의 예술이 바루 길을 들수 없다"고 한다. 그 편지의 수신자가 "위대한 사랑"을 이해하지 않는다면 "완전한 사람"에 미칠 수 없는 것처럼 말이다.[55]

김유정은 최종적으로 예술을 어떤 윤리적 명령에 연결시킬 수 있는 확실한 권고나 전략으로 제시하지 않는다. 예술과 "참여" 사이의 문제적 관계는 이 편지에서 해결되지 않은 채로 남는다. 그렇지만 그의 논점이 지닌 일반적 형태는 그 자체로 주목할 만하다. 그는 객관주의의 태만한 형식들이라며 미학적 형식주의와 리얼리즘적 재현 모두를 비판하고, 언어를 무책임하고 비윤리적인 실천들과 연결된 "단순한 도구"라고 보는 다른 담론들과 연결하면서, 예술의 올바른 목표라고 하는 하나의 이상으로 나아간다. 그가 말하는 목표란 지식을 통해 "충만"하거나 "완벽"하게 되어야만 하는 것이 인간의 목적이듯이, 예술은 이런 완전가능성에 대한 지식을 감각할 수 있는 영역(그가 쓰고 있듯)으로, 그리고 '밀접'이라고 하는 간주관적 경험이 활성화되는 과정으로 인간을 데리고 올 수 있어야 한다.[56] 이런 방법으로 예술은 삶과 맞물리게 되며 인간의 완성이나 그 성취를 향한 운동의 일부가 된다. "내가 문학을 함은 내가 밥을 먹고, 산뽀를 하고, 하는 그 일용생활과 같은 동기요, 같은 행동입니다. 말을 바꾸어 보면 나에게 있어 문학이란 나의 생활의 한 과정입니다."[57]

나는 김유정의 편지에서 추론할 수 있는 두 가지 논점을 언급하면서 결론을 내리려 한다. 우선은 식민지 문학사에서 이상주의의 지위이고, 그 다음은 김유정 소설 텍스트를 다시 읽기 위한 수단으로서의 아이러니 형상이다. 첫째, 김유정은 형식주의와 리얼리즘을 동시에 비판하면서 문학의 미래지향적 기능을 지향한 이상주의적 범주들에 의지했다. 이것은 우리로 하여금 식민지 문학을 리얼리즘과 모더니즘이라는 이분법의 바깥에서 사유하게 만든다. 토릴 모이Toril Moi가 지적하고 있듯이 "도덕을 고취하는" 이상주의는 "시들시들"한 자연주의와 모더니즘 둘 모두에 대해 생산적으로 반대할 수 있다.[58] "진, 선, 미"에 초점을 맞춘 미학적 이상주의는

"우리가 인간 완성에 대한 낙관적, 유토피아적인 비전을 유지하도록 만든다".[59] 자연주의(아름다움 없는 진리)나 미학주의(진리 없는 아름다움)가 나타나는 것은 이런 삼위일체가 붕괴될 때일 것이다.[60]

미학이 윤리학으로부터 단절될 때에 "'미학의 자율성'에 대한 근대적 믿음이 시작되었다면",[61] 우리는 김유정이 이 자율성을 미학적 견지에서뿐만 아니라 과학 담론의 견지에서, 결과적으로는 "선"을 인간 지식을 만드는데 다시 연결시키려는 시도 안에서 비판하고 있음을 볼 수 있다. 김유정은 문학 실천자들이 갖고 있는 언어의 도구성에 대해 반대하는데 이것은 윤리가 미학에 다시 삽입되어야 한다는 그의 요구에 반하는 것처럼 보일 수도 있다. 왜냐하면 그는 언어가 세상을 완벽하게 참조할 수 있다고 보는 믿음을 거부하기 때문이다. 하지만 이 또한 이상주의의 한 표현이다. 이상과 그 현상적 재현 사이의 간극은 완성을 향한 분투에 연료를 공급하고 궁극의 완벽가능성에 대한 믿음을 촉발한다. 김유정에게 있어서 이같은 인간주의적 목표는 그 글쓰기의 배면에 깔려 있었고, 그는 예술을 일상의 의사소통에 연결시키려 했다. 예를 들면 그는 박봉자에게 "만약 당신이 내가 당신에게 편지를 쓰는 동기를 고려하신다면"이라고 쓰면서 "그것과 내가 문학 작품을 쓰는 동기에는 아무런 차이가 없습니다"[62]라고 한다. 문학은 사회적인 것으로부터나 생생한 경험으로부터나 자유롭지가 않다. 왜냐하면 오히려 이러한 것들을 완벽하게 포착하려고 하는 언어 능력에 대한 믿음이 문학을 이끌기 때문이다. 김유정은 이런 믿음을 "현실을 재현하는 언어 능력에 대한 태만한 믿음"이라며 비판한다.[63]

둘째, 우리는 아이러니를 「병상의 생각」에 쓰인 언어 이론과 문학 이론이 미학적으로 육화되도록 하는 형식으로 이해할 수 있다. 앞서 살펴보았듯이 김유정의 작품에 대한 문학사적 논의들은 종종 작가의 전기적인 사실을 정해 놓고 그의 소설에 리얼리즘적이고 재현적이라는 식으로 권위를 부여하면서 김유정이 "진짜 있는 그대로의 것들"을 제시한다는 점에 초점을 맞춘다. 그렇지만 문학 비평가와 문학사가들이 김유정의 작품을 식민 통치 아래에 놓인 조선 민족의 대변자로 읽는 동안 그들은 무심코 피식민자 문학에 가해지는 권위를 되비추게 된다. 식민자와 피식민자 사이에는 간과할 수 없는 차이가 있다. 그 때문에 식민화 계획 자체를 정당화하기 위해 주체에게는 계속해서 '정체성의 증명'이 요구된다. 이들은 논의에서 재-현re-present하는 언어의 능력을 전적으로 신뢰하지만, 김유정은 반복해서 바로 그 믿음을 비판했다. 김유정의 편지는 주체와 주체 혹은 언어와 지시체 사이에 놓인 극복할 수 없는 평행적 간극을 인식했으며, 동시에 그것을 극복할 수 있는 문학적 실천을 지향한 어떤 논점을 제시했다. 그럼으로써 그는 언어에 나타나는 재현의 위기를 간주관적 의사소통과 앎의 딜레마에 연결시켰다.

그의 비평을 염두에 둔다면 김유정의 소설 텍스트는 그것이 어떻게 언어의 지위를 보여주는지, 또한 그 문제를 어떻게 주제화하는지에 초점을 맞추어 검토할 수밖에 없게 된다. 5장에서 나는 김유정의 여러 단편을 아이러니의 서사 전략을 통해 즉 하나의 잠재성 있는 생산적 접근을 가지고 읽어 보겠다. 나는 그의 비평문과 문학 텍스트 사이를 오가면서 김유정이 형식의 문제에 몰두했기 때문에 언어를 통한 재현 불가능성을 이론화했던 것이 아님을, 오히려 김유정은 동시대 다른 비평가들이나 작가들도 언어의 한계를 깊이 고민할 수밖에 없었던 그 정치적, 사회적, 문학사적 힘들의 성좌로부터 글을 썼음을 보일 것이다. 1930년대 비평가들과 작가들의 글쓰기에서 장르의 문제를 초월해서 나타나는 이 같은 불가능성이나 위기를 떠올린다면, 우리는 어쩔 수 없이 글쓰기와 말하기, 진리와 언어, 의식과 표현, 그리고 무엇보다도 문학 작품에서 물질적, 사회 문화적 맥락과 그것의 중개라고 하는 복잡한 주제들을 생각하게 된다.[64] 문학 작품을 어떻게 수용할 것인가와 같은 장르 분류화를 조정하는 여러 전제들을 넘어서서 언어 자체에 대한 이론과 비평을 검토하는 일은 김유정을 비롯한 여러 작가들이 1930년대 식민지 조선의 현실에 적합한 재현의 양식을 개념화하고 그 양식을 실천하기 위해 어떠한 노력을 했는가에 논의의 빛을 비추게 한다.

그렇기 때문에 "의미에 반하는 말하기 양식"[65]이자 더 나아가 기호와 의미 사이의 이런 차이를 주제화하는 기능을 지닌 아이러니는 김유정이 식민지기에 쓴 소설들을 검토하는 데 하나의 출발점을 제공할 수 있다.[66] 아이러니는 본질이 결코 현상과 일치할 수 없다고 보는 담론이며 그렇기 때문에 언어를 통한 완벽하고 직접적인 의사소통의 불가능성을 주제화할 수 있다. 또 그와 같은 언어적 투명성을 요구하는 경험주의의 요구를 비판하는 데에도 이상적인 양식을 제공한다.[67] 김유정이 「병상의 생각」에서 제안했던 것과 밀접하게 연관되어 있는 아이러니는 "불가능한 것을 조직화함으로써" "직접적 의사소통이 도달하는 것 너머에 위치한 표현을", 말하자면 인간의 앎과 의사소통의 한계를 초월하는 언어의 능력에 대한 끊이지 않는 희망을 부상시킨다.[68]

더 나아가서 생각해보면 에피 하치마놀리스[Efi Hatzimanolis]가 다른 맥락에서 논증해왔던 것처럼 아이러니는 민족적 전형성을 세련되게 비판하는 도구가 될 수도 있다. 즉 그 민족의 작가가 누군가에 대해 말하기와 누군가로서 말하기 사이에서 어떻게 미끄러지는지를 보여주는 방법으로서 말이다.[69] 제도의 욕망(이 경우에는 식민지기 동안의 동화정책)이 누군가가 누군가로서 말하기는 하지만 스스로를 위해 말하는 능력은 제한할 것을 요구할 때, 아이러니는 이 과정에서 창안되고 (잘못) 인지된 여러 전형을 그것들의 한계에까지 데리고 가면서, 그 민족의 타자에게까지 영향을 미친 공식 문화의 잘못된 포용성을 폭로한다.[70] 김유정은 「봄봄」[1935], 「떼약볕」[1937], 「총각과 맹꽁이」[1933], 「만무방」[1935] 등과 같은 단편소설에서 시골뜨기, 유랑민, 소작농, 노총각, 그리고 매춘부의 전형을 활용한다. 그럼으로써 작가는 국가적 귀속과 민족적 정체성의 여러 범주를 안정화시키기보다는 암암리에 그것들을 의문에 붙이면서 아이러니적 서사의 이중 구조를 보이고, 실제 현실과 보인 외현 사이의 불일치(식민의 경험과 파편화된 근대성 일반을 특징짓는)를 되비춘다. 바로 여기에서 우리는 언어적 재현의 위기를 타자 재현의 문제와, 다시 말해 그 위기가 식민지 사회와의 어떤 관계 속에서 나온 것인지를 제기하는 여러 질문들과 연결시킬 수가 있다. "말해진 것"과 "의미한 것" 간의 불일치는 단지 근대 주체의 분열에 따라 나온 것일 뿐만 아니라 "진정한" 피식민자와 그 제국의 귀속물에 대한 수사학 사이의 간극으로부터도 따라 나왔다고 할 수 있다. 이때 우리는 여러 문학 작품을 언어와 사회 현실이 만날 때에 발생할 수 있는 온갖 모순에 대한 미학적 반응으로서 읽기 시작할 수 있다.

제5장

언어의 아이러니

김유정의 단편소설

    이 장에서 나는 김유정의 단편소설을 가로지르는 안정적이고 특수한 아이러니에서 확장적이며 보편적인 아이러니로의 운동을 추적할 것이다. 이와 같은 운동은 독자로 하여금 그 아이러니 텍스트에 의미나 가치를 점점 덜 부여하게끔 한다. 나는 (이 단편소설들의) 서사가 언어 자체에 아이러니적 이중구조를 적용시키면서, 명확하게 의미를 부여하기를 좋아하는 해석 양식으로부터 지시 대상 즉 아이러니스트가 책략의 주체로 삼는 지시 대상 그 자체의 불안정성을 채택하는 접근법으로의 이동을 촉구한다는 것을 발견했다. 이런 전략은 김유정 작품에 대한 두 개의 수정적 독법을 낳는다. 첫째, 나는 다음과 같은 주장을 제시하려 한다. 김유정은 자신의 단편소설에서 자주 아이러니적 이중 언어를 사용함으로써 모더니즘 문학 양식을 수용하고 있다. 여기에서 어떤 이중성이 나타나는데 부분적으로는 근대적 존재가 갖는 본질적 아이러니 상황(식민적이고 근대적인 양식과 전근대적 경제 사회 형식의 공존)에 대한 비판으로부터이고, 다른 한편으로는 근대 주체의 분열된 자아에 대한 하나의 반응으로서("말해진 것"과 "의미한 것"이 일치하지 않을 수도 있는 역사적 계기에 적합한 "자기 풍자적"이거나 냉소적 문학을 가능하게 하는)이다. 둘째, 우리는 김유정 소설에서 보다 급진적인 아이러니 형식이 마련되는 가운데 그의 아이러니가 식민지 근대의 물질적이고 주체적인 여러 조건에 대한 대응으로서뿐만 아니라 언어 그 자체의 오류가능성을 주제화하는 수단으로서 텍스트의 형식 측면에 대해 주의를 기울이려고 동원되었음을 볼 수 있다.

작품 대부분이 김유정이 죽기 바로 직전의 아주 짧은 기간 동안 발표되었기 때문에, 나는 그의 소설들을 관통하는 연대기적 전개를 규명하기보다는 개별 텍스트를 비롯하여 작품 전체에 고루 의미를 부여할 수 있는 통시적 방법론을 써보려 한다. 작가 전기를 둘러싼 정보나 역사적이고 언어적(민족-국가적)인 해석 공동체에 기대는 문학 해석의 접근법은 내가 작품 해석의 의사소통적 모델이라고 불러왔던 것을 대변한다. 우리가 이 모델에 반대하면서 그의 작품을 면밀하게 독해하게 되면, 재현의 위기 즉 1930년대 식민지 조선의 문단과 지식인 집단의 특징이 되었던 주체적이고 역사적이며 언어학적, 문학적 영역에서 이루어진 이 복잡한 위기의 조합에 대한 대응을 작품 안에서 발견할 수 있다. 전자의 접근법이 김유정의 작품을 내용의 차원에서 식민지적 근대와 연결시키는 것이라면, 후자의 접근법은 그의 소설을 형식의 차원에서 텍스트적 맥락에 대한 대응으로 읽는 것이다. 나는 이 장의 진행을 따라 전자의 접근에서 후자의 접근으로 옮겨갈 것이다.

김유정의 문학 텍스트를 이해하는 데에는 유머가 결정적이라고들 한다. 김유정을 다룬 대부분의 비평가들은 한결같이 그의 소설의 핵심적 형태가 관용적이고 토착적인 언어 사용의 조합에 자리한 해학 혹은 골계라고 평가한다. 나아가 그의 이야기들은 "서사에 나타나는 세계가 다른 세계, 단지 글쓰기의 표면에서 형성된 액면적 가치를 취하는 세계가 아니라 그것을 초월한 또 다른 세계와 함께 존재한다는 인상을"[1] 준다. 이것이 전통적으로 문자적 의미("액면 그대로의 가치를 취하는 세계")와 함축적 의미 (아이러니스트가 자신의 의도가 지닌 무게를 감당하는 동안에 그것을 무시하는 척하는)를 함께 제시하는 아이러니의 효과이다.

박태원이 정신분석 양식을 수용함으로써 주체적 수준에서 언어와 현실 사이의 접속을 의심스럽게 만들었다면, 김유정의 작품에서는 이 의혹이 형식 차원에서 일어난다. 여기에서 작품의 의미를 의심하는 장치는 온갖 발화를 다 의심하는 히스테리 환자에게서 나타나는 주체적 분열이라기보다는 아이러니라고 할 수 있는 서사적 분열이다. 아이러니는 근대적인 형식이다. 아이러니는 자기 비판적인 "분열적" 주체(자의식적 화자)가 재현적 언어의 결정불가능성이 활성화되는 가운데 분명하게 모습을 드러냄으로써, 문학 작품을 말해진 것과 의미된 것 사이의 간극을 활성화하면서 모든 발화의 복수적 의미를 계속해서 지시하는 어떤 구성체로 보이게끔 한다.[2] 나는 김유정의 아이러니에서, 그 텍스트가 명확한 의미를 드러내지 못하는 탓에 이러한 간극으로부터 불안하고 때로는 "부정적이기"까지 한 웃음이 나타남을 발견했다. 김유정의 아이러니는 단지 말한 것의 반대를 의미했던 전통적 비유에 잘 들어맞지 않는 보다 복잡한 사태를 읽게 만든다. 다시 말해 텍스트로부터 간단히 추출할 수 있는 그 수사적 표현의 의미를 약화시키면서 문학 작품을 근대성이라고 하는 어떤 조건에 대한 부산물로서나 그에 대한 비판으로서 읽게 만드는, 일반적이면서도 확장적인 아이러니를 표현하고 있음을 보이려고 한다.

풍자에서 아이러니로, 아이러니에서 유머로

1930년대 식민지 조선에서는 식민화를 둘러싼 담론적 규제와 근대성으로의 전환에 따른 압박이 있었다. 그런 조건하에서 언어와 그 지시 대상이 맺고 있던 안정적 관계가 풀어지면서, 지시성이라는 것에 대한 의혹이 이데올로기들 간의 스펙트럼을 가로지르면서 일어났다. 문학사의 이 "영점"에서 평론가 최재서는 풍자문학을 제창했다. 풍자문학은 "말해진"과 "의미한" 사이의 간극을 주제화할 수가 있고 문학사의 위기를 바라볼 수도 있는 비평적 위치를 차지했다. 풍자문학은 죽은 과거와 빈사 직전의 현재, 이 둘을 비판함에 있어 투명한 상징 언어를 가정하지 않으면서도 심리소설과 세태소설(사회적인 것의 객관적 묘사) 너머로 나아갔다. 김유정도 「병상의 생각」에서 이 두 양식을 비판했다.

풍자는 도덕성에 있어서 아이러니와 명백하게 다르다. "풍자가가 인간의 실수나 어리석음에 무게를 두는 것"에 반대하면서 "어떤 식으로든 확실하게 유죄를 선고하고자" 한다면, 이와 달리 아이러니스트의 태도는 "언제나 양가적인데 그가 삭막하게 채색되어 있는 풍자가의 관점으로 이 세계를 보고 있지 않기 때문이다. 대신 그는 모든 대안들 안에 있는 좋은 점과 나쁜 점을 받아들이려 한다".[3] 그런데 아이러니가 어떨 때에는 최재서가 서사를 두 차원으로 나누고서 자기풍자적으로 분열하는 주체를 출현시켰던 것처럼 작동하기도 한다. 한편에는 허풍꾼alazon이라는 "확실히 알 수 없는", 루이스가 "자아"라고 했던 인물이 있다. 다른 한편에는 알고 있는 주체(화자, 지적인 자, '그'나 '그녀'를 읽는 자), 허풍꾼은 모르는 바를 이해하는 관찰적 "비-자아"가 있다. 아이러니한 텍스트는 형식적으로 두 개의 차원으로 분리된다. "하위 수준에서는 그 상황이 바로 아이러니의 희생자에게 나타나기도 하고 아이러니스트가 속임수로 그 상황을 희생자에게 나타내 주기도 한다. (…중략…) 상위 수준에서는 그 상황이 바로 관찰자나 아이러니스트에게 나타난다."[4]

아이러니가 나타날 때에는 항상 이 두 차원 사이의 대립이(모순과 부조리 또는 양립 불가능성) 존재하게 되고, 거기에서 "희생자가 생각하는 것은 관찰자가 알고 있는 것에 의해 반박된다".[5] 이 아이러니의 "희생자"는 어떻게 보더라도 무고한데 "그 자신의 생각이 무효화될 수 있는 상위 수준이나 어떤 시점, 또는 아이러니스트가 그것을 모르는 척 할 수 있는 가능성에 대해 그가 전적으로 무지하기 때문이다.[6] 이는 뮈케Muecke가 특수하고도 상황적인 아이러니specific, situational irony라고 한 것에 들어맞는다. 이런 아이러니에서는 "'사태의 정황'이나 '사건의 결과' (…중략…) 가 아이러니하게 보이거나 느껴진다".[7] 또한 특수한 아이러니는 독자가 아이러니스트와 함께 앎의 시점을 공유한다는 점에서 "안정적 아이러니stable irony"라고도 할 수 있다. 이것은 "표면적 의미들과는 다른 의미들로 재구축될 것이 기대되는" 숨겨진 의미의 현현 속에서 작가의 의도에 따라 정해지는데 의미들은 그 적용 과정에서 명확하게 고정되면서 한정된다. 이렇게 재구축된 의미는 "부분적이어서 제한적이고" "일반적으로 볼 때 사물의 본성"이나 우주의 본질과는 무관하다. 그렇지만 대신에 이것은 어떤 특수한 것에 대하여 "특정한 시간에 특정한 사람에게만 적용할 수 있는"[8] 것으로서 "지향하는 가치들이 대부분 구축되어 있는 어떤 공동체, 유기체로서 그 구성원들이 '어떤 확실성을 자신하는' 하나의 앎 공동체로부터 따라 나오게 된다".[9]

그렇기 때문에 안정적 아이러니stable irony를 따라가는 읽기는 "동류적 정신을 발견하고 엮는" 하나의 과정이 된다. 왜냐하면 "모든 아이러니는 때로는 그 신봉자들을 배제하기도 하지만 본질적 진실을 볼 수 있는 자들로 이루어진 공동체, 그 아이러니를 포착할 수 있는 자들의 공동체를 구축하려는 경향이 있기 때문이다".[10] 웨인 부스Wayne Booth는 소설 작품의 의사소통적 측면이나(화자에 의한 직접 진술, 작품 자체 내재하는 명백한 실수나 갈등) 스타일이 제공하는 초의사소통적metacommunicative 측면 둘 다가 독자에게 아이러니의 존재를 알려줄 수 있다고 본다. 여기에 덧붙여 그는 이렇게도 말한다. "우리는 표현된 믿음들과, 우리가 갖고 있고 그 작가가 갖고 있으리라고 기대하는 믿음들 사이에서 결코 오해할 수 없는 어떤 갈등을 인지할 때마다 아이러니를 발견하게 된다."[11]

"우리가 서로 공유하는 모든 전제들을 다 드러낼 수는 없다"는 점 때문에,[12] 공유된 여러 전제들은 구어적 의사소통의 모든 형식들과 서로 닮기를 호소하도록 되어 있다. 그리고 아이러니적 행위는 우리로 하여금 해석 활동이라는 것을 "인간이 어떤 양식에서 서로를 이해하는 데에 성공할 때마다 정복하게 되는 감추어진 복잡성에 빛을 드리우는 것으로서 생각하도록 이끈다. 심지어 가장 평범하고 문자적인 양식에서 그럴 때조차도 그러하다".[13] 여기에서 웨인 부스는 작가의 의도를 밑바탕에 깔고 있는 언어는 해석을 통해 어떤 상호작용의 맥락에서 즉 초담론적 차원에서 우리가 그 텍스트에서 언어가 어떻게 사용되었는지를 알 수 있게끔 한다고 말하면서도(그 텍스트 자체에 내재되어 있는 맥락에 나타난 단서들을 통해 의미를 확정함으로써), 아이러니적 작업의 근간이 되는 언어의 결정불가능성이나 신뢰불가능성(언어란 온전한 의미를 전달할 수 없고, 사물 그 자체를 포착할 수 없으며, 언제나 재-현이다)을 환기시키는 듯하다.

김유정 소설에서 사용되는 유머는 텍스트의 겉으로 드러나는 "글쓰기의 표면"과 더 많이 알고 있는 해석자들의 공동체가 파악하는 더 포괄적인 현실 사이의 모순을 정교하게 가공함으로써 만들어진 '무지'로부터 출현하는 것이라고 이해되어 왔다. 앞에서도 언급했지만 아이러니적 유머는 남한 문학사에서 김유정 소설을 다루는 두 가지 방식 중 하나이다. 김유정의 문체가 독자에게 "부정적 웃음"을 유발하는 동안에 작품의 내용은 캐리커처라고 하는 "오목렌즈"에 비춰진 시골의 궁핍함을 드러내 보인다는 것이다.[14] 더 나아가 김유정이 해학과 풍자를 조합한 것은 도덕화된 좌익 리얼리즘을 넘어선다고 하는 어려운 과제를 수행한 것으로서, 현실을 다루는 "우회 전술"이기도 한 순정한 웃음을 독자에게 불러일으킨 것으로서 보여지기도 한다.[15]

김유정 작품에 대한 전형적 접근법은 이해의 공동체에서 만들어진 어떤 맥락을 전제로 두고 작가가 텍스트 안에 숨겨놓은 여러 의미를 추출하도록 하는 독해 전략을 수용하는 경향이 있다. 4장에서 보았던 것처럼 김유정이 즐겨 쓴 유머의 기교는 그의 전기적 사실(그가 시골 출신이며 지방 소작농이라는 것)과 연결되어 왔을 뿐 아니라 그를 전통적 구어 문학의 오랜 혈통에도 연결되도록 했다. 그 표현의 우둘투둘함에도 불구하고 문학 작품에서 의도된 의미를 이해할 수 있는 사람들, 그 의미를 신봉하는 자들의 공동체는 바로 그런 이유에서 역사적이고 언어적인 공동체가 된다. 이것이 바로 칸데이스 랑Candace Lang이 말한 "아이러니 비평"이라고 하는 해석 양식이다. 달리 말하자면 내가 문학 해석의 의사소통적 모델이라고 했던 것으로서, 이 양식은 아이러니 텍스트를 표현된 것으로서 간주하는데 텍스트는 특정한 생각이나 메시지를 소통시키기 위해 의도된 것이며 언어를 통해 이미 존재하는 사고나 개념을 표현하는 어떤 보충물이라는 것이다. 비록 글쓴이가 간접적으로 언어를 사용한다고 해도 아이러니적 접근은 그 텍스트를 "잠정적으로 해석 가능하다고 보고 텍스트에는 그것이 어떻게 읽혀져야 하는지에 대한 여러 가지 지침이 일반적으로 내포되어 있다고 간주한다. 심지어 언어가 이해를 좌절시키곤 한다 하더라도 말이다. 즉 글쓰기는 여전히 재현 행위로 간주된다. 비록 잘못된 재현일지라도". 그 때문에 비평의 역할은 "의미(즉 작가의 의도)의 발견이나 폭로"가 된다. 아이러니를 비평하는 이들은 "언어란 본성적으로 개념 해석을 돕는 것이라고 보기 때문에 이와 같은 위계가 역전되거나 의문시된 텍스트는 기껏해야 하찮은 것으로 최악의 경우에는 경우를 벗어난 것, 비틀린 것으로 간주한다".[16]

랑은 웨인 부스를 아이러니 비평가의 한 예로 보면서 그가 "확고한 토대 위에 텍스트의 구조를 "다시 세워 올림"으로써 아이러니의 의미를 재구축했다고 한다. 웨인 부스에 따르며 아이러니를 이해하기 위해서는 원래의 발화 안에 있는, 또는 원래의 발화와 그 맥락 사이에 놓여 있는 모순이 제거되어야만 한다. 그것은 표현된 것의 진짜 의미를 어딘가 다른 곳으로 옮김으로써 즉 그것을 어떤 비유로 취급하면서이다.[17] 여기에서 문학 비평의 역할은 "논리적이고 일관성 있는 언어로 텍스트의 모든 부분을 의미의 핵심에 종속시킴으로서 그것들을 통합하는 애초의 의도를 표현하도록, 비논리적이거나 수용하기 곤란한 발화를 (…중략…) 수용가능하며 논리적인 것으로 대체하는 것이다".[18] 아이러니에 대한 여러 해석이 의미를 언어의 "현상적 장막" 아래 숨겨져 있는 것으로, 작가의 의도

("자율적인 코기토"[19]로 이해되는 작가 자신의, 혹은 작중 인물의 "진실")와 거의 같은 것으로 이해하는 반면에, 랑은 어떤 텍스트를 "그렇게 표현된 것에 가정된 우선성, 결과적으로 코기토 그 자체의 우위성에 내포적으로나 외현적으로 의문을 던지는 한에서" 유머러스하다고 정의한다. 유머러스한 텍스트에서는 언어와 글쓰기가 주제화되고 언어의 문제가 자아 정체성의 문제와 연결된다.[20] 아이러니의 비평가들은 그들의 해석 방법을 통해 현상/본질, 말/생각, 표현/의미, 타자/자아, 현실/이상, 외현/실재 사이에 가로놓여 있다고 가정된 분열 너머를 탐구한다. 간단히 말하면 이들은 "모든 아이러니 형식의 특징인 본질과 현상 사이의 불일치"[21]에 통달하려는 것이다. 그렇기 때문에 프루스트Furst가 지적한 것처럼 아이러니에 대한 일반적 정의는 어떤 근본적인 전제들을 그 근거로 가질 수밖에 없다. 예를 들면 "아이러니스트가 만든 의식적 의도, 명확한 의미들의 존재, 그리고 작가와 독자 사이의 의사 소통을 위한 매개체로서 단어가 지니는 효능"[22]이 그것들이다.

랑은 "문학 작품에 대한 "유머러스한" 접근이 바로 이러한 가정에 다음과 같은 질문을 던진다고 본다. "'뜻'과 '의도', '언어'가 자신들이 지니고 있는 의미에 스스로 의혹을 가지고 다가간다면 무슨 일이 벌어지겠는가? 혹은 그것들 자체가 아이러니의 대상이 될 때에는 무슨 일이 일어나겠는가?"[23] 1930년대의 여러 작가와 비평가는 바로 이런 질문을 던졌다. 모더니즘적 문학 실천과 스타일로서 김유정의 아이러니를 함께 검토하게 되면 주체적 차원과 객관적 차원 둘 다에서 확실적 지식에 대한 "유머러스한" 비평이 "인식의 한계와 확실적 인식론의 쇠퇴"[24] 둘 다를 고발한다는 것을 발견하게 된다.

김유정 단편소설에 나타난 안정적 아이러니

김유정의 단편소설에서 가장 자주 발견되는 아이러니의 형태는 안정적 아이러니이거나 상황적 아이러니이며 그 예는 무수히 많다. 예를 들어 「총각과 맹꽁이」는 매춘부에게 청혼하려 했다는 사실을 깨닫는 순진한 소작농의 정황을 자세히 다룬다.[25] 두 차원의 리얼리티가 전체 이야기를 관통한다. 하나의 차원에서는 주인공인 덕만이가 매춘부에게 청혼할 수 있다고 믿고 있다. 다른 하나에서는 돈 때문에(결혼이 아니라) 이 마을을 찾아온 그녀의 진짜 본성이 파악되고 있다. 이 두 차원이 작품 안에서 계속해서 모순으로 있는 가운데, 덕만이는 "자신의 생각을 무효화시킬 수도 있는 상위의 차원이나 상위의 시점이 존재할 수 있는 그 가능성에 대해 전혀 눈치채지 못한 채로" 있다. 덧붙이자면 모든 것을 알 수 있는 아이러니스트는 존재하지 않는다. 그 대신 아이러니한 순간을 작동시키는 것은 상황이다. 덕만이는 가족을 부양하기에 너무 가난했던 것이다. 이러한 아이러니의 이중적 성격이 이야기 자체를 이끄는 제목이 되는데, "맹꽁이"는 이야기의 마지막에서 들려오는 작은 개구리의 이름이기도 하지만 동시에 "바보"나 "멍청이"의 완곡어법이기도 하기 때문이다.

아이러니의 이중 서사 구조를 취하고 있는 또 다른 예는 「金따는 콩밧」에도 나온다. 이 이야기는 "일확천금"을 꿈꾸는 인물의 초상을 그린다. 아이러니의 두 차원은 이런 "터무니없는 공상"[26]을 믿는 사람들과 그런 사람들의 순진함 때문에 이득을 보는 사람들에 맞추어져 있다.[27] 여기에서도 아이러니스트는 출현하지 않는다. 두 개의 차원에서 깨달음이 이루어지게끔 하는 상황은 다음과 같은 단순한 현실이다. 간단히 말해 누군가 농사일을 해서는 도저히 연명할 수가 없을 때 그는 뜻밖의 횡재에 대한 환상을 믿을 수밖에 없다.[28] 그래서 땅 아래 금맥을 찾기 위해 익어가는 콩밭을 자꾸 파헤침으로써 결국 농사를 망쳐버리고 마는 주인공의 어리석음은 닥쳐올 겨울 동안 이어질 굶주림과 차차로 늘어갈 빚이라는 결과를 낳고 만다.

독자는 이 처참한 결과를 이야기의 맨 처음부터 알게 된다. 사실 김유정은 독자에게 보다 "상위"의 수준에서 작동하는 현실의 존재를 계속 감추면서 이야기의 말미에 이르러 실은 두 수준의 현실이 존재했음을 드러냄으로써 드라마틱한 효과를 극적으로 달성하는 식으로 이야기를 구축하지는 않는다. 오히려 그는 독자가 이야기되는 것 그 자체에 주의를 기울이도록 초점을 맞추면서 이야기를 짜 나간다.[29] 여기에서 김유정은 독자에게 긴장감을 유발하거나 놀랄만한 요소(독자가 온갖 사건의 실제적 상태를 모르고 있었다는 것을 갑작스럽게 이해하게 되는 것)를 제공하지 않으면서, 이야기의 운동량을 유지시키는 두 가지 차원의 현실 사이에서 이루어지는 지속적이고도 반대적인 상호작용에 의지하면서 독자가 현실의 "상위" 차원을 반복해서 알아차리도록 한다.

유명한 김유정의 「봄봄」[30]에서도 우리는 또다시 일찌감치 "근거 없는 환상"이 출현하는 것을 본다. 이 단편의 도입부에는 이야기의 전체적 역동성이 솜씨있게 담겨 있다.

"장인님! 인젠 저―"

내가 이렇게 뒤통수를 긁고 나히가 찻으니 성예를 시켜줘야 하지 않겠느냐고 하면 그대답이 늘

"이자식아! 성예구뭐구 미처 나라야지―"하고 만다. 이 자라야 한다는것은

내가 아니라 장차 내 안해가 될 점순이의 키 말이다.

내가 여기에 와서 돈 한푼 안받고 일하기를 삼년하고 꼬박이 일곱달동안을 했다. 그런데도 미처 못 자랐다니까 이키는 언제야 자라는겐지 짜증 영문모른다. (…중략…) 점순이가 안죽 어리니까 더자라야 한다는 여기에는 어째 볼수 없이 고만 벙벙하고 만다.³¹

주인공은 뒤얽힌 서사의 두 가닥에 대해 "완벽하게 무지"하다. 첫째, 이 야기를 여는 이 감탄사에도 불구하고 마름 봉필(주인공이 결혼하고 싶어하는 그 딸의 아버지)은 아직 그의 "장인님"은 아니며 모든 정황으로 보아 일이 결코 그렇게 되지도 않을 터이다. 서사가 진행됨에 따라 우리는 봉필이 결혼을 반대하는 것은 늘 있어왔던 일이며, 그것은 또 다른 구혼자를 유인해서 딸을 건네주기 전까지 가능한 한 오래 장래의 데릴사위를 무임금 노동으로 착취하려는 계산에서 나온 전략이었다는 것을 알게 된다. 예를 들면 우리는 주인공의 친구 뭉태에게서 다음과 같은 사실을 듣게 된다. 최근에 결혼한 마름의 큰 딸은 지난 십년에 걸쳐 여러 명의 후보자에게 결혼을 약속해 왔으며, 각각의 후보자들은 아무 보수도 없이 그 "장인의" 땅에서 노동을 했고 끝내 버림받았으며 그 결과 그는 "동리에선 사위부자라고 이름이 낫다"³²는 것이다. 과연 주인공은 봉필이 점순이와의 결혼을 약속해준 세 번째 "데릴사위"이다. 이런 관점에서 보면 자신의 고용주(더 정확하게 말해서 그의 주인)에게 "장인"이 될 것을 계속 요구하는 것은 주인공이 지닌 "일확천금"이나 "횡재"에 비길 만한 어떤 환상을 나타낸다.

이것은 명확하고, 상황적인 아이러니에 대한 깔끔한 예로 보인다. 거기에는 서사적 현실의 두 차원이 존재한다. 하나는 그 안에서 주인공이 움직이고 있는 현실이고(언젠가는 그가 점순이와 결혼하게 되리라), 다른 하나는 뭉태나 그 마을에서, 아마 독자까지도 그 행위를 관찰함으로써 마름이 그의 딸을 천진한 일꾼에게 허락할 생각이 전혀 없다는 것을 알게 되는 현실이다. 그런데 "장인"의 의도가 존재하는 현실과 그것과는 전혀 다른 의미가 놓인 현실 사이에서 주인공을 아이러니의 희생자로 옭아매는 것은 음흉한 주인의 계략을 주인공이 모르기 때문만은 아니다. 거기에는 이야기 전체를 관통하는 또 하나의 언어 유희가 있어서 주인공이 점순과 미래에 결혼하게 되리라는 희망을 계속 붙들게끔 한다. 심지어 그가 자신이 혹사당해왔던 구혼자 무리 중 세 번째라는 것을 뭉태로부터 듣고서도 말이다. 이것은 "자란다"라고 하는 개념을 둘러싸고 계속해서 나타나는 애매모호함 때문이다. 그 핵심적인 언어의 미끄러짐이 위에서 제시한 도입문장에서 소개된다. 마름 봉필이 결혼을 위해서는 "자라야"만 한다고 주장할 때에 그 의미는 사람이 성숙한 수준이나 결혼이라고 하는 사회적 행위에 요구되는 물리적 나이를 뜻하는 듯하다. 그렇지만 점순과 주인공은 이미 결혼하기에 충분한 나이이다. 주인공은 최소한 25살이며 점순이도 15살은 될 것이기 때문이다. "자란다"라는 개념이 성숙과 증가/획득 둘 다를 제시하면서 크기의 범주로 대체되기 때문에 점순의 키는 결혼 성사의 가능성을 둘러싼 쟁점이 된다.

이 두 영역 사이에서 계속 이루어지는 유희가 이 이야기에 유머를 부여한다. 어떤 면에서 키는 측정가능한, 합리적거나 과학적인 범주이기에 봉필이 제시하는 논리의 정확함에 대한 증거(혹은 잠재적 반증)로 작용한다. 그런 반면에 독자에게는 키가 누군가의 결혼 적합성을 재는 도구라는 의견이 황당무계한 인상을 준다. 게다가 점순이는 그 나이에 비해 지나치게 키가 작은 데다가 더 이상 자랄 가망이라고는 없어 보인다. "덮어놓고 딸이 자라는 대로 설예를 시켜주마, 했으니 누가 늘 지키고 섰는것도 아니고 그 키가 언제 자라는지 알 수 있는가. 그리고 난 사람의 키가 무럭무럭 자라는 줄만 알았지 붙배기키에 모로만 벌어지는 몸도 있는 것을 누가 알았으랴."[33] 잘 속아 넘어가는 주인공은 점순이의 키를 자로 잴 생각까지 하면서 봉필의 논리를 받아들이고 만다. 그는 "개돼지는 푹푹 크는데 왜 이리도 사람은 안 크는지?"를 궁리해 보기도 하고, 그녀가 잘 자라지 않는 것이 머리에 무거운 물동이를 날마다 지기 때문이라는 결론도 내린다(그래서 그는 그녀의 물동이를 대신 진다). 뿐만 아니라 키가 쑥쑥 자라기를 기도하기도 한다.

주인공은 구장님을 찾아가 이 문제를 의논하기로 하는데, 구장은 "속물"에다가 웃수염을 양쪽으로 뾰족이 빗어 쓰다듬는 버릇이 있으며 처음에 이 둘이 결혼해야 한다는 데에 동의를 한 인물이었다. 이유는 무엇보다도 점순이가 이미 그녀의 어미보다 머리 하나나 더 컸는데, 모두가 다 알고 있듯이 키가 작은 그녀의 어머니도 충분히 결혼하고 아이를 낳을 수 있었기 때문이다.[34] 그런데 몇 마디 조용한 담화가 구장님과 봉필(구장님은 봉필에게 두마지기 땅을 얻어 부치고 있다) 사이에 오고간 뒤에 전혀 뜻밖의 판결이 돌아왔다. "자네 말두 하기야 옳지, 암 나이 찼으니까 아들이 급하다는게 잘못된 말은 아니야, 허지만 (…중략…) 결혼두 그렇지 법률에 성년이란게 있는데 스물하나가 돼야지 비로소 결혼을 할 수가 있는걸세"[35] 여기에서 우리는 법적 정의의 형식을 통해 "자란다"라는 개념의 세 번째 해석을 갖게 된다. 그러니까 단지 감정적 성숙이나 키뿐만 아니라, "법적 연령"(점순은 겨우 16세다)의 도달도 그들의 결합을 가로막고 서 있었던 것이다. 구장님은 주인공에게 점순이가 법 앞에서는 어리지만 가을에 이 둘이 결혼하게 해주마고 다시 한번 약속해준 봉필에게 감사해야한다고 결론 내어 말한다.

이 결론은 성숙에 대한 다양한 정의 사이에서 일어나는 상호작용 때문에 주인공이 갖고 있던 근거 없는 환상, 이야기 자체의 구조, 그리고 이둘이 맞물리려 나오게 되는 분석의 최종 단계로 우리를 데리고 간다. 봉필은 가을에 결혼시켜준다는 약속을 이용해 "데릴사위"가 여름의 파종과 가을의 수확 내내 일하게끔 들들 볶고 난 뒤에 다시 이 순환이 시작되는 다가올 봄까지 변덕을 부린다. 파종과 수확의 반복은 이 두 남성들 사이에서 이루어지는 담화에 걸려 있는 점순이의 순환적 "자람"이라 할 만한 것에 병행한다. 즉 그녀는 성숙하고 있고 더 자랄 것이다. 거기에는 분명 결혼 가능성이 존재한다 그러나 그것은 그녀의 키가 다시 또 "줄어들고" 주인공이 결혼에 접근할 수 없게 되기 전까지만이다.

이 희망, 다가올 봄에 연결되어 있으면서 성숙, 신체 크기, 법적 나이라는 각각의 개념 사이에서 일어나는 미끄러짐에 의해 지탱되는 바로 이것이 지난 몇 년 동안 주인공을 버티게 해 준 것으로 드러난다. 작품에서 나타나는 말해진 것과 의미된 것 사이의 간극은 선적인(신체적인, 측정 가능한, 법적 시간) 시간과 순환적(자연적, 농사적) 시간 사이에서 벌어지는 차이, 다시 말해 달력 시간이 넘어가는 식으로 측정 가능해지는 성장과 작품 제목에서 "봄"이라는 단어의 반복에 의해 제시되는 삶과 죽음 사이의 순환적 패턴 사이에서 만들어지는 차이와 관련이 있다. 이런 애매모호함과 주인공의 웃지 못할 혼란(이상과 현실 사이를, 현실의 상반된 차원들 사이를 가로지르는 우스꽝스러운 차이를 밝혀주는)이 이 서사를 아이러니한 것으로 만든다.

이야기의 마지막에 이르게 되면 이 혼란은 주인공이 점순이 자체를 이해하려는 시도로까지 확장된다. 그녀야말로 미스테리이다. 왜냐하면 그녀의 아버지가 이 두 젊은이들 사이의 물리적 거리를 지키려고(공공 장소에서 남성은 여성과 적당한 거리를 유지해야만 한다고 하는 사회적 규범인 '내외'를 환기시키면서) 조심하기 때문인데, 이것은 주인공이 점순이의 키를 정확히 "재는 것"을 막기 위해서였다.[36] 이야기 후반에 점순이는 들판에서 주인공에게 음식을 가져다 줄 때 예상치도 못한 방식으로 이 관습을 깨고서 그에게 말을 걸면서, 주인공이 낮이나 밤이나 그저 일만 한다며 불평하고서는 그가 자기 아버지를 만나 그들의 결혼을 요구할 것을 제안한다. 그녀가 자리를 뜬 뒤 그는 생각한다. "봄이 되면 온갖 초목이 물이 올르고 싹이 트고한다. 사람도 아마 그런가부다. 하고 며칠내에 붓적(속으로) 자란듯싶은 점순이가 여간 반가운 것이 아니다."[37] 여기 이 핵심장면에서 또다시 두 개의 "시간들"이 합쳐진다. 즉 감정적 성숙, 아마도 선차적 발전이 봄의 (순환적) 이미지와 결합하는 것이다.

이것이 바로 이 이야기를 궁극적으로 불행한 결말로 이끄는 불일치이다. 점순이는 다시 한번 이 들판에서 주인공을 만나 왜 자신의 아버지를 찾아가 둘의 결혼을 허락하도록 밀어붙이지 않느냐며 질책하고, 만약 그가 그럴 필요가 있다면 "아버지의 수염을 잡아채"[38]기까지 해야 한다고 내비친다. 봉필과 그 "데릴사위" 사이의 물리적 싸움을 부추긴 것은 바로 이 부분, 점순이 측에서 일어난 하나의 진척된 "성장"이었다. 장인과 우스꽝스러운 드잡이를 한 뒤에 주인공은 늘 항복을 했다. 봉필이 대든 예비 사위에게 화를 내는 대신에 한 다발의 담배를 쥐어주며 콩밭으로 서

둘러 돌아가 일하라고 하면서 가을에는 꼭 둘을 결혼시켜주마는 약속을 하곤 했기 때문이다. 이런 식으로 구속을 연출하는 일에 말려든 탓에 주인공은 지게를 짊어져 왔던 것이다. 그런데 이번에는 이 순환고리를 깨버리고 "이때는 그걸 모르고 장인님을 원수로만 여겨서 잔뜩 잡아다렸다".[39] 점순이의 아비는 악을 지르며 딸을 들판으로 불러내는데 당황스럽게도 이 지점에서 점순이는 미래의 남편이라던 주인공을 향해 달려들면서 그 귀를 잡아당기면서 욕을 한다. 이 이야기의 마지막 대목은 이렇다.

나는 (…중략…) 암만해도 그속알 수 없는 점순이의 얼굴만 멀거니 들여다보았다.
"이자식! 장인입에서 할아버지 소리가 나오도록해?"

여기서 우리는 최후의 반전, 즉 사회적 지위의 전복을 보게 된다. 점순이는 자신의 아버지가 "할아버지"(거의 항복했다는 뜻으로)를 부르게 된 것을 즉 비록 잠깐이었지만 자기가 봉필을 몰아붙인 탓에 아버지가 처한 곤경 때문에 내지르게 된 외침에 화가 난 것이다. 이야기 전체의 가족 명명법에 주의를 기울여볼 때 이 최후의 장면은 독자를 놀라게 만들 수밖에 없다. 주인공이 자신의 늙은 주인보다 크고 강한 모습으로, 그러한 물리가 작동하는 세계로 갑작스럽게 복귀하기 때문이다. 또다시 혼란이 발생한다. 즉 주인공이 이야기 도입부에서처럼 어버버 저버버 하게 하는 어떤 의사소통적 실패가 바로 이 언어유희로부터 발생한다. 도입 문단에 나왔던 "장인님", "자라야지"라는 키워드처럼(하나는 근거 없는 환상을 암시하고 다른 하나는 이 환상을 지탱하는 유동적인 의미를 지녔다), 여기에서 우리는 근본적으로 "알 수 없는" 점순이의 속마음, 타인은 도무지 알아챌 수가 없는 그녀의 어떤 의도를 발견한다. 주인공은 그녀의 "속"이 성숙했음을 보고 있었는데 끝에서야 크게 그녀에 대해 착각했었다는 것을 발견하고 또 다시 속속무책의 혼란 속에 빠져든다.

요약하자면 우리는 「봄봄」에서 언어적 애매모호함의 추진을 통해 서사적 현실이 "상위" 수준과 "하위" 수준으로 나누어지는, 실패한 의사소통에 대한 어떤 주제화를 본다. 일시성이라는 분명한 양식에 연결되어 있는 이 변덕스러운 의미들은 결국 이 이야기를 비극적 결말로 몰아가는데, 이 마지막 장면은 「병상의 생각」 도입부에 나왔던 '알 수 없는 당신'을 다시 떠오르게 한다.[40] 언어는 간주관적인 이해를 이룰 수 없는데, 키/나이와 성숙함 사이, 외면과 내면 사이의 어딘가에 감지하기가 곤란한 진실을 설정함으로써 그런 이해가 주는 확실성을 감싸는 식이기에 객관적 수준과 주관적 수준 모두에서 의미화가 실패하기 때문이다. 그 결과 이 서사는 언어에 의해 구조화된 하나의 현실을 가리키게 된다. 그 현실 안에서 주인공은 이리저리 변해가는 의미의 변화무쌍함, 내부본질와 외부현상 사이에 놓인 이해할 수 없는 관계에 귀속해 있다. 비록 우리가 이 이야기와는 전혀 다른 현실의 층위를 지정할 수가 있고 상황적 아이러니가 명백하게 딱 작동하는 것을 관찰할 수 있다고 하더라도 「봄봄」은 독자의 "우월한" 지위 역시도 주인공이 자신의 특수한 상황에 대해 이해하는 정도의 불안정한 언어적 기반에 서 있는 것임을 알려준다. 「봄봄」에 나타나는 유머의 대부분을 발생시키는 것이 이런 식으로 드러나는 현실 속 여러 층위 사이의 간극이라고 하더라도 이 이야기의 비관적 결론은 김유정이 비평을 통해 의심했던 "당신을 이해하기"(완벽한 의사소통 혹은 그러한 이해)와 같은 능력에 의문을 던지고 있음을 알 수 있다.

　김유정은 이 "언어적 현실"을 안정적 아이러니를 가지고 다루는 데에 멈추지 않고 서사의 두 차원이 하나로 합쳐질 때까지 즉 확실했던 "아이러니적" 분석을 믿을 수 없게 되는 상황에 이를 때까지 점점 더 복잡하게 만들었다. 이처럼 서사의 단순한 구조를 넘어서 재현 언어가 지닌 온갖 능력에 의문을 제기하기까지 하는 이 아이러니 효과의 극대화는 예를 들면 단편「땡볕」에도 나타난다. 이 이야기는 진실이라는 "상위 수준"에 놓여 있는 아이러니스트의 위치를 확실하게 알려주지 않는다.[41] 이 서사는 더 큰 원인적 "현실"에 대해서는 아무런 단서도 주지 않고 독자가 그 텍스트에 나타나 있는 행동이나 대화 밑에 놓인 의미를 지정하는 데에 있어 자기만의 수단을 사용하게 내버려둔다. 이 이야기는 대학병원에 가기 위해 그 도시를 여행하는 한 시골 부부의 이야기인데 여기서도 김유정 작품에 통상적으로 출현하는 유랑하는 인물들, 어리숙한 떠돌이들이 나온다. 이들은 그 도시에 대해서 잘 모르는 채로 관찰자이자 관찰 대상이, "고약하고 적대적인 탐구 대상"[42]이 된다. "소름끼칠 정도로 부른" 아내의 배는 그 자궁 안에 산달이 석달이나 지난 사산된 태아가 들어있었는데, 이 황당무계한 상황의 근저에 부부의 무지가 놓여 있고 이것은 아이러니 서사의 특징을 이해하게 만드는 여러 현실 수준들 간의 간극을 일깨운다.

　「봄봄」에서와 마찬가지로 오해는 잘못된 의사소통에서 나온다. 예를 들면 병원에서 주인공 덕순은 "간호부가 하는 말이 무슨 소린지 다는 모르고", 간호부가 더 나아간 의료행위를 제안하는 데 대한 아내의 완고한 반응에 "비소를 금치 못"[43]하면서도 아내가 수술을 거부하는 데에 "더는

헐 말이 없"다. 산부인과 의사가 일본인이고, 의사가 그를 위해 통변하는 간호사에 의존한다고 하는 사실 때문에 이 식민적 맥락에서의 의사소통은 더욱 제한을 갖게 된다. 인물들은 다른 이가 말하는 바의 의미를 계속 잘못 번역하고 계속해서 다르게 이해하게 되는데, 이는 웃음을 주기기보다는 "동문서답한 것에 대한 파악, 부조리함에 대한 인식, 또는 비극적 고통 즉, 우리에게 일어나는 각종 사건의 수수께끼"[44]를 드러내 준다.

이 작품의 "근거 없는 환상"은 단지 아내의 건강에만 관련되지 않는다. 부부는 대학병원이 심층 연구에 도움이 되기 충분할 정도로 이상한 증상을 보이는 환자에게 월급을 줄 것이라는 이야기도 듣는다. 그러나 이 역시도 충분히 확신할 수 없는 환상이어서 그들이 갖는 혼란과 의혹은 이 이야기에 웃긴 요소와 비극적 요소를 취하게 하고 독자를 동정과 조소 사이에 있게 만든다.[45] 더 나아가 이 이야기에서 뭔가를 "아는" 인물들은 즉 유식한 의사, 그의 간호사, 그리고 이 병원 자체는 부정적이고 공격적이며 위협적인 언어로 그려진다. 간호부는 진찰실에서 덕순의 아내가 "무슨 병인지를" 살핀다. "코를 찌르는 무더운 약내에 소름이 끼치기도 하려니와 한쪽에 번쩍번쩍 늘어 있는 기계가 더욱이 마음을 죄게 하는 것이다."[46] 처음에 이 텍스트는 독자에게 일축하기 어려운 희망을 제시한 뒤, 사건이 일어나는 국면에서는 먼지 나는 "땡볕"의 거리와 "으스스하고" "차가운" 병원의 내부를 대조시키면서 이 희망이 사실무근임을 드러낸다. 이야기의 "하위" 수준과 "상위" 수준 사이에서 발생하는 이 익숙한 아이러니로부터 우스우면서도 비극적인 에너지가 이끌려 나오는 동안에도 독자는 진정한 의미를 갖기가 어렵다. 잘못된 의사소통이 여러 겹으로 쌓여감에 따라 재현으로서의 아이러니적 와전mis-representation에 나타나는 확신은 무너지는데 작품은 이런 붕괴 자체를 이야기 행위이자 이야기 주제로 삼는다.

말에 대해 말하기 – 재현의 형식 비판을 향하여

앞서 제시한 각각의 예에서 아이러니는 현실과 겉모습 사이의 차이에 대한 인식으로부터 나왔다. 각각의 서사는 어떤 것을 말하면서도 동시에 다른 것을 의미하는 텍스트에 의존하고(무심한 들병이에게 장가들 수 있으리라는 희망, 콩밭에서 금을 찾으려는 모색, 질병으로부터 이익을 얻으리라는 누군가의 믿음, 혹은 「봄봄」에 나오는 계절에 맞춰 결혼할 수 있으리라는 기대가 확신에 찬 언어를 통해 제시된다), 독자에게 이런 희망이 사실무근임으로 밝혀지는 현실의 "상위" 수준에 대한 단서를 준다. 각각의 경우에 말 그 자체로 제시되는 것 밖에서 의미는 만들어지고, 말하는 것과 의미된 것 사이의 간극은 독자를 불편하게 하면서 "부정적인" 웃음을 유발한다. 이 과정은 결코 단순하지 않다. 어떻게 우리가 아이러니를 쓰는 작가의 의도를, 인물들이 생각하고 말하는 것과는 다를 수밖에 없는 이야기의 진짜 의미를 알 수 있겠는가? 더 정확하게 말하면, "의심할 나위 없이 아이러니한 그런 장면들에서 만들어지는 작가들과 독자들 간의 기묘한 관계에 대해 어떻게 말해야 하는가?"[47] 거기에는 무엇보다도, 어떤 것을 말하면서 다른 것을 의도하는 수많은 문학적 장치들이 있다. 이 문제를 더 복잡하게 만들어보자. 잠재적으로 "모든 문학 텍스트는 아이러니한데 왜냐하면 문학 텍스트는 그 안에 쓰인 단어 하나하나에 무게나 자질을 부여하며, 그로 인해 독자가 어떤 의미에서는 말 그 자체가 지닌 뜻 바깥의 의미를 추측하도록 하기 때문이다.

즉 이런 관점에서 보면 모든 문학적 의미는 일종의 은밀한 아이러니의 형식이 된다".[48]

　김유정은 자신의 문학적 실천을 통해 아이러니적 의미와 의도된 의미 사이의 이 같은 겹쳐짐을 조장했음이 틀림없다. 그것은 양가적 단어를 사용한다든가 이중의 부정어법을 써서 독자가 서술자도 주인공도 믿을 수 없게끔 만들고, 텍스트의 "이중 시점"과 같은 각각의 독특한 관점은 희극적 재현 속에서 주체의 문제를 비극적으로 드러내는 것을 반영한다.[49] 즉 김유정은 "아이러니 비평"이나 문학 해석에서의 의사소통 모델에 의혹을 제기하면서, 문학 작품에서 확실하게 의미를 추출하는 데 필요한 텍스트적이고 간텍스트적인 기초가 과연 무엇인지에 의문을 던졌다. 여기에서는 타자에 대해 안다는 것의 불가능성, 주체들 간에 언어를 통해 충분히 의사소통한다는 것의 불가능성이 김상태가 "이중" 언어라고 말한 것에 연결되어 있다. "이중" 언어란 "사적인 말"(김유정이 창조한 말), 애매한 말(의미가 명확해 보이지만 실은 그렇지 않은, 박쥐 같은 말), "투명한 말"(똑같은 의미를 지시하는 듯 보이는 약간 다른 철자를 지닌 말) 그리고 의성어인데 이들은 표준어로의 전환에 저항하는 다시 말해 언어 그 자체의 표준화에 맞서는 말들이다. 이런 "이중" 언어는 종종 무비판적으로 "토착적"이라거나 "사투리"로 언급되어왔다. 그런데 김상태는 김유정의 스타일을 좀 더 진지하게 다루어볼 것을 촉구하는데 김유정의 작품은 단순히 덜 다듬어졌거나 이상한 혹은 "순박"한 것이어서가 아니라 "나무랄 데 없이" 신중하게 다듬어져 있어서 "김유정이 얼마나 언어적 감수성이 탁월한지를" 알려주기 때문이다.[50]

　의미를 표현에 반하는 것으로, 실재를 현상에 반하는 것으로 다루는 아이러니의 전문 비평가들에게 "아이러니는 무효가 되었을 때에만 즉 또다시 기표가 기의와 같아졌을 때에만 문제가 된다".[51] 지금까지 아이러니 한 작품을 읽는 독자의 임무는 기표를 의도된 기의에 다시 연결시키는 것이었다. 그렇지만 이와는 달리 독자의 과제는 아이러니의 가치를 다르게 부여하는 것으로도 볼 수 있다. 바꾸어 말하면 이 과제는 독자로 하여금 심층적 의미를 드러내는 것을 꺼리는 아이러니를 가치 있게끔 만들도록 촉구한다고 할 수 있다. 김유정 작품을 식민지 시대 현실에 대한 민족지적 묘사로서, 오늘날의 독자에게 과거를 들여다볼 수 있는 창문을 제공하는 "풍속의 서정"으로서 보는 이유는 김유정 작품에 가치를 부여할 때 작가(전기적 증거)나 그의 작품이 처한 맥락(사회 정치적 현실)에 우선순위를 매기는 전형적 방법에 의존했기 때문이다. 이 경우 문학사는 변증법적 대립항을 제공하는데 특별한 목적을 향해 아이러니가 "작동"하도록 의도와 의미를 배치하면서 김유정이 『병상의 생각』에서 강하게 비판했던 주관적 선택과 객관적 실천이라고들 하는 것을 다시 만들어낸다. 김유정이 사용한 아이러니는 김유정 자신이 창작 활동의 기초로서 설명했던 재현의 위기를 심사숙고하는 것이었다. 김유정의 아이러니를 설명하기 위해서는 반드시 전통적인 "아이러니적" 접근을 넘어서서 "유머러스"라고 하는 어려운 영역으로 옮겨 가야만 한다.

우리가 모더니즘 작가가 한 재현 비판을 심사숙고하고 그 연후에 이 텍스트를 하나의 모더니즘 텍스트로서(1930년대 식민지 조선의 근대성을 이루는 갖가지 조건이나 여타의 경험에 대한 신뢰하기 어렵고 아이러니하기도 한 표현으로서) 다시 읽게 되면, 우리는 이 소설이 형식의 차원에서도 그 사회정치적 맥락에 담론적으로 연류되어 있었음을 또한 이해할 수밖에 없다.

작가를 독자에게 그 텍스트의 의미를 보증하는 자율적인 문학사적 주체로 대하는 방법을 거부(김유정 작품은 작가가 『병상의 생각』에서 밝힌 것처럼 그 서사 형식과 작가적 인식 주체에 대해 특별히 비판하고 있기 때문에)하는 것이 문학 텍스트가 작품이 처한 맥락과 비판적으로 결합될 수 있음을 거부하는 일이 되지는 않는다. 김유정의 아이러니를 통해서 우리는 근대화 과정에 놓여 있는 식민지 사회의 여러 객관적 조건이 그 작품에 선제적 조건 또는 "상황"을 제공한다는 것을, 그 객관적 조건이 서사를 복수의 차원으로 분기하게끔 한다는 것을, 그리고 동시에 김유정의 아이러니는 이들 객관적 조건들뿐만 아니라 근대 주체와 언어 그 자체를 조소의 대상이 되도록 한다는 것을 발견한다.

모더니즘적 문학 실천은 텍스트 자체를 통해 메타 담론적 관점을 취하거나 언어를 작품 고유의 주제로 삼는 것을 특징으로 하는데(물론 이런 것에 한정되지는 않지만), 1930년대 식민지 조선에서는 일종의 "언어적 전회"에 대한 가능성이 제기되었다. 언어가 현실에 대해 "이야기"하거나 현실을 표현하는 대신에 언어가 그 자신에 대해 "말한다". 그리고 이 과정에서 어떤 식으로든 그 현실의 본성에 대한 이해가 이루어진다. 콰인이 "의미론적 상승"이라고 했던 것은 우리가 X에 관해 설명하는 진술에서 "X"라는 용어에 관한 진술(결과적으로 X 그 자체에 관해서 뭔가를 말해줄 수도 있고 말해주지 않을 수도 있는)로의 현저한 이동을 보게하는 것이다.[52] 다른 식으로 말해보자. 진실은 언어를 취할 수가 있다. 그렇지만 어떤 경험주의적 실험이나 관찰을 통해 현실을 묘사하는 방식에 의해서는 아니다.[53]

만약 우리가 김기림이 「병상의 생각」에서 썼던 것을 인정한다면 즉, 언어를 경유하지 않고서는 대상에 직접 접근할 길이 없으며 이 시기에 여러 작가와 비평가가 그들의 담론을 "사물에 대한 말"에서 "말에 대한 말"로 옮겨갔다는 것을(언어 사용에 대한 특별한 자의식, 의사소통에 대한 그 가능성 또는 불가능성, 그리고 새로운 의미를 창출하기 위한 언어적 물질성으로의 전환) 받아들인다면, 김유정 작품이 갖고 있는 여러 형식적 측면을 하나의 메타 담론으로서 특히 그 형식적 측면들의 재귀성 때문에 그것들을 의미에 혼란을 주는 것으로서 소개하는 것이 타당하다. 말해진 것과 의미된 것 사이의 구성적 간극 속에서 드러난 이런 분열은 식민지 근대성의 "이중구속" 때문에 나타난다. 이 이중구속은 "세계와 관계 맺는 전체 방식을 낳고, 그 속에서 어떤 유형의 자극제들은 구조적으로 거부되고, 어떤 의미는 구조적으로 억압되며, 인식의 결핍은 강화되거나 보상되고, 해명은 처벌받는다".[54] 우리가 박태원에게서 보았듯이 이런 상황은 언어와 그것을 통해 묘사되어야만 한다고 하는 현실의 관계에 대해 근본적인 질문을 던질 것을 요구한다. 이것은 의사소통의 문제이며 근대의 도래와 함께 특별히 중요해진 것으로서 근대적 주체성과 아이러니 양식의 특징인 "언어의 내재성에 대한 자의식"을 성찰할 것을 요구한다.[55]

"정상적인 담론"과 "직설화법"이 불가능해진 상황에서 최재서는 이상과 현실, 자아와 비아 사이의 간극에 대응하기 위해 자기 풍자라는 회의적인 자기 성찰을 제안하면서 그것에 아이러니적 담론의 성격을 부여했다.[56] 즉 아이러니는 본질(생각)이 결코 현상(말)과 일치할 수 없다고 보는 담론의 하나로서, 언어를 통한 완벽하고 직접적인 의사소통의 불가능성과 함께 언어적 투명성에 대한 요구를 주제화하는 이상적 형식을 제공한다.[57] 여기에서 분열된 주체와 근대의 이중화된 담론이 만나는데, 언어 안에서 주체가 처한 그 상황 때문에 웃음이 발생한다. 즉 "언어는 (…중략…) 주체를 '세계에 발 담그고 있는 경험적 자아'와 '차이화하면서 자기 정의를 향해 나아가는 하나의 기호인 자아'로 나눈다".[58] 세계 속에 발 딛고 선 주체 즉 "불확실성의 상태에 놓인" 최재서의 어릿광대는 혼란에 빠지지만, 작품을 주재하는 언어적 주체(경험적 세계에서 나와 언어에 의해, 언어 속에서 구성된 세계 속으로 옮겨간)[59]는 그 세계를 우스꽝스럽게 관찰하면서 둘 사이의 차이에 대한 앎을 통해 우월해진다.

이런 이유에서 폴 드만은 아이러니를 문학적 상징이 "재현체와 언어의 의미론적 기능 사이에서 만들어지는 통일체의 표현"[60]으로 구현된다고 보는 19세기적 상식에 저항하는 것으로서 이해했다. 이런 19세기적 가정은 최재서가 조선의 많은 작가들이 여전히 기대고 있다고 비판했던 것이다. 상징이 기호와 의미 사이에 필연적이고 연속적인 관계가 되는 '정체성'을 상정하는 반면, 아이러니는 이들 둘 사이의 임의적이고 불연속적 관계 즉 "유추적 조응성의 상징 양식 안에서 혹은 재현의 모방 양식(그 안에서 소설과 현실이 맞물려 들어갈 수 있는) 안에서 상정되는 유기적 세계의 탈신비화"를 제시한다.[61] 아이러니는 특히 이 재현의 모방 양식을 표적으로 삼는다.[62]

김유정의 작품을 하나의 상징적 가치를 띤 것으로서 식민지 조선의 역사와 언어, 인종-민족적 전 체험을 재현하거나 그에 조응하는 작품으로 이해하면서 읽어왔듯이, 지금까지 문학적 재현과 사회적 현실 사이의 간극은 문학사의 전개 속에서 종종 가리워졌다. 그런데 최재서가 1935년에 조선문학이 왜 이런 교착 상태에 처했는지에 관해 살피면서 그 근간으로 본 것이 바로 이 같은 문학어에 대한 무비판적 이해였다. 김유정은 자신의 비평문과 아이러니를 다룬 여타의 다른 산문들에서 이런 의사소통 모델을 문학사적 비평의 대상으로 삼았다. 세계와 언어 사이의 관계에서 "신심리주의"와 "객관 묘사" 양자는 기의(어떤 경우에는 자율적인 주체(내면성)를, 또 다른 경우에는 외부적 물리 현실)를 우선시한다. 랑이 "아이러니 비평"에서 밝힌 것과 같이 이 둘은 언어를 진실이나 본질(즉 주체작가의 본성, 특정한 사회 구조의 현실, 또는 그같은 것들의 본성)을 찾는 하나의 운송 수단으로 취급한다.

1930년대 중반에 글을 썼던 김유정은 주체의 위기, 문학사의 위기, 그리고 식민지 근대성 자체의 위기가 얽힌 일련의 교착 상태에 직면했다. 이는 우리가 그가 쓴 여러 텍스트에서 어떤 대안적 글쓰기가 있었던 것은 아닌지를, 초주체적인 것과 초객체적인 것 사이에서 발생하는 의미를 교란시키는 그만의 수단이 혹시 있었던 것인지를 찾아보게 만든다. 간접적 의사소통이라는 기교는 김유정이 지배적인 문학의 두 가지 기교(개인주의적이면서도 부르주아적인 사소설과 사회주의자의 참여가 있거나 특정한 이데올로기에 연결되어 있는 자연주의)를 비판할 수 있게 하며, 최재서가 자기 풍자의 "비평적 태도"에 설정한 "수용"과 "거부" 사이의 한 자리로서 문학을 단지 객관적 사회 현실을 비평할 뿐만 아니라 주체성과 재현의 문제 역시도 주제화할 수 있게 하는 하나의 수단임을 일깨워준다.

이는 김유정의 소설이 그 같은 사회역사적 현실을 알리는 데 완벽하게 실패했다는 뜻이 아니다. 오히려 그의 소설은 그 경제적, 사회적 존재 조건들의 일상적 기반을 명확하게 하면서 본질과 현상 사이의 간극을 드러내기 위해 아이러니의 형상을 활용하고, 그로 인해 아이러니는 현실에 최고로 적합한 의사소통 양식이 되었다. 그러므로 김유정 소설의 정수는 식민지 시대 프롤레타리아의 또는 피폐한 지식인의 "빈궁한 현실"일 수가 없으며, 그의 소설이 말하는 바는 말해진 것과 의미한 것이 딱 들어맞지 않는다는 것, 바로 이것이 식민지 근대 체험뒤집힌 세계의 본질적인 성격이라는 점이 된다. 현실은 아이러니가 취하는 의도적 허위진술에 부적절한 방식으로 수정을 가한다.

아이러니한 허위진술은 "일반적인 사물의 본성"에 아이러니한 방식으로 적용되면서 국지적 안정성과 만족스런 해석 가능성을 훼손시키며 우리의 초점을 특수한 것에서 보편적인 것으로 이동시킨다. 여기에서 아이러니는 미리 존재하는 가치나 의도된 하나의 의미에 할당될 수가 없는데, 왜냐하면 "아이러니한" 문학사적 접근이 의지하고 있는 바로 그 가치 개념이 침식되고 있기 때문이다.[63] 독자의 임무는 본질적으로 의도된 기표를 기의에 재부착시키는 것, 텍스트의 심층적 의미를 드러냄으로써 그 텍스트에 있는 뭔가를 가치 있게 만드는 것이 될 수 없다. 의미는 그 텍스트, 아이러니스트와 독자가 똑같이 그 희생양이 되는[64] "사건들의 근본적이면서도 피할수 없는 아이러니한 상태"로 삶을 다루는 그 텍스트의 표면에 놓여 있다. 즉 키에르케고르가 썼듯이 하나의 아이러니는 "어떤 시간과 상황이라고 하는 주어진 실재성 전체"를 겨냥하는 것이다.[65]

이 "일반적 아이러니general irony"는 "의미의 의미, 가치의 가치"가 그 자체로 의문에 부쳐질 때 모순을 일으키게 된다.[66] 독자는 국지적인 아이러니가 보편적인 것 즉 존재 자체의 아이러니가 될 때 바로 그 지점에서 곤란하고 "부정적인" 웃음을 터뜨리게 된다. 김유정의 아이러니를 식민지 근대성이 지닌 모순에 대한 형식적 대응으로 이해하는 것은 우리로 하여금 그의 소설을 의미에 대한 반영 이론 밖의 하나의 특정한 역사적 시기에 관련시키면서 서사 언어에 대한 그만의 수준 높은 관점에 대해 다시 생각하게 만든다.

「봄과 따라지」에 나타난 확장적 아이러니

아이러니적 진술이나 아이러니한 텍스트의 의미를 역사적 맥락에 지정하기 위해서는("아이러니" 비평가의 해석적 이동) "상위 지반"에서 그 진술의 의미를 재구축할 필요가 있고, 원래적 의미를 문면에 나타나 있는 그 말에 배정할 필요가 있다. 김유정의 아이러니를 해석하기 어렵게 만드는 것은 텍스트의 간접적 내용 즉, 아이러니가 교환되면서 "자연적으로 발생하는 교정적 판단"이 제공될 것이라고 전형적으로 이해되는 그것이 항상 분명하지 않다는 점이다.[67] 소작농이 탈세와 빚 때문에 시달리다 못해 굶주림을 면하기 위해 자신의 수확물을 도둑질할 때, 또는 시골의 나뭇꾼이 자신의 아내를 지역 사람들을 위해 노래하고 술시중 들도록 전문적인 여흥꾼이나 매춘부들병로 훈련시킬 때, 상황이 아이러니하다는 것은 명백하지만 거기에는 뭔가 해결되지 않는 점이 있다.[68] 아이러니하기는 하지만 우리가 어디에 비난을 두어야할 지가 불분명한 것이다. 이는 마치 아이러니가 그 말(주체가 의미를 재구축할 수 있다고 추정하는)이 지닌 제한된 의미 안에서 하나의 비유로서 기능하는 것이 아니라 주체와 객체를 모두 아이러니하게 다루면서 "그 의미 전체를 속이는 듯"하다.[69]

여기에는 의미의 구조가 재구축 될 수 있고 "화자의 발화를 그 맥락에 딱 맞도록 재설정하는" "상위의 지반"이 없어 보인다.[70] 김유정 자신도 의미가 표현에 앞서 존재한다고 하는 오만한 가정은 초주체적이고 초객체적인 문학 실천들을 단단히 뒷받침하기에 이를 거부한다며 비평문에서 똑같이 지적한 적이 있다. 대신에 그는 재현적 언어를 객관적이거나 주관적인 것으로서가 아니라 사유와 말 사이의 간극을 극복하려는 계속된 시도로 이해한다. 이러한 점 때문에 우리는 그의 소설을 해석할 때에 방법론적으로서 전기적 결정론(의미를 작가적 주체에 위치시키는)이나 문학적 인과성의 반영 이론(의미를 그 역사적 대상에 위치시키는)이 작동하는 안정적 아이러니에서 벗어나, 재현 언어 자체를 항상 그 대상과 분리된 것으로 이해하는 데에 기반을 둔 일반적 아이러니 또는 "우주적cosmic" 아이러니 쪽으로 향하게 된다. 여기서는 단지 어리석은 희생자만이 아니라 그 독자나 아이러니스트도 똑같이 불명확한 언어 체계 안에 붙박이게 되어 계속해서 자아와 타자 사이의 간극을 극복해야만 하는 상황에 놓인다.

"아이러니"라는 단어의 의미는 18세기까지 그 수사적 기능에만 한정되어 있었다고 보는 것이 일반적이기는 하다. 그러나 이 용어는 낭만주의 시대 이래로 아이러니컬한 감수성이 종종 근대성 자체의 징표로 보이면서 점점 더 복잡해졌다.[71] 우리는 확장적 아이러니를 통해 작가가 교정 또는 판단이 이루어질 수 있는 그 어떤 안정적 진술이나 진실을 공표하려 들지 않음을 알 수 있다. 여기에서 "단 하나 틀림없이 확실한 것은 부정이 모든 아이러니를 작동시킨다는 점이다. 즉 '이 확신은 반드시 거부될 것이다'라는 가능성을 남기면서, 그리고 무한의 아이러니 속에서 우주가(아니면 최소한 담론으로서의 우주) 본질적으로 부조리하다는 그 분명한 함의 덕분에, 모든 진술은 아이러니적 침식을 받게 된다. 어떤 진술도 실재로 '그것이 말해진 바를 의미'할 수가 없다".[72] 이 "일반적 아이러니"는 삶 자체를 우리 모두가 그 안에서는 희생자가 되는 "근본적으로 그리고 피할 길 없이 아이러니한 사건들의 상태"로 본다.[73] 이는 키에르케고르가 말하는 "아이러니의 형식을 취하는 존재의 총체성"을 겨냥한 "탁월한 아이러니"(순수 아이러니)와 유사하다.[74]

아이러니를 참된 의미를 감추고 있는 충분히 해석 가능한 기호로 다루려고 할 때 요구되는 것은 "그 텍스트의 형상적 측면 혹은 현존하는 용어들 사이의 관계(그 비유에서 부재하는 용어를 구축하려고 할 때 요구되는)를 소거하는 일이다".[75] 모든 언어의 형상적 본질에 주의를 기울이는 일반적 혹은 근대적 아이러니라면 "부재하는" 권위적 의미를 위해 "현존하는" 텍스트를 삭제하는 것에 저항할 것이며, 대신 그 어떤 상황에서나 존재하는 무상함을 강조할 것이다. 이 무상함은 김유정이 비평문에서 썼던 것처럼 충분한 의미를 제공할 수도 있고 담론 안에서 주체적 확신과 객관적 확신 둘 다가 빠져 있다는 것을 지적할 수도 있다. 김유정의 소설은 안정적 아이러니와 불안정한 아이러니 사이에서 그 아이러니적 이중성 뒤에 존재하는 단일 의미에 대해 어떤 확정도 요구하지 않으면서, 확장된 아이러니 또는 축소 불가능한 아이러니 쪽으로 옮겨간다. "이 아이러니의 형식은 언어를 기만적이고 소모적인 방식을 통해 무신론적으로 사용한다고 해서 오랫동안 부도덕하다고 심지어 범죄적인 것으로서 간주되어 왔다."[76] 키에르케고르는 이 형식을 "상환할 수 없는 화폐"라고 했다.

「봄과 따라지」는 전환기적 근대성에 대한 아이러니한 접근이 어떻게 그와 같은 자기 비판적 위치를 일깨울 수 있는가에 대한 하나의 예를 보여준다.[77] 김유정 소설의 다른 제목들처럼 이 제목 또한 애매모호하고 다층적인 수준의 의미를 보여준다. 「안해」의 아내는 주인공과 결혼했지만 이야기는 그들의 관계가 부부 관계에서 전형적으로 기대되는 것 이상을 보여준다. 「총각과 맹꽁이」에는 "바보맹꽁이"와 "작은 개구리" 이 둘이 나온다. 「따라지」에서 주인공은 그 자신을 "따라지"로 만들면서 진짜로 수확물을 훔치고 만다. 그 수확물은 바로 자신의 손으로 씨 뿌렸던 것이다. 또 「연기」는 주인공의 꿈에서 꿈을 깨면 사라져 버릴 황금의 모습을 띠면서 실제로 꿈꾼 사람을 깨우는 촉매로 나온다. 이 모든 제목들은 그 텍스트 안에서 적절한 의미를 찾지만 서사 안의 각기 다른 지점에서 다르게 작동하는 애매모호한 용어들이다. 프루스트가 지적했듯이 의미는 반전되지 않고 다만 이런 종류의 아이러니에 의해 "불확실해진다".[78]

「봄과 따라지」라고 예외는 아니다. 따라지에는 괴물, "끔찍한 존재" 등 다양한 의미가 있지만 여기에서 나는 그 문자적 의미를 카드 게임에서 쓰는 가능한의 최하점 즉 "한 끗"으로 이해해 본다. 원래 삼팔 따라지는 도박 용어이다. 거칠게 설명하자면 "당신이 도박판에서 건진 카드들 중에서 손에 쥘 수 있는 최고의 패로 보인다, 하지만 당신이 자세히 들여다보면 그들 중 하나에 뭔가가 빠져 있는데, 이 빠져버린 하나의 작은 상징이 전체 조합을 망쳐버린다"라는 의미다. 이 용어는 거의 성공할 뻔했으나 너무도 잔인한 운 때문에 원하는 대로 이룰 수 없는 사람이 갖는 냉소에 찬 실망감을 담고 있다. 이 이야기에서 따라지는 자신이 도시화된 경성 사회에서 최하위 단계에 속하는 바로 "그 사람"임을 알게 되지만 이 운명을 꺼리는 대신에 그것을 껴안으면서, 그가 싸워야만 한다고 생각한 "근대적 삶"의 옹호자들에 맞선 몇몇 개의 작은 승리를 쟁취하는데 자신의 지위를 이용한다.

"지루한 한 겨울동안 꼭 옴츠러졌던 몸뚱이가 이제야 좀 녹고 보니 여기가 근질근질 저기가 근질근질, 등어리는 대구 군실거린다."[79] 이 이야기는 행길에 서 있는 따라지로부터 시작한다. 따라지는 장삼인지 저고리인지 알 수 없을 정도로 낡은 코트를 걸치고서 전봇대에 비스듬히 등을 비겨대고 자신의 몸을 위로 아래로 움직이는데, "기계 같은 움직임" 속에서 그의 헐렁한 코트는 따라지가 자신의 등을 긁을 때에 "나비춤"을 추는 듯 펄럭거린다. 이 구경거리는 지나가는 행인의 걸음을 멈추게 하면서 눈을 둥글게 뜨게 만들지만 그들은 따라지가 무엇을 하려 하는지 알아차리자마자 웃으며 떠나간다. 이 도입부에 있는 서사적 시점, 의식의 흐름 수법이 3인칭 서사와 혼합되어 있다는 점이 전체 이야기의 특징이다.[80] 모더니즘적 실천의 특징이라고 더 확실히 이해되곤 하는 다른 문체적 특징들도 발견된다. 문단의 휴지 없음, 고유 명사의 극소 사용, 파편화된 감각 인상들로 이루어지곤 하는 극도로 짧은 문장들, 그리고 도시적 설정.

주인공이 명백히 청소년임에도(그는 최근에 막 첫 흡연을 시도했다) 야시를 배회하고, 텍스트는 그가 거리를 산책하는 것을 따라가면서 시각적이고 청각적인 인상들을 기록한다. 그는 가게 주인들이 물건을 팔기 위해 값을 소리치고, 돈이 게임판을 구르고, 한 무리가 장기판을 에워싸고 다투고, 젊은 남녀가 짝을 지어 산보를 나오고, 뒷짐 진 갓쟁이가 구지레한 두루마기를 걸치고 있고, 한 어머니가 어린 아들의 손을 이끌며 다니고, 바이올리니스트가 건물들 사이 구석에서 연주를 하는 등의 온갖 구역을 통과한다. 이런 도시 환경에 대한 묘사는 박태원 소설 특히 『천변풍경』에 나오는 "카메라"나 "파노라마"를 떠올리게 한다. 주인공은 아이러니한 산책자, 젊은이, "까칠까칠한" 피부와 알아볼 수 없을 정도로 찢어지고 얼룩진 누더기 옷을 걸친 수척한 노숙자라고 할 수 있다. 이것을 두고 동시대 비평이 상상하는 댄디라고는 도저히 말할 수가 없다. 앞으로 살펴보게 되겠지만 그의 일상은 자신과 도시적 근대성 사이에 존재하는 거리, 그렇지만 그가 도시적 근대성의 대변자들을 향해 욕설을 내뱉게 하는 어떤 거리가 낳은 하나의 산물이다.

따라지는 식민지 경성의 조선인 상업 중심가 종로를 향하다가 양복을 입고 갑자기 거리로 튀어나온 한 사나이와 마주치는데, 사과 하나를 입에 물고 있는 그는 분명 취해 있다. "한푼줍쇼 나리. 이소리는 들은척 만척 양복은 재멋대로 갈길만 비틀거린다."[81] 실제로 따라지가 좇는 것은 그 사과다. 따라지는 이 "양복"이 "혀 꼬부라진 소리"와 함께 먹기를 멈췄을 때 남은 사과를 자신에게 좀 주기를 구걸하기 시작한다. 겨우 두 세입이 남았을 때 이 "양복"은 사과를 땅으로 던지고, 따라지는 즉시 그것을 집어 들고 쓱쓱 씻어서 한 입 문다.

거의 매 장면에서 따라지는 각각에게 돈을 구걸하는 모습으로 나오는데, 사람들은 따라지의 말에 귀 기울이지 않기도 하고 따라지의 요구가 결과적으로 황당한 뜻밖의 상황을 낳기도 한다. 자아와 타자 사이의 간극은 화폐 교환적 형상으로 구체화되면서 따라지가 계속해서 이 이야기 안에서 활동하게 하며, 일련의 잘못된 해석은 드라마틱한 아이러니적 서사를 낳는다.

주인공은 쟁교순사와 잠깐 부딪치고 난 뒤에 트레머리를 하고 비단치마를 걸치고 뾰족구두를 신고서 팔 아래로 몇 권의 책을 끼고 가는 한 여인을 붙잡는다. 그는 거듭 구걸을 하다가 그녀가 귀 먹은 듯 행동하자 치맛자락을 잡아챈다. 그는 여자를 갈보라고 생각했지만 그녀가 친절하게도 자신의 집으로 따라온다면 뭔가를 좀 주마고 제안하자 기독교인일 것이라고 고쳐 생각한다. 그는 여자의 뒤에 떨어져서 따라가면서 점잖은 체를 하다가 우민관 옆 골목을 돌아 전등 달리고 번듯한 개와를 얹은 새로 지은 집 문 앞에까지 이른다. 하지만 이 집에서 나온 것은 그가 상상했던 남은 떡부스러기나 음식이 아니라 그녀의 남편이다. 그는 대로에서부터 거지가 자기 아내를 따라온 것에 화가나 구타하려고 달려든다. 따라지는 이때를 잡아 남편을 향해 "챌푼이" 혹은 "애팬쟁이"이라고 욕을 들이민다. "때려라 때려라, 그래도 네가 참아 죽이진 못하겠지. 주먹이 들어올 적마다 서방님의 처신으로 듣기 어려운 욕 한마디씩 해가며 분통만 폭폭 찔러논다."[82] 남편은 따라지가 자신을 두고 내지르는 빗발치는 욕설을 들으려고 사람들이 모여 들었다는 사실을 알아차리자 자리를 피해 제 집으로 들어간다. 따라지는 "담밑에 쪽으리고 앉아서 울고있으나 실상은 모욕 당했던 깍쟁이의 자존심을 회복시킨데 큰 우월감을 느낀다".[83]

이 텍스트에서 차례로 나오는 각종 만남은 어떤 유사한 패턴을 따른다. 구걸, 예기치 못한 반응, 따라지의 입장에서는 일종의 유쾌한 일이 되어버리기는 했으나 곧이어 느껴지는 노골적인 모욕감. 이 이야기는 "신여성"이 따라지의 구걸을 무시하려고 애쓴 끝에 참을성을 잃고 그의 귀를 꽉 붙들고 끌고 가는 것으로 끝난다. 따라지는 그녀의 치맛자락을 붙들었을 뿐만 아니라 어깨로 엉덩이를 들이받기까지 했는데, 그녀의 발걸음을 늦추기 위해 팔꿈치로 엉덩이를 지르기도 하며 끝내는 그녀의 치맛자락까지 씹더니 마침내 돌진해서는 이 여성을 쓰러뜨리려고까지 했다. 그러나 대신에 그는 튕겨져 나와 내동댕이쳐진다. 신여성이 따라지에게 소리를 내지르면서 그의 왼쪽 귀를 아프도록 꼬집을 때 "그는 두려움보다 오히려 실없는 우정까지 느끼게된다". 어찌해 볼 도리 없이 그는 그녀가 통통 걷는 걸음을 따라가게 되고, 발이 반밖에 차지 않는 큰 운동화를 질질

끌 때 "문득 기억나는 것이 있으니 그 언제인가 우미관 옆골목에서 몰래 들창으로 디려다보던 아슬아슬하고 인상깊던 그장면"이다. 텍스트 뒤에 흐르는 해설은 영웅이 목숨을 걸린 자리에서 용감하게 악당을 밀어붙인다는 것을 목이 쉬도록 설명한다.[84] "그리고 땅땅 따아리 땅땅 따아리 띵띵 띠이 하던 그 멋있는 그 반주 봄바람은 살랑살랑 부러오는 큰거리 이때 청년이 목숨을 무릅쓰고 구두를 재치는 광경이라 하고보니 하면 할스록 무척 신이난다. 아아 아구 아프다. 재처라 재처라 얼른 재처라 이때 청년이 땅땅 따아리 땅땅 따아리 띵띵 띠이 띵띵 띠이."[85]

이 장면에서 이야기는 돌연 장면 겹치기와 의성어를 쓰면서 끝난다. 이 환유적 환치의 순간에, 근대성의 여러 기호영화, 양복, 헤어스타일과 비단치마, 그리고 신여성는 눈부신 전략을 취하게 되는데 심지어 그것들은 외양부터 시각적으로나 청각적으로 모두 믿을 만한 언어로 그려진다. 「총각과 맹꽁이」 같은 이야기가 텍스트를 통해 말해진 것과 의미된 것 사이의 간극을 명확하게 하면서 안정적이고 해석 가능한 아이러니의 기초를 제공하는 것과는 달리 「봄과 따라지」는 이 두 개의 차원을 하나로 합치는 듯 보인다. 일반적 아이러니가 이 단편 작품의 제목에서부터 마지막 장면까지 유지된다. 풀어서 설명하자면 이야기의 모든 국면에서 사물의 의미는 불안정하게 흔들린다. 따라지는 웃고, 울고, 깨물고 여성을 집까지 따라가고 하는 등 다른 합리적 "근대"인들로부터 이해할 수 없는 반응들을 끌어낼 뿐만 아니라 여기에 더해 그를 둘러싼 근대인들에게 더할 나위 없는 어떤 미스테리를 남긴다.

여기에서 우리는 간주관적 앎의 불가능성을 체현한 한 사람의 주인공을 발견한다. 그에게는 타자에 대한 발화나 행위와 그 의미 사이의 간극이 절대로 좁혀지지 않는다. 단지 마지막에 영웅적 환상, 영화적 서사의 모델에서 끌어온 이 환상 속에서 따라지는 상징적 의미를 발견하면서 서사적 현실을 반전시키고(그가 끌려갔던가, 아니면 그가 그녀를 뒤쫓았는가?) 부드러운 봄노래를 "악당"을 추격하는 데 대한 반주음악으로 삼는다. 이런 "불안정한" 서사는 주인공과 다른 인물들 사이의 관계만이 아니라 주인공화자과 독자 사이의 관계에도 지장을 준다. 아이러니의 가면이 이 텍스트 전제를 미끄러져 갈 때, 가면과 화자 사이의 거리는 "가면이 그 인격의 자리를 차지하는 바로 그 지점에서 확연히 축소된다".[86] 바꾸어 말하면 담론 안에서 이중화된 따라지는 영화의 배경음악이 서사적 현재에 대한 반주가 됨에 따라 그 영화에 나오는 영웅적 인물이 된다.

아이러니와 모더니즘

"말해진 것"과 "의미된 것" 사이의 분열에 대응하는 자기 풍자와 모더니즘은 개인이 겪는 근대적 소외의 산물이라는 점에서, 또 사회 참여적 소설이 거의 전면적으로 금지되었던 검열의 시대가 강요한 요구라는 점에서, 근대성에 대한 일반적인 대응에 동반하는 것이거나 심지어 그 대응과 동의어인 것으로 이해되어야만 한다. 최재서에게는 특히 자기 풍자가 "현대modern"의 산물이자 근대성에 대한 가능한 최선의 대응이었다.[87] 최재서가 철저히 근대적인 것으로 규정한 자아의 분열은 근대의 외현이나 존재적 아이러니(발화와 언표 사이에 존재하는 바로 그 분열을 인도하는) 둘 다의 계기를 제공했다. 자기 풍자적 "비평 태도"가 주체의 이중성을 근대의 이중성(식민지 근대성의 이중구속)에 접근시키기 위해 활용하기 때문에, 아이러니는 이 이중성을 소설의 형식 안에서 다시 나타내는 것으로서, 말하는 것 밖의 것을 의미하면서도 그 표면적 의미를 유지하는 것으로서 이해할 수 있다.

　김유정은 언어에 대해 고심했기 때문에 사실 1930년대 중반에 문학의 목적을 둘러싼 각종 논쟁에서 핵심적 자리에 있을 수 있었다. 우리가 다시 환기해보면 임화는 조선의 작가들이 "내성적"이거나 "심리적"인 소설과 "묘사적" 문체 둘 사이에서 선택을 강요받았고, 1935년 카프 해산에 따른 식민지 검열의 강화 아래에서 작가들이 이 둘을 유기적으로 통합하기란 불가능했다고 설명했다. 최재서는 자신의 에세이에서 풍자를 민족주의 소설과 사회주의 소설 사이의 "교착상태"를 극복할 수 있는 수단으로 살핀 적이 있었는데 이 두 소설의 범주는 거칠게나마 임화가 나누었던 부르주아/심리주의 소설과 자연주의 소설이라는 이분법에 들어맞는 것이었다. 김유정은 최재서나 임화와 의견을 같이하면서 「병상의 생각」에서 의미와 재현 사이의 간극, 특정한 내용을 독자에게 전달해야 할 필요와 그 목적을 수행하기 위해 사용해야만 하는 말 사이의 간극에 대해 검토했다. 그런데 작가가 그 간극의 존재를 인정한다고 해도("표현 그 자체는 의사소통이 아니다") 무엇으로 이 간극을 극복할 수 있는 "전략"을 삼겠는가? 김유정은 낭만주의자가 아니었다. 왜냐하면 이 역설의 해결책이 예술가의 의식을 자연 즉 객체 그 자체에 유기적으로 맞물리게 하는 데에, 객체의 본질에 따른 비자발적 표현에 있지 않았기 때문이다. 앞 장에서 살펴보았던 것처럼 김유정은 그런 식의 서사 양식 뒤에 가정된 것들을 노골적으로 조롱했다. 하지만 그는 재현의 모방 양식 또한 함께 비판했다. 이 재현적 모방 양식은 현실과 언어 자체 사이에서 잘못된 방식의 동일성을 주장하는데, 이 경우에 언어는 그 기술 방법이 훌륭하거나 충분히 상세하기만 하면 현실을 복제할 수 있는 어떤 재생산 가능성을 부여받게 되기 때문이다.

김유정의 작품을 면밀히 검토하게 되면 우리는 그가 사용한 기교가 단순한 "토속적" 리얼리즘으로 환원될 수 있는 것인지에 대해서만이 아니라, 리얼리즘과 모더니즘 그 자체를 나누는 이분법에 대해서도 질문할 기회를 갖게 된다. 나는 근대성에 대한 김유정의 대응이 아이러니를 사용한 것이었으며 주제적으로는 말해진 것과 의미된 것 사이의 간극(완벽한 의사소통의 불가능성)에 초점을 맞춘 것이었다고 본다. 그렇기 때문에 그의 소설을 재현의 위기로서의 근대에 내포된 위기에 맞섰다고 주장할 수가 있는 것이다. 이 위기를 김유정 작품을 분석하는데 대한 기반으로(그의 텍스트에 쓰인 아이러니한 형식의 "객관적 선제조건") 생각하면 우리는 "인과성이라든가 '결정론'이라고 하는 갖가지 잘못된 문제들"에도 영향을 주면서, 관심을 이들 의미론적이고 구조적인 기정 사실들 즉, 논리적으로는 그 텍스트에 앞서면서 그것 없이는 텍스트의 출현을 상상조차 할 수 없는 것을 검토하기 위한 보다 민감한 과정으로 나아갈 수 있다. 김유정에게 아이러니는 안정적 아이러니와 확장적 아이러니 둘 다를 포함해서 1930년대의 검열체제 하에서 어쩔 수 없었던 간접적 의사소통을 위해서뿐만 아니라 "신심리주의"(주체와 언어 사이의 조응)와 "리얼리즘"(객체와 언어 사이의 조응, 리얼리즘을 통해서 작가들은 소설과 현실을 접목시키려 들게 된다) 둘 다를 이중으로 비판할 수 있는 최선의 기제를 제공했다.

김유정의 소설은 고전적인 아이러니의 작용을 거부한다. 어떤 공통된 맥락(국가적, 민족적, 역사적, 언어적)을 통해 그 텍스트에 존재하는 어떤 진정한 의미에 이르고자 "말해진 것"과 "의미된 것" 사이의 간극을 잇는 식의 단순한 시도는 아니었던 것이다. 대신 식민지 근대성에 대한 그의 비평은 바로 이 간극을 주제화하면서 형태적 아이러니, 그 아이러니의 조건이 되는 맥락과 "딱 들어맞지" 않는 대신 "원래의 의미"를 바꾸기를 거부하는 "확장적 아이러니"라고 부를만한 것을 사용한다. 김유정 소설에 나오는 인물들은 자신이 상상하거나 환상으로 만든 그 대상들 즉 "횡재"나 "일확천금"에 대한 "근거 없는 환상"(그럼에도 불구하고 그 서사, "환상과 현실의 아이러니한 횡단면"을 구조화하는 환상들) 때문에 끊임없이 "현실"로부터 멀어진다. 그리고 「봄과 따라지」에서 '따라지'라고 하는 우스꽝스러운 형상과 함께 급진적 아이러니 또는 근대적 아이러니라는 주제가 나왔던 것처럼 여기서는 근대적 존재가 지닌 아이러니한 본성이 수용되기도 했다.

나는 김유정의 소설을 모더니즘 소설로 이해한다. 왜냐하면 그의 작품은 그 역사적 시기의 특수한 위기들에 대한 의례적인 비평의 대응만 쌓여가던 때에 근대성의 조건에 담긴 가능성을 끌어내려고 했던 하나의 시도였기 때문이다. 즉 그것은 "'현실'에 대한 구태의연한 통념, 경험과 사건들 자체라고 하는 바로 그 범주와 함께 언어의 투명성과 모방적 재현이라고 하는 무자각적 실천에 대한 전통적인 믿음을 문제 삼는 하나의 형식이었다".[88] 무엇보다 아이러니는 특히 근대에 뿌리내린 문학 형식이랄 수 있다. 단지 아이러니가 직접적인 의사소통의 불가능성을 받아들였기 때문만이 아니라 개인이라고 하는 개념에도 기대고 있기 때문이다.[89] 자아가 분열되고 신앙의 논리적 체계도 상실된 탓에 "완벽한 의사소통을 향한 시도는 좌초되었고 의사소통 자체가 간접적으로, 아이러니한 것으로 바뀌었던" 때가 바로 근대이다. 바꾸어 말하면 직접적 의사소통이 불가능하다는 점 때문에 문학어 "그 자체가 간접적 의사소통으로 바뀌었으며, 다른 식으로 말할 수밖에 없게 되면서 (…중략…) 그 결과로 상상은 아이러니 안에서, 아이러니한 구조 안에서 자신의 필수적 대응물을 찾는다".[90] 덧붙이자면 아이러니는 어떤 면에서는 통일된 자율적 자아라기보다는 "아이러니의 전제조건"[91]을 보여준다는 점 때문에 근대성의 지표로도 취급되는데, 실은 개별 주체와 그 주체의 분열 모두 파편화되고 모순적인 역사적, 사회적, 언어적, 그리고 문학적 맥락 안에 놓여 있었다.

언어는 분열된 자아의 출현과 함께 위기에 처하게 되고 근본적으로 다의적인 것으로 보이기 시작했다. 기표와 기의의 간극은 결코 좁혀지지 않고 말이나 상징도 결코 단일한 의미 아래 고정되지 않았다. 언어 안에 있는 이 같은 애매모호함에 대한 발견은 "하나의 잠재적 요인이 되어, 아이러니 구조는 보다 철저해지지 않을 수 없게 되었고 그러면서 존재의 근본적 역설을 비추는 구조를 안게 되었다".[92] 그리하여 객관적인 앎의 근간에 대한 도전은 언어 그 자체가 지닌 확실성과 "주체성의 지배력" 이 두 개의 영역에 대한 여러 의문을 제기했다.

그러므로 전통적인 아이러니란 애당초 "말과 생각에 대한 공통적인 이해의 수용에 의존한다고 생각하게 된다. (…중략…) 의미화와 의미가 본래적으로 의심의 대상이 되면, 의미와 반의미가 즉각적으로 이해될 수 있다고 하는 가정 하에 의미한 것의 반대를 말하는 것이 더 이상 현실성이 없게 된다. 만약 말이 불확실한 의미들로써 사용되고 있다면 (…중략…) 심지어 수사적인 아이러니조차도 일반적으로 채택되어왔던 단순하고, 안정적인 기제로서는 기능할

수 없게 된다.[93]

　나는 1930년대 중반에 식민지 근대성의 우산 아래에 퍼져 있었던 위기들 속에서 쓰인 김유정의 소설을 전통적이거나 고전적인 수사적 근대성으로 특징짓기보다는 애매모호한 "근대적" 아이러니로 즉, 여기에서는 의미의 중개자인 언어의 비신뢰성이 주제화되고 그것이 작품의 핵심이 된다고 보았다. 김유정 자신은 이것을 「병상의 생각」에서 하나의 논점으로 만들면서 객관적 의사소통이나 문학 작품 속의 주체가 떠안게 된 진실의 충분한 전달 불가능성으로 언급했다. 바꾸어 말하면 어떤 "전략"이나 책략이 그 소설 텍스트의 의미를 교란시키는 데 필요하게 되었고, 소설은 자의식적 화자와 "화자가 쓴 가면과 화자의 인격 사이에 놓인 거리"(또는, 남자 주인공이나 여자 주인공이 가진 환상과 서사적 현실에서 그나 그녀가 차지하는 현실적 위치 사이의 거리)의 축약을 그 특징으로 갖게 되었다. 이때 화자와 독자 사이의 계약이 의사소통의 근간이 되는 그 실효성을 상실하는데, 여기에서 의미의 반전이 일어나는 대신에 의미 자체가 불안정해지면서 "메타픽션"이 된다. 텍스트의 의미를 해석할 수 있게 하는 어떤 안정된 지반도 없기에 "그런 조건에서 만들어진 아이러니는 화자와 독자가 서로를 신뢰하는 가운데 만들어지는 아이러니와는 본질상 완전히 다르다. 이때의 화자와 독자는 주인공들의 무지와는 구별할 수 있는 어떤 지식을 공유하게 된다.[94]

　모더니즘 소설로 이해된 김유정의 작품들은 문학어의 사용을 통해 만들어진 의미가 주는 환상에 대해 의문을 던지면서 이중성이나 애매모호함을 지적하고(동음이의어, "투명한" 말, 그리고 다른 식의 "이중적" 언어, 그리고 이중화된 아이러니 구조를 통해) 독자에게 그 텍스트의 상태가 소설이라는 점을 상기시킨다. 말이 더 이상 의미에 딱 들어맞지 않음이 가정될 때(혹은 그럴 필요가 없을 때) 현실에 실로 존재하는 음성적 시각적 기록으로 나타나는 소설 작품은 그 텍스트가 지닌 최고의 전략을 표현하게 된다.[95] 김유정의 소설은 특정한 "의미 공동체"의 확실성을 보장해주는 흑백의 진위보다 "모든 의미의 복수성과 모든 자리의 상대성을 경고하면서"[96] 시골이라는 설정과 도시라는 설정 둘 다에 존재하는 근대적 존재의 모순을 시험하고 "외양과 현실"을 똑같이 탐구의 주제로 만든다. 덧붙이자면 김유정의 이런 고찰은 확실한 해결책을 낳기보다는 독특하면서도 부정적인 웃음을 낳는다.

최재서가 자신의 풍자론에서 설명하듯이 사회적 세계는 문학 작품에 직접적으로 또는 아무런 매개없이 바로 영향을 줄 수가 없다. 오히려 문학 작품은 사회적 현실의 차원에 이미 내포되어 있는 모순을 어떤 식으로든 미학적으로 대응하면서 구성된다.[97] 김유정의 소설은 형식의 차원과 내용의 차원 둘 다에서 식민지 현실에 아이러니하게 대응하면서, 식민지 근대성의 이중구속과 그 때문에 발생하는 기표와 기의 사이에서 심화되는 괴리로 읽을 수 있는 모더니즘을 바라보는 비판적 형식을 재현한다. 단지 식민 권력이 금지했기 때문이 아니라 근대 주체성의 분열이라는 방해 요소도 있었기 때문에, 그 결과 문학어의 차원에서 "완벽한 의사소통"이 불가능해졌으며 아이러니는 근대성 그 자체에 뿌리 내리고 있는 자아와 언어의 분열도 주제화하면서 "직접 의사소통의 범위 그 너머에 놓여 있는 것"을 수용해야만 했다.

제6장

발화의 육화

이태준 「문장강화」

명판이 외친다, 그것이 소리내어 울고 있다. 보라, 내가 이 쓰인 문자들 위에
서 무엇을 보고 있는가를. 그것은 크게 소리치는 하나의 노래

— 에우리피데스, 「이폴리투스」

1930년대 조선의 지식인들과 작가들은 언어가 투명하게 현실을 전달
할 수 있다는 생각 즉 표현이 의사소통과 같다는 통념에 대해 철저하게
질문을 던졌다. 리얼리즘은 언어 도구관에 기반을 두면서 어떤 의심도 없
이 내용(무엇이 말해졌는가)을 형식(그 내용이 어떤 방식으로 드러나는가) 위에
두는 독해 양식이기 때문에 리얼리즘에서는 내용의 소통이 언어의 표현
형태를 결정한다. 이런 리얼리즘을 비평한다는 것은 리얼리즘 담론이 가
정하고 있는 기표와 지시체 사이의 "자연스러운" 연결고리를 끊는 것이
된다.

우리는 1930년대 중반 박태원의 소설과 비평에서 이 같은 리얼리즘
비평의 진전을 보았는데, 거기에서 발화나 의식 같은 현실과 그 현실을
표현하는 기호 체계 사이의 간극을 인지하는 기교와 함께 그 간극을 극

복하려는 시도도 찾을 수 있었다. 박태원은 또 다른 의미로 미끄러져 갈 수 있는 언어의 잠재성을 둘러싼 두려움에 대응하는 가운데, 문체적이거나 유비적인 여러 전략(텍스트의 크기와 방향, 문장부호, 그 밖에 다른 모더니즘 혁신들에서는 더 익숙하게 나타나는 병치, 몽타쥬, 발견된 오브제들을 텍스트 속에 삽입하기)을 써서 언어가 특정한 의미를 확정할 수 있도록 발화를 육화함으로써 현실 효과를 재상산할 수 있도록 "그럼직"하게 보이게 했다.

이 비평은 1937년에 쓰인 김유정의 연애편지에서 더욱 심화되었는데, 특히 현실은 언어를 통해 충분히 재현될 수 없으며 재현이나 표현은 언제나 의사소통에 앞에서 절대적으로 메시지의 성공적인 개시를 보장하지 않는다고 하는 일련의 주장을 통해서였다. 김유정은 언어란 태생적으로 불완전하기에 결코 충분한 객관적 의미나 진실을 공표하는 도구일 수 없다고 보았고, 때문에 아이러니를 "의미된 것 이상을 말하는" 하나의 방법으로 삼아 서사 구조의 차원을 통해 언어 밖에서 의미를 교란하는 하나의 책략으로 취하면서 그에 기대어 초객관성과 초주관성이 밀접하게 연관되어 버리는 올가미들 즉 그의 시대에 지배적인 장르에 부합했던 여러 양식들을 피했다. 이 작가들은 심지어 대상을 재현하는 언어의 능력마저 근본적으로 파헤쳐야 할 것으로서 이해하면서 문체적 지표들과 형식적 책략을 통해 다시 한번 의미를 되살리려고 했다.

문학적 재현에 관한 이런 이론들과 실천들은 재현에 있어서 언어의 불충분성을 제기하는 의혹에 연관되어 있었고, 최소한 부분적으로나마 그 불충분함을 극복할 수 있는 기교들을 제안했다. 나는 6장부터 7장까지에서 이태준의 작품으로 넘어가 어떻게 문학어가 의미를 생산하기 위한 하나의 매체로서 개념화될 수 있었는지 자세히 검토하면서, 어떻게 사회정치적 담론이 1930년대 문화 창작 기획에 내재되어 있던 가능성들의 형태를 만들 수 있었는지를 생각해 볼 것이다. 이태준은 식민지 후기에 가장 영향력 있는 작가이자 편집자들 중의 한 사람으로서 신고전주의자 즉 식민지 근대성이 제공하는 여러 현실들 가까이에 시선을 두는 대신에 구시대의 예술품이나 미학으로 고개를 돌린 딜레탕트로, 혹은 일본 제국주의의 활동을 지지했던 전형적인 "친일파"로 이해되기도 했다.

이태준의 전기와 그의 문학 작품들에는 근대성과 식민적 상황이라고 하는 긴박한 상황으로부터 뒷걸음쳤던 탐미주의자로서의 그의 이미지를 뒷받침하는 충분한 증거들이 있다. 여기에서 나는 이런 지배적 이해의 결들에 저항하면서, 문학 해석의 의사소통 모델이 이태준의 정치학과 미학을 문학적 내용의 차원에 둠으로써 우리 시야를 지나치게 단순화했다고 주장할 것이다. 6장에서 나는 재현성이라고 하는 보다 넓은 문제 안에 식민지 문학을 다시 틀 지으면서 이태준이 펼친 언어 이론 즉, 우리가 『문장강화』에서 발견하게 되는 문학어의 기능과 형태에 대한 세부적인 개념화를 살피고 이태준의 문학 작품과 식민지 근대성이라고 하는 사회역사적 맥락 사이의 관계에 대한 해석을 전형적으로 구조화하는 방법론적 전제들에 대해 다시 생각해볼 것이다.

나는 『문장강화』를 놓고 대단히 중요한 두 가지 검토를 시도해보려 한다. 첫째는 이태준이 "말짓기"라는 표현으로 개념화한 문장연습이 언문일치 기획 즉, 19세기 후반과 20세기 초기의 동아시아에서 국민국가 건설과 밀접히 연관된 국어 표준화와는 일치하지 않는다는 점에 대해서다. 둘째는 이태준의 언어 이론이 확실히 근대적이라는 점에 관해서다. 문학적 재현에 대한 그의 이론은 근대성의 긴박성과 그에 대한 주체적 경험을 구조적으로 대응한 것으로서 심지어 그 둘에 동반하는 언어적 재현의 근본적 한계를 알고 있었던 것으로서 읽을 수 있다.

이태준과 문장강화

김유정이 초객관적이고 초주관적인 문학적 재현 양식의 부적절성을 이론화하고 박태원이 이 부적당함을 자기 글쓰기 실천의 근거로 삼았다고 한다면, 이태준의『문장강화』는 문학 실천의 이론화에 있어 이에 대한 최고의 경지를 보여준다.『문장강화』는 1939년에『문장』창간호에 연재되기 시작해서 그 이듬해에 9번의 강의가 하나의 텍스트로 편집되어 출간되었다.[1] 오늘날까지 출간되는 이태준의『문장강화』는 전통적인 것에서부터 "현대modern"적인 것까지 여러 장르와 많은 스타일을 가로지르면서 문학 기교의 방대한 범위를 아우른다. 나는『문장강화』를 문학 이론에 대한 복잡한 설명으로서, 표현된 문자들과 의도된 의미 또는 그 감각 사이의 관계를 질문하려 했던 하나의 시도로서 접근하려고 한다. 만약 통상적으로 "리얼리즘"이라 불리는 것을 현실이나 대상들을 말로 온전히 텍스트적으로 구현한 것이라 한다면, 어떻게 텍스트적 문학 실천으로 언어의 근본적 불충분함에 대응할 수 있단 말인가?

이태준의 비평문과 이후에 7장에서 보게 될 그의 문학적 기교는 모두 식민적 근대의 삶에 투쟁하는 일에 거리를 두고서 골동품과 과거의 미학 속으로 도피한 딜레탕트로 이태준을 보는 지배적 설명에 맞서고 있다. 이태준은 이론의 여지없이 1930년대 경성에서 가장 유명하고 최고로 영향력있는 작가이자 편집자였고, 모더니스트들의 모임인 구인회의 창립 맴버였다. 그는 주로 시각적, 활자적, 또는 필기체적 매체를 통해 작업했음에도 불구하고 텍스트를 조제 길José Gil이 "목소리를 낳는 신체voice-producing body"[2] 라고 했던 것으로 전환하기 위해 청각성이나 시각성(둘 모두 구어성의 직접적 측면인 것으로서)을 모색하면서, 세계에 대한 경험을 보다 그럴듯하게 재현할 수 있도록 언어의 직설적 층위와 표현적 층위를 뒤섞은 궁극의 작가였다. 차차 보게 되겠지만 이태준 텍스트의 섬세한 구성은 "언문일치"된 것으로서의 민족문학이라는 생각을 넘어섬과 동시에 글이라는 매체에 주의를 기울이는데, 그럼으로써 결국 글이란 단지 입말을 시각적 형태로 재현한 것을 넘어선 무엇임이 드러났다.[3]

이태준은 1904년에 태어났으며 1910년 그의 아버지가 돌아가시고 난 뒤 조선으로 돌아오기 전까지 어린 시절을 러시아 국경에 인접한 만주에서 보냈다.[4] 정치적 망명가의 아들이었던[5] 이태준은 1912년에 어머니마저 돌아가시자 고아가 되었고 강원도에 있는 고향으로 돌아와 친척들에 의해 길러졌다. 1924년 일본 여행에서 돌아와 1926년 동경에 있는 소피아 대학교에 입학했지만 이듬해에 학교를 중퇴하고 다시 경성으로 돌아와 개벽사에서 일을 시작했다. 1931년에 그가 일했던 신문이 폐간되자 이태준은 『조선 중앙일보』 예술 문화부의 편집장이 되었다.

이태준은 1933년 8월에 구인회의 창립 맴버가 되었으며 1934년 그의 첫 단편소설집 『달밤』이 출간되었다.[6] 1930년대 중반까지 이태준은 경성 문단 안에서 스타일을 주도했으며 출판 산업에서 영향을 행세하는 자리를 차지하면서 식민 수도에 거주하는 작가들, 시인들, 비평가들의 모임에서 활발한 행보를 보였다. 이태준의 두 번째 단편소설집 『까마귀』는

1937년에 출판되었고, 그는 1939년 나이 35세에 유수의 잡지『문장』의 편집인이 되었다. 1930년대 중반에 이태준이 글쓰기에서 신고전주의적 스타일로 선회하고 "딜레탕티즘"의 "포즈"를 수용한 것[7]은 1930년대 후반에 그가 친일적 입장으로 "전향"한 것과 병행해서 이해되어야 한다.[8] 이태준의 이 시기 작품에 접근할 때에는 식민지 후기의 상황이 1930년대 중반 좌익 문학 운동의 탄압과 카프의 최종적 해산 이후 문학 집단에 남겨진 진공상태 뒤에 나타났으며, 1937년 일본은 대륙 전쟁에 돌입하면서 군사화와 수탈을 가속화하는 시기를 열고 있었다는 점을 함께 고려해야만 한다. 재현의 위기라는 관점에서 보면 이 시기에는 창씨개명과 조선어사용의 금지가 본격화되거나 더 심하게 요구되었다.[9] 덧붙이자면 이 때는 1941년까지 이태준이 출판했던 잡지『문장』(이미 일본어를 주언어로 수용했던)은 폐간되었고, 유력 잡지『인문평론』은『국민문학』으로 개명되면서 일본어 논문들과 친제국주의적 성명이 확연하게 개제되는 식으로 문학계에 영향을 미치고 있었다.[10] 1945년 해방과 함께 이태준은 적극적으로 좌익 문학 운동에 가담했고, 1946년 후반에 북으로 여행을 떠나기 전『해방전후』(1946년 8월에『문장』에서 발표되었음)를 출간하고 지적 허위에 대해 말했다.[11]

우리는 문학사가 이태준을 더욱 더 가혹해지는 현실로부터 자신의 작품을 의도적으로 떼어놓으려고 했던 작가로, 특히 어떤 정해진 역사적 맥락이나 이데올로기적 관심사와도 연결되지 않거나 그것에 무관심한 작가로 제시하는 것을 본다. 7장에서 보다 자세히 살펴보게 되겠지만 문학사 안에서 이태준은 작중 인물들이 실제적 상황 바로 앞에 두고 있을 때조차 그 시선을 자아 형성 과정에만 몰두하도록 그린 "초월적 유아론자"[12]

로, 역사 감각과 이데올로기적 기반이 결여된 소설, 사상보다는 감정이 그 이야기를 만들고 행동하게 하는 "사회적인 것이 빠져버린 문학" 즉 "순수문학"의 작가로 그려진다.[13] 이태준과 동시대인이자 구인회 맴버였던 김환태는 "우리는 그의 작품에서 어떤 진지한 사상적 찬동도 발견할 수 없다. 하지만 작품에 나타난 강렬한 표현적 고투는 그가 가진 사색적 정서, 풍습과 태도에 대한 관찰, 그리고 지극히 예리한 감수성에 형태를 부여하기에 이른다"라고 썼다.[14]

정치나 내용을 넘어서 감정과 스타일을 강조한 것은 구성원 누구라도 수탈적 식민 정치와 "봉건적" 풍습이라는 이중의 짐을 떠맡아야만 하는 어떤 "폐쇄 사회"에 대한 반응으로 보인다. 때문에 이태준의 "딜레탕티즘"은 식민지기 지식인들에게 가해진 사회적 억압의 결과로 이해할 수 있다. 그는 자신의 정치에 대해서 드러내놓고 기술할 수 없었던 것이다.[15] 그렇게 해서 그가 발전시키게 된 것이 "문학자적 기질"로서 식민적 근대의 일상생활을 뒤로 한 채 은퇴 후 사색하는 학자적 신사의 삶으로의 우회였다. 그 결과 이태준의 인물들은 "변해가는 사회는 냉소로서 대하고(유머는 아이러니와 공존하고) 사적인 관계는 비애로 대한다. 인물들은 진보하는 역사를 믿지 않는다. (…중략…) 변해가는 현실에 적절히 대응하지 못한 채로, 이태준의 인물들은 과거에 관한 기억에만 매달린다".[16]

동시에 이태준의 소설에 나타나는 이 같은 과거 지향적이고 패배주의적 의식은 "모순된 '근대성'과 식민적 현실이라고 하는 일상적 조건에 깊이 연루된"[17] 것으로서 읽을 수 있다. 권영민은 이태준이 식민 사회의 문제들을 교설적이고 논쟁적 산문을 써서 직접적으로 공격하지 않으려 한 것을 단점이 아니라 그 시대에 접근하는 대안적 방법으로 본다. 권영민은 다음과 같이 쓴다. "그는 식민지 시대의 사회 현실에서 볼 수 있는 도덕적 타락과 세태의 혼란 속에서도 인간 본연의 순진성을 지키는 인물들을 강조함으로써 서사적 담론의 심층 구조에서부터 식민지 근대의 문제를 부각시키고, 자신의 현실적인 윤리 감각의 지표를 제시하는 셈이다."[18] 권영민은 이 같은 비평적이고 내성적인 근대적 의식의 관계는 식민적 현실이라는 "고도의 불협화음"에 연결된 것으로서 함축적으로 이해되어야 한다고 주장한다.[19] 그렇지만 이태준은 인물들의 삶을 구속하는 현실 조건들을 확실히 문제 삼는 것 이상으로 식민지 근대성이라고 하는 사회적[20] 현실을 보여주는 "인간 사전들"을 통해 근대가 어두움에도 불구하고 그 안에 잔존하고 있는 정신적 풍요로움이 주는 전체적이고 온전한 삶에 대한 깊은 향수를 모색했다.[21]

이런 연유에서 20세기 후반에 쓰인 문학사에서는 이태준 소설의 몇 가지 측면이 지배적으로 드러나게 된다. 현실을 떠난 고공비행, "사유의 빈곤", 서사 행위를 떠미는 추동력으로서의 감정, 자기 반영적 지성, 그리고 사회 주변부의 인물들("산화된 과거의 지층에 묻혀서, 변해가는 현재의 시간에 맞서면서 행동할 수가 없는 사람들").[22] 이러한 것들은 딜레탕트, 학자연하는 신사, 근대 문명의 현실에는 잘 어울리지 않는 신고전주의자라고 하는 작가적 성격에 들어맞는 테마들로 보인다. 이와 동시에 이태준이 식민 현실에서 물러나 있다고 간주되기는 하지만 그의 글쓰기는 표현 기교를 특히 중요시하면서 표현적이고 "정확한" 기교, 그 아래에서 형식과 내용이 서로 만나는 기교를 통해 어떤 "참을 수 없는" 현재 안에 아름다움을 기입한다고도 한다. 이태준은 동시대의 김환태에게 "형식 없이는, 내용을 생각할 수 없다"라고 썼다. "내용이 곧 형식이며, 형식이 곧 내용이다."[23]

여기에서 이태준의 소설은 단지 주변부적 인물들 즉, 인물들의 행위가 독자에게 특정한 정서를 유발하는 패턴을 제시하는 것으로서만이 아니라, 재현하려고 하는 대상의 특징을 실제로 가져오는 언어 형식을 써서 그 인물들을 보여줌으로써 독자의 정서적 반응을 고조시키는 것으로서 이해된다. 언어의 존재나 언어가 취하는 사물성은 그 이야기 내용과의 조합 속에서 "진실된" 글을 낳는다는 것이다.

『문장강화』에는 문학적 실천이 진실성을 갖기 위한 두 가지 방법이 나온다. 하나는 말의 자연스러움을 포착하는 것이고 다른 하나는 세계를 기표의 물질성을 통해 재생산하는 것이다. 이태준 문학 이론에서 형식과 내용을 만나게 하려는 경향은 "문장"이라는 용어와 밀접한 관련이 있다. 이태준은 「문장작법의 새 의의」와 「문장과 언어의 제 문제」[24]라는 제목의 첫 두 강의에서 '문장'을 언어, 말, 글, 문자와 구별한다. 우리가 앞으로 보게 될 테지만 문장연습은 민족주의적 "언문일치"의 음성중심주의를 넘어서 말과 재현, 의식과 언어의 상호 침투에 대한 하나의 복잡한 이해로서 나타난다. 동시에 이태준은 재현의 구성적 한계로서 본 것을 글말의 물질성과 청각성에 대한 호소를 통해 극복하려 한다.

이태준은 9개의 강의 중 제일 처음을 다음과 같이 시작한다. "문장이란 언어의 기록이다. 언어를 문자로 표현한 것이다. 언어, 즉 말을 빼놓고는 글을 쓸 수 없다. 문자가 그림으로 바뀌지 않는 한, 발음할 수 있는 문자인 한, 문장은 언어의 기록임을 벗어나지 못할 것이다."[25] 여기에서 이태준은 심지어 말을 언어 자체와 동일시하면서 그 우선성을 주장하는 듯하다. "결국 말 이상의 것이나 말 이하의 것을 적은 것은 하나도 없다." 글말을 아는 이는 입말을 들으면서 누구나 그들이 들었던 것을 글로 쓸 수 있어야만 하는 것이다. "본 대로 생각나는 대로 말을 하듯이, 본 대로 생각나는 대로 문자로 쓰면 곧 글이다."[26]

『문장강화』의 초반 설정에서 보자면 글이란 단순히 말을 시각적 형태로 기록한 것 같다. 동시에 이태준은 『문장강화』의 최종장 「언문일치 문장의 문제」에서 말을 그가 "말대로"라고 한 것과 구분하면서 신중하게 자신의 입장을 가다듬는다.

> '말을 문자로 기록한 것'이 문장이라 했다. 물론이다. 그러나 언문일치의 문장일 따름이다. 한 걸음 나아가, '말 **그대로**를 문자로 기록한 것'은 문장이 아닐 수도 있는 것이다. '말 그대로 문자'가 **일반적**으로는 '문장'일 수 있으나 '말 그대로 문자'가 문학, 더욱이 문예에선 '문장'일 수 없다는 말이 '현대'에선 성립되는 것이다.[27]

이태준이 언어의 현대성에 중점을 두고 있었다는 것이 중요하다. 왜냐하면 그가 현대의 형식을 과거의 형식들, 특히 서양의 '레토릭rhetoric'이나 동아시아의 '수사修辭'처럼 말을 말로서 정교화하는 기술들과 구별하기 때문이다. 왜냐하면 조선 시대에는 구전 문학이 지배적이었고 수사학은 인쇄술이 널리 퍼지기 전까지 선택하던 방법이었으며, 과거의 작법은 낭독(내용을 넘어 웅변이 지배적이었다)을 목적으로 입말 텍스트나 글말 텍스트를 다듬고 꾸미는 것에 주된 관심을 두었기 때문이다.[28] 이태준은 조선의 경우에 수사는 거의 이론화되지 않았으며 모방의 미학을 이루고 있었고, 문학과 상용문장을 위한 모든 고전 한문 텍스트로부터의 인용이 창조성과 독창성 없이 이루어졌다고 쓴다.[29] 이태준은 수사修辭가 문학사에서 어느 정도의 자리를 차지하기는 하지만 수사법이 특히 양식화되는 바람에 원래 문장의 음악성이나 리듬을 해쳤다고 논한다. 모방이나 관습이 만연하게 되면 작가 고유의 생각이나 감각을 발견하기 위해 글에 묻지 않게 된다는 것이다. 그 글의 말에 뜻이 통하는지 또는 독자를 위해 그것이 어떤 경험적 의미를 갖고 있는지는 문제가 되지 않는 것이다. "오직 글만 지으면 된다."[30]

이태준은 과거의 수사적이고 관습적인 방법과 정반대인 "현대적" 문장 작법의 몇 가지 요소를 제안한다. 그는 첫 번째로 "말을 짓기로 해야 한다"고 적고 있다.[31]

> 글짓기가 아니라 말짓기라는 것을 더욱 선명하게 인식해야 한다. 글이 아니라 말이다. 우리가 표현하려는 것은 마음이요 생각이요 감정이다. 마음과 생각과 감정에 가까운 것은 글보다 말이다. '글 곧 말'이라는 글에 입각한 문장관은 구식이다. '말 곧 마음'이라는 말에 입각해 최단거리에서 표현을 계획해야 할 것이다. 과거의 문장작법은 글을 어떻게 다듬을까에 주력해왔다. 그래서 문자는 살되 감정은 죽는 수가 많았다. 이제부터의 문장작법은 글을 죽이더라도 먼저 말을 살리는 데, 감정을 살려놓는 데 주력해야 할 것이다.[32]

여기에서 문학적 재현은 "글이 아니라 말이다". "현대 작가"는 반드시 "말을 써야 한다".[33] 이태준은 소리 내어 읽을 목적으로 쓰인 과거 텍스트의 기교적 모방만을 강조하면서 상투적으로 수사적 유창함에 초점을 맞추게 된 과거의 미학과 위와 같은 재현의 새로운 양식을 구별한다. 그는 과거의 문장 작법을 "글 곧 말"로 특징짓고 나서는 이 용어를 "현대적 글"의 정의 즉 "말 곧 마음"을 내리기 위한 것으로 바꾼다.[34]

이 공식은 참으로 주목할 만하다. 언어가 과거부터 현재의 형식에 이르기까지 시간에 걸쳐 서서히 전변해온 개체라는 점과 함께, 이 공식의 대구는 언어 문제를 통시적으로 접근할 수 있게 해준다. 그는 글이 수사적 전달에 종속되어 있었던 구어 사회로부터 여전히 근본적으로는 말에 의존하지만 글이 주된 매체가 되는 문어 사회로의 전환을 설정한다. 이태준은 공식의 두 번째 부분에 초점을 맞추고 나서야 언어를 공시적 양식 안에서 다룰 수 있게 되었고, 『문장강화』는 실제로 어떻게 의미화가 일어나는가에 대한 체계적 연구가 되었다.[35] 마지막에 우리는 이태준이 말을 뭐라고 생각했는지를 정확하게 물어봄으로써 이 기이한 명령어를 "말을 쓰라"고 하는 데로 데리고 갈 수 있게 된다. 과연 말의 요소를 포함하면서도 그와 동시에 직접적으로 말해진 것을 초월하는 글이란 무엇인가?

먼저 말은 개인의 마음이나 의식에 가장 가까운 표현 형식, 가장 즉흥적인 표현 형식인 듯하다. 만약 "현대의 문학"이 마음, 생각, 감정을 표현하는 것을 그 임무로 삼아야만 한다면 이태준이 보기에 의식의 이런 측면에 가장 가까운 표현은 실로 말이다.[36] 하지만 우리가 살펴본 것처럼 이태준은 "말 그대로" 즉 이상적인 말을 실제로 어쩌다가 듣게 되는 것에 대한 표현[37]인 "내면의 말" 또는 생각에 보다 잘 부합하는 말과 구별한다.[38] 이태준은 소리를 문자로 단순히 기록하는 것은 "녹음"이라 해야 한다고 쓴다. 비록 언어미가 말에 속하기는 하지만 글을 위해서는 "문장미"가 필요하다고도 한다. "언문일치는 실용정신이다. 일상의 생활이다. 연기는 아니다. 평범한 것이요, 피상적인 것이요, 개념적인 것이다."[39] 간단히 말하자면 일상 대화에서 말의 여러 조각을 수집하고 글로써 그것들을 기록한 것이 문장에서는 "허무"가 된다. 이 관점에서 보면 말이란 간단히 펜과 종이로 기록할 수 있는 현실적이고 실제적인 것, 우연히 포착할 수 있는 의사소통의 도구가 아니다. 대신 그것은 보다 내적인 말, 외부적 자극에 대한 하나의 내적인 반응으로서 의사소통적 표현 속으로 들어올 때에 반드시 글을 통해 즉흥적인 발화로서가 아니라 하나의 연기로서 섬세하게 다듬어져야만 하는 무엇이다.

이러한 주장은 19세기 말과 20세기 초 동아시아에서 글말의 표준화를 둘러싼 논쟁의 관점에서 재구성될 수 있다. 일반적으로 "언문일치"는 1880년대부터 시작해서 20세기 초까지 일본과 한국에서 펼쳐진 광범위한 근대화와 함께 일어난 현상이라고들 한다. 1900년대까지 일본에서 언문일치는 소설과 일상의 말 사이에 놓인 간극을 좁히려는 시도 속에서 논쟁의 여지없이 하나의 지배적 문학 스타일이 되었다.

이 "언문일치"는 몇 가지 이유에서 중요해 보였다. 국민 문학national literature이란 국민과 국민적 생활에 밀접하게 연결되어야만 하는데, 유럽 작품이 일본과 한국에 번역되면서 확연해진 하나의 사실은 국가의 현실화("낙후된" 나라에는 그 같은 언어가 없는 것으로 간주되었다)와 전국가적 교육 체계와 출판사업의 설립을 목표로 한 언어의 체계화와 표준화를 위해 언어적 통일이 반드시 필요하다는 것이다. 언문일치는 봉건적이고 위계적으로 보였던 말하기와 글쓰기의 전근대적 방식을 극복하기 위해서도 필요해 보였다. 평등한 사회가 중성적인 전달 형식을 필요로 하는 것처럼, 작가도 대중문화의 출현과 함께 중성적 "당신"인 독자에게 전달할 필요가 있었다. 이것은 언어가 더 이상 가치의 원천이 아니라 오히려 가치의 발신기, 단순하게 의미를 전달하는 투명한 매체로 여겨졌기 때문에 가능했다. "문자의 세계에서 그와 같은 글쓰기는 서양 리얼리즘, 섬세하면서도 뉘앙스가 살아있는 심리 묘사를 위해서 없어서는 안 될 시녀로 보인다."[40]

언문일치는 또한 일본과 한국에서 사실적 또는 근대적인 문학의 출현에 밀접하게 연관되어 있으면서 대중문화의 새로운 내용과 작가의 "내적인" 삶 즉, 1920년대와 1930년대에 문학적 표현의 지배적 형태들 중 하나였던 "사소설"적 주제에 대한 공개적이고 직접적인 표현, 이 둘 다에 적합한 표준화된 구어 역할을 했다. 게다가 표준어는 국가적 주체 즉 언어적으로 균질적인 인구 구성원의 창안이나 그 상상을 가능하게 하는 것으로 보였고,[41] 패권을 장악한 서양 열강이 입말 형식과 글말 형식 사이의 차이가 거의 없어 보이거나 아예 없는 국어를 내세웠다는 것이 확실해짐에 따라 제도적 차원의 국가 건설에서뿐만이 아니라 상징적 차원에서도 필수적인 것으로 이해되었다.[42]

이태준은 「문장의 현대」라는 장에서 "현대적 문장 작법"에 대해서 제일 먼저 언급되어야 할 것으로 그것이 언문일치와 밀접하게 연관되어 있으며 "언어 정화" 운동의 일부인 한문의 소거에 깊이 관련되어 있다는 점을 지적한다.[43] 이태준은 토착적 글쓰기 스타일이 이광수의 『무정』1917 출판에 뒤따라 보다 대중화되었으며 그의 『흙』1932~1933에서 "완성"에 이르렀다고 한다. 하지만 "언문일치"란 문장이나 스타일 자체라기보다는, 문장에서 개성 있는 스타일에 기초가 되는 논리적 미학을 제공하는 것이라기보다는, 문장의 기초 "스타일의 꽃이 다 여기에서 피는 밭"[44]이라고 해야 한다. 이태준에 따르면 이 언문일치 양식의 진부함에서 벗어나기 위해 이상은 "감각" 쪽으로 돌아서고, 정지용은 신고전적으로(전근대 조선에서 여성들이 썼던 서간체인 내간체를 포함해서)로 방향을 바꾸고, 박태원은 말하기의 방법을 다채롭게 하고, 이효석과 김기림은 모더니즘에 매진한다. 그런 까닭

에 "조선의 개인 문장, 예술문장의 꽃밭은 아직 내일에 속한다".[45]

가라타니 고진에 따르면 '언문일치'란 글쓰기의 새로운 이데올로기를 보여주는 것으로, 그 안에서 한자 폐지가 핵심 사항이 되었고 음성중심주의 즉 말의 부산물로서 쓰기가 의미를 소리에 종속시키려 하는 데에 있어 결정적 역할을 했다고 한다. 가라타니는 상징 언어㊧의문자의 억압이 "내면"을 구성한다는 식의 관념의 출현에 대해 다음과 같이 보았다. 소위 투명한 언어의 능력에 대한 전제가 생겨 "내면의 목소리"란 글말에 의해 포착되거나 기록될 수 있다는 인식과 동시적으로 나타났다는 것이다.[46] 그러나 우리가 이태준의 표음적 글쓰기에 대한 강조를 언문일치의 논리에 포함시켜서는 안 되듯이, 그가 기표의 물질성에 주목한 것을 한자의 반음성적 자연 발생성 즉 "즉흥성"에 기댄 것으로 이해해서도 안 된다.[47] 이태준은 시각적 겉모습과 음성적 가치 사이의 관계가 지닌 구성성을 강조했고, 문학적 효과를 위해 그 조합을 활용한 작업을 했다.

『문장강화』는 말과 글 사이에 놓인 근본적인 차이를 극복하기 위해 글이 다양한 방식으로 말을 넘어설 것을 요구했다. 이태준은 문장작법에서는 단지 입말을 충실하게 옮기는 것뿐만 아니라 언어의 물질성에 대한 주의 또한 필요하다고 한다. 말이란 청각적으로 수용되어 시간 속에 흩어져버리기에 일정한 공간적 제한을 받는다. 말이 인간이 자연적으로 획득하게 되는 것이라면, 글은 시각적이며 시간에 걸쳐 살아남으면서 공간적으로 널리 퍼져나갈 수 있고 연습을 통해 의도적으로 익힐 수 있다.[48] 이태준에게 시각 기호 즉 글은 의미와 생각, 산문에 결부되는 반면 구어성은 음악과 감정 또는 분위기, 운문과 연관된다. "문자는 눈으로 보기만 하는 부호가 아니라 입으로 읽을 수 있는 소리를 가졌다. 악기처럼 소리가 나는 것을 이용하면 뜻, 사상뿐 아니라 기분, 정서를 음악적으로 표현할 수 있다."[49] 한국어의 역사에서는 이처럼 의미와 소리를 일체화시키지 않은 선례가 있었다. 표의 문자를 쓸 때 그 글자의 발음이나 읽기가 꼭 그 의미와 일치할 필요는 없었다.[50]

이태준은 『책』이라는 짧은 에세이에서 이 점을 다음과 같이 지적한다. "冊만은 '책'보다 冊으로 쓰고 싶다. '책'보다 '冊'이 더 아름답고 더 冊답다."[51] 이태준은 한글에서 '책'이라고 하는 단어와 표의문자로 쓰인 같은 단어(발음이 똑같은)를 구분하면서 글자가 소리와 회화적 자질의 결합을 통해 보다 더 책(세계에 존재하는 물질로서)의 '책 같은' 재현을 제공한다고 주장한다. 이 때문에 김윤식은 이태준이 단지 글쓰기의 문자적 형식에만 집중했다고 결론 내리기도 한다. 이태준은 "책의 근본적 범주를 넘어서서 단순히 물질화의 차원으로 올라가 버린다 (…중략…) 그는 말이 함축했을 법한 의미의 가능성에 대해 아무런 관심이 없고 오히려, 그는 글자 모양에 완전히 열중한다 (…중략…) 의미의 세계, 현실의 세계는 부차적인 중요성밖에는 가지지 못한다".[52]

그런 까닭에 『문장강화』에는 전체적으로 박태원이 직면했던 아날로그적인 언어와 디지털적 언어 사이의 간극이라고 하는 의사소통적 딜레마가 되울리게 된다. 즉 우리는 글을 쓸 때 그 발화 맥락을 확실히 하기 위해서 표정, 몸짓, 어조 등의 것을 짓지는 않는다. 이태준이 보기에 글은 설계, 선택, 조직 그리고 발전이 있어야 하고 이 때문에 연구와 기술의 습득이 필요하다. 글말은 하나의 전체 즉 그 안에서 맥락을 통해 부분의 표현이 끼워 맞춰질 수 있는 하나의 "생명체"의 구축을 요구한다.[53] 간단히 말하자면 글은 의미의 전달에 성공하기 위해 스타일을 가져야 한다.[54] 그런 이유로 문장작법은 이와 같이 말을 초과하는 과정(하지만 말의 정수를 품고 있는)이고, 말이 살아있는 전체인 "글"의 부분이 되는 과정을 통해 말을 전달하는 과정이 된다. 이태준은 이 과정을 과학적인 것으로서 채색한다. 심리나 행동마저 기교나 기술의 문제가 되어버린 세계에 "현대인"이 살고 있는 까닭에 과학적 방법은 재현 그 자체에 접근하는 데에도 필요하다는 것이다.[55]

텍스트라는 "생명체" – 근대적 표현으로서의 문장작법

이태준은 "현대적 문장작법"("글 곧 말")이 전통적 문학 형식의 구어성과 단절한 것에 더해, 말 같은 것과 수사적인 답습을 다음의 두 가지 방법을 갖고 뛰어넘어야만 한다고 보았다. 첫째, 현대의 도래와 함께 우리는 그 개인에게 개성이 일어남과 동시에 고유한 언어로 자기를 표현하려는 욕구가 일어나는 것을 본다. 둘째, 현대적 경험에 대한 표현은 새로운 단어와 구문을 요구한다.

"자신만의 문장작법이어야 한다" 이태준은 이렇게 쓴다.

말은 사회에 속한다. 개인의 것이 아니라 사회의 소유인 단어는 개인적인 것을 표현하기엔 원칙적으로 부적당할 것이다. 그러기에, 개인의식의 개인적인 것을 언어를 통해 타인에게 전하는 것은 불가능하다는 비관적인 결론을 가진 학자도 있다.[56]

하지만 현대는 개인의 주체성 수립과 개인적 사상과 감정의 교환을 절실히 요구한다. 그렇기 때문에 현대 문장작법이 갖추어야 할 목표 중 하나는 개인의 사상과 감정을 재현할 수 있는 방법을 발견하는 것이다.

현대가 개인적인 것과 개인의 감정이나 생각의 소통을 요구하는 특별한 시대임을 밝힌 뒤에("말 곧 마음"), 이태준은 문장 작법의 근대성에 대한 두 번째 주장을 이끌어낸다. "새로운 문장을 위한 작법이어야 한다. (…중략…) 이는 고전과 전통을 무시해서가 아니라 '오늘'이란 '어제'보다 새것이요 '내일'은 다시 '오늘'보다 새로울 것이기 때문에, 또 생활은 '오늘'에서 '어제'로 가는 것이 아니라 '오늘'에서 '내일'로 나아가는 것이기 때문에, 비록 의식적은 아니라도 누구나 정신적으로 물질적으로 자꾸 '새것'에 부딪쳐나감은 어쩔 수 없을 것이다."[57] 이태준은 아무리 평범한 생활을 하는 사람이라도 그가 새로운 것들과 살아가야만 한다면 새로움을 재현하거나 표현할 필요가 있다고 쓴다. 게다가 과거의 경험을 표현하는 데에 적합했던 기존의 언어, 문법, 그리고 단어는 현대의 경험을 만족스럽게 나타낼 수가 없다. 새로운 용어, 새로운 문체가 새것의 표현에 요구된다.[58] 이태준은 두 번째 강의에서 '외래어'를 그 예로 든다. "커피"나 "파마" 같은 다른 언어에서 빌려온 단어들은 더 이상 외국어의 일부로 취급되어서는 안 된다. 왜냐하면 이들 단어들은 새로운 생활 형식에 의해, 커피를 마시거나 미장원을 방문할 때의 일상 생활적 필요 때문에 발생했기 때문이다.[59]

맥락으로부터 떼어 놓고 보면 우리가 『문장강화』에서 보게 되는 일상 회화에 기반한 음성중심적 문학어에 대한 거부는 이태준의 고전주의 즉 그가 현대적인 것을 거절하고 과거의 것을 껴안으려 했다는 점에 대한 증거로도 볼 수 있다. 이태준이 자신의 산문에서 표의문자를 사용한다든가, 보다 그럼직한 것으로 그래프에 특권을 부여하려고 하다든가 하면서 주어진 대상을 흡사 눈에 보이듯이 재현하는 데 성공하는 점은 이태준을 식민지 조선의 근대성 "외부"에 위치시킬 수 있는 지반을, 그의 소설을 역사로부터(현실적 삶의 역사 또는 민족의 역사로부터) 떨어뜨려놓는 근거를 제공하는 것처럼 보인다. 언어의 물질화를 꾀했던 이태준의 노력은 일종의 인류 타락 이전의 재현성 즉 말과 사물 사이 또는 언어와 그 세계 사이의 정체성을 향한 주제적이고 형식적인 회귀로서 이해될 수도 있을 것이다. 『문장강화』에서 시험된 이런 분석 안에서 이태준이 보인 언어에 대한 주의는 그를 식민지 근대성과는 멀어져 있는 사람처럼 보이게 한다. 다시 말하면 그의 작품의 내용(근대성과는 잘 맞지 않는 인물들, "현실" 생활과 유리된 주제들)과 그 형식(개인적이고, 수필스럽고, 난해하며, 문체가 있는)은 역사적 시간으로부터의 급진적인 분리 또는 그에 대한 외재성의 증거로서 볼 수가 있다.

이태준의 『문장강화』는 이론의 여지가 없는 지배적 문학사의 인상을 문장작법의 근대성에 대한 직접적 진술과 문학어에 대한 실제적인 이론화 둘 다의 관점에서 반대한다. 돌연 『문장강화』는 "말짓기"가 민족어의 표준화 기획을 통해 인준된 "언문일치"는 아니라고 한다. 그의 문장작법은 단순히 글쓰기를 통해 말 같은 것을 즉각 재생산하려는 시도가 아니며, 오히려 작법은 글을 말과 글 둘 다의 특징을 지닌 "목소리를 낳는 신체"로 구성하는 현대적 임무에 초점을 맞추고 있다.[60] 우리가 앞에서 살펴본 것처럼 여기에서 말은 펜과 종이로 간단히 기록할 수 있는 현실적이고 실재적이며, 우연히 흘려듣게 되는 의사소통이 아니다. 오히려 말은 의사소통적 표현 속에서 출현할 때 그 외적 자극에 대한 내적인 반응으로서의 내적인 말이며, 자발적인 발화로서가 아니라 하나의 연기로서 글쓰기를 통해 섬세하게 조작되어야만 한다. 때문에 문장작법은 이태준이 텍스트의 "생명체"라고 부른 것을 낳는 과정에서 내적인 목소리를 언어 안에 생생하게 불어넣게 된다.[61] 이 살아있는 텍스트 기관의 목적은 최소한 부분적으로는 기호의 시각적이고 청각적인 측면 즉 언어의 지시적 층위를 갖고 있다고 할 수 있는 이것들의 계발에 놓여 있다. 이태준은 기호란 당연히 소리 내어 읽힐 수 있지만 시각적인 모양 또한 갖고 있어서 문장 작법의 과정에서는 이 두 측면이 모두 세심하게 고려되어야만 한다고 쓴다. 저자는 텍스트를 표현하기를 어떤 신체적인 것으로서, 세계 안에 존재하는 어떤 객체적 측면을 획득하는 것으로서, 그리고 순수하게 표현되는 의미를 넘어서는 어떤 특징들을 실어 나르는 무엇으로서 본다.

조에 길은 후설의 여러 개념을 따라가면서 모든 담론에 "직접적" 층위와 "표현적" 층위를 부여한다. "모든 담론에 '직접적' 층위(신체적 지표들로 만들어진)와 '표현적'(언어) 층위가 전제된다고 해 보자. 어떤 연설자가 대중 앞에서 발언할 때 그나 그녀의 담화는 말의 수준에 병행하는 어떤 수준 즉 모두가 이해하는 어떤 수준 위에서도 작동해야 한다. 그 수준은 동작, 관상학적 표식, 침묵의 리듬, 음성적 강세 등으로 만들어져 있다."[62] 조에 길은 연설 기술을 주로 "표현적 층위로부터 점차적으로 직접적 층위로 이전되도록 말을 조정하는 것"이라고 본다. 이 담화의 층위는 그 자체로 "추론"될 수 있도록 안내되기보다는 오히려 직접적 층위가 표면으로 인도되고 "그 리듬, 그 음색, 그리고 목소리의 강세"가 "표현된 것으로서, 말해진 것의 바로 그 의미"로서 나타난다. 길은 이것을 일종의 번역이라고 한다. "직설적 층위는 그 표현의 표현이 되고 (…중략…) 말의 내부는 전시된다."[63] 이를 이태준의 용어로 하자면 내적 "발화, 즉 마음"이 물질적 기호와 쓰인 청각성의 뒤섞임을 통해 재현된다고 할 수 있다.

우리는 박태원이 보였던 문학적 재현에 관한 이론과 실천에, 즉 언어를 그 청각성과 시각성으로까지 혁신적으로 확장시키려는 그의 요구에 직설법이 포함되어 있음을 보았다. 후설에 의하면 그것은 "표정, 몸짓, 신체 전체 그리고 일상적 증명서, 한 마디로 그와 같은 시각적이고 공간적인 그런 전체"[64]이다. 마찬가지로 이태준은 『문장강화』에서 "현대적 개인"의 내적인 말을 표현하려면 언어의 직접적 층위를 강조해야 한다고 한다.

재현의 위기에 맞서는 문장작법

『문장 강화』에 나타난 이태준의 작법 언어 이론은 "언문일치"로까지 나아간다. 그것은 문학이 "사회적"이거나 "어쩌다 흘려 듣게 되는" 말을 기록하는 일이라는 것에 대한 의심 그리고 언문일치가 기표의 물질성을 다루는 측면이 있다는 것 이 둘의 관점에서다. 이태준이 여기서 더 나아가 문학적 기교의 기초에 있어 언문일치를 거부하고 경험적 관찰듣기에 대해 의심한 것은 순수한 미학적 견지에서 과거를 옹호하려거나 현재를 거부하려고 했기 때문이 아니다. 그것은 오히려 언어 자체에 대한 이태준의 관심과 어떻게 현대라고 하는 특별한 요구 아래에서 언어를 의사소통 가능하도록 만들 것인가에 대한 그의 생각이 성숙함에 따라 나오게 된 것이다.

이태준이 이와 동시에 표현 불가능성 즉 "표현을 넘어서는 것"이라고 하는 지점에서의 실패를 거론하기 때문에 언어는 『문장강화』 전체를 통해 위기에 처한다. 이태준은 어떤 언어에나 이런 핵심적 결함이 있다며, 이것을 사람의 의식으로 완벽하게 재현할 수 없는 언어의 "어두운 일면"이라고 부른다.[65] 언어에 내포된 이 구성적 결함이 낳는 하나의 결과는 완벽한 번역의 불가능성이다. "어느 언어든 표현할 수 있는 일면과 아울러 표현할 수 없는 일면도 가지고 있다는 것, 그리고 이 표현할 수 없는 면은 언어마다 달라서 완전한 번역이란 불가능하다는 사실쯤은 알아야겠다."[66] 번역되는 원문의 언어에 비해 번역하는 언어가 열등하다는 결론에 이르기 쉽기는 하지만, 각각의 언어는 그 고유한 불일치, 그만의 같지 않음, 표현의 가능성과 불가능성 사이에 놓인 간극을 갖는다. 게다가 이 간극은 여러 언어에 걸쳐 규칙적으로 분포되어 있지 않기 때문에 번역과 같은 다언어적 조작에서는 일종의 불가능성(불일치의 계기)의 비정렬이라는 것으로 이어진다.[67]

비록 "말 곧 마음"과 "말 짓기"에 대한 명령이 세계 – 생각 – 말(거기에서 "발화는 정신적 개념으로부터 그 의미를 부여받고" "정신적 개념의 진실은 현실과의 대응에 있게 된다") 사이의 동형적 관계에 부합하도록 나타나기는 하지만, 여기에서는 재현 언어 그 자체의 차원에서 하나의 의문이 발생한다.[68] 말, "즉흥적 발화"는 생각, 감정, 혹은 지각에 가장 가까운 것으로 이해된다. 이들 자극과의 근친성 때문에("말 곧 마음"), 말은 진실에 가장 가까운 표현 형식이 된다.

동시에 말 그 자체로는 진실을 글로, 현대적 문장 작법에 대한 이태준의 사유에서 핵심적 의사소통 양식인 바로 그 글로 표현하기에 불충분하다. 그렇기 때문에 문장은 말에 생명을 불어넣는 과정이고 또한 말을 하나의 "생명체" 즉 언어라는 매체를 통해 형상화된 텍스트 혹은 글로 만드는 과정이다. 비록 사적이고 개인적인 말이 현대 표현 양식에 최우선이라고는 하지만 문장은 고전 수사법의 몰락, 인쇄문화의 출현, 그리고 개성적 표현에 대한 요구와 함께 말에서 그 힘을 떼어 내어 글에 부과하는 과정으로 이해되어야만 한다. 이태준은 말과 글의 차이를 다음과 같이 강조한다. 전자는 청각적이라서 특정한 시공간의 제한을 받고 후자는 시각적이어서 시간에 걸쳐있고 공간(텍스트의 형식과 그 순환 양자의 관점에서)에 분배된다. 이태준의 이론에서 글과 말은 서로 엮이지만 말의 즉흥성과 진정성이 그가 제안하는 문장작법에서 핵심이기에 문장은 의심의 여지없이 글의 영역에 놓인다.

여기에서 현대 문학 작품에서 구어적이거나 직설법적 전략을 포함시키는 것은 쓰인 텍스트를 더 잘 받아들이기 위한 방법이자 구어성과 문어성 사이를 연결시키기 위한 수단이 된다. 여기에서 "귀의 주의를 애써 붙들어두려고 하는 언어의 음향적 흐름이 눈에 대한 세심한 주의를 통해 시각적인 무늬로 재편된다".[69] 박태원이 그랬듯이 문장이란 중첩된 위기(주체적으로, 사회적으로, 문학적으로)에 대한 대응으로 보일 수 있다. 예를 들면 언문일치를 통해 입말과 글말이 "강제 결혼"되었는데 언문일치란 단지 말과 글의 일치일 뿐만 아니라 토착화된 말과 민족국가적 정체성의 일치이기도 했기 때문이다. 이태준의 모더니즘은 작가는 그 민족에게 자연스럽고 투명한 언어로 써야 할 뿐만 아니라 제국의 "노예적" 언어 또한 받아들어야만 하는 제국주의화의 문맥에서 보면, 언어에 관련된 특수자에 대해 말하지 않았다는 점 때문에 즉 보편자적 입장을 수용했기 때문에 암묵적으로 비정치적이고, 반민족적이며, 혹은 친일적인 것으로 간주되었고 이 평가는 오늘날까지 이어져 내려오고 있다.

하지만 나는 언어에 대한 모더니스트들의 접근을 보면서, 이들이 보편자에게 언어적 진실의 장소라는 특권을 부여하지 않았고 대신 모든 언어의 진실성을 문제 삼았다는 것을 보다 넓은 맥락에서 살펴볼 수 있었다. 심지어 피식민자의 민족적 정체성이 언어와 문화, 인종의 조정에 따라 구축되고 강제되었던 때였지만, 피식민자는 초국가적 언어권에 참여할 것을 사실상의 "민족어"가 아니라 이론적으로 민족적 귀석으로부터 분리되어 있는 제국의 언어를 수용할 것을 요구받았다. 공동체들 간의 구체적 차이, 민족어와 민족적 귀속품들에 대한 질문의 핵심에 놓인 이 차이가 1930년대의 동아신질서, 동아협동체 혹은 동아연맹체에서 이론적으로 박멸되었을 때 입말과 글말의 진정성은 위기의 시대로 빨려 들어갔다. 1930년대 조선의 작가와 지식인은 제국과 근대성이라고 하는 초국가적이라고 간주되는 공간에 참여해야 했지만 다른 한편으로는 제국이 요구하는 민족적이고 언어적인 차이(민족적 저항이라는 측면과 식민 통치를 계속 정당화하는 데 필요한 차이를 유지시킨다는 측면 둘 다에서)도 갖추어야만 한다는 모순된 상황에 응답할 것을 강요받았다. 이것이야말로 발화의 자리가 발화 그 자체로부터 떨어져 나오는 상황, 다시 말해 말해진 것과 의미된 것 사이의 간극이 확실해지는 언어로부터의 소외인 것이다.

우리가 이태준의 『문장강화』에서 발견하는 문학 실천의 이론화가 부분적으로는 이와 같은 패러독스에 대한 형식적 대응이라고 나는 이해한다. 말이란 의도를 표현할 필요에서 혹은 지각의 직접성 때문에 생겨날 수 있다. 하지만 이태준이 생각하기에 한 개인이 생각하는 의도는 그 외의 사람에게는 무용하다. 다시 말해 말은 그의 의도를 현실화할 수 있는 능력을 갖고 있지 않다. 그런 뜻에서 이태준은 말이 "신품神品"이 아니라고 쓴다. 즉 말이란 완전무결하지 않다. "뜻은 있는데, 발표하고 싶은 의식은 있는데 마땅한 말이 없는 경우가 얼마든지 있다."[70] 만약 입말이 정체성의 보증인이 아니라면 글 또한 언제나 언어의 잠재적 불가능성과 비단위성을 포함하게 된다. 작가의 의무란 이 표현 불가능성, 이 "재현의 위기"를 의사소통의 불가능성 안에서부터 간절하게 만들어낸 글쓰기 양식 안에서 시험하고 해결하고 혹은 돌파하는 것이다.[71] 사회정치적이고 문화적인 위기에 대한 이태준의 반응은 식민지 근대성의 복잡하고 모순된 여러 현실을 도외시하는 것이기는 커녕 담론 그 자체의 차원을 문제삼는 것이었다.

이어지는 장에서 나는 이와 같은 견해를 이태준의 문학 작품을 다시 읽는 것에까지 확장하면서 이태준을 신고전주의적 딜레탕트로 보는 인식에 도전하고, 그의 작품을 언어적이고 서사적인 형식에 독보적으로 주의를 기울였던 모더니즘 작품으로서 주제적으로는 근대 그 자체를 거부한 것으로서 해석해볼 것이다. 언어에 대한 이태준의 사유는 1930년대 조선의 모더니스트들이 의사소통 매체인 문학어의 구성적 복잡성으로 무엇을 보았던가를 반영하며, 문학적 실천에 대한 이들 이론은 문학적 의미와 문학사적 중요도 사이의 관계와 이들 텍스트에 접근하고 이를 분류하는 해석적 양식 모두를 우리가 재고하게끔 만든다.

우리는 이태준의『문장강화』를 통해 문학 작품이라는 보편적 개념을 목표로 하면서도 글쓰기를 통해 단지 민족어로서만 의미를 창출하려는 시도를 뛰어 넘으려는, 재현에 있어서 새로운 양식이 요구되는 상황에서 개인의 표현 양식이 처한 특수한 언어적 배치를 살펴 보았다. 그렇기 때문에『문장강화』는 이태준을 신고전주의적 딜레탕트나 유미주의자로 보는 통상적 견해에 도전하고 있었다고 할 수 있다. 이태준 자신도 문학어의 구축성에 주의를 기울였으며 그의 소설 작품은 역사적 맥락과의 관계(혹은 결락된 관계)에 대한 여타의 평가들이 깔고 있는 의사소통적 해석 모델을 암묵적으로 비판했다.

우리가『문장강화』를 담론 차원에서 식민지적 근대에 맞서고자 했던 하나의 대응으로 읽게 되면 이태준의 소설은 보다 복잡하게 해석될 수밖에 없다. 만약 이태준이 자신의 언어 이론을 통해 재현의 위기를 다룬다면 그의 문학적 실천에서는 이 같은 대응이 어떻게 나타날 것인가? 이태준이 형식의 차원에서 식민지적 근대의 모순을 표현하기 위해, 또 말과 사물 사이에 놓인 명확한 지시적 대응의 상실을 지적하기 위해 취한 전략은 무엇이었나? 만약 1930년대 중반까지 언어의 지위가 급속도로 문제가 되고 언어의 지시적 기능이 근본적으로 침식되었다면, 이태준은 스타일과 형식적 장치의 지표들을 통해 어떤 방식으로 그 의미들을 되살리려 했을까? 간단히 말해 그는 '문장'이라고 부른 것을 통해서 무엇을 시도했던 것일까?

이 장에서 나는 이태준이 자신의 작법 이론을 작품의 형식적 차원에서는 근대화와 식민화라는 담론을 단단히 묶어 주는 시간과 공간, 지시성이라고 하는 자명한 감각의 근간을 뒤흔드는 서정적 서사 양식을 수용한 것으로서 읽고, 내용의 차원에서는 비평적 반근대의 입장을 고수하면서 그것을 실행에 옮긴 것으로서 논하려고 한다. 여기에서 나의 주의는 서사라고 하는 보다 더 확장된 틀로 옮겨간다. 어떤 관점에서 보면 이태준을 정적 작가 혹은 더 나아가 은유적으로 시인이라고 이해하는 것이 그리 적당해 보이지 않는다. 왜냐하면 시인이라면 단어의 선택에 세심한 주의를 기울이고, "서정적 전제"[1]의 징후로 삼을 만한 언어를 면밀하게 고민할 것이기 때문이다. 하지만 이 장에서 핵심적으로 주장하는 것 중의 하나는 이태준의 작법 이론을 서사와 서사 구조의 차원에서 소개하게 되면, 단지 내용과 역사(전기적인 것이든 민족적인 것이든)의 교차점에서만 이루어져 온 그의 산문에 대한 기존 분석을 뛰어넘을 수 있는 비평적 입장을 만들 수 있다는 점이다. 나는 진보와 균질성(동시에 식민자와 피식민자 사이의 위계적 분리가 지속될 것을 요구하는)의 바람직함을 강조하는 식으로 점철된 식민주의 담론의 한가운데에서, 이태준이 왜 서정적 서사 양식을 수용했는지를 질문하려고 한다. 이태준은 근대화와 전시 대중담론 둘 다를 규정했던 '발전의 서사'와 '진보적 시공간'이라는 것의 근간을 뒤흔들려고 했던 것 같다.

이태준은『문장강화』에서 김유정처럼 언어를 통해서는 객체의 정수에 이를 수는 없다는 것을 보인다. 이는 리얼리즘에서 말하는 "재현적 언어는 어떤 식으로든 대상과 타자가 있는 현실 세계(그 언어에 의해 암시되는)와 신뢰감 있는 관계를 맺는다라는 공간적 전제"[2]에 반한다. 그와 동시에 이태준은 박태원처럼 객체의 형태를 청각적 재현과의 조합 속에서 눈앞에 드러내는 "생각 같은" 상징 언어 즉 텍스트라는 "생명체"를 욕망한다. 박태원이나 김유정과 마찬가지로 이태준에게도 재현 불가능성의 영역, 다시 말해 언어를 통해서는 재현될 수 없는 대상이나 대상의 어떤 측면이 있었다. 이 영역에 접근하기 위한 이태준의 전략은 그가 문장이라고 부른 것이었는데, '문장'은 소설 텍스트에서 일상 회화를 직접 표현한다고 하는 관념과 "일상" 그 자체란 어떻게든 보다 의미 있거나 현실적이다 라는 관념을 명확하게 배제한다. 언어와 앎에 대한 이러한 입장을 따라가면 특정한 종류의 문학적 실천이 나타나게 되는데, 그것을 필립 바인스타인Philip Weinstein의 용어로 하자면 소위 식민지 근대라고 하는 가정된 시공간의 익숙함을 "모르게" 됨으로써 주체가 자신의 일관적인 정체성을 잃어버리는 것이라 할 수 있다.[3]

언뜻 보기에 서정적 산문이라는 개념은 역설적으로 보인다. 서정주의란 감정의 즉흥적인 시적 표현이기에 독자나 청자에게 비슷한 감정을 불러일으킬 목적을 갖고 있다고들 하기 때문이다. 서정시는 음악적 표현을 기원으로 하면서 즉흥적이면서도 농밀하게 주체적으로 표현되는 양식이기에 서사에서 나타나는 공간적이면서도 시간적인 전개 방식과는 양립할 수 없는 것처럼 보인다. 리얼리즘 소설이 인물과 배경을 설정하고 소설적 풍경을 가로지르는 바로미터로서 그 "인물"(혹은 주체)에 특권을 부여한다면, 서정적인 것은 "순간적 시간에 들어있는 감정적이며 지성적 복합체"를 나타내면서 "병치 속에서 복잡한 세부를 보고 그것들을 하나의 전체로서 경험시킨다".[4]

서정적 산문은 이태준의 소설에 잘 나오는 여러 면모들과 『문장강화』에서 이태준이 문장작법을 위해 언급했던 것들, 그를 "시인"이라거나 "서정주의자"라고 보는 문학사의 지배적 인상을 다양한 방식으로 요약한다. 바인슈타인이 말하는 "알게 되는coming to know" 서사가 리얼리즘 소설에서 전개될 때에는, 시공간 감각이 "개인과 세계 사이의 합리적 조응"[5]을 그리고 일관성 있는 주체성이 "자기 이해라고 하는 에피파니를 향해 점진적으로 이동한다고 하는"[6] 환상을 제공한다면, 서정적 산문은 그 "알게 되는" 서사에 하나의 대안을 제공한다. 리얼리즘은 그 주인공이 이동하는 객관 세계 그 자체와 일치하는 재현적 시공간을 제공하고, 이때의 주인공은 "합리적이고 무심한 틀 안에서 움직이는 자유로운 주체"가 된다.[7] 우리는 이태준의 소설이 내용의 차원과 형식의 차원 둘 다에서 모두 이 같은 리얼리즘의 패러다임과 그에 수반되는 진보사관에 맞선다는 것을 보게 될 것이다. 이 진보사관은 충만한 주체성과 세계에 대한 객관적 지식이라는 가정으로 뒷받침되고 있기 때문이다.

나는 이 장에서 「설중방란기」, 「영월영감」, 「복덕방」, 「까마귀」를 포함한 이태준의 몇몇 단편소설들에 대한 비평적 수용을 검토하려고 한다. 이 단편들은 이태준의 선비 취향, 신고전주의, 반근대적 편향, 향토 묘사 애호, 사회적 약자나 별 볼 일 없는 인물들에 대한 그의 관심 등을 보여주는 것으로서 다양하게 해석되어 왔다. 나는 이태준의 소설을 재독해할 것을 촉구하면서 그의 작품을 『문장강화』가 이해하고 있는 문학어를 통해 읽을 것이며, 우선은 그의 소설을 반근대성이라는 맥락에서, 그 다음으로는 랄프 프리드먼Ralph Freedman이 "서정적 소설"이라고 부른 것 즉 서사 자체의 지위를 훼손하게끔 작동하는 서정성과 서사성의 상호 교합된 형식의 한 예로 다루어보려 한다.

이태준에 대한 두 가지 주요 가정(그의 작품이 고전 양식을 차용하면서 서사와 역사적 맥락 사이에 교차될 수 없는 간격을 제공한다는 것과 그의 작품은 내용의 의사소통을 위해 언어의 물질성에 주목한다라고 하는)을 소개함으로써 우리는 이 중요한 인물에 대한 하나의 관점을 얻게 될 것이다. 이것은 이태준을 재현의 위기 즉, 1930년대 후반 제국주의화의 과정이 만든 억압적인 정치적–언어적 환경이 배태한 모순적 식민담론에 대해 모더니즘적 문학으로 대응했던 한 사람의 모더니스트로 보게 할 것이다. 문학어에 대한 이태준의 복잡한 이론과 실천은 가혹한 현실로부터 물러나 식민적 근대성의 현실에 "눈을 감고서" 거부한 엘리트 작가의 현실도피적 창작품이라기보다는 리얼리즘 서사 자체의 기초가 되는 언어와 그 해석에 대한 의사소통적이고 동형적인 이해의 근간을 뒤흔드는 것이었다고 할 수 있다. 이태준의 작법 이론과 실천은 담론적 차원에서 식민적 근대성에 관여했었다.

반근대성의 언어 – 이태준 작품의 지배적 인상

이태준은 그의 동시대인과 한국문학사에 의해 독자에게 강력한 영향을 미친 한 사람의 "시인"으로 꾸준히 언급되었다. 일견 그의 소설은 역사적 순간에서 한 발짝 물러선 채 구시대의 유물이나 미학에서 위안을 구하는 "반발전적" 또는 "반근대적"인 것으로 보이기도 한다. 이 점은 그의 소설에 대한 두 개의 전형적 접근을 다음과 같이 이끌어 낸다. 하나는 유미주의에 초점을 맞춘 것으로서 부분적으로 현실이나 일상적 삶으로부터 유리된 언어에 대한 그의 관심을 살핀다. 다른 하나는 그의 소설에서 나타난 역사적인 것의 부재에 초점을 맞춘다. 아래에서 나는 언어에 초점을 맞추었던 접근들을 간략히 살펴보려 하는데 이 관점은 풍부함이나 과잉이라는 용어로 코드화되어 있다. 이후에는 "비역사적" 산문이라는 이유로 그 반근대성에 초점을 맞추는, 이태준의 작품을 근대성에 대한 결핍이나 결락으로 보는 상투적이고도 선동적인 접근에 대해 논할 것이다. 나는 이 두 접근의 근간을 이루는 것이 문학적 진실이란 현실(전기적이거나, 역사적이거나, 혹은 "일상적인")의 반영을 통해서 얻어진다는 관념임을, 또한 이 근간이 이태준 산문에 대한 형식 분석의 기초 작업을 마련했음을 보일 것이다. 이태준의 산문은 언어적 역사성에 대한 그의 관심 안에서 즉 재현의 위기에 대한 그의 담론적 대응안에서 그 개념들을 조합한다. 뒤따르는 장에서는 두 가지 질문 즉 재현적 언어에 대한 그리고 문학적 실천과 역사 사이의 관계에 대한 그의 질문이 "서정적 산문"을 투명한 의사소통과 그에 수반되는 진보적이고 계몽적인 서사라고 하는 관념 양자 모두에 저항하는 것이었다고 이해해볼 것이다.

종종 이태준은 "언어라는 표현 장치를 통해 '미'를 구현하는 예술"[8]을 하는 순수문학 작가로 규정되어 왔다. 그의 산문은 순수문학에 대한 기존의 비평에서 볼 때 두 개의 인과적 "맹점"을 지녔다고 이해되었다. 즉 그의 글은 비역사적이다라는 것, 그리고 이데올로기적 기초가 없다는 것이다. 김우종은 "이것은 역사성이 상실된 문학이며 사회적인 것이 빠진 문학이다"라고 쓰는데, 이태준이 사유보다는 감정으로 이야기의 창출과 행위를 이끄는 문학을 했다는 것이다.[9] 나아가 김우종은 이태준의 작품에 나타나는 모든 인물들에는 한 가지 공통점이 있다고 한다. 그들은 모두 인생의 실패자들로서 근대화라는 역사적 발전에 뒤쳐져 있고 그 점은 작가가 근대를 회의함을 반영한다는 것이다. 이 같은 역사적 기반의 부재는 "문학의 순수성에 충성을 바치기 위해 (…중략…) 전적으로 (…중략…) 문학의 정수로서의 사회적 장치를 무시하며 (…중략…) 또한 그렇게 함으로써 사회로부터 소외된 문학, 역사와 분리된 문학을 창작한다".[10]

이태준의 작품을 그것을 배태한 식민지적 근대라는 맥락으로부터 유리된 것으로 보는 반응 안에서는 두 개의 지배적인 경향이 발견된다. 하나는 문학어에 대한 이태준의 관심을 연구하는 것이고 다른 하나는 이태준 소설의 내용에서 역사나 혹은 그 부재를 조사하는 것이다. 첫 번째 관점을 따라 우리도 이태준이 『문장강화』에서 식민지 지배하에서 언어를 가공하는 데에 지대한 관심을 가지고 있었음을 보았었다. "해방에 앞서 내가 느낀 거대한 위협은 문학이라기보다는 문화, 문화라기보다는 언어였다."[11] 이태준은 1946년에 이렇게 회상했다. 비평가 김윤식은 자주 인용되는 그의 「이태준론」에서 이렇게 같은 결론을 내리기도 한다. "이태준은 조선어를 그 어떤 것보다 중요한 것으로 고집했다."[12] 이것은 "'글쓰기'에서 최고의 성취"[13]를 추구했던 구인회의 동시대 모더니스트들과의 공통점이 되기도 하고 그의 언어를 현재의 현실성으로부터 유리된 것으로 간주하게끔 하는 기초가 되기도 한다. 이때 언어와 예술을 창조하는 그 언어의 능력에 대한 "숭배"는 삶 자체와는 아무 관계가 없는 미적 대

상으로서 이해된다.[14]

여기에서 이태준은 기능적이거나 의사소통적인 언어를 넘어서는 것처럼, 단지 말의 형태나 말의 "물질화"라는 형식에만 관심을 두는 것처럼 보인다. "그는 말이 지시할 법한 말의 가능성에 대해서는 아무런 관심이 없으며, 오히려 그는 전적으로 글자 모양에 경도되어 있다. (…중략…) 의미의 세계, 현실성의 세계는 부차적인 의미밖에는 갖지 못한다."[15] 이태준과 동시대에 활동했던 이상은 이 같은 "글쓰기의 유물론"을 비난하면서 말에 대한 이태준의 깊은 관심을 고대의 무덤에서 도자기를 발굴할 때 느끼는 즉 단지 회고하는 현재적 관점에서만 미학적이거나 역사적인 가치를 부여받는 쓸모도 없는 파편들에 불과한 것을 뒤질 때 고고학자가 느끼는 쾌감에 비유한다.[16] 그런데 김윤식이 지적하는 것처럼 이태준의 글쓰기는 소쉬르 식의 랑그와 빠롤에 대한 구분을 동요시키면서, 원래 입말을 단순히 재현하게끔 되어 있던 글말을 재현의 핵심적 역할을 하는 것으로 보게 하는 것이었다. 그 때문에 이태준은 글이 "일상적 의미를 넘어서도록 노력"[17]하는 작가가 되는 것이다.[18]

김윤식은 구인회의 『시와 소설』1936.3에 실린 단편을 예로 들어 이태준의 글쓰기를 "삶과 전적으로 유리되어 있는 자리에서 출발하거나 서 있"[19]는 것으로 설명한다. 「설중방란기」[20]라는 제목을 단 "수필조의" 소설 작품은 조선어문학 학자 이병기의 집에서 이루어진 "의고주의자"들의 모임을 자세히 열거하면서 깊은 겨울에도 꽃을 피우는 몇몇 종을 가지고 있는 난초애호가에 대해 기록한다.[21] 이 산문을 통해 우리는 독자가 이 작품을 현실 도피적이며 현학적인 것으로 또는 고전적인 작품으로 볼 수밖에 없는 몇몇 요소를 지적할 수 있다. 첫째, 화자는 전문가로서 특정 종류의 난초에 별명을 붙이면서 그들의 특징, 그들의 발생지 등을 논한다. 또 화자는 집에서 기르는 난초에 대해 아마추어적인 열정적 탐닉을 보이면서 "나는 낮이나 밤이나 난초를 보면서 그 뾰족한 끝이 나타나기를 기다린다"라고 쓴다. 게다가 그는 꽃이 "내뿜는 향기"를 갈망하고 실제로 난초를 구입할 수 있는 충분한 돈이 없음에도 불구하고 난초들 사이를 어슬렁거릴 수 있는 온실을 종종 방문한다.[22]

화자는 한겨울에 시인 정지용으로부터 한 통의 편지를 받는데 그 한 부분에는 이런 말이 적혀 있다. "가람이 나에게 그의 난초가 떨어졌으니 우리더러 22일에 집에 들러달라고 부탁했다네. 모든 것을 멈추고 얼른 가보세. 아마 올해 마지막 모임이 될 걸세. (…중략…) 이 아니 즐거운가?"[23] 난초에 대한 화자의 애호와 식물에 대한 그의 지식은 경성에서 다른 이들과 구성한 작은 모임에서 공유되고 있는데, 여기에는 구인회의 또 다른 주요 멤버인 정지용과 고서와 고문서 수집으로 잘 알려진 이병기가 포함되어 있다. 화자는 이어서 이렇게 쓴다. "실로 이것은 즐거운 편지였다. 이 편지는 내가 반드시 가야한다고 알려주고 있었다. 왜냐하면 꽃이 심한 영하 20도나 되는 매서운 추위의 한 가운데에서 꽃을 피웠기 때문이다. 그날, 나는 이병기의 집에 도착한 첫 번째 사람이 되었다. 심지어 미닫이문이 나를 위해 열리기도 전에, 내가 숨을 쉬자 꽃향기 가득한 공기를 맡을 수 있었다."[24]

동인들은 난초가 피어있는 방안에 모여들었다. "우리는 옷깃을 여미고 가까이 나아가서 잎의 푸름을 보고 뒤로 물러나 횡일편의 묵화와 같이 백천획百千劃으로 벽에 어리인 그림자를 바라보았다." 동인들은 강한 꽃향기로 가득한 그 방에 앉아서 "가람께 양난법養蘭法을 들으며 이 방에서 눌러

일탁一卓의 성찬을 받았으니 술이면 난주요 고기면 난육인 듯 잎마다 향기였었다. (…중략…) 청향청담청소성淸香淸談淸笑聲 속에 진잡塵雜을 잊고 반야半夜를 즐기었도다. 다만 한 됨은 옛 선비들을 따르지 못하여 여차양야如此良夜를 유감이무시有感而無詩로 돌아온 것이다".[25]

여기에서 주목할 만한 것은 손님들의 행동에서 암시되는 감탄의 분위기다. 그들은 단지 난초의 향기나 자태뿐만이 아니라 마치 수묵화처럼 보이는 난초의 그림자와 현실 식사에까지 스미는 난초의 향기에마저 경탄한다. 와인은 난초의 와인이 되고 고기는 난초의 고기가 된다. 이 작품은 그날 저녁의 대단했던 분위기에도 불구하고 어떤 시도 쓰이지 않은 데 대한 유감으로 끝난다. 이 감상은 4글자의 시구를 통해 압축적으로 표현되고 있다. "유감무시有感無詩" 여기의 이 유감은 이중적이다. 우선은 "구시대적 지식인"이 현재를 충실히 모방하지 못한다는 것이고, 두 번째는 강렬한 감정의 자연스러운 발로로 여겨지는 시가 그 모임에 빠져 있다는 것이다. 대신에 독자에게 남겨지는 것은 이 산문 작품이다. 한 겨울에 핀 난초를 마주한 데에 따른 감정, 화자의 열정이라는 기호들로 수놓아진 난초에 대한 에세이로 틀 지어져 그날 밤의 여러 사건을 그것이 일어난 대로 서술한 산문으로서 말이다.

이 이야기를 내용의 차원에서 보면 김윤식이 왜 이태준의 소설을 "삶으로부터 유리되었다"고 결론내렸는지 쉽게 알 수 있다. 왜냐하면 이태준의 작품에는 나날의 일상에 관한 것이 아무것도 없기 때문이다. 게다가 이 텍스트 자체가 독자를 위해 의미를 생산하는 언어의 능력에 관해 즉 김윤식이 이태준의 "유물론"이라고 주장하는 것을 뒷받침한다. 첫째로 이 산문 전체에 한자가 빈번하게 사용된다. 난초는 도입부의 첫 문장부터 작품 끝까지 "난초"가 아니라 항상 "蘭"이다. 둘째로 이 산문은 전체를 통 털어 난초의 특이성과 그 "깨끗한" 향기에 초집중하는 대목에서부터 손님들의 웃음과 대화에 나타나는 "선명한" 소리에 이르기까지 "깨끗함/순결함/명료성"이라는 개념을 만들어내기 위해 공을 들인다. 앞에서 인용한 작품 마지막 문단에서의 문장들은 이 이분법을 명확하게 한다. '깨끗한 향기, 순수한 대화, 그리고 맑은 웃음소리와 함께 우리는 진잡塵雜한 것들을 잊었다.' 이태준이 여기에서 "보통의 일상"을 나타내기 위해 쓴 "진잡"이라는 용어는 인간사의 티끌이나 무질서를 뜻한다. 이것은 손님들이 대화에서 말하는 "淸", 연이어 이어지는 난초 향기로서의 '淸'과 대비된다. 이태준의 화자에 따르면 최종적으로 이 대화와 감상의 "명료성"에 대한 적절한 결론은 시이다.

에세이와 언어의 시적 초점화가 결합된 것은 일상적 발화에 기반한 음성중심적 글말에 대한 어떤 저항으로서 읽을 수 있다. 나아가 그 저항을 현재의 현실 외부에 즉 식민지 조선 근대성 외부에 위치짓는 것으로서도 생각해볼 수 있다. 이태준 소설에 나타나는 언어의 물질화는 식민지 근대성으로부터, 더 근본적으로는 역사적 시간으로부터 그가 거리를 두려 한 증거로서도 볼 수 있다. 그런데 지금까지 우리가 박태원의 히스테리 텍스트와 김유정의 아이러니 양식, 이태준 이 세 사람의 비평문을 통해 발견했던 것은 식민지 조선에서 나타난 모더니즘적 문학 실천이 일관되게 글말의 오류가능성(즉 "현실real" 세계를 충분히 지시할 수 없는 언어의 무능력)을 인지했으며 동시에 그 지시적 불충분함을 극복하기 위해 형식적 노력들을 강화했다는 점이다. 더 나아가 우리는 모더니즘 소설이 구체적으로는 객관적이고 경험적인 의사소통 양식에 대한 저항을 통해 근대의 어떤 측면을 거부했다는 것 또한 알 수 있었다. 우리는 이태준의 작품에 대한 통상적인 문학사적 범주화를 거스르는 독해를 하면서 그의 소설에 대해서도 똑같은 것을 질문해야 한다. 즉 문학어를 적극적으로 "비근대적"인 방식으로 쓰려고 한 그 주장을 현재적 순간에 참여하기를 거부한 것 이상의 무엇으로서 읽을 가능성은 없는가?

『문장강화』에 쓰인 문학어의 구성적 본질에 주목하게 되면, 이태준의 소설을 작가가 사회적인 것으로부터 물러서려 했던 우연한 전기적 기록으로는 절대로 볼 수가 없다. 이태준 소설에 나타난 의고취미, 사적인 것에 대한 관심, 근대성에 대한 부정적인 재현은 그가 역사적 시간에 내포된 온갖 모순에 대해 비판적이고 참여적으로 대응하기 위해 복잡한 방식으로 접근했던 것으로서, 근대 그 자체에 대해 모더니즘 비평이 잘 보여주곤 했던 저항의 하나로서 읽을 수가 있다. 그의 문학 이론을 염두에 둔다면, 이태준의 소설은 단지 텍스트와 세계 사이의 실제적 고립 관계를 전시하는 것이 아니라 오히려 그 소외된 인물을 통해 1930년대 식민지 조선이라고 하는 특정한 시공간과 맺는 적대적 관계를 드러낸 것으로서 읽을 수 있게 된다.

황종연은 이태준의 고전적 언어가 가지고 있는 유물론에 주목하는 접근을 거부하면서 이태준의 산문 서사가 지닌 역사적 특수성을 읽는다. 황종연은 먼저 20세기 초 자본주의의 전지구화와 함께 일어난 복수의 근대성을 지적한다. 이 복수의 근대성은 과거와 현재 사이에 놓인 통상적인 시간적 단절에 의해, 그리고 소위 말해 끊임없이 변혁되는 사회적 현실로 출현하는 것에 대한 비평적 입장(맑스라면 "영구적인 불확실성과 동요"라고, 보들레르라면 덧없이 흩어져버리기에 또한 임시적인 근대라고 했을)을 통해 서로 엮여 있다. 모더니즘은 특히 역사적 지속의 불가능성이라는 근대적 존재의 조건에 대한 표현이자 그것에 대한 저항으로 나타난다.[26]

이태준은 세계를 지배하는 과정에서 부상한 자본주의적 "카오스와 무질서에 직면하고 그것을 경험하는 와중에 진정한 예술의 가능성을 치열하게 모색한" 근대주의자(통상적인 문학사의 상식과는 반대되는 의미에서)로도 볼 수 있다.[27] 황종연은 이태준의 모더니즘적 실천을 두 개의 경향 속에 위치시킨다. 하나는 인류의 진보적 전위인 서양문명이라는 관념에 대한 비판 위에서다. 다른 하나는 근대 그 자체에 대한 비판적 재현이라는 점에서다. 비록 계몽주의 사상가들, 문화적 점진주의자들, 그리고 맑스주의자들 등이 근대화를 진보적이며 피할 수 없는 것으로서 받아들였을지라도 부단히 "새로운" 현재라는 것이 항상 낙관적으로 받아들여지지는 않았다. 이태준은 "현재를 얻기 위해서는 서양으로 나가야 한다", "우리가 그들을 어떻게 비난하든지 간에, 우리는 은밀히 그들의 뒤를 따라가야만 한다. 이것이 바로 동양의 비탄스러운 바다"라고 한다.[28]

이태준은 우리가 「설중방란기」에서 볼 수 있듯 "깨끗함"과 비속함 사이의 간극을 비추면서 주로 "雅"와 "俗"이라고 하는 서양에 불이익을 주는 일련의 이분법을 통해 동양과 서양 사이의 차이를 비유한다. 이태준은 발전하는 자본주의의 전개 안에서 벌어지는 인간사의 세속화에 맞서면서 "고귀한 도덕과 문화적 가치"(하층 계급의 소박함, 기생의 예술성, 지식인들의 교양에서 발견되는)가 사라져가는 쇠퇴기의 상황에 어떤 세련됨을 만든다. 황종연은 이태준의 골동품 애호를 근대성에 대한 이와 같은 저항의 예로 본다. 이태준은 소설과 에세이에서 종종 고서, 조선 시대의 묵화나 채색화, 도자기, 확장되는 도시 경관의 조각들 안에 남아 있는 구조물들이나 훼손된 것들을 그렸다. "이태준이 쓴 사적인 이야기에서 발견되는 다양한 특징들 중에서 그가 과거의 유물들에 대해 강한 애착을 보였다고 해서 그가 반시대적 경향을 지녔다고 할 만한 명확한 증거는 없다."[29] 오히려 이태준은 과거를 경배했다기보다는 현재에 존재하는 역사적 공예품을 개인적으로나 사적인 차원에서 미학적으로 경험하려고 했고, 이때의 "사생활"도 그 시대의 사회적 환경(군사주의, 모든 항일 운동에 대한 금지, 지식인들에게 가해지는 '전향'에 대한 압박, 그리고 "사소설"의 범람)과 연결되어 있었던 것으로서 날로 가속화되는 사회적이고 문화적인 변화의 한복판에서 이를 거부하려는 욕망의 전조를 알려주는 것이라 해야 한다.[30]

우리가 이태준의 "고전적" 산문을 근대적 현재의 열등성을 함축적으로 비판한 것으로 다시 읽을 수 있다면, 이태준 역시도 자신의 단편소설에서 날아가버리는 근대성의 본성을 드러냈다고 할 수 있다. 예를 들면 「영월영감」의 주인공은(1919년 3월 1일에 벌어졌던 독립운동에 참여했던 반식민주의 활동가로 감옥에 갔다 온 전직 공무원) 광산 투기꾼으로써 새로운 부를 찾는 것으로 묘사된다.[31] 근대의 보편성에 대한 하나의 비유로서 이 영감은 자신의 모든 신념을 황금의 힘에 쏟아붓는다. "시간과 공간에 개의치 않고 변치 않는 가치를 지닌 것이 금 외에 또 뭐가 있겠는가?"[32] 한때는 지역에서 정치적 지도자로서 존경받았고 민족 차원에서는 항일 저항 운동의 참가자로 고평되었던 한 인물의 세속화 과정에서 영감의 신체가 물리적으로 무너져 내렸다고 황종연은 쓴다. 영감의 얼굴은 광산 사고로 상처를 입었는데 결국에는 이것이 패혈증으로 번졌고 영감을 그것의 "제물"[33]로 삼았다. 우리는 여기 영월 영감의 운명에 대해 내리는 처방 속에서 이태준의 소설이 "완강하게 반근대적 입장"[34]을 고수하고 있음을 발견하게 된다.

「복덕방」[35]에서는 속俗의 출현과 함께 앞에서 언급한 몰락에 대한 풍부한 묘사를 볼 수 있다. 그 몰락이란 "조선의 비극"이나 "동양의 비애"이다. 그것들은 근대화나, 변화, 그리고 그에 뒤따른 몰락으로부터 과거가 되어버린 문화를 보호할만한 능력이 없는 와중에 벌어진다.[36] 이태준의 다른 작품들에서처럼 이 드라마는 근대적 환경에 어울리지 못하는 실패자들, 늙은이들로 북적인다. 이 이야기에는 1930년대 경성의 한 복덕방을 중심으로 그곳에 모여 앉은 세 영감들이 나온다. 안 초시는 운이 다한 사업가(잡화점과 가구점을 포함해서 과거 몇 번의 실패가 있었고)로 종종 복덕방에 와서 존다. 서 참의는 이 부동산의 중개인인데 비록 사업은 더디게 진행되고 있지만 경제적으로는 안정을 취할 수 있을 정도의 돈쯤을 만들수 있기에 여기저기 투자를 하는 중이다. 그리고 박회완은 이 복덕방을 빈번히 드나드는 또 다른 늙은이다. 이들은 그들 모두가 귀속감을 갖고 있는 과거에 고착되어 있는, 변함 없는 "조각상"이랄 수 있다.[37] 이 세 사람의 노인에게는 그들의 시대가 소멸되었으며 그것과의 연속성은 단절되었다. 현재 그들이 느끼는 낯섦은 이야기 전체를 통해 다채로운 방식으로 나타나는데 단지 그들이 처한 힘없고 위축된 환경을 통해서만이 아니라 잦은 회상이나 근대적 풍속과 설비에 대한 불평을 통해, 젊은 세대들과의 괴리를 통해, 그리고 심지어 이토록 어두운 환경에서마저 유지되고 있는 냉소에 찬 희망을 통해서 드러난다.[38]

예를 들면 이 작품에는 세 사람이 모여 앉은 복덕방 사무실(중개인 서 참의는 말총 모자를 쓰고 거리를 면해 있는 낡은 미닫이문 너머를 바라보고 있다)과 근대적 구조물, 도처에서 공사 중인 고층 빌딩들 사이에 확연한 대조가 쓰여 있다.

> 심심해서 운동삼아 좀 나다녀 보면 거리마다 짓느니 고층건축高層建築들이요,
> 동네마다 느느니 그림 같은 문화주택文化住宅들이다. 조금만 정신을 놓아도 가
> 주 튀어나온 메기처럼 미끈미끈한 자동차가 등덜미에서 소리를 꽥 지른다. 돌
> 아다보면 운전사는 눈을 부릅떴고 그 뒤에는 금시곗줄이 번쩍거리는 살진 중
> 년 신사가 빙그레 웃고 앉았는 것이었다.[39]

안 영감이 거리를 어슬렁거리면서 근대적인 집들과 고층 건물들(여전히
그에게는 "그림처럼" 보이는)을 응시하다가 거의 자동차에 치일 뻔한 이미지
는 안영감이 급격하게 변하는 도시 환경의 변화에 대해 불편함을 갖고
있다는 것을 의심할 수 없게 만든다.

이 이야기의 중심 줄거리 역시 안 영감(안 영감은 딸에게서 돈을 빌려서 박
희완이 언급한 신항구가 건설될 것이라는 소문이 도는 땅에 투자함으로써 자신의 사
업을 원상 복귀시키려고 한다)이 그의 동시대인들을 따라잡는 것에 실패한다
는 점과 이태준 작품에서 종종 등장하는 식민지 조선 근대에 만연한 운
명적 불안감을 드러내 보인다. 박 회원은 의뭉스런 제보자로부터 일본 정
부가 이미 나진에 건설되어 있는 항구에 이어 황해도의 바다 연안을 따
라 새 항구도시를 건설할 것이라는 소식을 듣는다. 안 영감은 "중국과의
관계에 따른 만주국 건설 계획이라는 것이 점점 깊어지는 관계로 정부는
황해도 연안에 큰 항구를 건설해야만 할 거야. 나진처럼. 이것이 우리가
상식으로 추측할 수 있는 바지. 누구나 안 영감의 상식에 동의할 걸세".[40]

여기서 우리는 근대 세계에 뛰어들려는, 근대성과 제국이 갖는 복잡한

정치적 경제적 맥락 속으로 들어가 보려는 유혹을 발견한다. 그러나 안 영감은 이 해에 자신의 투자금 전체를 다 날려버리게 되고 그 직후 서 참의는 복덕방 1층 바닥에서 빈 약병과 함께 누워 있는 영감의 시신을 발견한다. 최재서는 다음과 같이 쓴다. "그는 자살하지 않았을지도 모른다. 만약 영광스런 인생을 위해서가 아니었다면, 안 영감은 그의 인생을 조금은 더 길게 유지하려고 했을 것이다. 그것이 얼마나 가늘고, 얼마나 어둡든지 간에."[41] 이 소설의 첫 부분에서 안 초시는 서 참의의 성공을 부러워하지 않았다. 왜냐하면 "그는 어떤 계기에 자신이 집을 가질 수 있는, 자신에게 밥이 되고, 자신이 강인함과 명예를 갖고 세상을 마주할 어떤 가능성이 있을 거라고 믿었기 때문이다".[42] 안 영감의 삶을 그토록 극적으로 끝나버리게 한 것, 그가 장례식에서 최근 몇 해 동안 입었던 옷보다 훨씬 더 좋은 수의를 입은 장면으로 이야기를 더더욱 아이러니하게 끝나게 한 점은 이런 희망의 좌절을 보여준다.

이재선은 이 슬픈 이야기에 대해 지나가 버렸고 이제는 더 친해질 수가 없는 시대로부터 파생된 가치 체계를 여전히 갖고 있는, 사라져가는 세대의 인물들이 단지 "현재 즉, 신시대에 적합할 수는 없는 구시대의 화석이나 유물"[43]로서만 존재한다는 점을 가리키는 것이라고 한다. 그러나 황종연은 이 이야기를 전통적인 문명화 개념에 반대하면서 서양적인 것에 연류된 근대화 즉 인간적 삶의 세속화라고 본다. 통제 불가능한 운명(광산업이나 시장 투자의 형태로 나타나는)에 육신은 넘겨주어야 하고 사회 규범은 증발하는 것이 우리에게 "견고한 모든 것이 대기 속에 녹아내리면서" 사회적 관계가 경제 조건 속에 구조화되는 근대성 그 자체를 뚫어볼 수 있는 시각을 제공한다.[44] "지금 이 꼴로서야 문화주택이 암만 서기로 내게 무슨 상관이며 자동차, 비행기가 개미떼나 파리떼처럼 퍼지기로 나와 무슨 인연이 있는 것이냐, 세상과 자기와는 자기 손에서 돈이 떨어진, 그 즉시로 인연이 끊어진 것이라 생각되었다."[45]

우리가 이태준이 그려낸 단편소설에서 발견할 수 있는 것은 동시대로부터의 후퇴라기보다는 근대 그 자체를 구성하는 필수적이고 결정적인 요소들이다. 과거와 현재 사이의 관계는 가차 없이 깨져 버렸고, 인간관계는 상품화되어 근대를 구성한다. 황종연이 논하듯이 과거를 가치 있게 만들기 위해서는 현재적 순간에 반대해야만 하는데, 이태준의 소설과 에세이는 작품이 놓인 현재적 역사에 적대적인 관계를 보인다. 여기에 이태준 작품에서의 핵심적 가치를 언어에 대한 형식적 관심에 두는 독법에 반대하는, 작품 내용을 자본주의적 근대성의 소용돌이 안에서 취하는 입장이 드러나 있는 것이다.

이태준 작품에 대한 두 개의 지배적 접근법은 모두 이 예술작품이 현실과 맺는 관계를 기초짓는 단순명료한 가정을 공유한다. 즉 전기적이건 역사적이건 간에 문학적 진실은 소설 작품 안에 놓인 현실의 반영에 있다는 것이다. 그러나 이태준의 작품에 담긴 것이 만약 식민지 시대가 처한 모더니즘의 위기라는 조건에서 재현 언어의 내적 한계에 대해 심사숙고하는 양식이자 이 한계를 의사소통에 초언어적 층위를 덧붙이면서 즉 쓰인 것을 확장시키면서 그것을 스타일로 극복하려는 양식이라면, 우리는 이런 분석적 용어들을 결합시키면서 이태준이 언어에 관심을 기울였던 것의 역사성을 탐구해야만 한다. 우리는 박태원의 "히스테리적" 텍스트에서 식민지적 근대성의 이중 구속에 대한 형식적 대응을 발견했고, 김유정의 아이러니에서 식민화된 작가에게 진정성을 요구하는 언어에 대한 경험주의적 대응을 발견했다. 나는 여기서 이태준 소설에 나타나는 하나의 특별한 형식적 측면(서정주의)에 대해 읽어 가면서 "서정적 산문"이라는 개념이 해석에 있어서의 반영 이론을 거부하게 만든다는 점을 제안하려고 한다. 반영이론에서는 진실이라는 것이 식민지 근대성으로부터 소외된 작가 이태준에게, 혹은 식민지 근대성에 대한 공공연한 비판 위에 설정된다. 그렇기 때문에 나는 이태준의 모더니즘적 실천을 형식 차원에서 식민지 근대가 제공한 담론적 제약들에 대한 비평적 대응으로 이해해 보려 한다.

즉흥적 문장 — 『문장강화』의 서정성

근대에 들어 서정시는 시인이 보고, 듣고, 혹은 떠올린 것을 통해 얻은 감정에 의해 유발된 개인적이고 즉흥적인 발화로 보통 이해된다. 그 발화의 산물은 "들리는 대로의 발화"[46]로서 "시인 자신 외에는 누구에게도 향하지 않는 그 고유한 생각과 정서"[47]를 표현한다. 서정시는 "우리의 주의를 이 다음에 무엇이 올 것인가를 보는 데로 향하게 하는 대신에 주로 시각적으로 제한된 주위를 맴돌게 하는 것으로"[48] 고유한 정서에 대한 자기중심적 표현으로 이해된다. 서사가 독자로 하여금 "나아가거나 행동할 것을 요구하는"[49] 반면에, 서정적인 것은 시간을 유예시키면서 "연속된 경험을 거부하고 다른 종류의 경험을 시 위에 겹쳐 간다. 그와 같은 경험의 중첩은 보통 어떤 견고한 이미지 위에서 감정과 심상에 대한 강력한 집중을 제공한다. 이런 종류의 명상적 강렬함 속에서 마음은 그 숙고한

바와 하나가 된다".[50]

서정시에 대한 근대적 개념의 열쇠는 노스럽 프라이가 멜로스melos와 옵시스opsis라고 부른 것의, 시에서의 음악적 요소와 회화적 요소의 조합에 있다.[51] 서정시에 대한 전통적 정의가 말해지거나 낭송된 시의 음악적 속성에 초점을 맞춘다면, 쓰인 시에서는 시각적 형태가 서정적인 것에 연결된다. 회화적인 것에 대한 강조로 인해 이태준은 언어의 "물질성"이라는 개념을 갖게 되었고 형태적으로 그 지시체에 더 가까운 기표로서, 그것이 대신하려는 대상의 자질과 거의 흡사한 것을 보다 잘 전할 수 있는 기표로서 표의문자를 선호하게 되었다. 그렇기 때문에 서정적 양식은 청각과 시각이 단순하게 하나가 되지 못하게 할 뿐만 아니라 말과 글 사이의 긴장을 유지하게 한다. 바꾸어 말하면 시인이 느끼는 감정의 "즉흥적" 표현은 독자를 위해 섬세하게 짜인 언어를 통해서도 전달되어야만 한다. 서정시는 지각에 대한 즉각적인 반응이면서 또한 언어를 통해 이 지각을 조작해야 한다는 측면에서 모순적이다. 서정시는 "단지 보여진 것의 재생산"이 아니라 "외적인 것과 내적인 것(사물, 지각, 개념, 실재성, 감정, 그리고 사유)이 한데 모여서 감정적이고 지적인 형태로서 나타나는 과정에서 이루어지는 고도의 복잡한 행위이다".[52]

이는 이태준이 내린 문학 문장의 정의에 가깝다. 또한 이러한 특징들은 주체와 언어에 관한 다양한 질문들을(1930년대 조선에서 나타났던 재현이 위기에 대한 나의 접근법을 구조화했던) 망라하기도 하면서 뜻하지 않게 서정적인 것을 폴 드만이 "일반적으로 문학적 근대성에 대한 논의에 다가가기에 가장 좋은 수단"이라고 했던 것으로 만든다.[53] 이태준이 『문장강화』에서 쓰고 있듯이 근대 작가에게 요구되는 것은 존재가 갖게 된 여러 새로운 양식에 대한 개인적 경험을 세심하게 가공해서 표현하는 일이다. 그런데 이와 동시에 언어는 주체 혹은 객체 모두를 충분히 재현하는 데에 실패하지 않을 수 없고, 이러한 약점은 반드시 형식적 장치와 형식적 혁신을 통해서 극복되어야만 한다. 서정적인 것은 정의에 따라 직설적 표현과 간접적 표현이 혼합되는 어떤 양식이 되는데, "순간 속에 나타나는 감정적이고 지적인 복합체를 내놓게 된다". 그 순간에 독자는 "병렬적으로 제시되는 복잡한 세부"를 보고 "그것들 전부를 하나의 전체로 경험한다".[54] 이때 감동을 받은 시인으로부터 표현을 받은 쪽인 독자나 청자 쪽으로 감동의 생산이 동시에 전개되는 것은 얼 마이너Earl Miner가 "근본적 총체로서의 문학"이라고 불렀던 것, 다시 말해 서정적 텍스트 안에서 주체성이 충분히 표현되는 인상을 발생시킨다. 결과적으로 서정적 양식은 이태준의 문장 작법에 나온 세 번째 조건 즉 말을 향한 헌신을 충족시킨다. 얼 마이너는 "'재현', '지시체' 혹은 '소설'에 대한 논의는 드라마에 기초를 둔 모방적 유산을 전제로 한다"고 쓴다. "'언어'에 대한 논의는 서정시에 기초를 둔 감정 표현적 유산을 가정한다."[55]

서정적인 것이 사회적으로 유리된 문학 형식으로, "개인적 감정과 주체적 표현을 위한 장치"로, 그리고 명백하게는 비정치적인 "내면적 의사소통"[56]으로 간주되는 경우에는 이태준의 작품과 시적 형식 사이의 연결 고리가 그의 소설을 딜레탕티즘의 여러 임무를 띤 것으로 만든다. 이러한 임무들은 리얼리즘적 문학 실천과 모더니즘적 문학 실천 사이의 구분을 부각시키면서 비평적 진실성과 역사적 진실성 양자의 기초가 되는 기존의 장르 범주들을 강화한다. 하지만 아도르노가 썼듯이 "시의 의미란 단지 개인 경험의 표현과 감정의 발로에 그치지 않는다. 오히려 이것들은 특별히 시인들이 마련한 미학적 형식에 의해 사물의 보편성에 참여할 때에만 예술적으로 된다".[57] "사회와 정치가 시인의 바로 그 작업 기획과 시적 언어의 내적 역학을, 그 형상화 과정, 언어 행위로서 그것의 지위, 그것의 형식과 기교, 그 독해 과정 안에서 그것의 역할"을 마련함을 인지함으로써,[58] 비평가는 예술이 사회와 연류되어 있음을 드러내는 텍스트에 내재한 그 대항논리를, 텍스트 그 자체에 내포된 그 모순을 읽을 수가 있다. 이러한 의미에서 문학은 "언어 위에서 작동하는 하나의 실천이다. 텍스트는 더욱 복잡해지지만 현실 세계와의 관계를 결정한다. 왜냐하면 언어야말로 사회적 상호작용의 근간이기 때문이다.[59]

우리가 이태준의 문장 작법에서 발견하게 되는 것은 말과 언어, 글쓰기 사이의 섬세한 차이화이며, 그 결과 만들어진 혼종적 장르는 "우연히 흘려 듣는다"라고 하는 서정시의 표준적 정의에서 발견되는 충만한 주체성이라는 환상의 근간을 무너뜨린다. 앞 장에서 살펴본 바대로『문장강화』에서 말 즉 "자연스런 발화"는 사유, 감정, 혹은 지각에 가장 가까운 것이면서 정신적이거나 감정적인 자극에 의해 촉발되는 것으로 이해된다. 이러한 자극들과의 근접성"말곧마음"으로 인해 말은 진실에 가장 가까운 표현 형식으로 유지되어야만 한다. 동시에 말 자체는 그 진실을 글로 표현하기에 불충분하다. 이때의 글이란 근대에 지배적인 의사소통 양식이면서 이태준의 문장 작법의 핵심 개념인 그 글이다. 그 결과 문장은 말에 생명을 불어넣기 위한 과정이 되고, 그 과정에서 언어라는 매개체를 통해 형성된 텍스트나 글로서의 "생명체"를 낳으면서 말을 초월하게 된다.

비록 말이 근대적 표현 양식에서 최우선의 것으로 이해되고 있기는 하지만, 문장은 전통적 수사학의 몰락, 인쇄문화의 발흥, 그리고 개인적 표현에 대한 요구와 함께 말로부터 그 힘을 떼어 내어 글쓰기에 그것을 양도하는 과정이기도 했다. 이태준은 말과 글 사이에 놓인 차이점을 강조한다. 달리 말하면 전자는 청각적이고 특정한 시공간에 한정되어 있으며, 후자는 시각적이고 여러 시간에 걸쳐있고 공간을 가로지른다(그 텍스트의 형식과 텍스트의 순환이라는 두 개의 관점에서). 문장이란 하나의 글쓰기 훈련이지만 이태준은 여기에서도 말의 즉흥성, 진실성과 자신이 제안하는 문장 작법에 있어서 그 말의 중요성을 강조한다.

『문장강화』에서 「서정문」을 다루는 장은 글쓰기의 주요 형식으로서 "자연이나 인간사의 어떤 현상에 의해 감정적으로 촉발되었을 때 그때 일어난 감정을 글로 표현하게 되는" 서정시에 대한 정의로 시작한다.[60] 이태준에게 서정적 글쓰기는 단순한 "자연스런 발화", 현상에 대한 자연스럽고 거부할 수 없는 감정적 반응이 아니며 쓰기의 필수적인 두 번째 단계는 그 감정을 서사적 묘사로 가공하는 일이다.[61] 그렇기 때문에 이태준이 자신의 텍스트에서 다시 소개하고 있는 서정주의의 여섯 가지 예가 한결같이 산문 서사라는 점은 놀랍지 않다. 예를 들면 첫 번째 예는 홍명희가 쓴 「죽은 사람을 생각하며」에서 뽑힌 긴 인용문인데[62] 이 문장은 이태준이 글쓰기에서 감정 표현을 위해 필요한 첫 번째 기교라고 한 것의 예가 된다. 즉 특정한 감정 경험은 처음과 끝이 있는 일련의 순서로 정교하게 배치되어야 한다.[63] 이태준이 두 번째로 고른 예는 이원조가 쓴 「눈 오는 밤」[64]의 일부인데 여기에서 시적인 목소리는 "가등街燈은 모두 눈물에 어린 눈동자처럼 흐리고 (…중략…) 밤길을 유령과 같이 혼자서 걷는 것이 좋다"[65]라고 말한다. 이태준은 서정적 산문을 통해 미를 느끼는 즉 고독을 즐기는 파토스를 표현했던 것이다.

각각의 구절은 개인적인 것에 중점을 두는데 구절 하나하나는 발화 주체나 발화 객체로서 기능하고, 도시 거리에 대한 묘사나 외래 차용어를 통해 새로운 것의 어휘를 확장하려고 분투한다. 하지만 이태준은 이 각각의 구절이 시간을 나타내는 구문(잠시 동안, 그리고 나서)의 삽입, 각각의 작품을 사적인 서사로 만드는 자의식적 틀 짜기, 사건들의 연속적 전달, 그리고 행위들이 같은 서사적 장치를 통해 그 익숙한 공간에 철저하게 배열되었다는 점도 신중하게 언급한다. 각각은 강렬한 감정적 순간인 화자가 독자에게 "말하려는" 그 순간을 묘사하며, 즉흥적 발화의 순간에는 서사적 맥락이 주어진다.

『문장강화』에서 이태준이 서정적 문장으로 이해한 것에서 드러나는 것은 극단적인 두 극의 궁극적 화해인데 이는 자발적이고도 신중하게 가공되어 있다. 예를 들면 순간적으로 날아가 버리는 것과 지속하는 것, 입말이 지닌 공간적 맥락과 시공간에 걸쳐 배치되는 서사를 통해 입말에 유비되는 의사소통의 잠재성, 언어의 사회성을 통한 표현의 개인성, 그리고 기존의 언어에 남아 있는 표현의 낡은 형식적 언어 패턴과 근대 경험이 주는 새로움을 들 수 있다. 여기에서 이태준이 묘사하는 서정적 글은 말과 글의 상호 침투라 할 수 있다. 다양한 방법을 통해 만들어질 수 있는 "말짓기"로서 개인적 감정의 표현에 초점을 맞추고는 있지만 그 최상의 형식에서는 독자에게 그것과 똑같은 감정들을 낳을 수 있게 해야 한다. 이런 관점에서 이태준에게 서정적인 것은 "사적인 감정과 주관적 경험의 운반체"인 동시에 "글을 통해 지각을 조직하는 것"이 된다.

이태준을 "서정 시인"으로 그의 소설을 "미를 창조하는 예술"로 빈번하게 언급했던 것에도 불구하고, 그에게 서정시는 시적 효과와 관련 있음에도 불구하고, 그의 서정시가 산문 형식으로 전개된다는 점을 강조하는 것이 중요하다. 이태준은 그의 작품에서만이 아니라 보다 일반적인 차원에서 한국 근대 문학 전반을 지배적으로 규정해왔던 표준적 이분법들(모더니즘/리얼리즘, 자아/타자, 순수/참여, 언어/역사)로는 그 성격을 설명하기가 어려운 혼종적인 서사 형식 안에서 시적인 효과를 창출하는 것에 초점을 맞추었다. 서사라는 것은 줄곧 인과성과 전진하는 시간성 위에 기초를 둔 것으로 이해되어 왔다. 다시 말하면 "시공간적 합법성" 안에서 "주체는 외부 세계의 지도를 정확하게 그리는 법을 배우고 그럼으로써 내적 지향을 얻는다".[66] 이에 반해 서정적 글은 즉흥적이기 때문에 세계가 "시인인 '나', 즉 서정적 화자와 대등한 서정적 관점으로 축소된다".[67] 비록 일인칭 서술자가 온갖 사물과 모든 경험을 흡수하고 변형시키는 식의 수동적 인식자가 되어 세계를 이미지의 진전을 통해 활성화한다고 해도,[68] 이태준 식의 초주관화는 서정적 서사를 전통적인 서정시로부터 떼어놓으면서 내성의 세계 쪽에 주의를 기울이는 근대 소설로 확실히 향하게끔 한다. 이런 근대 소설에서 화자는 "지각을 행위로, 다시 말해 외적 현실인 그 자신에 대한 형태적 묘사로 대체한다. 수동적인 주인공의 내면생활에 집중함으로써 그 결과로 만들어진 주관적인 시적 형식의 창조로 서정적 서사와 비서정적 서사는 구분된다".[69]

서정적 서사에서 여러 서정적 요소(우연히 흘러드는), 재생산되고 투과되는 자극제로서의 감각과 감정은 구성된 문학 실천이라는 매개를 통해 말을 초월하게 된다. 서정적 산문은 말을 전사하는 것을 넘어서서 "말에 대해 헌신"하면서도 일상적 경험을 묘사하던 언어와는 다르게, 정교하게 구축된 서사적 틀 짜기 안에서 주체적 경험에 대한 고도화된 표현을 짜낸다. 이와 같은 틀 짜기 안에서 작품 속 형상들이 작품의 배경으로 바뀌면서, 서사 안에서 특권적으로 활약하는 것으로 주로 이해되었던 인물의 역할은 거부되고 "서정적 자아"는 감정이나 지각의 순간들을 흡수하면서 "모든 부분을 하나의 전체 이미지 속으로 소급해서 배열하는"[70] 식으로 글이라는 텍스트를 창조한다.

그리하여 혼종적이고 근대적인 "서정적 산문"은 언문일치(예를 들면 사소설이 포함된)라고 하는 근대적 기획 아래에 놓인 문학 담론 안에서 그리고 언어가 인종—민족적 동일화의 지표가 되는 식민담론 안에서 전통적인 서정시의 주체에 초점을 맞추는 것뿐만 아니라 즉흥적 언어가 주체의 진실을 드러내야 한다는 요구의 근간 또한 뒤흔든다. 이와 함께 이태준이 문장과 여러 서정적 요소를 산문의 세계에 도입하는 데에 초점을 맞춘 점은 발전, 진보, 그리고 계몽이라고 하는 서사 양식의 근간을 파헤치고, 일관되고 근대화된 공간 안에서 주체를 구축하는 이야기를 동요시킨다.

서정적 산문으로서의 「까마귀」

「까마귀」는 1936년 『조광』에 발표되었고 이태준 단편소설 작품집의 표제작으로 1937년에 재출판되었다. 이 작품은 더 이상 하숙비를 낼 수 없는 한 작가가 겨울철 아무도 없는 친구의 시골 별장에서 지내면서 고심하는 이야기를 다룬다.[71] 별장과 그 인근 장소가(겨울의 휴양처인데 주요 인물들의 외딴 은신처가 되는) 이야기 전체의 배경이 되면서 주인공이 번잡한 세상을 벗어나서 고독을 느끼게끔 돕는 도피처가 되어준다. 이 별장은 풀들, 정자, 연못, 그리고 정원으로 둘러싸여 있고 그 주위로 흐르는 개울 때문에 다른 집들과 떨어져 있는데 개울 건너에는 "기와집 초가집 여러 집이 언덕에 층층으로 놓여 있었다".[72] 별장 안에서 주인공의 고독감은 깊어진다. 단지 그가 별장지기를 제외하고 별장에 머무르는 유일한 사람이라서가 아니다. 그는 한밤중에 남폿불로 밝힌 작은 불빛 아래에 앉아 글을 쓰면서 시간을 보내는데 이 불빛은 그의 옛날 집에서 있었던 추억을 일깨운다.

저녁마다 그는 남포에 새 석유를 붓고 등피를 닦고 그리고 까마귀 소리를 들으면서 어둠을 기다리었다. 방 구석구석에서 밤의 신비가 소곤거려 나올 때 살며시 무릎을 꿇고 귀한 손님의 의관처럼 공손히 남포갓을 들어올리고 불을 켜는 것이며 펄럭거리던 불방울이 가만히 자리 잡는 것을 보고야 아랫목으로 물러나 그제는 눕든지 앉든지 마음대로 하며 혼자 밤이 깊도록 무얼 읽고 무얼 생각하고 무얼 쓰고 하는 것이다.[73]

이 시골 별장은 고립된 장소일 뿐만 아니라 유물을 특별한 감각을 갖고 다루게 함으로써 거의 성스럽기까지 한 분위기를 제공하면서 현재적 현실을 거리를 갖고 바라보게 한다. 주인공이 머무는 거처를 장식하는 고풍스런 유물들이 그가 집밖의 자연환경을 바라보게끔 하는 문학적 틀이 된다.

벽장문과 두껍닫이에는 유명한 화가인지 아닌지는 몰라도 낙관落款이 있는 사군자[74]며 기명절지器皿折枝가 붙어 있다.[75] 밖으로도 문 위에는 추성각秋聲閣 이라는 추사秋史체의 현판이 걸려 있고[76] 양쪽 처마 끝에는 파아랗게 녹슨 풍경이 창연히 달려 있다. (…중략…) 산기슭에 나붓이 섰는 수각水閣과 그 밑으로 마른 연잎과 단풍이 잠긴 연당이며[77]

이와 같은 전통적 재현 방식의 틀을 통해 주인공은 언덕 위의 바위 정원과 들판 위를 부는 바람 그리고 늙은 전나무를 볼 수 있고, "사슴의 뿔처럼 썩정귀가 된 상가지에는 희끗희끗 새똥까지 묻히어서 **고요히 바라보면 한눈에 태고가 깃드는 듯한 그윽한 경치**"가 된다.[78] 비평가들은 종종 이 작품에서 유물을 언급한다든가 고전문학 작품에 등장하는 장면과 오래전에 죽은 거장들에 대해 곳곳에서 암시한다든가 하는 식으로 세심하게 다듬어 놓은 작품의 배경을 이태준의 신고전주의를 보여주는 징표로서 다루었다. 그들은 "서정적 감정 속으로 투사된 작가의 감상주의"[79]라며 실제 상황(그 장면 바깥에 놓여 있는 현실)에 대한 "눈 감기"가 그의 소설을 거의 서정시에 가까운 것으로 만들어주었다고 이해했다.[80]

시간이 정지한 듯한 겨울, 고립된 환경과 화자의 고독감은 점차적으로 주인공이 그가 살고 있는 경험 세계를 쓰고 있는 듯한 인상을 준다. 프리드먼의 용어로 하자면 작품의 처음 몇 장면은 화자를 주관적 경험의 운반자로서 제시하는데, 이것과 함께 그 주체서정적 "나"는 이들 경험을 일견 모순 없어 보이는 통일체 속으로 조직해 넣는다. 예를 들면 주인공은 신체적인 것을 회피하려고 하는데 수면에 대한 욕구는 단지 선사 시대부터 내려온 습관에 불과하다든가, 심지어 식욕조차도 그가 생각하기에는 세대를 이어 전해 내려온 "무가치한 습관"에 지나지 않는다고 보는 식이다. 이야기가 전개되는 동안 단지 신체적 필요뿐만 아니라 시각적 세계 자체도 "상상과 욕망에 대한 보다 예리한 요구에 따라 이차적인 장소로 밀려

난다".[81]

화자가 "머리 속에서 무엇이 버스럭거리는 소리를 들었다. 가만히 이마에 손을 대니 그것은 벽장 속에서 나는 소리였다"[82]라고 우리를 향해 말할 때, 의식과 지각의 합류는 마침내 상상적인 것과 현실적인 것의 이해할 수 없는 상호 침투라는 결과를 낳는다. 또한 그는 눈 덮인 시골의 정적이 더욱 깊어졌을 때 자신의 방안에서 바라보던 풍경을 가로지르는 "한 여인의 그림자" 때문에 자신이 사랑에 빠졌음을 깨닫고 이렇게 외친다. "그랬다가 문득, '내가 사랑하리라!' 하는 정열에 부딪치었다."[83] 첫번째 예에서는 화자의 마음 밖에 놓인 것이 그 안에 있는 것과 구별할 수 없게 되고, 두 번째 예에서는 자아에 내재적인 것이 외부 세계에서 실현된 무엇으로, 그가 "충돌하고 있는" 무엇으로 나타난다. 여기에서 우리는 주체와 객체 사이에서 각색된 문자 그대로의 상호 침투 작용을 보게 되는데 이 세계는 "시적인 세계" 즉, 작가-주인공에 의해 구조화된 하나의 외부가 된다.

'서정적 나'가 갖고 있는 섬세한 질서의 세계는 폐결핵을 앓는 여인의 출현으로 도전을 받게 된다. 그녀는 매일매일 주인공에게 필멸하는 육체의 우연성을 환기시킨다. 이와 동시에 이 이야기에서 전개되는 두 인물 사이의 관계는 언어의 창조력에 대해 생각해 볼 계기를 마련해 준다. 「까마귀」는 상상과 현실의 상호 침투를 언어라는 영역으로 확장시킴으로써 글쓰기를 하나의 주제로 만든다. 첫째, 작품 속의 여인은 주인공이 쓰는 "괴벽한" 소설의 열광적 독자이다(어떤 의미에서 그녀는 그를 만나기도 전에 그를 알고 있었다, 여기에는 글말에 기초를 둔 관계가 작동한다). 둘째, 이 여인은 마치 "글이 쓰인" 듯이 그려진다. 글말의 문자 그대로의 물질화인 것이다. 주인공이 이 여인을 처음 보았을 때 "그는 장정裝幀 고운 신간서新刊書에서처럼 호기심이 일어났다. 가까이 축대 아래로 지나가는 것을 보니 새 양봉투 같은 깨끗한 이마에 눈결은 뉘어 쓴 영어 글씨같이 채근하다".[84] 여러 비평가가 이 장면을 문인이자 애서가의 한 사람으로 이태준을 규정해주는 사례로서 지적함에도 불구하고,[85] 인물의 자의식적 "글쓰기"는 보다 직접적으로는 창조적 글쓰기 그 자체적 행위를 다시 말해 언어로 그여인을 "투사" 하고 텍스트 안에서 또한 그 텍스트를 통해서 하나의 이미지로서 여인을 물질화한 것에 대한 재현을 나타낸다.

셋째, 주인공은 문학적 텍스트의 중개로 이 여인을 인지한다. 시골 깊숙이 외따로 놓인 빌라와 한눈에 보아도 태고가 깃든 경치 그리고 썩은 전나무 가지에 웅크리고 앉은 세 까마귀의 소리 같은 설정은 이미 어떤 고딕적 분위기(신고전주의가 아니라)를 제시하는데, 주인공이 죽어가는 여인과나누는 대화 안에서 죽음이라는 주제가 소개됨으로써 이것이 더욱 더 확장된다. 주인공이 여인에 대한 짝사랑을 키우고 자명해 보이는 그 불운으로부터 그녀를 구하기 위해 여러 이미지를 전개시킬 때, 그는 에드거 앨런포의 「까마귀」를 떠올린다. "포의 슬픈 시 「레이벤」을 생각하면서, "레노어? 레노어?" 하고, 포가 그의 애인의 망령亡靈을 부르듯이 슬픈 음성을 소리쳐 보기도 하였다. (…중략…) 생각하여 보면 포의 정열 이상으로 포근히 끌어안아 보고 싶은 충동도 일어났다. 포가 외로운 서재에 앉아 밤 깊도록 옛 책을 상고할 때 폭풍은 와 문을 열어젖뜨렸고 검은 숲속에서는 보이지도 않는 까마귀가 울면서"[86] 여기에서 주인공은 단지 포의 작품과 현재의 텍스트(고독한 작가, 까마귀의 존재, 마음에 품은 연인에게 닥친 죽음)를 병렬시키려 할 뿐만 아니라 「레이벤」의 장면을 시인 포의 정열 못지않은 열의를 갖고 그 스스로 다시 실행시킨다. 포의 시는 이태준의 텍스트를 암암리에 구축할 뿐만 아니라 주인공이 자신의 현실에 대해 갖는 정서적 체험을 중재한다.

최종적으로 창작 언어와 그 세계 사이에서 일어나는 상호 침투는 주인공이 두 개의 지배적 이미지와 연결되어 있는 은유들을 능숙하게 구사함으로써 그녀가 키우고 있던 불안으로부터 그녀를 구해내려는 노력에서 정점에 이르게 된다. 첫째, 까마귀라는 제목의 이미지가 시종일관 이 서사를 지배하는데 처음에는 목가적 설정이었던 것이 점점 죽음에 대한 익숙한 이미지가 되어 간다.

> 까악까악 하는 소리가 바로 그 전나무 썩정 가지에서인 듯, 언제나 똑같은 자리에서 울려왔다.
>
> "여기 나와선 까마귀가 내 친굽니다."
>
> 하고 그는 억지로 그 불경스러운 소리를 웃음으로 덮어 버리려 하였다.
>
> "선생님은 친구라구꺼정! 전 이 동네가 모두 좋은데 저게 싫어요. 죽음을 잊어버리면 안 된다고 자꾸 깨쳐주는 것 같아요."[87]

주인공의 대답은 까마귀와 죽음 사이의 형태적 연관성을 완화시키려는 시도이다. "건 괜한 관념인 줄 압니다." 그는 그녀에게 이렇게 말한다. "흰 새가 있듯 검은 새도 있는 거요, 소리 맑은 새가 있듯 소리 탁한 새도 있는 거죠. 취미에 따란 까마귀도 사랑할 수 있는 샌 줄 압니다."[88] 여기에서 우리는 분류라고 하는 방법을 통해 까마귀를 그 종 안에 위치시킴으로써 비교적이고, 논리적이고, 생물학적인 단순화 속에서 까마귀가 붙들고 있는 은유적인(초자연적인) 의미를 줄여나가려는 시도를 발견한다.

이 논리는 이야기의 끝머리에 가까워질수록 극대화된다. 까마귀가 죽음의 전조가 아니라는 것을 여전히 납득하지 못한 이 여인은 황혼 무렵 까마귀를 다시 환기한다.

> 연당 아래 전나무 꼭대기에서는 아직, 그 탁한 소리로 울지는 않으나 그 우악스런 주둥이로 그 검은 새들이 썩정귀를 쪼는 소리가 딱딱 울려왔다.
> "까마귀가 온 게지요?"
> "그렇게 그게 싫으십니까?"[89]

주인공은 까마귀를 죽이고 해부해서 그 여인에게 "그 속에는 다른 새나 조금도 다를 것이 없는 내장뿐인 것을 보여주리라" 결심한다. 그는 이렇게 해야지만 그녀가 갖고 있는 비이성적 공포를 근절할 수 있으리라 믿는다. 그녀가 떠나자마자 그는 큰 활을 하나 메워 곡식 몇 알로 까마귀를 유인한 뒤 그 날개를 쏜다. 그는 끔찍하고도 끈질긴 추격 속에서 까마귀가 다시 도망갈 수 없게끔 이미 날 수 없게 된 그 새를 계속해서 핀으로 찔러대다가 그 새를 죽인다. 그와 동시에 그는 돌멩이를 집고 다른 까마귀들을 위협하면서 그들의 공격을 막아내어야만 했다. "어서 그 아가씨가 나타나면 곧 훌륭한 외과 의사처럼 그 검은 시체를 해부하여 까마귀의 뱃속에도 다른 날짐승과 똑같이 단순한 조류의 내장이 있을 뿐, 결코 그런 무슨 부적이거나 칼이거나 푸른 불이 들어 있지 않다는 것을 증명하리라 하였다."[90] 여기에서 형상적 언어의 힘에 맞서는 논리성 혹은 과학이 호소되고, 죽음에 대한 그 여인의 공포를 줄여줄 것 같은 하나의 대항 서사가 제안된다. 은유적 언어가 논리적 서사에 가까워짐에 따라 그 힘이 와해되는 것이다.

두 번째로 반복되는 이미지는 연당인데 이것은 앞의 문제와 관련되어 있으면서도 정반대 방향에서 작동한다. 이 장면에서 연당의 은유는 거기에 깃들여 있던 즉흥적이고 정서적인 힘을 잃는데 이 힘이야말로 주인공이 되찾으려 애쓰는 것이다. 여인은 별장 정원의 아름다움을 언급하곤 했으며 과거에는 종종 이 정원을 거닐며 산보를 했다는데 그녀가 자신에게 닥친 죽음에 대해 이야기할 때 그녀는 목가적인 꽃밭을 염두에 둔다.[91] "죽음두 첨에는 퍽 아름다운 걸루 알었드랬예요. 언제든지 살다 귀찮으면 꽃밭에 뛰어들 듯 언제나 아름다운 죽음에 뛰어들 수 있는 걸 기뻐했어요. 그런데 이렇게 닥뜨리고 보니 겁이 자꾸 나요. 꿈을 꿔두⋯⋯."[92] 발병 초기에 이 젊은 여인은 친구들이 꽃을 들고 병문안을 와주었으면 하는 기대로 행복감을 느꼈는데 이 기쁨은 그녀가 점차적으로 확실히 죽음을 예감함에 따라 빛을 잃어가게 된다.

주인공은 다른 지점에서는 이 여인을 온실에서 가냘프게 피어있는 화초나 되듯이 상상한다.[93] 여기에서 꽃밭 이미지가 똑같은 방식으로 작동한다. 주인공은 꽃밭의 이미지가 일상생활에, 신체적인 것에, 그리고 필멸에 저항하면서 그 은유적 최고점, 그 예술적이고, 정신적이고, 영원한 가치를 회복하기를 열망한다.

이 병든 처녀가 처음으로 방에 들어와 얼마 안 되는 이야기를 그의 체온과 그의 병균과 함께 남기고 간 날 밤, 그는 몹시 우울하였다.

무슨 말을 하여야 그 여자를 위로할 수 있을까?

과연 그 여자의 병은 구할 수 없는 것일까?

어떻게 하면 그 여자에게 죽음이 다시 한 번 꽃밭으로 보일 수 있을까?[94]

여기서 주인공은 되풀이되는 꽃밭의 이미지를 그 이전의 은유적 상태로 되돌리려고 애쓰면서 "모방적 상황을 (…중략…) 비유적 언어의 세계 즉, 정의상 경험 세계와 평행 관계에 놓여 있는 곳으로 옮겨놓으려고 한다".[95] 죽음은 이 여인에게서는 또 한 번 꽃밭의 이미지일 수밖에 없다. 달리 말하면 '꽃밭'과 '죽음'이라는 두 개의 용어는 "용해된 은유의 '갑작스러운 영광'"이라는 동일시의 상태 속으로 되돌아올 수밖에 없다.[96]

문자적인 것과 은유적인 것 그리고 "은유와 지시체의 혼합"[97] 사이에서 이루어지는 반복되는 전환 속에서, 비로소 서정적인 것을 이런 "다양한 것들의 통일체"로서 의식이 포괄하는 여러 순간에 대한 표현으로서 정의하는 것이 가능해진다. 그리하여 서정적 서사는 이런 온갖 이미지를 의미를 생산하는 전체 즉 하나의 "생명체"가 된다. 프리드먼이 썼듯이 "모든 부분을 소급해서 하나의 전체적인 이미지 속에 정렬시킴으로써" "감정과 주제를 강화시키는 하나의 도구가 되는 것이다.[98] 하지만 형상적 언어가 물질적으로 이 서사 속에 삽입되고 상상이 주인공이 겪은 실제 경험과 상호 침투하고 구조화된다고 해도, 우리는 표현의 즉흥성과 그 표현을 문학적 형태로 구성하려고 하는 필요성 사이의 고투를 감지할 수 있다. 예를 들면 "서정적인 나"를 고딕 풍으로 고립시킨다든가, 인간을 설명적으로 지시하는 것으로서 언어의 쓰임을 규정한다든가(그 여인은 잘 장정된 책이며, 그녀의 이마는 편지봉투이고, 그녀의 눈결은 쓰여진 글씨처럼 가지런하다), 문학적 텍스트를 통해 경험을 중개한다든가, 주인공이 폐결핵 환자에게 안도감과 행복감을 일으키려고 애씀으로써 은유적 언어를 자의식적으로 조작한다든가 할 때 그렇다.

언어와 "현실"의 시공간이 전적으로 상호 침투하는 까닭에 이 이야기의 제일 마지막 구절에 나오는 바로 그 까마귀 소리는 자체로 하나의 단일한 문자의 모습을 취하게 된다. "까마귀들은 이 날 저녁에도 별다른 소리는 없이 그저 까악까악 거리다가 이따금씩 까르르 하고 그 GA 아래 R이 한없이 붙은 발음을 내곤 하였다."[99] 여기에서 그 즉흥적 울음인 까마귀 소리는 텍스트에서 의성어적 조합을 통한 시각적 형태(GAR이라는 단어들로)로 주어진다. 시각적이고 청각적인 자질의 합류야말로 이태준이 『문장강화』에서 문학 창작의 핵심 부분이라고 설명했던 것이다. 그와 동시에 이 짧은 동물 울음조차도(그 의미야 이야기 전체를 통해 다양하게 변주되지만) 부러뜨려지면서 "한없이 이어지는 R이 붙어있는 GA"라는 발음으로, 각기 다른 말들 사이의 관계 속에서 재구성된다.

이태준의 이야기에서 주목할 만한 것은 그가 이야기 행위 안에서 언어 그 자체를 주된 동인으로 삼아 서정적 양식과 서사적 양식 사이의 갈등을 주제화했다는 점이다. 더욱이 소설 글쓰기에 대한 메타 서사가 텍스트 전체를 주파하고(예를 들면 작가-주인공이 폐결핵 환자를 다룬 이야기를 써본 적이란 결코 없다고 할 때가 그런데), 이 소설적 글쓰기에 대한 메타 서사는 "한 편으로는 주체와 그의 경험, 다른 한편으로는 예술 작품을 통해 이루어지는 그 둘의 조합"[100]이라는 아이러니를 만든다. 여기에서 작중 영웅인 주인공은 최재서식 근대 주체의 특징이기도 한 것과 똑같은 분열 즉 과감한 은유와 논리적 해부 사이의 간극, 행위자-주체(장면 속에 들어와 있는)와 관찰자-주체(장면으로부터 떨어져 나온) 사이의 간극, 다시 말해 "이 이

중체가 그 상징 형식과 맺는 관계"[101]를 경험한다. 서사가 이 두 양식(정서적인 것과 논리적인 것, 상상적인 것과 경험적 정확성, 즉흥적 발화와 정교하게 배열된 문장)의 합류점을 견인하지 못하기 때문에 우리는 이 이야기를 작문이 빠진 글쓰기의 위험에 대한 하나의 우화로 읽을 수 있다.

주인공이 젊은 여인에게 위안을 주지도 못하고, 그녀를 달래는 동시에 그녀가 갖고 있는 두려움을 없애줄 수도 있을 은유적 해명도 못한 점은 언어의 차원에서 일어난 근본적인 실패를 지적한다. 마지막에 이 주인공이 죽어가는 여인에게 줄 수 있었던 전부는 겨우 말이다. 죽음이라는 현실, 신체적이고 우연적인 것이 예술의 힘을 정복해 버리는 셈이다. "병자에겐 같은 병자가 되는 것 아니곤 동정이 못 될 겁니다." 여인이 작가에게 말한다. "그런데 어떻게 맘대루 같은 병자가 되며 같은 정도로 앓다, 같은 시각에 죽습니까?"[102] 이 여인은 이태준이 『문장강화』에서 썼던 바를 지적한다. 말은 경험으로부터 나온다, 그리고 예술은 이런 기원적 언어를 가다듬으면서 창조된다. 그러나 나는 이 점을 이태준식 패배주의의 전조로 이해하기보다는[103] 1930년대 식민지 조선에서 재현 언어가 처했던 상황에 대한 하나의 논평으로서, 문장 작법을 통한 하나의 실험이자 제안으로서 읽으려 한다.

서사의 비일관성과 역사주의 비판

우리가 「까마귀」에서 보게 되는 것은 언어적 의사소통에 내재한 특수한 불가능성이다. 그것은 기표와 기의 사이의 간극(김유정의 소설과 비평에서 그런 것처럼)에서보다는 의사소통의 "아날로그적" 양식과 "디지털" 양식 사이의 미끄러짐(우리가 박태원에게서 보았듯이)에서 더 기인한다고 할 수 있다. 이 낙차는 실제로 경험된 것(맥락화된 발화를 통해 전달된 것)과 문학적 텍스트(원래적 상황이라고 알려진 것에서 분리된, 글을 통해 전달된 것) 사이의 간극이기도 하다.

「까마귀」에서 이와 같은 불가능성은 "서정적 나"(세계의 주체적 이해자, 경험의 주관자)와 산문의 상호 텍스트성 즉 문장작법에 대한 자의식적 연출이 서로 교차하는 가운데에서 발생한다. 한편으로「까마귀」는 텍스트라는 "생명체"에 대한 훌륭한 예가 되면서, 정교하게 가공된 서사적 틀거리와 문학적 스타일 안에 "우연히 흘러드는 것"의 즉흥성을 유지시킨다. 다른 한편으로 이 이야기는 언어가 의사소통, 동정심, 혹은 위안을 조성하는 데에 실패한다는 데에 주의를 기울이면서 입말과 글말 양자 모두에 내제한 한계를 지적한다.

이러한 점들은 이태준 소설을 받아들여 왔던 두 개의 양식 너머로 우리를 데려가 준다. 그 양식의 하나는 전적으로 언어(정치적이거나 역사적인 것을 배제한)에 초점을 맞춘 것이고 다른 하나는 "시대의 정치"(이태준의 과거 집착을 작가에게 확연히 드러나는 반근대적 태도의 징후로 이해하는)에 연관된 것이다. 서정적 산문에서 이들 두 개의 경향은 종합되고, 통시적인 것이 공시적인 것과 겹쳐짐으로써 비평적 주의는 언어에 있어서의 투명한 의사소통 쪽으로 그리고 문학 작품에서 그같은 의사소통의 가능성을 가정하는 진보와 계몽주의의 서사 쪽으로 돌려지게 된다.

이태준은『문장강화』에서 "글은 세 가지를 한다"라고 하면서 다음과 같이 설명한다. "글은 들려주고 알려주고 보여주고, 이 세 가지를 한다.

들려주는 것은 운문의 일이요, 알려주고 보여주고 하는 것은 산문의 일인데, 알리는 것보다 보여주는 것은 몇 배나 구체적인 전달이다." 이어서 그는 묘사란 원래 회화의 용어였는데 회화나 드로잉에서 있는 그대로를 그리듯이 대상의 외양을 나타낸다고 쓴다. 달리 말하면 "역사나 학술처럼 조리를 세워 끌어나가는 것은 기술이지 묘사는 아니다. 실경, 실황을 보여주어 독자로 하여금 그 경지에 스스로 들고, 분위기까지 스스로 맛보게 하기 위한 표현이 이 묘사다".[104] 묘사를 잘 하기 위해서는 "냉정한 관찰을 거쳐야" 하며 "시간상으로나 공간상으로 순서가 있어야" 하는 동시에 "사진기와는 다르게 대상의 요점과 특색을 가려 거두어야" 한다.[105]

시각적 동력을 갖고 쓰인 표의문자가 독자를 위해 순수한 청각적 가치 이상의 "감각"을 만들어낸다고는 하나,[106] 서정적 산문은 이미지의 조정과 재현이라고 하는 논리적 양식에 기반한 서사 구조 안에서 주체적 발화의 즉흥성을 통해 정서적 환경을 재구축한다. 동시에 이태준은 자신의 문학 이론과 「까마귀」와 같은 소설 작품 전체에서 서정적인 것과 서사적인 것을 합류시키기가 어렵다는 점에 주의를 환기하면서, 모든 언어적 핵심에 자리한 "재현불가능함"에 대해 지적하고 문자적 의미와 형상적 의미 사이에서 벌어지는 투쟁을 극화시킨다. 자아와 세계 사이의 이상적인 융화(자아와 세계 사이의 분리를 요구하는 것만 같은 장르에서 자아와 세계 사이의 불일치를 최소화)[107]는 이태준 소설의 다양한 차원에서 모두 실패하고 마는데, 작품 속 시공간 안에서 근대성을 취득하지 못해 "실패하고 마는" 인물들에서부터 표면적으로 서정적으로 보이는 여러 작품 속에 내용과 형식의 두 차원이 언어를 하나의 주제로서 자의식적으로 도입하는 것에 이르기까지 그러하다.

소설에서 서정적이거나 시적인 것을 향하는 동시에 문학어의 오류가능성에 대한 메타 논평을 추구하는 이 이중적 움직임을 과연 어떻게 이해하면 좋을까? 나는 서정적 산문이라고 하는 일견 모순되어 보이는 형식이 그가 속했던 문단에서뿐만 아니라 역사적 기록과 식민담론에서도 지배적으로 나타나는 리얼리즘적 형식 즉 시간과 공간을 충실하게 재생하려는 서사에도 맞서고 있다고 본다. 이런 관점에서 이태준의 소설은(주변적이고 시대착오적인 여러 인물과, 일상적 표현에 고개 돌린 어떤 언어를 통해 모호하게 구현된 이들의 행보로 채워진) 좌익 작가나 비평가가 개념화한 소박한 리얼리즘이나 자본주의적이고 식민화된 담론 모두를 접수한 "계몽"과 진보의 서사 둘 다에 대한 대항 서사로 기능한다.

바인스타인은 리얼리즘 서사란 거의 대부분 "알게 되는" 이야기들이라고 한다. "알게 됨은 개인과 세계 사이의 합리적인 조응에 대한 계몽주의의 약속을 수행한다. 시공간적 합법성 덕분에 주체는 바깥 세상을 정밀하게 그리는 법을 배우게 되고 그럼으로써 내면의 근원에도 이르게 된다. 개인적 주체성은 이처럼 외적 통일체에 대해 힘들게 얻은 지식을 통해 확정된다."[108] 이때의 글쓰기 양식을 지지하는 언어 이론이 바로 투명한 의사소통에 대한 이론이다. "말과 사물은 전자가 후자에 대한 완벽하게 맞아떨어지는 투명한 재현이라는 감각 속에서 하나가 된다."[109] 이태준이 『문장강화』와 자신의 문학 실천에서 거부하는 것이 바로 이 관념이다. 투명한 의사소통 이론은 언어를 그 지시하는 대상에 충분한 것으로 보며, 그렇기 때문에 소설을 익숙한 현실 속에서 이루어지는 주체의 움직임에 대한 유익한 표현이라고 여긴다. 그리고 이 유익한 표현이란 "대상을 알 수 있는 능력에 의해 그 자신에 대한 앎을 확정하는, 주체 자신에 대한

반성적 회귀라 할 수 있다".[110]

우리가 이태준을 모더니스트라고 할 수 있는 이유, 시장과 자본주의적 식민지 현실 아래에 놓인 일상적 삶에 저항하고, 언어를 그 대상에 대해 투명하고 적합한 것으로 보면서 실체로서의 주체가 지식을 향해 가는 경로 위에서 지녀야만 하는 도구로 간주하는 관념에 저항하는 작가로 특징 짓고 볼 수 있는 까닭이 바로 이것이다.[111] 이태준은 다음과 같이 쓴다. "예술가의 문장은 일상의 생활 기구는 아니다. 창조하는 도구다. 언어가 미치지 못하는 대상의 핵심을 집어내고야 말려는 항시 교교불군하는 야심자다. 어찌 언어의 부속물로, 생활의 기구로 만족할 것인가!"[112] 모더니즘 텍스트는 "타인과 자신에 대해 알게 된다고 하는, 성숙에 대해 내려온 문화적 모델이 근대 주체에 대한 드라마를 잘못 재현해왔다고 생각하면서[113] 익숙한 시간과 공간, 언어를 흐트러뜨리며 작품 속 주체의 "비일관성"을 극화하고 "시간/공간 안에 존재하는 리얼리즘적 앎을 지닌 주체의 통사법"을 파열시킨다.[114]

우리는 이태준의 소설에서 이런 식의 알아 가고 발전하는 주체가 약화되어 있음을 보았다. 이태준의 소설은 주변적인 사람, 상황 파악을 잘 못하는 사람, 자살하려 드는 사람, 지체 부자유한 사람들로 가득 차 있기 때문이다. 그래서 미래를 향해 기투하는 주체의 여정을 단단하게 지지해주는 전진하는 서사 또한 약화되어 있다. 어떤 의미에서 이태준이 썼던 여러 서사는 현재에서 과거로 후퇴하듯 움직이거나, 현재에서 과거로 갔다가 다시 현재로 돌아오는 식으로 순환한다. 이 점은 이태준의 고전주의가 주로 차용하는 기법을 즉, 과거의 사물들을 그의 텍스트 속으로 끌고 들어오는 방식을 작가의 전기적 차원이나 작품의 주제적 차원에서만이 아니라 형식적 기능의 차원에서도 진지하게 다루어야 함을 알려준다. 이들 과거의 사물과 과거에 대한 이태준의 관심이 현실로부터의 도피로 기능하건 자본주의에 따른 붕괴 앞에 존재하는 일관된 총체적 사회상에 대한 향수로 기능하건 간에, 이 기법들은 "시공간 전체를 통해 목적론적으로 움직이는"[115] 주체성의 서사적 일관성을 문제삼는다.

이태준은 이런 발전적 서사를 통해 근대성을 지지하는 담론에서의 앎의 주체 그리고 충분히 재현하는 언어라는 관념과 함께 차크라바르티가 "아직 아닌not yet"이라고 했던 비서양을 다른 편으로 밀어버리는 그런 역사 서술(그런 역사에서는 근대성의 역사란 "어딘가에서 이미 일어난 무엇으로" 파악된다), 비서양은 "따라잡아야만 한다"라며 암묵적으로 강요되는 명령문에 각각 저항한다.[116] "서구지향이 현재를 정복한다"라고 이태준은 썼다. "그러나 아무리 우리가 그것을 비판한다고 해도, 우리는 몰래몰래 서구를 뒤따라갈 수밖에 없다. 이것이 동양의 비극이다." 비록 이태준이 그리는 실패자들이 반복해서 자신의 인생 경험과 근대적 현재 사이의 불일치를 연출하기는 해도, 우리가 이태준의 비평과 소설 작품에서 확인하게 되는 것은 일단은 이 "현재"를 합리적이면서도 획득 불가능한 것으로서 묘사하는 서사 양식과의 정밀한 결합이다. 이 서사 양식은 "동정심과 유머를 동반하고서 이들 뒤처진 인물들의 고독을 묘사"하지만 "이런 주제를 사회나 인간 존재와 결부된 더 넓은 범위에 의식적으로 연결시킨다".[117] 「까마귀」와 같은 작품에서 이태준은 근대적 환경에 놓인 인간 존재를 아이러니한 교착 상태에서 면밀히 관찰한다. 이에 대해 최재서는 "사회에 대한 그의 관심이 단지 냉소주의를 통해 소개되고 있다"라고 쓰기도 하는데, 바로 그렇기 때문에 식민지 근대에 대한 이태준의 관심은 그릇된

해결책 없이 모순이나 갈등을 있는 그대로 남겨 놓게 된다.[118]

이태준의 소설에서 근대적 발전을 나타내는 서사를 냉소적으로 거부하고 있다 하더라도, 『문장강화』에서는 주체가 중심이 된 구성적 의사소통이라는 근대적 실천을 향한 분투가 발견된다. 「영월영감」에서 "서구주의자들"은 이렇게 말한다. "자연으로 돌아와야 할 건 서양사람들이지. 우린 반대야. 문명으루, 도회지루, 역사가 만들어지는 데로 자꾸 나가야 돼……."[119] 그렇기 때문에 비록 바인슈타인의 논의가(왜냐하면 모더니즘이란 주체가 시간과 공간 안에서 알아가는 자로 발전한다고 하는 특수한 개념의 버팀목들을 드러내는 것으로 이해되기 때문에) 서사적 차원에서는 설득될 수 있다 하더라도 언어 이론의 측면에서 보면 이태준은 일견 반대 방향으로 보이는 쪽에서 움직이고 있는 것 같다. 다시 말하면 그가 경험의 합리화를 지향하면서 문장화의 과정 즉 언어적 양식화를 통해서 의사소통적 언어ᄅ 안에서 경험의 합리화에 대한 표현을 이루려 하기 때문이다. 이것은 무지의 형성이라기보다는 알아감의 과정이라고 할 수 있는데, 경험이나 인식을 교환 가능한 언어 속으로 조정해 들어감으로써 앎에 이르도록 하기 때문이다. 그러므로 어떤 의미에서 언어는 의사소통 가능성을 경유하여 사회적 발화로부터 개인적 문장을 거쳐서 다시 사회 속으로 되돌아오게 된다.

이태준의 비평과 소설에서 나타나는 이 같은 반대 방향으로의 충동은 단지 근대성에 대한 근본적 모순(근대적인 것에 어떤 기원이 있다고 이해하면서도 동시에 근대란 원칙적으로 진행 과정 속에서 튀어나온 것으로 바라보는)이 고려되지 않을 때에만 모순으로서 이해된다.[120] 즉 근대란 하나의 기원, 존재의 상태이면서 되기의 진행 과정이기도 하다. 이태준이 그린 여러 인물이 거듭 뒤쳐진 상태의 "되어가는 도중의 근대"로서 격하되어 있다는 점과 이태준의 문장 작법이 다양한 방법으로 근대에 대한 표현을 충족시키는 담론을 생산하기 위해 자의식적으로 노력한다는 것은 식민담론의 이중구속을 비추어 준다. "우리처럼 되라! 하지만 너무 우리 같지는 않게" 피식민자는 분명 제국에 참여했다. 담론적 현실 속으로 들어가는 입구^{대동}아공영권를 통해 근대성으로 들어갔던 것이다. 그와 동시에 그들은 되기의 (끝없는) 과정을 주문받은 자로서, 애초에 식민자와 근대성의 기원을 공유하지 않는다는 바로 그 이유로 인해 영락없이 다르게 되어버리는 자로 분류되었다.[121]

만약 이태준을 널리 알려져 있듯 신고전주의자, 귀족주의자, 딜레탕트, 현실 도피주의자, 친일파, 전향자, 혹은 월북 작가(이 각각은 이태준을 그 시대에 귀속시키는 동시에 한국 근대문학사 전체로부터 또는 "제대로 된" 모더니즘으로부터 격하시키는 특별한 전략을 갖고 있다)라고 이해하는 것에 반대하면서 그를 모더니스트라고 이름 붙이기로 한다면, 우리는 비평의 관점이 언어 중심적이거나 역사 중심적인 초점으로 협소해지는 것에 저항해야만 한다. 이태준의 소설을 그것이 안고 있는 온갖 모순과 함께 "서정적 산문"으로 읽는 것은 그가 써내려 간 특별한 모더니즘을 재현적 언어가 지닌 근본적 결함을 인지한 데서 출현한 것으로 이해하는 일이 된다. 바로 그 때에만 우리는 이태준의 소설을 실패한 주변적 인물들을 통해 근대성(특히 오직 서양과, 오직 그 기원과 묶여 있는 것이라는 근대성에 대한 이해)을 비판한 것으로 이해할 수 있다. 이태준의 서사는 시간과 공간을 통해 전개되는 '앎'의 여행에 반대하고, 글쓰기가 경험과 인식의 합리화 과정을, 충분히 주관적인 것을 객관화하려는 어떤 시도를 전제한다는 것에도 반대한다. 이런 식의 주체와 세계 사이의 상호 침투, 또는 형식과 내용의 상호 침투는 우리로 하여금 서정적 산문을 분류 기준이 있는 명백하게 규정된 범주라 기보다는 "앎에 대한 작가의 특별한 태도를 전형적으로 보여주는" 하나의 형식으로 이해하게끔 한다. 이태준은 서사 형식("시간 안에서의 연결과 원인과 결과의 연속")[122]을 서정시가 의미를 생산하게 하도록 이미지적으로 강화하면서 조화시키는 노력으로 보여주었다. 그를 통해 우리는 언어에 대해 질문할 수 있게 되었으며 그의 문학을 특별하게 1930년대(현실에 대한 언어적 적합성이 거절된 시대)와 연결시키도록 하는 의식적 통찰력을 갖게 되었다.

결론

식민지 모더니즘과 비교문학 연구

지금까지 우리는 서양 외부에서 그리고 식민화 아래에서 이루어진 모더니즘적 문학 실천에 관한 탐구가 어떻게 "모더니즘"이라는 용어에 관한 생산적인 문제를 만들 수 있었는가를 살펴보았다. 박태원과 김유정, 이태준은 정신분석과 반경험주의, 문장작법을 갖고 작업하면서 말과 지시체 사이의 구성적 비동일성과 세계와 문학 텍스트를 읽을 때에 똑같이 해석이 필요하다는 것에 주의를 기울였다. 나는 그들이 재현의 위기에 대해 보여준 우려 섞인 형식적 대응을 식민지적 담론의 차원에 연루된 것으로서, 경험적이고 과학적이며 역사적인 방식으로 근대적 식민 권력을 지지하는 여타의 담론들을 뒷받침하는 동형 모델을 비판한 것으로서 탐구했다. 리얼리즘과 모더니즘으로 나뉘는 문학사의 장르 범주는 식민지 시대 문학을 읽는 과제에 적합하지 않을 뿐만 아니라, 피식민자나 또는 비서양에게 "현실"을 받아들이기를 요구하는 제국주의적 논리에 뿌리를 두고 있는 것이다. 이들 세 작가가 이론적이고 문학적인 실천으로서 모든 언어를 문제 삼았던 것처럼 언어 자체가 문제가 되면, 자연적이면서도 투명한 언어인 "모어", 주체화와 정통성 혹은 민족 간 차이의 한 형식으로서 요구되는 모어 자체는 문학 창작이나 문학 해석에 있어서 표준일 수가 없게 된다.

나는 국지적 차원과 지구적 차원 양쪽 모두에 개입해보려 했다. 첫째로 이들 세 작가를 식민지적 맥락에 깊이 연루된 모더니스트로 재고할 수 있도록 한국문학사의 장르 범주들을 재검토했다. 두 번째로 문학 작품들, 장르 범주들 그리고 20세기와 21세기 동안 현실성과 세계와의 관계에 대해서는 이분법적이고 정치적으로 이해하면서 문학사를 구조화했던 모더니즘 대 리얼리즘 논쟁을 다시 생각해보았다. 나는 이들 비서양 모더니즘 작가의 작품을 보다 확장된 맥락으로 읽음으로써, 모더니즘적 문학 실천이란 무엇이고 그것은 또 무엇을 하는가에 대한 포괄적이고 비교적인 이해를 가능케 하는 모더니즘에 대한 어떤 정의를 제안하려고 했다.

한국적 모더니즘에 대한 구태의연하고 유럽중심주의적인 접근의 결과는 바로 "문학사에 대한 의사소통적 모델"인데 이것은 비서양 문학 텍스트로 하여금 투명한 의미를 제시할 것을 요구한다. 한국의 모더니즘은 바로 이런 생각(언어란 현실과 동형적 관계를 띨 수 있다는)과 사투를 벌였으며, 문학어의 능력이란 그 지시 대상과의 일치에서 찾을 수 있다는 주장에 대해 적극적으로 의혹을 제기했다. 그러므로 이런 텍스트들을 어떤 작가의 개인적 작업이라거나 특정한 문학사적 범주의 예로 바라보는 해석이 실은 이같은 범주들에 의해 선결정되어 있었던 것임을 재검토해야 한다. 우리는 지금까지의 독해의 역사 속에서 모더니스트들의 체제전복적 정신이 리얼리즘적 양식을 발견했음을 드러내야만 한다. 바꾸어 말해, 만약 우리가 식민지 조선의 모더니즘을 식민화의 이중구속에 대한 하나의 반응으로서 고려하고, "의사소통 모델"을 식민화된 타자에 대한 인식과 앎의 제국주의적 양식과 흡사한 것으로서 이해한다면, 우리의 임무는 박태원과 김유정, 이태준 등이 보여준 저항적이고 비판적인 입장을 따라서 이들이 쓴 여러 작품을 읽고 역사 속에 놓인 그들의 위치를 다시 생각해보면서 오늘날 앎의 탈식민화를 향한 작업을 계속하는 것이 된다.

　나는 책의 도입부에서 앎과 표현의 제국주의적이고 경험주의적인 양식과, 막연히 문학 텍스트에 접근하는 지역학 연구 사이의 관계를 다루었다. 나는 결론에서 (비서양 모더니즘에 대한 질문을 열어놓으면서) 비서양의 모더니즘 문학 실천을 재고하는 일이 어떻게 20세기 초의 전지구적 상황과 연결될 수 있는지, 그리고 어떻게 이것이 현재의 모더니즘 문학 연구와 탈식민주의 문학 연구의 범위와 방법론을 확장할 수 있는지를 검토하는데 도움이 될 것인지에 관해 서로 연관되는 세 개의 명제를 제시하려 한다.

　한국 모더니즘은 모더니즘이다. 수잔 스텐포드 프리드먼이 설득력 있게 지적해왔듯이 모더니즘의 정의는 "시간에 따라 전지구적으로 전개되어 온 모더니즘의 차원을 억누르는 공인되지 않은 공간의 정치학"을 너무나 자주 포함한다.[1] 때문에 모더니즘은 "그 잔여에 의해 모방된 발명품으로서의 서양적인 것"[2]으로 존재하면서 비서양의 혹은 탈식민주의적 모더니즘은 파생품으로서 평가 절하된다. 프리드먼은 모더니즘을 "어떻게든 설정되어버린 근대성의 표현적 차원"으로 이해한다. 그녀는 근대성을 과거와 그에 뒤따른 시기 그리고 때로는 간문화적 접촉이라고 하는 폭력적 시기 사이에서 발생하는 극단적 파열로 설명되는 상관 개념으로 받아들이고, 모더니즘을 근대성에 대한 다중심적 개념들과 그에 수반되어 각기 다른 장소와 다른 시간대에서 일어나는 것으로서의 개념화한다. 프리드먼은 모더니즘을 "동시적으로 변별되지만 종종 권력의 극단적 차이들 안

에서 발생하고 이동하는 여러 근대성의 토착화를 통해 만들어지는" 것으로서 옹호한다.[3]

나는 중심/주변이라는 이분법(유럽중심주의의 관점에서 나왔든 민족주의자로의 시선에서 나왔든 혹은 서양과 비서양 문학 사이에서 발견되는 간극을 칭송하는 토착주의적 비평가들의 입장에서 나왔든 간에)을 강화하고 비서양의 문화적 산물을 유럽에 기원을 둔 파생물로 보는 "유럽중심적 문화전파론"이라는 이데올로기에 저항하면서 줄곧 한국 모더니즘을 모더니즘으로 다루었다. 한국의 모더니즘은 영향력 있는 백인중심주의 "뒤에" 있는 혹은 "그 영향 아래에 있는" 것이 아니라 폭력적인 "간문화적 접촉"이라고 하는 식민적 환경 안에 있었다. 이 간문화적 접촉은 근대성을 전지구적 차원에서 규정한다. 각 지역의 근대성이란 특정 지역의 역사적 조건과 결부된 탓에 여러 가족 유사성을 공유하게 된 창조적 형식들의 하나인 스타일적 범주의 한 예인 것이다.[4]

식민지기에 출현했던 한국의 모더니즘 문학은 전부는 아니라 해도 프리드먼이 정리한 "재현의 관점에서 파악가능한 모더니즘 양식들"과 많은 공통점이 있음은 분명하다. 세계시민주의, "언어와 인유에서의 다성적 패스티시"[5], 파열감, 자기 반영성, 뒤섞인 연대기, 동시성, 애매모호성, 규범적 확실성에 대한 위기, 의식의 정신 역학적 과정에 대한 서사, 억압된 것의 귀환에 따른 그 증상의 출현, 그리고 "개인적 주체성과 능력이라는 쟁점과 분리될 수 없는 제국의 충격"에 대한 감각 등등 말이다.[6] 앞에서 분명히 분석했듯이 나는 비유럽 모더니즘이 모방적으로 파생되어 나온 그 기원으로서의 유럽과 미국 모더니즘을 탈중심화하려는 프리드먼의 노력에 전적으로 공감한다. "전세계에 걸친 혼종적이고 복수적인 장소를 지정하는 모더니즘의 작품들을 모더니즘 문학 실천의 원천으로서 보는 전략, 다시 말해 역사적 특수성과 모더니즘의 특수한 현현이 지니는 내적 동역학에 민감한 '지정학적' 접근은 지지되어야 한다.

나는 지금까지 한국 모더니즘의 다성성과 형식적 혁신이 일본 제국이라는 맥락이 지닌 특수한 패권적 관계에 대한 대응에서 나타났음을 밝혀 왔다. 더 구체적으로 보자면 한국 모더니즘은 이 같은 담론 환경 속에서 피식민자의 언어에 설정된 모순적 요구 때문에 발생한 재현의 위기를 어떻게 극복할 것인가를 고민하면서 나왔다. 말해진 것이 의미한 것과 일치하지 않을 때, 특수한 발화 위치가 보편적 진술의 경우에서 모호해질 때, 그리고 그 반대의 경우에, 언어 수행자는 의미 생산을 위한 텍스트적 전략을 수정할 수밖에 없다. 이 텍스트적 전략은 의사소통 모델을 초월하고, 구체적으로는 피식민지 작가에게 문학적 고투를 요구하면서도 그것을 폄하하는 재현의 위기를 작품의 주제로 삼게 했다. 이런 관점에서 전개된 한국 모더니즘에 대한 나의 연구는 아마 이 작가들과 그들 작품의 양식을 전지구적인 모더니즘 문학 실천이라고 알려져 있는 확정적 특징들의 묶음에는 (비록 그 같은 공통성이 분명히 존재한다고는 해도) 느슨하게 연결시키면서, 1930년대 조선이라고 하는 특수한 담론적 맥락에는 더욱 확실하게 관련시키고 있다. 이런 텍스트적 전략들이 모더니즘적 문학 실천을 더욱 확실한 것으로 만들어주기 때문에 나의 작업은 모더니즘적 문학 실천의 신빙성을 쉽게 떨어뜨릴 수도 있다. 그렇기 때문에 문학 해석의 정치학 중 하나로서 특히 미학과 정치의 분리에 대한 질문이 제기되어야 한다.

한국 모더니즘은 정치적이다. 나는 오늘날의 문학 연구가 직면한 가장 중

대한 문제 중의 하나인 탈식민주의 연구가 전적으로 유럽의 식민주의적 과거와 "그 결과로 발생한 '제3세계'의 물질적이고 인신론적 착종" 사이에 놓여 있다고 하는, 논박가능한 사유를 참으로 넘어서고 싶다.[7] 본 연구는 유럽의 직접 영향권 그 안과 밖 양쪽에 놓인 식민지적 상황들 사이에서 비교 작업을 위한 공간 하나를 열어 보이려고 했다. 나는 식민지적 관계를 근대성의 근본적 측면의 하나로서 이해하면서 한국의 모더니스트들을 전지구적 권력 불균형에 저항하는 능동적 주체로 읽는다. 소니아 사커Sonia Sarker가 썼듯이 "만약 근대성과 식민주의가 동시적이라면 식민적 주체들은 근대성의 설계자들 사이에 이미 포함된다고 할 수 있다".[8] 이런 관점에서 박태원의 히스테리적이고 발작적인 서사와 김유정의 경험주의 비판과 보편적 아이러니에 대한 감각, 이태준의 정성들인 문장작법 연습과 서정적 산문은 근대와 식민지적 맥락이 갖는 특수한 모순에 대한 반응 둘 다로부터 발생한 문학 이론과 문학 실천의 양식들이었다고 할 수 있다.

한국 문학사에서 모더니즘은 비정치적이고 반민족적인 실천이라고, 또한 식민지적 위기의 외적 모델로부터 파생되었으면서도 식민지적 위기의 "현실"을 무시했던 매판적 문학 형식이라고 비난받아왔다. 식민지적 권력 차이는 한국의 모더니즘을 전지구적 역사 지평에 연결시킬 뿐만 아니라 우리가 특히 비서양적 맥락 안에 있는 문학 작품의 해석할 때 미학적 실천과 정치적인 것 사이의 관계를 재고하도록 촉구한다. 만약 탈식민주의를 연구하는 비평가들이 모더니즘을 일군의 "유럽중심주의적 위험과 탈식민적 정치체가 지닌 문화적이고 문학적인 전통에 가정된 권위에 대한 하나의 위협"[9]이라는 "의혹"을 갖고 다루어왔다고 한다면, 한국 문학사 속의 모더니즘도 국지적 맥락 안에서 똑같은 수준의 의혹을 갖고 있었다고 할 수 있다.

여기가 바로 "문화적 정통성이라는 유령에 의해 사로잡힌"[10] 탈식민주의 문학 연구의 한계와, 민족주의적 문학사와 유럽중심적 서양 문학 기관 사이에 맺어진 공모가 질문되어야 하는 그 접합의 지점이다. 스슈메이Shu-mei Shih가 중국 모더니즘에 대한 자신의 연구에서 지적했듯이 비서양 모더니즘은 "주로 유로-아메리카적 사건으로 구축되어온 모더니즘의 역사에 도전"[11]한다. 그와 동시에 비서양 모더니즘은 식민지적 근대와 결부되어 있는 한에서 표면적으로 매판적인 그 상태에 반대할 수 있는 비판적 능력을 보유한다. 두 가지 관점에서 결국 두 개의 시간대에서(식민 통치하에서, 그리고 오늘날에서) 한국 모더니즘은 "정치적"이라고, 탈식민주의적 분석을 위한 하나의 생산적 지점이 된다고 간주할 수 있다. 그것은 탈식민주의 연구를 단지 식민주의 "뒤에" 오는 것으로서가 아니라 메리 루이스 프렛Mary Louise Pratt이 지적하듯이 "식민주의와 유럽식 제국주의의 여러 작동을 전에 없던 방식 속에서 고찰해보려는 바로 이 현재에 유용한 계기"로서 이해하는 한에서 그렇다.[12] 한국의 모더니즘을 식민지기에 대한 하나의 특별한 해석 전술로 다시 자리매김함은 이들 세 작가와 그들의 작품을 모더니즘 문학의 최첨단에 위치 지으면서 정치로부터 미학을 떨어뜨리는 구분법과 싸워야 함을 뜻한다. 이 구분법은 지금까지 내가 보였듯 특정한 식민주의적 인식론에서 뻗어 나온 것으로서 언어의 경계가 곧 현실과 인종-민족적 정체성 둘 모두와 경계와 같다고 본다.

한국 모더니즘 텍스트는 형식 분석을 포함한다. 한국의 모더니즘 비평과 모더니즘적 소설 텍스트에서 지속적으로 이루어진 비평은 언어가 투명하고 문제없는 방식으로 그 지시체와 조응할 것이라는 발상이었다. 본서는 일견 자명해 보이는 다음의 진술을 줄곧 강조해왔다. 즉 면밀한 텍스트 분석은 형식에 관심을 두어야만 한다는 것이다.[13] 존 하울리John Hawley는 다음과 같이 쓴다. "형식과 장르에 대한 갖가지 질문은 전형적으로 탈식민주의적이라고 하는 분석 바깥으로 떨어져 버린다. 적어도 비평가가 탈식민주의적 글쓰기란 어떠해야 하는가에 관해 주안점을 두기 전까지는"[14] 하울리는 티모시 브레넌Timothy Brennan의 다음과 같은 발견을 인용한다. "정치적으로 불충분하다고 간주되는 제3세계 작가 중에 있는, 손쉽게 소비할 수 있는 형식으로 정치를 구현하지 않는 작가들의 너무나도 확실한 모더니즘적, 경험주의적인 글에 대해서는 어떤 관심이 빠져 있다."[15]

오히려 문학 텍스트는 장르라는 핵심적 축 위에서 정치적 참여와 강력하게 결합한다. 이것이 문학 예술에 내재하는 미적 가치를 다시 사유하자는 뜻은 아니다.[16] 뿐만 아니라 나는 증상적 읽기라고 할 수 있는 것 즉, 그 예술 작품이 직접 말하지 않은 것 안에 들어 있는 의미를 확정하는 비평 작업을 포기하는 "신형식주의"나 "표면적 독해"를 무비판적으로 옹호하고 있지도 않다.[17] 나는 증상적 독해로부터 벗어나는 것도 거절하고 "신비화하려는 의도를 제외하고는 그 어떤 형식적 의미도 단호하게 거절하는" 역사주의와도 맞서면서,[18] 식민지 조선의 지식인 문단을 특징지었던 역사주의의 위기가 재현과 진실성에 대한 질문과의 관련 속에서 우리에게 사회적 적대감을 둘러싼 의미를 제시하고 그것을 표현하는 형식의 잠재성에 대해 대단히 많은 것을 가르쳐 준다고 주장하려는 것이다.

예술과 사회 사이의 관계에 대한 결정적 질문이 이들 모더니즘 작품 자체 안에서, 내용의 차원의도적진술이 아니라 형식의 차원 안에서 작동하고 있다. 나는 이 책을 시작할 때에 인용했던 아도르노를 염두에 두면서 한국 모더니즘 소설을 재현 언어의 오류 가능성을 지속적으로 주제화하는 방식으로 "의미를 실증주의적으로 얽어매려는 것에 앞서 저항한"[19] 하나의 예술 형식으로서, 그러나 동시에 현실로부터의 거리라는 것을 유지함으로써 그 현실(담론 영역에서의 중재하는 힘으로서)을 고발하는 하나의 문학 형식으로서 이해한다.[20] 이들 텍스트는 정치 공약을 "표현"하지 않았다. "오히려 예술 작품은 경험적 현실의 요소들을 그 고유한 법칙에 따라 '재조직'함으로써 정치적 공약을 보여주고 그 효과가 나타나게 했다. 이 공약은 특정한 의제가 아니라 급진적으로 재조직되는 인식, 사회적 변화의 예비조건에 대한 기획과 관련된다."[21]

비평적 글쓰기나 창의적 글쓰기 모두에서 이 세 사람의 작가는 언어와 현실 사이의 문제적 관계를 명시적인 주제이자 강조할 만한 테마로 삼아 선행적으로 연구했다. 그래서 나는 그들이 투명한 의사소통 도구로 인식되는 말의 오류 가능성을 지속적으로 다룰 수 있었던 것은 1930년대 서울 문단에서 공히 인식되었던 재현의 위기에 대한 반응을 위해서라고 보았다. 바로 이 점이 문학사에서 이들 각자가 차지하는 각기 다른 위치에도 불구하고 세 사람을 모더니스트로 만들어준다. 우리는 박태원의 작품에서 그려진 식민지 수도에서는 병의 재현이 어떻게 발생하는지, 식민담론의 이중 구속에 대한 그 히스테리적이고 발작적인 대응이 어떻게 아날로그적인 의사소통이라는 조심스러운 시도로 나타나는지를 통해 모더니즘의 병인론을 볼 수 있었다. 1937년 김유정이 쓴 연애편지에서는 의사소통적 모델로서 문학어를 비판한다는 것이 언어적 기교에 대한 숙달이 주는 오만함을 일축하면서 초주관적 초객관적 양식이나 장르의 출현을 거부하는 것으로 이어지는데, 여기에서 우리는 김유정이 아이러니한 재현적 실천 속에서 의미라는 것에 대해 저항하고 "말한" 것과 "의미한 것" 사이의 간극을 강조한다는 것을 보았다. 마지막으로, 이태준은 『문장강화』와 언어에 대한 제국주의적이고 민족주의적인 이해라고 할 수 있는 "언문일치"라는 경계를 넘어서는 "말짓기"라는 권고를 통해 문학어를 시종일관 충만하거나 투명한 의사소통이라는 관념으로부터 극단적으로 분리시켰다. 우리는 그의 서정적 산문이라는 혼종적 실천에서 현실에 대한 주체적 작품화를 즉 직설적이고 표현적인 것이 텍스트라고 하는 "생명체" 속으로 합류해 들어가는 것을 보았다.

역사적 맥락 속에 자리한 이들 표현 양식은 단지 분열되고 우발적인 근대성의 도래를 시사하는 것일 뿐만 아니라 언어에 대한 식민지적 제약 또한 지적한다. 우리는 박태원과 김유정, 이태준의 모더니즘적 실천 속에서 단지 근대의 영향을 발견할 수 있을 뿐만 아니라 근대에 대한 저항 또한 발견하게 된다. 이것은 형식의 차원에서 이루어진 식민적 담론 양식에 대한 대응이자 거절이기도 하다. 이와 같은 문학 형식이 억압된 시대 상황에서 출현했다는 점에서, 실리아 마르시크$^{Celia\ Marshik}$가 영국 모더니즘의 사례를 들어서 지적했듯이 우리는 단지 검열의 억압으로부터 얼마나 많은 모더니즘의 미학적 혁신이 이루어졌는가를 추적할 수 있을 뿐만 아니라 어떻게 이런 측면들(자기 반영성, 파편화, 간접화, 아이러니의 사용 그리고 풍자)이 "독자가 모더니즘 작가들을 둘러싼 억압된 문화에 대해 질문하도록 독려하고, 모더니즘에 종종 빠져있다고 생각되는 윤리적이고 정치적인 차원을 표현하는"[22] "절묘한 지침"으로 결합될 수 있는지를 볼 수 있다. 히스테리 환자, 아이러니스트, 그리고 서정적 화자와 함께 의사소통의 기초가 되는 등가의 원칙(의사소통의 이해 가능성을 선언하는 "메세지 이전의 메시지")[23]은 언어적 결함이라고 하는 강력한 진술 속에서 사라져 버리기에 진술이나 내용이라고 하는 공공연한 차원에서보다 스타일이라고 하는 행위 속에서의 해석이 요구된다.

이들 모더니스트들의 문학 이론과 실천에서는 "식민화된 언어", "노예", 친일파의 매판적 발화와 "모어"(투명하고, 집단적이고 정치적인 귀속과 정체성의 의사소통적인 표현) 사이에서 강요된 부당한 선택이 완전히 실패한다. 방법론적 용어에 있어서 이런 범주가 기반하는 중심/주변 모델은 전자의 경우에는 유럽중심적인 접근과 탈식민적 "정통성" 사이에서 발생하는 똑같이 잘못된 선택이 비서양 텍스트를 백인중심적 지식의 파생물로 만들어 버림으로써 이 텍스트의 비평적 잠재성을 박탈하고, 후자의 경우에는 모더니즘을 지구적인 것으로부터 분리함으로써 정확하게 지방적인 것에만 가치를 부여하는 토착주의를 낳는다.[24] 모더니즘을 다중심적이고 지구적 현상으로 고려할 때, 우리의 초점을 "전파론적" 시간 편향 밖에서 제국 본토와 식민지를 가로지르게 하면서 모더니즘을 공간적으로 널리 분포된 것으로서 바라볼 때, 중심/주변 모델은 고장나게 될 것이다.

나의 전략은 틀과 비교 이론(1930년대 경성의 문학 동인들이 갖고 있었던 재현의 위기라는 특징, 언어의 재현 능력을 둘러싼 우려와 그 우려와 연결된 주체적, 문화적, 그리고 역사적 진실)을 마련하는 것이었다. 그렇게 함으로써 모더니즘을 이와 같은 위기에 대한 하나의 대응으로서, 식민지적 근대성 때문에 이 세계의 의미를 전달해주는 언어라는 운송 수단에 대한 신뢰를 상실한 것에 대한 창의적 대응으로서 생산적으로 정의해보려 했다. 이 이론에서 뻗어 나온 방법은 1930년대 초반부터 중반까지 창작된 텍스트의 "모더니즘"을 기정사실로서가 아니라 이런 위기에 대한 반응 속에서 출현한 기교의 모음으로서, 또한 동시에 식민지 시대 문학사에 대한 우리의 인식을 구조화시키는 해석학적 범주로서 읽는 것이었다. 바꾸어 말하면 "언어의 의사소통적이고 실용적인 기능"에 저항하면서 언어를 통해 변동적이고 불확실한 진실이 출현할 수도 있다는 해석이 솟아오르는 것을 보려했다. 그럼으로써 우리는 자아의 위기, 사회의 위기, 그리고 역사의 위기가 비평적인 모더니즘 문학 실천안에서 동시적으로 일어났음을 이해하게 될 것이기 때문이다.

그렇기 때문에 격론을 불러일으킬 만한 이런 진술이 의도하는 효과는 한국 모더니즘 연구에 대한 책을 덮는 것이 아니다. 그것은 한국의 사례를 문학 혹은 모더니즘 연구라고 하는 보다 넓은 차원에서의 비교 작업 속으로, 미학적이고 정치적인 가능성이라고 하는 바로 그 영역을 조정하는 과정에서의 비교 작업 속으로 우리를 열어 가는 것이다. 서양 문학이 근대라고 하는 지구적 지평에서 작동한다는 사실, 식민 통치 아래에서 나타나는 모더니즘 텍스트의 정치학, 그리고 문학 형식과 정치적 맥락 사이의 관계에 대한 질문, 이 모든 것은 모더니즘의 정의를 확장하고 문학 연구에서 비교 행위에 대한 관심의 촉구하는 양쪽 모두의 방향으로 계속 나아갈 수 있는 발판을 제공한다.

만약 "비교하는 사유"가 비교되는 것 사이의 "자연적"인 위계를 발달시키는 데 필수적이라면,[25] 그리고 만약 비교가 단지 "실증적이거나 객관적인 기초"에서만 일어나는 게 아니라 "각각의 부분적인 비교 활동을 촉발하는 원인들에 대한 관심과 원칙" 밖에서도 일어난다면, 이 원칙이란 것은 "선험적으로 분명하고 비교될 수 있는 지리적 혹은 문화적인 영역"[26]

을 가정하는 문제가 된다. 그러므로 "단지 방법론적 문제로서가 아니라 역사적인 대상"[27]으로서 비교 행위 그 자체가 분석 대상이 되어야만 한다. 나는 모더니즘을 "해석적 범주로 (특별한 스타일의 특징에 대한 규정 가능한 성좌들, 혹은 특정한 지리적 장소에 한정되는 운동의 하나로서가 아니라) 간주함으로써 이 문제에 대한 주의를 지속시키려고 노력했다. 그럼으로써 1930년대 식민지 경성의 지적 생활을 규정지었던 "규범적 확실성의 위기"[28]나 비서양 모더니즘을 오늘날까지 이어질 수 있게 하는 비평적 양식을 다시 비춰보려 했다.

이런 관점에서 비서양 모더니즘은 민족 문학과 "유럽식 전파론"의 세속적 제약 양쪽 모두의 밖에서 문학적인 비교 가능성을 사유할 수 있는 하나의 가능성 있는 출발점이 된다. 확실히 하나의 장르 그리고 하나의 해석적 범주야말로 민족적인(비교가능한) 것의 초월에 대한 고발이 서양 문학으로의 침투에 대한 징벌적 규제와 만나는 곳이다. 이분법적인 개념들의 묶음, 예를 들면 리얼리즘/모더니즘, 팝진성/스타일, 집합적인/개인적인, 참여/엘리트라는 것은 남한 문학사 안에서 식민지 시기 소설을 규정해왔다. 이 개념들은 "세계 문학"이라는 비교의 위계 안에서 비서양 문학에 대한 서양중심적인 가치평가와 함께 괴상한 공모를 만들어냈다. 언어를 실증적이거나 현실적으로 이해하는 것에 대한 식민지 모더니스트들의 저항이 갖는 비평적 힘은 문학 텍스트에 역사적이고 현실적인 기준을 적용시키는 방법론을 재고하도록 촉구한다. 이 방법론은 비서양 텍스트를 그것이 의도적으로 현실의 사건에 들어맞는가에 따라, 그 현실의 인종-민족적 맥락과 내용을 어느 정도로 반영하는가에 따라 평가한다.

이 편향은 담론의 의사소통적 모델에 기초해서 식민적 위치와 민족주의적/토착주의적인 위치 양쪽 모두를 객관화하고 동일화하는 인식론을 재생산한다. 또한 이것은 비교 국제주의의 수사학이 인종-민족적 경계를 고착화시키게끔 실제로 작동하고 있는 상황을 통해 1930년대 동아시아와 오늘날 사이의 연결고리를 보여준다. 이 책이 시도했던 것은 어떤 점에서는 1930년대 식민지 조선의 문학에서 실증주의적=제국주의적 비평의 외부에서 생산되는 문학 즉, 익숙한 범주 속으로 코드화될 수가 없었으며 형식 차원에서 식민 사회의 근간이 되었던 담론적 모순을 표현하던 문학에 관해 이야기할 수 있는 새로운 방법을 발견해보기였다. 이 시기에 창작된 문학을 대안적으로 사유할 방법이 필요한 까닭은 부분적으로는 혼종적인 형식들을 규정하는 데 따른 어려움 때문이다. 이 어려움은 우리가 표준적인 문학사의 분류화 도식을 거부하기 때문에 나온다. 문학 창작에 대한 전형적인 이분법적 이해(리얼리스트/모더니스트, 객관적/주체적, 정치적/비정치적)는 담론의 식민적 양식으로부터 솟아나온 것이며 앤 스톨러Ann Stoler가 프랑스 식민사라는 맥락 속에서 "식민지 실어증"이라고 언급했던 것을 야기한다. 바꾸어 말하면 "앎의 폐색"은 그 자체가 앎의 방식이다.[29] 이 폐색은 "적절한 사물(일단 사물이 거기에 있기는 하지만 말할 수 없거나 잘못 인지된다)에 대한 적절한 말과 적절한 개념에 관련된 어휘를 발전시키는 것을 어렵게" 한다.[30]

한국의 모더니스트들은 구체적으로 언어와 앎 사이의 이 같은 접점, 의미한 것을 말하는 것의 (불)가능성을 소개했다. 그들은 언어를 과학적이면서도 의사소통적인 것으로 이해하고 특정한 식민 담론의 맥락 안에서 그러한 이해를 나타냈다. 이진경이 지적했던 것처럼 발화의 보편적 양식은 발화를 둘러싼 어떤 시도도 그것을 보편성이라는 조건에서 바라보게 함으로써 피식민자의 목소리와 그 처한 상황을 가려버린다. 문학 형식이 제국의 역설이나 동시적 동일성에서의 요구와 같은 위기(정체성, 부정확한 참조성) 그리고 차이(타자성, 불확정성)에 대응하면서 발전하느라 복잡해졌다고 해서 놀랄 필요는 없다. 또한 이 텍스트의 어려움(그들의 "오해로의 초대"는 우리가 다시 읽고 판단할 것을 요구한다)[31]은 식민 상황의 담론적 제약 밖에서 나타나는 실어증적 범주를 넘어서도록 우리가 어휘나 방법을 발전시키게 독려한다. 이 실어증적 범주는 단지 한국근대문학뿐만 아니라 보다 일반적으로는 비서양 문학에 대한 문학사적 이해를 계속해서 구축한다.

나는 민족적 범주 밖에서 식민지 모더니즘을 다시 읽음으로써, 그리고 모더니즘 문학의 실천을 언어와 지시체 사이의 보편적인 문제 안에서 재구성함으로써, 비서양 문학에 적용되는 방법론을 재고할 수밖에 없게 하는 연구의 영역들을 열 수 있기를 희망한다. 모더니즘 작가가 그 시작으로서 그리고 그들 작품의 기초로서 채택한 지시성으로부터의 추락은 단지 진보적이고 실증주의적인 담론뿐만 아니라 주변부에 의한 필수적이고 권위적인 "현실"에 대한 유럽중심적이고 탈식민적/토착적인 역점의 근간 또한 흔든다. 언어에 대한 의사소통적이고 동형적인 모델에 의해 지지되고 있는 미학과 정치 사이의 선택이라는 것은 그 자체로 잘못된 것이며 제국주의의 산물이고, 또한 비서양 문학에 대한 유럽중심적인 접근의 한계가 반영된 선택이다.

주석

1 박태원, 「피로―어느 반일의 기록」은 애초에 『여명』 1, no.8(1933.7)에 발표되었다. 여기에서는 박태원의 소설집, 『소설가 구보씨의 일일』(깊은샘, 121~31쪽)에 발표된 것을 인용한다.

2 나는 식민지 수도 경성을(일본어에서라면 개조라고 했을) "서울"로 바꾸어 쓴다.

3 박태원, 『소설가 구보씨의 일일』, 121쪽. 번역은 따로 언급하지 않는 한 모두 나의 번역이다. 텍스트들은 따로 언급하지 않는 한 모두 서울에서 출판되었다.

4 Poirier, "The Difficulties of Modernism", p.128.

5 스티븐슨, *A Child's Garden of Verses*, pp.24~25. 스티븐슨의 작품은 1920년대와 1930년대 조선과 일본에서 널리 번역되었다. 김병철, 『한국근대번역문학사연구』 참고; 그리고 *Meiji Taishō Shōwa honyaku bungaku mokuroku*를 보라.

6 스티븐슨, 앞의 책, pp.60~61.

7 김윤식, 『한국현대문학비평사론』, 245~276쪽.

8 박태원, 앞의 책, 131쪽.

9 Brooks, *Realist Vision*, p.211.

10 강운숙, 『한국 모더니즘 소설 연구』, 62쪽. 제1장에서 보게 될 테지만 식민화라는 조건에서는 이것을 단순히 "시적 언어의 오류"로의 어떤 회기, 즉 일상의 의사소통 언어와 문학을 구별해주는 양식이라고 할 수가 없다(이에 대해서는 식민지 시대 모더니즘을 "순수" 문학이라고 임명했던 사람들에게 통상적 책임이 있다). 식민 통치 아래에서 "의사소통 언어"는 중립적인 개념이 아니었다. 논리적 언어는 식민화하는 국가가 피식민 인구를 규정하고 관리감독 할 수 있는 능력과 관계되는 탓에 "의사소통의 언어"는 "중립적인" 문화의 특징이 된다기보다 오히려 식민 통치의 폭력적인 동화 양식에 노골적으로 연결되게 된다.

11 그레고리 골레이(Gregory Golley) 또한 일본 모더니즘의 실천 한 가운데에서 지시적 정확성을 향한 충동과 "비모방적인" 리얼리즘 형식, 이 두 개로 이루어진 "외부로의 이행"이라는 것을 발견한다. 하지만 이 책은 서로 연관되어 있는 두 개의 결정적 관점 때문에 그레고리 골레이의 주장과 다른 길을 가게 된다. 골레이는 "고도 모더니즘"이 일본의 1910년과 1930년대 중반 사이에 큰 활약을 한 것으로 재설정했다. 1910년이라고 하면 정확하게는 조선이 공식적으로 일본의 식민지가 되었던 해다. 골레이는 동아시아에서 과학적 객관성이 제국적 앎의 양식과 피식민지 점유에 점점 더 연류되어 갔음을 지적하면서 시대구분을 했던 것이다. 그렇지만 나는 이 같은 앎의 방식이 식민지 시대뿐만 아니라 오늘날까지도 영향을 미치고 있다고 확신한다. 그렇기 때문에 이 책이 또 골레이와 갈라진다고 할 수 있는데, 그는 많은 모더니스트들이 리얼리즘을 존재론적이거나 인식론적인 범주로 이해하면서 모더니즘은 그 같은 문학적 리얼리즘 관습을 거절한다고 생각했다. 그러나 앞으로 이 책에서 읽어 보게 될 여러 모더니즘 문학 비평은 경험적 앎의 가능성을 지향하는 대단히 애매모호한 입장, 그렇기 때문에 "확장된 리얼리즘"을 작동시키는 모더니즘 문학 기교의 잠재성을 도처에서 드러내는 입장을 택하고 있다. Gregory

Golley, *When Our Eyes No Longer See*를 참고.

12 김민정, 「구인회를 둘러싼 몇 가지 문제 제기」, 26쪽.

13 최소한 어떤 점에서는 박태원과 이태준이 한국 전쟁 전이나 전쟁 기간에 월북했던 작가라는 이유로 1980년대 후반까지 남한에서 그들의 소설이 금서였던 때문이다. 앞으로 논의하게 되겠지만, 그 밖에도 모더니즘과 리얼리즘 사이를 가로지르는 무소불위의 문학사 구분과, 모더니즘과 리얼리즘이라는 기준 아래 착착 달라붙게 된 정치적이거나 역사적인 가치들을 이유로 들 수 있다.

14 Chou, "The *Kōminka* Movement in Taiwan and Korea", p.50.

15 식민지 기록에 따르면 75%나 되는 조선의 가구가 1940년 8월에 일본 성으로 전환했다고 한다.

16 Henry, "Assimilation's Racializing Sensibilities"; Todd Henry, *Assimilating Seoul : The Politics of Public Space in Colonial Korea, 1910-45, Asia-Pasific Modern*, Berkeley and Los Angeles : University of California Press, 2016.

17 염무웅, 『민중시대의 문학』, 67~68쪽.

18 Eysteinsson, *The Concept of Modernism*, p.1.

19 Shih, *The Lure of the Modern*을 참고.

20 Korea Artista Proleta Federacio, 에스페란토어로 조선 프롤레타리아 예술 동맹을 뜻한다. 1925년에 발족했으며 카프를 둘러싼 조직에서는 좌익 문학과 좌익 비평이 핵심 역할을 했다. 카프는 1935년에 총독부가 지도부를 대대적으로 검거하게 되면서 해산했다. 박태원의 『사실을 쓰다』 참고.

21 『근대문학과 구인회』 참고; 이정재, 『구인회 소설의 문학사적 연구』 참고; 김민정, 「구인회의 존립 양상과 미적 이데올로기의 상관성 연구」 참고; 구인회에 대한 회고로는 조영만, 『구인회 만들 무렵』 참고.

22 구인회의 원래 동인은 이태준(1904~?), 이효석(1907~42), 조영만(1909~?), 정지용(1903~?), 김기림(1908~?), 이무영(1908~60), 이종명, 유치진(1905~?), 김유영(1907~40)이다. 1934년에 이효석, 이종명, 김유영 대신에 박태원(1909~86), 이상(1910~37), 박팔양(1905~?)이 들어왔고, 1935년에는 조영남, 유치진 대신에 김유정(1908~37), 김환태(1909~44)가 활동했다.

23 구인회의 설립은 1933년 9월 1일자 『동아일보』, 1933년 8월 30일자 『조선일보』에 실렸다. 현순영, 「회고담을 통한 구인회 창립과정 연구」, 『비평문학』 30(2008.12), 389~426쪽 참고; 구인회는 공개 강연을 개최하기도 했다. 김인영, 「구인회 월평 방청기」, 『조선문학』 1, no.3(1933.8); 「구인회의 문예강좌」, 『조선일보』, 1935.2.17. 이 문학 강좌에는 구인회 동인 박태원, 이태준, 정지용에 더해 유명작가 이광수와 김동인도 강연자로 올라가 있었다.

24 김윤식은 『시와 소설』에서 백석이 존재할 수 있는 까닭을 이상의 건축학적 "균형감각"이라고 본다. 백석이 모더니즘 시인들(김기림, 정지용, 이상)과 함께 대칭이나 균형을 이루기 위해 포함되었다는 것이다. 비슷한 맥락에서 김유정 또한 모더니스트 박태원과 평형을 유지하기 위해 동인이 된 것이라고 한다. 김윤식, 앞의 책, 245~50쪽 참고.

25 김민정, 「구인회를 둘러싼 몇 가지 문제 제기」, 11~12쪽.

26 위의 글, 28쪽.

27 이 연구 목적에 맞게 구인회 후반에 활동했던 주요 산문 작가들을 선별했지만, 이 책의

분석을 정지용, 이상, 또는 김기림의 시를 살피는 데까지 확장할 수도 있을 것이다.

28 Chang, *Deconstructing Communication* xii.

29 Perkins, *Is Literary History Possible?*, p.4. "다양한 장르, 시대, 학파, 전통, 운동, 의사소통 시스템, 담론, 그리고 인식론적 배치는 근거 없이 작위적으로 묶여있지 않다는 가정, 그 같은 분류가 과거의 문학에서 객관적이고 타당한 근거를 가질 수 있다는 가정은 계속해서 규율에 대한 근본적인 믿음과 그 규율에 힘을 실어주는 전제가 되고 있다"(Ibid., p.4).

30 White, *The Content of the Form*, p.27.

31 이 용어에 관해서 에드워드 사이드의 『오리엔탈리즘』은 명백하게 식민담론 연구를 "식민화된 땅에 대한 지식과 식민화된 땅을 점유한 권력"과 연결시키고 제국에 대한 비판적 연구를 역사적 문서뿐만 아니라 "문학과 예술 작품 속에, 정치적이고 과학적인 글 속에" 제시되어 있는 "사유 구조"로까지 확장했다고 할 수 있다. 그리고 이를 통해 "어떻게 권력이 언어와 문학, 문화, 우리의 일상을 조율하는 제도를 통해 작동하는가"(Ibid., p.47)에 대한 통찰이 가능해졌다. 본서는 담론과 식민 권력 사이에 놓인 관계에 주의를 두면서 사이드의 논의를 따라가면서 사이드의 작업으로부터 중요해 보이는 광의의 해석을 수용하려고 한다. 그럼으로써 식민담론을 식민자가 단독으로, 아니면 주로 생산한다는 식으로 분석했던 경향을 넘어서 볼 것이다.

32 예를 들면, Shin and Robinson, "Introduction : Rethinking Colonial Korea".

33 MacCabe, "On Discourse", pp.188~89.

34 Ibid., p.208.

35 Eysteinsson, *The Concept of Modernism*, p.222.

36 Ibid., p.186.

37 이를 통해 식민화의 특수한 물질적 측면의 중요성을 감소시키려는 것은 아니며, 일본 제국주의하에서 발견되는 어떤 확정적 현실로서 지배에 대한 광의의 제국적 수사에 특권을 주려는 것도 아니다. 이 책이 이런 조건에 대응한 식민화의 문화적 혹은 언어적 양식에 주목하는 이유는 식민 통치와 그 담론적 맥락 사이의 관계를 더욱 복잡하게 만들 필요 때문이다.

38 Eysteinsson, op. cit., p.201.

39 Foucault, "The Discourse on Language", p.215~16.

40 Ibid., p.216 · 220.

41 그러므로 로버트 터니(Robert Tierney)가 지적하듯이 식민담론이란 일종의 잘못된 발화와 "제국주의적 복화술 즉, 식민자가 피식민자에게 담화에 대한 잘못된 인식을 심어주기 위해서 만든 관점", 다시 말해 이중성과 복제성이라는 두 특징을 갖는 정당화의 수사 담론이다. 터니, *Tropics of Savagery*, pp.28~32 참고. 여기에 대해서 주목할 만한 최경희의 연구 *Beneath the Vermilion Ink : The Making of Modern Korean Literature under Japanese Colonial Censorship*(Ithaca, NY : Cornell University Press, forthcoming) 참고.

42 예를 들면 Gerow, *Vision of Japanese Modernity*, especially pp.7~8.

43 Boehmer, *Empire, the National, and the Postcolonial*, p.180.

44 Megill, *Prophets of Extermity*, p.113. 메길이 지적하고 있듯이 이 위기에 대한 대응으로서 모더니즘이라는 해석 범주는 "어떤 지적 동향과 정신분석과 실존주의, 구조주의, 탈구조주의 같은 운동의 핵심에 놓여 있었던 것으로 드러났다".(앞의 책, 112쪽) 일본 소

설과 관련된 역사적 파열과 근대 주체성의 형식 사이의 관계에 대해서는 Washburn, *The Dilemma of the Modern in Japanese Fiction*을 참고.

45 Calinescu, *Five Faces of Modernity*, p.10.

46 해석의 문제는 제국 일본의 통치하에 놓여 있었던 동아시아에서 매우 중요한 문제였다. 예를 들어 고바야시 히데오에 대한 제임스 돌시(James Dorsey)의 연구를 보면, 특히 고바야시는 해석을 불신하고 "표현을 넘어선" 문학적 경험을 추구함으로써 "어떻게 해석 행위를 자제함으로써 문학적이고 이데올로기적인 간섭을 구성할 수 있는가"라고 하는 질문에 답하려고 했다고 한다. Dorsey, *Critical Aesthetics*, p.9.

47 "유럽발 전파론" 개념은 블라우트(James M. Blaut)가 쓴 *The Colonizer's Model of the World*(한국어 판은 김동택 역, 『지리적 확산론과 유럽중심적 역사』, 성균관대 출판부, 2008)로부터 가져왔으며, 프리드먼(Friedman)의 "Periodizing Modernism", p.429에서 인용.

48 나는 모더니스트들이 담론의 의사소통적 모델에 저항하는 입장으로 나아갔고 그 결과 그들은 수많은 문학 작품 안에서 한정된 언어의 한계를 추적하는 데 집중했다고 주장하면서, 최종적으로 현실을 결정하는 것으로서 언어에 특권을 부여하는 구성주의자의 접근을 채택하지도, 식민지 시대 정치적 맥락을 그 시기에 쓰인 작품에 대한 유일한 참고로 대하지도 않으려 한다. 대신에 이 두 입장을 조정하면서 언어적 발화의 의미를 확정하는 외적 권위인 권력과 언어의 "실용적" 기능을 초월하거나 파헤치는 문학 작품의 권력을 동시에 받아들이고, 그럼으로써 그 과정에서 식민 권력이 가정하는 일관된 금지를 특징짓는 양면성을 강조할 것이다.

49 Gil, *Metamorphoses of the Body*, p.188.

50 Weinstein, *Unknowing*.

51 Bell, "The Metaphysics of Modernism", p.15.

52 Schmid, "Colonialism and the 'korea Problem'", pp.951~52.

53 Friedman, "Periodizing Modernism", p.428.

제1장 제국의 역설 – 1930년대 경성 문단에 나타난 재현의 위기 ─────────

1 Spigel, *Practicing History* 2. 여기에서 용어 문제를 제기할 수 있다. 앤드류 휴이트(Andrew Hewitt)가 지적하듯, 만약 모더니즘을 텍스트로 축소된 현실이라고 규정할 수 있다면, (페터 뷔르거(Peter Bürger)를 따라) 아방가르드는 "현실과 재현의 관계"를 문제 삼은 것으로서, "현실의 텍스트성에 대해서라기보다, 텍스트의 현실성"을 주장하는 것으로서 구별되어야만 한다. Hewitt, *Fascist Modernism* 14과 Bürger, *Theory of the Avant-Garde*를 보라. 비록 내가 모더니즘을 휴이트(Hewitt)가 아방가르드에 대해 내린 정의에 더 가깝게 이해하기는 하지만, 이 책에서는 "모더니즘"을 지역적 맥락에 적용할 수 있는 것인 동시에 오늘날 이 주제를 둘러싼 논쟁에서도 그 비교가능성을 적용해 볼 수 있는 것으로서 계속 사용하고자 한다.

2 Barthes, *The Rustle of Language*, p.4.

3 Chow, *The Age of the World Target*, p.15.

4 Megill, *Prophets of Extremity*, xii~xiii.

5 Ross, "Introduction : Modernism Reconsidered", p.1.

6 Bell, "The Metaphysics of Modernism", p.11.

7 임화, 「세태소설론」, 『동아일보』 1938.4.2)은 1938년 4월 1일부터 6일까지 연재된 「'말하려는 것'과 '그리려는 것'의 분열」의 두 번째 글이다. 임화(1908~53)는 1920년 대 후반에서 1930년대까지 카프로 활동한 영향력있는 좌익 비평가이자 시인이었다.

8 위의 글.

9 최재서, 「리얼리즘의 확대와 심화」를 참고.

10 임화, 앞의 글, 1938.4.3.

11 김기림, 「모더니즘의 역사적 위치」는 『인문평론』 제1권 제1호(1939.10), 80~85쪽에 제일 먼저 발표되었다. 여기에서는 『김기림 전집』, 53~58쪽을 인용한다. 김기림 (1908~?)은 저명한 비평가였고 아방가르드 시인이었다. 구인회의 멤버였고, 1930년대 일본에서 영문학을 전공했으며 T. S. 엘리엇, I. A. 리차즈 같은 영미 비평가와 함께 정신 분석의 영향을 받았다.

12 위의 글, 53쪽.

13 위의 글, 54쪽.

14 위의 글, 55쪽.

15 Eysteinsson, *The Concept of Modernism*, p.208.

16 김기림, 「모더니즘의 역사적 위치」, 56쪽.

17 프레드릭 제임슨이 비슷하게 지적하고 있듯이, 모더니즘은 "'현실'에 대한 어떤 낡은 통 상적 개념이 문제가 되어버린" 문학적 형식으로, 모더니즘과 함께 언어의 투명성에 대 한 전통적인 믿음과 경험과 사전 그 자체라고 하는 분류에 따른 모방적 재현이라는 무 자의식적 실천이 문제가 되어버린 문학 형식으로 이해될 수 있다. Fredric Jameson, *Fables of Aggression*, p.38.

18 김기림, 「모더니즘의 역사적 위치」, 58쪽.

19 최재서(1908~64)는 1930년대의 선구적이고 생산력 있는 문학비평가였다. 1933년에 경성제국대학을 졸업하고 모교에서는 강사로 임명되었으며 1930년대 중반에 미국 문 학과 유럽 문학에 대한 글들을 발표했는데, 제임스 조이스를 번역하기도 하면서 특히 T. S. 엘리엇, 허버트 리드, I. A. 리차즈를 조선 독자들에게 소개했다. 최재서는 김환태 와 다른 구인회 멤버와 함께 프롤레타리아 소설과 프롤레타리아 비평이 주창하기는 했 으나 타개할 수는 없었던 사회 위기를 직면할 수 있는 문학 비평 방법을 구축하기 위한 작업을 했다.

20 최재서, 「풍자문학론」은 원래 1935년 7월 『조선일보』에 연재되었다. 여기서는 『최재 서 평론집』, 337쪽을 인용한다.

21 권영민, 『한국 민족문학론 연구』, 337쪽.

22 이 시기에 최재서가 "국민주의 문학"이라고 부른 것 아래에 모아볼 수 있는 문학과 문학 사적 양식의 다양성은 특히 "조선주의", 시조부흥운동, 계급 문학, 절충주의 학파를 망 라한다. 김영민, 『한국 문학 비평 논쟁사』, 225~282쪽.

23 알튀세의 개념이다. 루이 알튀세, 에티엔 발리바르, 『자본론을 읽는다』를 보라. 프레드 릭 제임슨이 *The Political Unconscious : Narrative as a Socially Symbolic Act*에서 다룬 알튀 세의 반역사주의(특히 pp.17~102)도 참고할 수 있다.

24 최재서, 「풍자문학론」, 187쪽.

25 위의 글, 188쪽.

26 위의 글, 188쪽.

27 위의 글, 190쪽.

28 Lewis, "The Physics of the Non-Self".

29 최재서, 「풍자문학론」, 194쪽.

30 위의 글, 193쪽.

31 위의 글, 194쪽.

32 위의 글, 195쪽.

33 위의 글.

34 권영민, 『한국현대문학사』 제1권, 305~36쪽; 권영민, 『한국 계급문학 운동사』 참고.

35 권영민, 『한국현대문학사』, 310쪽.

36 위의 책, 328쪽.

37 임화, 「세태소설론」, 1938.4.1.

38 권영민, 『한국현대문학사』, 336쪽.

39 최재서, 「풍자문학론」, 195쪽.

40 임화, 「세태소설론」, 1938.4.6. 임화는 이 논문의 말미에서 심리주의적 기교나 묘사적 기교를 전면적으로 거부하는 대신에 이들 각각의 기교를 역사적인 정황 속에 놓여있으며 한계가 있는 장르로 비평하면서 이들이 종국에는 "현실을 있는 그대로 파악"할 수 있는 진정한 묘사 형식으로 종합되어야 한다고 논한다.

41 식민지의 작가들 특히 박태원과 이상에게서 발견되는 "내향"과 "외향"을 폭넓게 다룬 것으로 최재서의 「리얼리즘의 확대와 심화」를 참고.

42 최재서, 「풍자문학론」, 195쪽.

43 논문 전체를 통해 최재서는 이데올로기적인 것에 기원을 둔 문학사의 장르 분류들, 예를 들면 "사회주의" 그리고 "민족주의" 문학을 사회적 현실에 대한 작가의 입장에 근거를 둔 평가와 그 작가의 서사적 기교로 대체하려고 한다.

44 여기에서 최재서는 영어 용어인 "symbol"을 象徵이라고 하는 한자를 삽입하면서 명확하게 한다.

45 최재서, 「풍자문학론」, 191쪽.

46 이진경, 「식민지 인민은 말할 수 있는가?」, 24쪽.

47 위의 글, 3쪽.

48 위의 글.

49 이진경의 논문은 우리가 순진한 입장을 갖고 국민국가의 틀 짜기를 넘어서 국가 간 연대를 상상했던 것이 일본 제국주의와 그것의 대동아 신질서 아래에서는 사실상 가능했다는 점을 지적하면서 시작한다.

50 이진경, 앞의 글, 12쪽.

51 이것은 그에 수반되는 권리나 식민자가 갖는 특권에 대해 폭넓게 접근할 길이 없이 식민지 조선인을 "일본 국민"으로 언급하는 식민지 동화의 모순을 반영한다. "명백한 민족성의 동등성에도 불구하고 출신지에 의해 구분되는 그룹 속에 개인을 분류해 넣는 가족 등록 시스템 때문에 '내선인'과 '식민 주체' 사이에 놓인 명확한 구분이 유지되었다." "'내선' 밖에 놓인 이들 그룹은 '일본 제국주의 주체'라고 하는 광의의 공동체 안에서 거의 '하위 국민'으로서 복무했다." Morris-Suzuki, *Re-inventing Japan*, p.189.

52 즉시 마음에 떠오르는 것은 "제3세계 문학"이라는 것에 대해 프레드릭 제임슨이 악의에

차서 썼던 에세이이다. 거기에서 제임슨은 비서양 문학이 강력하게 정치적 현실에 결부되어 있으며 언어는 바로 그 세계를 알레고리로 만든다는 것을 언급했다. 그리고 "애초에 이론적 지식의 논리적 대상으로서 구축될 수 있는 '제3세계 문학'이란 없다"라고 응답한 아이자즈 아마드(Aijaz Ahmad)도 있다. Ahmad의 *In Theory*, pp.96~97을 참고; 그리고 Jameson, "Third-World Literature in the Era of Multinational Capital", pp.65~88을 참고.

53 다른 시공간을 객관화하는 것은 한편으로는 프레드릭 쿠퍼(Frederick Cooper)가 "식민주의를 '유럽적 근대성'이라는 납작한 관점과 나란히 갈 수 있는 무엇으로서 추상적으로, 일반적으로 다루는 것"은 사실 "식민지 역사의 세부와 식민지에서 사람들이 경험하는 것을 뭉개는 것"이라고 썼던 것이다. 오히려 제국은 "개념들이 부여되지 않았을" 뿐만 아니라 "참여하고 경쟁하는" 공간이었다. Cooper, *Colonialism in Question*, pp.3~4.

54 Hallett, *Language and Truth*, p.6.

55 Said, "Globalizing Literary Study", pp.67~68. 여기에서 사이드는 역시 "미적 고립" 사이에서 작동하는 변증법과 "사회적 현실의 이율배반"을 부정적으로 반영해가는 그것의 능력을 언급했던 아도르노에 대해 말하고 있다. 그는 "예술의 과정"은 "대개는 사회 발전에 조응하는 것으로 스타일의 제목 아래에 분류된다 (…중략…) 예술을 촉발하는 경험의 기본적 차원은 홈칫 물러서게 하는 객관적 세계에 대한 경험과 관련되어 있다. 현실에 대한 풀리지 않은 적대는 형식이라는 갖가지 내재적 문제로서 예술 작품에 되돌아온다. 이것은 각종 객관적 요소가 예술 안에 삽입된다는 뜻이 아니라, 이로써 사회에 대한 예술의 관계를 규정한다는 의미이다". Adorno, *Aesthetic Theory*, p.5.

56 Chakrabarty, *Provincializing Europe*, p.8.

제2장 식민지의 이중구속 ————

1 조동일 외, 『한국문학강의』, 378쪽.

2 백철, 「구인회와 구보의 모더니티」, 92쪽. 백철은 전후 남한에서 이 회고의 글을 쓰면서 "프롤레타리아 문학"이라는 용어를 어떻든 경멸적인 뉘앙스로 쓰면서 약간의 정치적 프로파간다를 내세운다.

3 1933년 구인회의 등장은 식민지 조선에서 이 같은 새로운 문학 경향이 대두되는 것은 시사했는데 우리는 박태원이 1934년에 여기에 가담했음을 볼 수 있다. 구인회의 창립 동인이라 할 수 있는 조용만에 따르면 박태원과 이상은 이 시기 경성의 중심가를 익숙하게 함께 오르락내리락 하는 짝이 되었다고 한다. 박태원은 거북이 딱지같은 안경을 쓰고, 이상한 공모양의 머리 모양을 하고, 이중으로 가슴을 덧댄 코트 차림이었고 수염을 잔뜩 기른 이상은 흐트러진 머리카락 아래에 창백한 얼굴을 하고서였다. 조용만, 「이상과 박태원」, 7쪽 참고.

4 백철, 「구인회와 구보의 모더니티」, 99쪽.

5 원래 『천변풍경』은 1936년 『조광』 2호 8~10권에 연재되었다.

6 조동일, 『한국문학통사』 5권, 450쪽.

7 위의 책, 246쪽.

8 김남천, 「세태풍속, 묘사 기타」, 116~117쪽(손화숙, 「영화적 기법의 수용과 작가의

식」, 214~15쪽에서 재인용).

9 최재서, 「리얼리즘의 확대와 심화」, 1936.11.3.

10 위의 글, 1936.10.31.

11 위의 글, 1936.11.3.

12 위의 글, 1936.11.5.

13 박태원은 1950년 6월 월북한 것으로 간주된다.

14 정현숙, 「박태원 연구의 현황과 과제」, 17쪽.

15 김상태, 「박태원 소설과 실험의 언어」, 『한국현대문학론』 참고.

16 정현숙, 「박태원 연구의 현황과 과제」, 17쪽.

17 김우종, 『한국현대소설사』, 280~81쪽.

18 최재서, 「리얼리즘의 확대와 심화」, 1936.11.3.

19 안회남, 「박태원의 구보씨의 일일」; 박태원 단편소설집은 '소설가 구보씨의 일일'이라
   는 표제 아래 '문장사'에서 1938년 12월 7일 발간되었다.

20 안회남, 「작가 박태원론」, 146쪽.

21 Faulkner, *Modernism,* p.16.

22 Ibid., p.19.

23 Auerbach, *Mimesis*, p.538.

24 Lunn, *Marxism and Modernism,* pp.33~35.

25 모더니스트로서 요코미츠 리히치(1898~1947)는 1920년대 초기 신감각파 설립의 기
   수 중 한 사람이었다. 그의 소설 『상하이』(1928~1931)는 부분적으로 의식의 흐름 수
   법을 사용한 것으로 유명하다. 유명한 단편소설 작가 아쿠다가와 류노스케
   (1892~1927) 역시 모더니스트로서 그가 가지고 있었던 기교 때문에 유명했다.

26 박태원에 의해 「도살자」로 번역되었다. 헤밍웨이의 "The Killers"는 1927년 3월에 출
   판되었다.

27 김상태, 『한국현대문학론』, 368쪽.

28 위의 책, 369쪽.

29 Faukner, *Modernism*, p.1.

30 Ibid., p.6.

31 김상태, 『한국문학론』, 371~73쪽.

32 손화숙, 앞의 글, 208쪽. 그리고 테오도르 휴즈(Theodore Hughes)의 *Literature and
   Film in Cold War South Korea*를 참고하자. 휴즈(Huges)는 근대성의 시각 문화로 흡수
   되어가는 문학 텍스트에 대해 논의하면서 특별히 식민지 조선과 탈식민의 한국에서 문
   학 텍스트에 나타난 "구두적-시각적(verbal-visual)"인 것과 말과 이미지 사이의 관계
   를 이론화했다.

33 위의 글, 215쪽.

34 위의 글, 218쪽.

35 위의 글, 214쪽.

36 위의 글, 219쪽. 손화숙의 예는 푸도프킨(Vsevolod Pudovkin)이다. 룬(Lunn)은 에이
   젠슈타인의 맑시즘적 구성주의를 하나의 예로 드는데 여기에서는 몽타주가 "내연기관"
   으로 보이게 된다. 감독은 카메라가 "선택된 물리적 세부"에 초점을 맞추게 하고 "조심
   스럽게 상호참고 가능한 상징을 조합"하면서 그가 노렸던 효과를 얻는다. Lunn,

Marxism and Modernism, p.54. 몽타주가 창조되는 과정에서 바로 "이 같이 정교한 재건축 과정을 통해 사회의 전체상이 드러난다". Ibid., p.87.

37 손화숙, 앞의 글, 224쪽. 손화숙은 이렇게 쓴다. "정치적이고 시대적인 변화에 반응하는 사회적 삶에 비하면 일상은 단조롭고 주기적인 구조를 갖는다. 이것이 정확히 우리가 그 시대의 사회적 주제들에 대한 흔적, 혹은 시대의 구체적인 사건들에 대한 반영을 발견할 수 없는 이유다."

38 위의 글, 223~24쪽.

39 권영민, 『한국현대문학사』 1권, 456~457쪽.

40 Lippit, *Topographies of Japanese Modernism*, p.6.

41 티어니(Tierney)가 쓰고 있듯이 여기에서 "식민지적 모방이라는 호미 바바의 생각은 타자에 대한 제국주의적 모방이라는 부수적인 개념으로 보완될 필요가 있다". Tierney, *Tropics of Savagery*, p.16.

42 「창작 여록−표현, 묘사, 기교」는 『조선중앙일보』에서 연재되었다. 1934년 12월 17~20·22·23·27·28·30·31호에 실렸다.

43 이 구두점은 『소설가 구보씨의 일일』의 첫 페이지에서 주인공의 어머니가 아들에게 "어디 가니?"라고 물을 때에 나온다. 박태원은 "구두점에 대한 그의 애호"를 소설 작법에서 스타일 자체만큼 똑같이 고민한다고 썼다. 박태원, 「표현, 묘사, 기교」, 1934.12.17.

44 위의 글, 1934.12.18.

45 위의 글, 1934.12.20.

46 위의 글, 박태원이 두 개의 다른 언어 시스템 사이에서 발견되는 관계라는 관점에서 의미의 미끄러짐을 설정하면서 그 시대의 차용어에서 많은 예를 취하곤 했다는 것은 전혀 우연이 아니다. 박태원은 여기에서 리디아 리우(Lydia Liu)가 지적했던 것 즉 언어들이 "여행"하면서 역사적으로 특정한 문맥이 형성된 그 지역에서 "재창조된다는 것"을 명확하게 알고 있었다. Lydia Liu, "Translingual Practice"; Lydia Liu, *Translingual Practice* 참고.

47 박태원의 1934년 글은 당시 신문에서 일반적으로 활용된 것처럼 수직적으로 형식화되어 있었다.

48 박태원, 「표현, 묘사, 기교」, 1934.12.22.

49 Daudet, *Sapho*, p.13.

50 박태원은 아마도 『율리시즈』를 이토 세이(Itō Sei)의 1932년 일본어 번역으로 읽었을 것이다.

51 태창옥은 1930년대 종로에서 제일 유명했던 식당 이름이다.

52 박태원, 「표현, 묘사, 기교」, 1934.12.31, 그리고 박태원의 『소설가 구보씨의 일일』, 55~56쪽을 참고. 강조는 원문.

53 박태원, 「표현, 묘사, 기교」, 1934.12.31.

54 Simmel, "The Metropolis and Mental Life", p.328.

55 박태원, 「표현, 묘사, 기교」, 1934.12.23.

56 위의 글, 1934.12.30.

57 Bateson, *Steps to and Ecology of Mind*, p.373.

58 Ibid., p.373.

59 Watzlawick et at., *Pragmatics of Human Communication*, p.62.

60 Ching, *Becoming "Japanese"*, p.92.

61 Ibid., p.91.

62 Ibid.

63 Ibid., pp.95~96.

64 Ibid., p.97. "내가 강조하고 싶은 것은 '동화'가 그렇지는 않았는데, 식민지인들에게 뒤 따라온 국민화란 식민지적 정체성 사이에서가 아니라 그 정체성을 극복하기 위한 주체 적 투쟁 속으로 객관적인 식민지적 적대감을 내면화한 것이었다는 점이다. 국민화의 역 사적 의미는 그것과 함께 대만 식민사에서 처음으로 피식민자에 관한 지배적 담론으로 서 정체성을 향한 투쟁이 일어났다는 점이다."

65 Ibid., p.11.

66 Gann, "Western and Japanese Colonialism", p.517.

67 Ching, *Becoming "Japanese"*, p.106.

68 Yee Yong-suk, "Dōka' to wa nanika"(What Is Doka?), p.157, Ching, *Becoming "Japanese"*, p.105에서 재인용.

69 Arakawa Gorō, *Saikin Chōsen jijō*(Recent State of Affairs in Korea), p.86~87, Duus, *The Abacus and the Sward*, p.398 재인용.

70 Bhabha, *The Location of Culture*, p.86. 강조는 원문.

71 Ibid., p.90.

72 Ibid., 강조는 원문.

73 Ching, "Yellow Skin, White Masks", p.82.

74 Ryang, "Japanese Travellers' Accounts of Korea", p.44.

75 Tomoda Yoshitake, *Shina, Manshū, Chōsen, ryokō*(Travels in China, Manchuria, and Korea), p.445·421, 인용은 Ryang, "Japanese Travellers' Accounts of Korea", p.146.

76 Ryang, "Japanese Travellers' Accounts of Korea", p.148.

77 Tokutomi Sohō, *Ryōkyōkyoryūshi*(Sojourn Diaries of the Two Capitals), pp.264 ~65. 인용은 Ryang, "Japanese Travellers' Accounts of Korea", p.149.

78 비록 1950년대 초기에 스탠포드에 있었던 여러 학제의 연구자들에 의해 진행된 내부 작업과 이 분야의 뒤따른 연구들이 주로 분열증에 초점을 맞추었음에도 불구하고, 다른 이들은 이중구속 상황과 보다 광범위한 장애 사이의 관계를 연구했다. Sluzki와 Verón 의 "The Double Bind as a Universal Pathogenic Situation", pp.228~40 참고.

79 Bateson et al., "Toward a Theory of Schizophrenia", pp.253~54.

80 Ibid., p.259.

81 Ibid., p.257.

82 Ibid.

83 Sluzki and Verón, "The Double Bind as a Universal Pathogenic Situation", p.229.

84 Žižek, *The Sublime Object of Ideology*, p.111.

85 Sluzki and Verón, "The Double Bind as a Universal Pathogenic Situation", 참고.

86 김윤식, 위의 책, 256쪽.

87 Sluzki et al., "Transcational Disqualification", p.226.

88 Fujii, *Complicit Fictions* 참고.

1   Dean, "Art as Symptom", pp.26~27.

2   See Laplanche, "Psychoanalysis as Anti-hermeneutics", pp.7~12.

3   Lacan, *Écrits*, p.288.

4   Laplanche, "Psychoanalysis as Anti-hermeneutics", p.11. 라플랑슈에 따르면 타자가 보내오는 이해할 수 없는 메시지는 그 수신자를 관계성의 문제로 이끈다(Dean, "Art as Symptom", p.35). 또는 Fletcher, "Introduction"을 참고.

5   Laseque, "Des hystéries périphériques", p.655 참고. 인용은 Showalter, *Hystories*, p.14. "히스테리의 정의는 절대로 주어진 바 없으며 앞으로도 그럴 것이다. 증상이 충분히 항상적이지 않아서, 심지어 묘사라고 하더라도 하나의 유형으로 그들 모두를 묶기에는 형태도 비슷하지 않고 지속과 강도도 같지 않다."

6   Eysteinsson and Liska, "Introduction", p.1.

7   Abse, *The Diagnosis of Husteria*, p.9.

8   Freud, "Dora", p.12.

9   Freud, "The Defence Neuro-Psychoses(1894)", p.63.

10 Lacan, *The Four Fundamental Concepts of Psychoanalysis*, p.12. 라캉에 따르면 이것은 히스테리 안에서 예시되는 욕망의 보편적 특징이다. Rabaté, *Jacques Lacan*, p.23.

11 Kojéve, *Introduction to the Reading of Hegel*, 특별히 pp.3~7 참고. 또한 Girard, *Deceit, Desire and the Novel* 참고.

12 Friedman, "Definitional Excursions," p.488.

13 프로이트의 유명한 사례인 도라는 K 부인을 욕망했다. 왜냐하면 그녀는 K 씨에게 동일화되어 있었기에 그의 욕망을 그녀 자신의 것으로 취했다.

14 Fink, *The Lacanian Subject*, p.67.

15 알렌카 주판치치(Alenka Zupančič)가 설명하듯이 이 두 가지 관점은 히스테리환자에 대한 네 가지 이론으로부터 따라 나온다. 히스테리 환자는 "그 주체에게 부당한 일이 이루어지고 있다", "주인은 자격이 없다", "기표는 항상 진실을 설명하지 않는다", 그리고 "만족은 언제나 그릇된 만족이다"라고 주장한다. Zupančič, "When Surplus Enjoy-ment Meets Surplus Values", p.164 그리고 Lacan, *The Seminar of Jacques Lacan : Book* XVII 참고.

16 Fink, *The Lacanian Subject*, p.113.

17 『소설가 구보씨의 일일』은 처음으로 『조선중앙일보』에 1934.8.1부터 9.19까지 연재되었다. 나는 이 책의 모든 인용을 재간행된 박태원, 『소설가 구보씨의 일일』, 17~76쪽에서 한다.

18 위의 책, 21쪽.

19 채호석, 『한국 근대문학과 계몽의 서사』, 448쪽.

20 『율리시즈』는 1904년 오전 8시부터 대략 새벽 2시 45분 정도 사이에 벌어진 일을 쓴다. 구보의 하루도 대략 어느 여름 달 같은 시간에 벌어진다. 둘 모두 주인공들이 식민 도시를 주로 발로 돌아다닌다.

21 Wells, "James Joyce", p.331.

22 박태원, 『소설가 구보씨의 일일』, 23쪽.

23 위의 책, 24쪽.

24 위의 책, 36쪽.

25 위의 책, 37쪽.

26 위의 책, 40쪽.

27 위의 책, 37쪽.

28 Lutz, *American Nervousness*, p.20.

29 Beard, *A Practical Treatise on Nervous Exhaustion*, p.12.

30 또한 Freud, "The Justification for Detaching from Neurasthenia a Particular Syndrome", p.104~6.

31 Lutx, *American Nervousness*, p.3.

32 Beard, *American Nervousnessm*, vi. 비어드는 인간의 신경계를 전구를 추가하게 되면 결과적으로 더 많은 에너지가 드는 "에디슨의 전구"에 비유한다. Ibid., pp.98~99.

33 Ibid., pp.128~30.

34 Ibid., p.106.

35 일본에서 신경쇠약은 점진적인 질환이며 국가 발전에 위협을 가하는 것으로 인식되었다. Frühstuck, *Colonizing Sex* 참고. 민국 시기 중국(1912~1949)에서는 성적 신경쇠약의 경우에 그와 비슷한 논리를 썼다. Shapiro, "The Puzzle of Spermatorrhea" 참고. 그리고 Dikötter, *Sex, Culture and Modernity in China*, 특히 pp.163~64 참고.

36 「신경쇠약은 봄철에 심하다」

37 안종일, 「신경쇠약은 어떤 병인가?」, 『동아일보』, 1934.2.26. 안종일은 이 글에서 비어드를 인용한다.

38 위의 글.

39 위의 글, 1934.3.4.

40 위의 글, 1934.2.26.

41 이것은 성적 신경쇠약을 고치기 위한 가장 중요한 방법으로서 안종일이 취한 정신요법에의 권고에서 명확하게 나타난다.

42 박태원, 『소설가 구보씨의 일일』, 30쪽.

43 위의 책, 63쪽.

44 예를 들어 손화숙, 「영화적 기법의 수용과 작가의식」, 207~25쪽을 참고.

45 채호석, 『한국 근대문학과 계몽의 서사』, 448쪽.

46 앞의 책, 446쪽.

47 최혜실, 「경성의 도시화」, 179~80쪽.

48 채호석과 최혜실 모두가 지적하는 대로, 이것은 박태원의 "고현학" 기교와 연결된다. 고현학은 본래 일본의 건축가이자 민족지학자였던 곤와지로가 "고고학" 즉 "과거에 대한 탐구"라는 의미의 낡은 용어를 근대적 삶과 사회를 시스템적이고 과학적으로 이해하는 "고현학" 즉, "근대에 대한 탐구"라는 뜻의 신조어로 변형한 것이다. Silverberg, "Constructing the Japanese Ethnography of Modernity", pp.30~54 참고.

49 강심호, 「일제식민지 치하 경성부민의 도시적 감수성 형성과정 연구」, 129쪽.

50 "에고에 대한 프로이트의 토폴로지는 우리에게 어떻게 히스테리가 이 질문을 제기하기 위해 즉, 이 질문을 제기하지 않기 위해 그 혹은 그녀의 에고를 이용하는지를 보여 준다"

라고 Lacan은 쓴다. Lacan, "The structure of a neurosis is essentially a question", *The Seminar of Jacques Lacan : Book* Ⅲ, p.174.

51 Lacan, *The Four Fundamental Concepts of Psychoanalysis*, p.38. 이것이 "히스테리 환자의 경험에서 유래하는 공식이다… ─인간의 욕망은 타자에 대한 욕망이다". 또한 Fink, *The Lacanian Subject*, p.54 참고.

52 박태원, 『소설가 구보씨의 일일』, 17쪽.

53 위의 책, 23쪽.

54 위의 책, 26쪽.

55 강은숙, 『한국 모더니즘 소설 연구』, 67쪽.

56 박태원, 『소설가 구보씨의 일일』, 23~24쪽.

57 위의 책, 34쪽.

58 이 시인이 이시카와 다쿠보쿠(石川啄木, 1886~1912)다.

59 위의 책.

60 위의 책, 24~25쪽.

61 위의 책, 25쪽.

62 위의 책, 32쪽.

63 위의 책, 33쪽.

64 위의 책, 34쪽.

65 위의 책, 59쪽.

66 Freud and Breuer, *Studies on Hysteria*, p.7.

67 Freud, "Anxiety", p.396.

68 Van Haute, *Against Adaptation*, p.253.

69 "히스테리 환자의 경우, 만족이 결핍됨에 따라 욕망이 환상 속에서 지속되는 것처럼, 히스테리 환자는 욕망의 대상으로부터 미끄러져 달아나버림으로써 욕망을 불러들인다." Lacan, *Écrits*, p.308.

70 박태원, 「표현, 묘사, 기교」, 1934.12.31.

71 박태원, 『소설가 구보씨의 일일』, 55쪽.

72 이름 "구보"는 다양한 방식으로 기호의 조합이 가능하다. 박태원이 그의 화자의 이름으로 쓰고 있기는 한데 구보(仇甫)라는 글자의 이름은 박태원의 필명인 구보(丘甫)와 닮았지만 꼭 같지는 않다. 박태원의 원래 필명은 그가 1929년부터 사용했던 몽보(夢甫)였다.

73 박태원, 『소설가 구보씨의 일일』, 48쪽.

74 Van Haute, *Against Adaptation*, p.254.

75 박태원, 『소설가 구보씨의 일일』, 47쪽.

76 위의 책, 48쪽.

77 위의 책, 비평가 김윤식은 히스테리 환자가 계속된 불만족에 빠져 있는 것을 제시하면서, "게으름뱅이"를 어떤 선택도 완벽할 수가 없기 때문에 꼼짝달싹 못하게 된 사람으로 규정했다. 김윤식, 앞의 책, 277~89쪽.

78 Freud, *The Standard Edition* vol.1, p.256에 실린 Letter to Wilhelm Fliess, 1897.5.31.

79 박태원, 『소설가 구보씨의 일일』, 63쪽.

80   위의 책.

81   위의 책, 70쪽.

82   위의 책, 71쪽.

83   하나의 예를 들자면 구보는 매춘부가 나오는 장면의 바로 앞에서 그에게 떠오른 뭔가 즉, 구보가 상당한 즐거움을 발견하게 하는 어떤 오류 때문에 지나가는 여성을 모욕하게 된다.

84   Sakai, "Nationality and the Politics of the 'Mother Tongue'", p.20.

85   Jameson, "Modernism and Imperialism", pp.41~66.

86   Dean, "Art as Symptom", p.36.

제4장 경험주의 담론 비판

1   Bell, "The Metaphysics of Modernism", p.11.

2   Lippit, *Topographies of Japanese Modernism*, p.6.

3   염무웅, 『민중시대의 문학』, p.61.

4   비평가 김윤식은 여기가 식민지적 맥락으로 수입된 유럽 모더니즘과 식민지화라는 광의의 사회정치적 맥락을 다루는 것을 피하기에 충분할 정도로 협소했던 서사적 시점의 교차가 일어났던 한국 모더니즘의 도래지라고 지정한다. 김윤식, 『한국현대문학사』, 292쪽.

5   김유정은 1908년에 시골의 지주 집안에서 태어났고 그의 이른 죽음이 있기 겨우 2년 전인 1935년까지 그의 문학적 경력을 시작하지 않았다. 이 짧은 기간에 그는 28편의 이야기, 하나의 긴 번역, 그리고 수많은 에세이들과 편지들을 출판했다. 1936년 동안 그의 작품은 거의 한 달에 한 번 꼴로 주요 문학 잡지나 대중 매체 또는 신문에 등장했다. 그가 시골 출신이고, 농업적 생활 방식과 관계가 있고, 지역 사투리를 사용하고, 그리고 도시와 유리되어 있다는 이 모두가 전후 남한의 문학비평이 김유정에 대해 작업할 때 기초로 삼는 전기적 사실들이다. 「김유정의 가문」, 13~22쪽; 전신재, 『원본김유정전집』.

6   이 점에 관해서는 김윤식, 『한국현대문학비평사론』, 245~50쪽 참고.

7   나는 식민지 후반에 일어났던 지시성의 침식에 대한 인식과 의미의 실패에 대한 미학적이고 문학-비평적 대응을 "재현의 위기"라고 하면서 전체적으로 경험이나 인식을 주로 언어적으로 재현하는 일을 강조하고, 여기에서 김유정을 따라가면서 "지지하거나" 혹은 "대신하는" 감각적 차원에서 재현을 윤리적으로 고려하는 데까지로 나아가는 결론을 내린다.

8   간략한 약력은 주로 김용기, 「김유정의 가문」 그리고 전신재 외, 『원본김유정전집』에서 가져왔다.

9   「소낙비」는 1935년 1월 29일부터 2월 4일까지 『조선일보』에 6부로 연재되었다.

10   김윤식은 김유정이 실레에서 태어났는지 서울에서 태어났는지는 전혀 정확하지 않다고 지적한다. 김윤식, 「들병이 사상」, 281쪽.

11   유인순, 「김유정문학 연구사」, 24쪽. 김우종은 김유정에게는 소위 비평가들이 "서정주의의 맹점"이라고 부른 역사적 의식이 부재한다는 것을 논하면서 보기 드문 반대 의견을 제시한다. "작가는 현실을 다룰 때 항상 선한 의지로 채색된 안경을 쓴다." 그 결과로

그의 소설은 "현실에 대한 정확한 객관적 이해 없이" 만들어진다. 이 "안경"이 김유정의 시야를 좁히고 그의 "토향"을 객관적이면서도 장기적인 역사적 안목을 갖고 바라볼 수 없게 한다는 것이다. 김우종, 『한국현대소설사』, 267~72쪽.

12 김윤식·김현, 『한국문학사』, 323쪽.
13 이재선, 『한국 현대 소설사』, 370쪽.
14 위의 책, 371쪽.
15 정한숙, 『현대한국문학사』, 165쪽.
16 위의 책, 165쪽. 「동백꽃」은 원래 잡지 『조광』 1936년 5월호 273~80쪽에 발표되었다.
17 조동일, 『한국문학통사』, 476~77쪽.
18 김윤식, 「들병이 사상」, 281쪽.
19 위의 책, 281쪽.
20 김종건, 『구인회 소설의 공간설정과 작가의식』, 31쪽
21 위의 책, 36쪽.
22 위의 책, 39쪽.
23 「총각과 맹꽁이」, 김유정의 두 번째 발표 작품은 잡지 『신여성』, 1933년 9월호 127~33쪽에 실렸다.
24 김종건, 『구인회 소설의 공간설정과 작가의식』, 36쪽.
25 「두꺼비」는 구인회 잡지 『시와 소설』의 1936년 3월호에 실렸다.
26 김윤식, 「들병이 사상」, 279쪽.
27 위의 글, 274~75쪽.
28 손종업, 『극장과 숲』, 201쪽.
29 위의 책, 215쪽.
30 위의 책, 205쪽.
31 「병상의 생각」은 『조광』(1937.3)에 '연애편지'라는 제목 아래 다양한 작가들이 실은 에세이들의 모음 중 한 편으로 발표되었다. 여기에서 나는 『원본김유정전집』 464~72쪽에서 인용하고 있다. 이 편지는 1937년 1월 10일 무렵 박봉자(1909~88)에게 보낸 것으로, 그녀는 전해에 있었던 그의 '열정적 구애'를(김유정은 유명한 여성 잡지에 이와 같은 제의를 싣기까지 했었다) 거절한 바 있었다. 박봉자는 후에 김유정의 지인이자 구인회 맴버인 비평가 김환태(2909~44)와 결혼했다.
32 신동욱, 「숭고미와 골계미」, 742쪽.
33 전신재, 「보정판 서문」, 4쪽, 손종업, 『극장과 숲』, 214쪽의 재인용.
34 손종업, 『극장과 숲』, 208쪽.
35 "편지를 보내시는 이유가 나변(那邊)에 있으리요." 이것은 김유정이 사랑을 위해 해온 일의 이면에는 성적 욕망이 깔려 있음을 암시한다. 김유정, 「병상의 생각」, 465쪽.
36 김유정은 "예술을 위한 예술"을 "신심리학적" 진영의 모더니즘에 국한시키지 않고 보다 넓게 사물 자체의 진실을 언어로 자신있게 표현하는 작가에게까지 확대시킨다.
37 알랭 바디우는 유사한 과정이나 구성을 현재의 진실에 적대적인 것으로서 규정한다. "'문화'라는 이름은 '예술'이라는 이름을 지우기 위해 등장한다. '기술'이라는 단어는 '과학'이라는 단어를 지운다. '관리'라는 단어는 '정치'라는 단어를 지운다. '성'이라는 단어는 '사랑'을 지운다. Badiou, *Saint Paul*, p.12.
38 김유정은 편지를 다음과 같은 알 수 없음의 진술로 시작한다. "그 사람이 무엇인지 알기

가 극히 어렵습니다. 당신이 누구인지 내가 모르고, 나의 누구임을 당신이 모르는 이것이 혹은 마땅한 일일지도 모릅니다." 김유정, 「병상의 생각」, 464쪽.

39 Sakai, *Translation and Subjectivity*, p.8.
40 김유정, 「병상의 생각」, 468~69쪽.
41 Sakai, *Translation and Subjectivity*, p.9.
42 Ibid., p.194, footnote 3. 사카이는 저 유명한 데리다의 포우의 『도둑맞은 편지』에 대한 분석을 인용하고 있다.
43 김유정, 「병상의 생각」, 469쪽.
44 Barthes, *The Rustle of Language*, p.10.
45 Ibid., p.4.
46 Ibid., p.10. 바르트는 역사 담론에서 비슷한 비평을 개시하면서 "사실"을 객관적으로 제시하는 비평의 능력을 가정한다. "현실"은 "그 지시 대상의 명백한 전지전능함 뒤에 감추어져 있는, 정형화되지 않게 의미화된 것에 불과하다". Ibid., p.139.
47 de Man, *Blindness and Insight*, p.188.
48 Lukács, *Writer and Critic*, p.144.
49 Ching, *Becoming "Japanese"* 참고.
50 김유정, 「병상의 생각」, 465쪽.
51 총체적 표현을 얻으려는 시도는 대상/주체 자체를 드러내려는 것과 같을 것인데, 이것은 어떻게 보면 주체/대상의 죽음과 재현에 의한 그것의 완벽한 복속을 의미할 것이다. 김유정이 그의 에세이에서 비판한 것은 리얼리즘적 자연주의 소설과 심리 소설이 세부를 촘촘하게 다듬으면서 보여주는 총체적 표현을 향한 이 같은 시도이다.
52 Lukács, *Writer and Critic*, pp.31~32.
53 Ibid., p.134.
54 Ibid., p.140. "우리가 오늘날 형식주의라고 부르는 것은 객관성의 중심인, 객관성의 기초가 되는 주관주의적 원칙의 주변 관점에서 만들어진 표현이다." Ibid., p.107.
55 김유정, 「병상의 생각」, 471~72쪽.
56 위의 글, 465쪽.
57 위의 글, 472쪽.
58 "리얼리즘-글쓰기와 예술에서 현실을 표현한 것-은 모더니즘의 반대말도 아니고 모더니즘이 역사적으로 필요로 했던 전임자도 아니다. 만약 전적으로 그 같은 입장을 갖는 것이 있다면 그것은 이상주의이다." Moi, *Henrik Ibsen*을 참고. "The Colonial Origin of Korean Realism", pp.165~92.
59 Moi, *Henrik Ibsen*, pp.72~73.
60 Ibid., pp.87~89.
61 Ibid., p.90.
62 김유정, 「병상의 생각」, 466쪽.
63 Moi, *Henrik Ibsen*, p.20.
64 Perkins, *Is Literary History Possible?*, pp.132~32.
65 이 정의는 Samuel Johnson의 *Dictionary of the English Language(1755)*에서 가지고 왔으며 인용은 Muecke, *The Compass of Irony*, p.8.
66 Lang, *Irony/Humor*, p.51.

67 Ibid., p.25.

68 Behler, *Irony and the Discourse of Modernity*, p.111.

69 Hatzimanolis가 오스트레일리아의 다문화적 맥락에서 정통성과 타자성에 대한 이 같은 요구에 대해 글을 쓰는 것처럼 "그들"로서 말하는 주체의 제도화하려는 욕망에 대한 질문은 식민지적 상황에서도 똑같이 제기될 수 있다. 그렇기 때문에 "민족성"이라는 것은 다른 가능한 의미들과 사용들 중에서 피식민자와 식민자 사이에서 인식되고 강화된 차이에 할당된 하나의 상태로 이해될 수가 있다.

70 Hatzimanolis, "Multiple Ethnicity Disorder" 그리고 또 Hatzimanolis, "Ethnic Double Agents" 참고.

제5장 **언어의 아이러니**

1 김상태, 「김유정과 해학의 미학」, 324~25쪽.

2 이런 관점에서 프리드리히 슐레겔은 아이러니를 "eine permanente Parekbase"로 정의하는데 즉, 거기에서 "파라바시스(parabasis)는 영국식 비평에서는 '자의식적 화자'라고 부르는 것으로서 소설적 환상을 교란시키는 작가적 침입으로 이해된다". de Man, *Blindness and Insight*, pp.218~19.

3 Furst, *Fictions of Romantic Irony*, pp.8~9. 누군가는 루이스의 영향에 따라 최재서의 풍자 개념을 그 무도덕성 때문에 아이러니와 가까운 것으로 주장할 수도 있을 것이다. Lewis, *Men without Art*, especially "The Greatest Satire Is Non-normal" pp.85~93.

4 Muecke, *The Compass of Irony*, p.19.

5 Ibid., p.20.

6 Ibid. 그렇기 때문에 아이러니는 "가정과 그에 따른 결백을 죄라고 간주한다. 단순한 무지는 아이러니로부터 안전하지만, 최소한의 자신감이 동반된 무지는 지적 자만으로 간주되고 처벌가능한 범죄가 된다". Ibid., p.30.

7 Ibid., p 42. 김상태는 김유정에게서 보이는 아이러니가 상황적이라고 하며 그것이 그 시대의 정치적 경제적 상황에 관계되어 있는 것이라고 주장한다. 김상태, 「김유정과 해학의 미학」, 327쪽.

8 Booth, *A Rhetoric of Irony*, p.4.

9 Muecke, *The Compass of Irony*, p.120. 부스의 A Rhetoric of Irony에 따르면 이 "우호적인 공동체"는 아이러니적 텍스트를 읽고 해석하면서 형성된다. 모순을 발견하게 되면 독자는 "텍스트의 문면에 쓰인 의미를 거부해야만 한다"(p.10), 다른 대안적 해석을 고려하고, "내포작가"인지 아닌지를 결정해서 텍스트 안에 비슷한 모순이 있는지를 본다, 그리고 "독자가 그 작가에게 공을 돌리기로 결정한, 말해지지 않은 믿음들을 조화시키려는 필요에 의해 새롭게 재구축한 의미를 선택한다"(p.12), 궁극적으로는 문자적 독해와 "상위의" 아이러니적 의미에 대한 "더 확실한 근거"(이제는 불합리해진)로의 발딛음을 지지한다고 간주되는 "의미 구조"를 거절한다(pp.36~37).

10 Booth, *A Rhetoric of Irony*, pp.28~29.

11 Ibid., p.73. 강조는 원문.

12 Ibid., p.33.

13 Ibid., p.44.

14 정한숙, 앞의 책, 167쪽.

15 조동일, 『한국문학통사』 5권, 476~77쪽. 조동일은 김유정의 소설에 "풍자해학소설"이 라는 별칭을 붙인다.

16 Lang, *Irony/Humor*, p.5.

17 Ibid., p.43.

18 Ibid.

19 Ibid., p.2.

20 Ibid., pp.8~9.

21 Ibid., p.25.

22 Furst, op. cit., pp.1~2.

23 Ibid., 이것이 정확히 1930년대 경성 문단에서 일어난 일이다. 최재서와 임화의 비평들에서, 그리고 앞에 나오는 김유정의 「병상의 생각」에서 우리가 보는 것은 "말의 효율"이나 언어를 통한 직접적 의사소통 가능성에 대한 지속적인 질문이다. 그리고 이러한 질문이 김유정의 비평문의 뿌리이다.

24 Walkowitz, *Cosmopolitan Style*, p.20.

25 여기에서 나는 『원본김유정전집』으로 출판된 책의 29~37쪽을 언급하는 것이다.

26 '터무니 없는 공상'이라는 용어는 김상태의 것이다.

27 「금따는 콩밭」은 원래 『개벽』 2호(1935.3) 23쪽, 51~64쪽에 발표되었다. 여기에서 나의 인용은 『원본김유정전집』, 64~76쪽을 따른다.

28 정한숙, 앞의 책, 166쪽. 비평가 김철은 돈이 김유정 작품에 등장하는 여러 인물들 사이에서 감정적인 반응을 불러일으키는 유일한 원천이며, 사랑, 증오, 열정, 친절, 질투, 불신, 배신, 선망 등과 연결됨으로서 사람들 사이의 관계를 중개하는 매개체, 인간 욕망의 원천이자 그 욕망을 깨닫게 해주는 유일한 도구라고 주장한다. 김철, 「꿈/황금/현실」, 256쪽.

29 김상태, 「김유정과 해학의 미학」, 330쪽.

30 「봄봄」은 원래 『조광』(1935.12), 323~33쪽에 발표되었다. 여기에서 나는 『원본김유정전집』, 156~68쪽을 인용한다.

31 위의 책, 156쪽.

32 위의 책, 164쪽.

33 위의 책, 157쪽.

34 위의 책, 162쪽.

35 위의 책, 162~63쪽.

36 위의 책, 157쪽.

37 위의 책, 161쪽.

38 위의 책, 165쪽.

39 위의 책, 167쪽. 이후에 출간된 「봄봄」의 개정판에서는 마지막 두 문단 정도가 수정되는데, 싸우는 장면을 연속적으로 이어가면서 봉필과 주인공 사이가 화해되는 것으로 끝맺는다. 그러나 『조광』의 원문에서는 더 불확실한 결말로 이어진다.

40 김유정, 「병상의 생각」, 464쪽.

41 「땡볕」은 원래 『여성』(1937.2), 92~95쪽에 발표되었다. 이 텍스트는 『원본김유정전

집』324~31쪽에 재수록되어 있다. 여기에서 나는 『동백꽃』의 「땡볕」, 25~42쪽을 인용한다.

42 Walkowitz, *Cosmopolitan Style*, p.16.

43 김유정, 「땡볕」, 37~38쪽.

44 A. E. Dyson, 인용은 Furst, op. cit., p.5.

45 김상태, 「김유정과 해학의 미학」, 323쪽.

46 김유정, 「땡볕」, 33쪽.

47 Booth, *A Rhetoric of Irony*, p.3.

48 Ibid., p.7. 강조는 인용자. 노스럽 프라이는 "문학 구조는 아이러니하다, 왜냐하면 '말한 것'이 항상 '의미하는 것'과 어떤 식으로나 어느 정도로나 다르기 때문이다. 담론적 글쓰기에서 말해진 것은 대체적으로, 또는 이상적으로 의미된 것과 일치하려는 경향이 있다". Frye, *Anatomy of Criticism*, p.81.

49 김상태, 「김유정과 해학의 미학」, 324쪽.

50 위의 글, 327~29쪽.

51 Lang, *Irony/Humor*, p.42.

52 Quine, *Word and Object*, pp.271~72.

53 철학에서 언어적 전회에 관해서는 Ayer, *Language, Truth and Logic*, p.35; Bergmann, *Meaning and Existence*; Bergmann, *Logic and Reality*; Rorty, *The Linguistic Turn*을 참고.

54 Sluzki 외, "Transactional Disqualification : Research on the Double Bind", p.226. 저자들은 여기에서 내가 모더니즘 텍스트의 생산의 근간이 되는 비슷한 종류의 조건들을 강조하기 위해 빌려온 설명인 정신분열증에 대해 논한다.

55 Behler, *Irony and the Discourse of Modernity*, p.112. "일반적으로, 역사적 시기에 따른 어떤 특별한 설명과 상관없이 아이러니에 대한 가장 중요한 주제는 진실과 관련된 언어적 표현, 의사소통, 이해의 문제에 관련된 자의식적 말하기와 쓰기 그리고 숙고에 있다." 앞의 책, p.111.

56 최재서, 「풍자문학론」, 195~96쪽.

57 Lang, *Irony/Humor*, p.50.

58 de Man, *Blindness and Insight*, p.213.

59 Ibid., p.213.

60 Ibid., p.189.

61 Lang, *Irony/Humor*, p.50.

62 de Man, *Blindness and Insight*, p.222.

63 이것은 언어에 대한 플라토닉한 경제관념 즉 "의미 혹은 진실은 금(가치의 절대 기준)과 같은 반면에 언어의 기능들은 지폐나 다른 교환 수단들로서, 거짓 또는 진지하지 못한 언어는 자연스럽게 날조되거나 위조된 화폐로 간주된다". Lang, *Irony/Humor*, p.2. 키에르케고르에 따르면, 그렇기 때문에 아이러니는 "상환불가능한 화폐", "금"으로 전환될 수가 없는 상징 화폐이다. "'아이러니스트에게는 근원(Urgrund) 즉, 부인할 수 없는 경화가 있다. 그러나 그가 채굴한 그 동전은 그 자체로는 진짜 가치를 갖고 이지 못한 화폐와 다름없는 것이다. 그렇지만 모든 아이러니스트의 세계와의 거래에는 이런 종류의 통화가 이루어진다.'" Kierkegaard, *The Cocept of Irony*(1989). p.8. 인용은 Lang, *Irony/Humor*, p.31.

64 Muecke, *The Compass of Irony*, p.121.

65 Kierkegarrd, *The Concept of Irony*(1966), p.271. 인용은 Muecke, *The Compass of Irony*, p.120.

66 Muecke, *The Compass of Irony*, p.121.

67 Fogelin, *Figuratively Speaking*, pp.11~12.

68 첫 번째 예는 원래 『조선일보』에 1935년 7월 17일부터 30일까지 13회로 연재되었던 「만무방」에서 가지고 왔다. 두 번째는 『사해공론』(1935.12)에서 발표된 「아내」에서 가지고 왔다.

69 최재서의 개념을 확장하면서 우리가 다시 보게 되는 것은 김유정의 자기 풍자적인 아이러니이다. 단지 객관적인 사회적 세계에 대해서뿐만 아니라, 언어적인 자의식으로 표현되며 언어(텍스트)의 허구적이거나 애매모호한 본성에 주의를 기울이게 하는, 의심할 여지없이 모더니즘적 기교라고 할 수 있는 자기라는 것에 대한 비판이 되는 아이러니 말이다.

70 Fogelin, *Figuratively Speaking*, p.112.

71 Knox, *The Word IRONY and Its Context*, p.30.

72 Booth, *A Rhetoric of Irony*, p.241. 강조는 인용자.

73 Muecke, *The Compass of Irony*, p.120.

74 Kierkegaard, *The Concept of Irony*(1966), p.271. 인용은 Muecke, *The Compass of Irony*, p.120.

75 Lang, *Irony/Humor*, p.43.

76 Ibid., p.41.

77 「봄과 따라지」는 원래 『신인문학』(청조사, 1936.1), 265~69쪽에 발표되었다. 여기서 나의 인용은 『원본 김유정 전집』, 189~90쪽을 따른다.

78 Furst, op. cit., p.230.

79 김유정, 『원본 김유정 전집』, 185쪽.

80 의식의 흐름이나 일인칭 서사가 나오는 구절에서 주인공은 종종 그 자신을 깍쟁이로 언급한다.

81 위의 책, 186쪽.

82 위의 책, 188쪽.

83 위의 책.

84 아마도 무성영화의 내래이션을 맡은 진행자일 수 있다.

85 앞의 책, 190쪽. 따라지의 신발은 중고품인 데다 너무 커서 그가 여자를 따라가려고 하는 것을 방해한다.

86 Furst, op. cit., p.230.

87 최재서, 「풍자문학론」, p.194.

88 Jameson, *Fables of Aggression*, pp.93~94.

89 Muecke는 "일반적" 아이러니가 단지 지금까지의 이백 년 동안에 존재해온 것으로 "삶이 근본적으로 또한 피할 수 없이 자기 자신 또는 세계 전체와 대립하고 있다는 [근대적] 인식"으로부터 나온 것이라고 지적한다. Muecke, *The Compass of Irony*, p.123. Muecke와 Furst, 그리고 아이러니에 대한 다른 이론가들은 "근대"로 20세기를 지칭하지만, 종종 이 용어는 18세기 후반에 기원을 둔 낭만주의 시기 전체를 포괄하는 것으로

이해하기도 한다.

90 Behler, *Irony and the Discourse of Modernity*, pp.66~67. 저자는 여기에서 프리드리히 슐레겔을 바꾸어 말하고 있다.

91 Lang, Irony/Humor, p.14.

92 Furst, op. cit., p.42. Furst에 따르면 이 "의식의 불안정성"은 르네상스에서 근대로의 전환이라고 할 수 있는, 유럽의 18세기부터 19세기에 걸쳐 일어난 것이었다.

93 Ibid., pp.39~40. Furst는 여기에서 로크의 『인간오성론』(1690)을 풀어 쓰고 있다.

94 Furst, op. cit., pp.230~31.

95 Ibid., p.239.

96 Ibid., p.228.

97 최재석 그의 에세이에서 논하고 있는 문학 창작과 사회 현실 사이의 관계는 프레드릭 제임슨의 내재적 문학사에 대한 비판과 유사하다고 볼 수 있다. 제임슨은 여기에서 미적 형식에 대한 의미론적이고 구조적인 전제조건들에 관한 검토가 반드시 예술이 역사적 사건들이나 정치적 정황들을 반영한다고 볼 수는 없다라고 주장한다. "형식적 가능성들 자체에 대해서나 혹은 그것들의 내용에 대해 어떤 관점을 취하든지 간에 모든 위대한 형식적 혁신은 결정적인 것으로서, 그에 앞서거나 뒤따르는 것들에 즉각적으로 동화될 수 없는 상황을 반영한다." 이와 마찬가지로 예술 작품이란 "그 자체가 사회적이고 역사적인 모순을 공표하는 하나의 미학적 딜레마에 대한 불안정하고 잠정적인 해결책"으로 읽혀야만 한다. Jameson, *Fables of Aggression*, pp.93~94.

제6장 발화의 육화 — 이태준, 『문장강화』

1 이태준, 『문장강화』(문장사, 1940), 전체를 통틀어 내가 여기에서 인용하는 판본은 장영우가 편집하고 주해를 단 것으로 기본적으로 1948년에 증보 재간행된 『문장강화』에 기초를 둔 『문장강화』(깊은샘)이다.

2 Gil, *Metamorphoses of the Body*, p.188.

3 이 구절은 소쉬르에 대한 옹의 논의에서 가지고 왔다. Ong, *Orality and Literacy*, p.17.

4 이태준의 필명은 상허(尙虛)였다. 권영민은 이태준의 죽음을 1970년으로 잡는다. 하지만 다른 연구자들은 북한에서의 그의 삶과 죽음을 둘러싼 확실한 정보가 부족하기 때문에 정확한 날짜를 정하기 어렵다고 본다. 권영민, 『한국 현대문학사』 1권, 470쪽. 이태준의 전기적 정보는 주로 박헌호, 『이태준과 한국 근대소설의 성격』, 그리고 민충환, 『이태준 연구』에서 가지고 왔다. 이들 텍스트에서 말하고 있는 전기적 세부는 이태준 자신의 전기적이고 소설적인 글쓰기를 참고하고 있는 듯하다.

5 민충환은 이태준의 준자전적 작품이라고 할 수 있는 『사상의 월야』를 다루면서 돌연 나가사키를 거쳐 만주로 달아나버린 것으로 묘사되는 이태준의 아버지가 일본 통치 권력과 불화했던 조선의 개혁 기획가들, 초기 계몽 지식인 그룹의 일원이라고 추정한다. 민충환, 『이태준연구』, 26쪽.

6 이태준은 1929년 초부터 출판을 시작해서 1932년 무렵에는 우리에게도 잘 알려져 있는 「서글픈 이야기」(『신동아』, 1932.9), 「꽃나무는 심어 놓고」(『신동아』, 1933.3) 그리고 「달밤」(『중앙』, 1933.11)을 발표한다.

7   권영민은 무엇보다도 이러한 고전주의로의 전환을 점점 가혹해지는 일본 통치 아래에서 식민지 지식인들과 예술가들이 겪어야 했던 곤경과 연결시킨다. 이태준은 정치적 행동을 목표로 하지 않으면서 식민지 검열 아래에서 "「토끼 이야기」와 같은 단편소설에서 식민지 근대성과 그 극심한 모순을 경험한 지식인 작가의 내면을 그렸다". 권영민, 『한국 현대문학사』 1권, 476~77쪽. 유종호 역시 시대를 통과해 가는 작가적 상황과 그의 소설적 전개 사이의 평행 관계를 발견하고 있다. 「고향」(『동아일보』, 1931.4.21~29 연재)의 주인공 김윤건은 무기력한 풍경, 감옥에서의 사회 활동, 무능력한 식민지 지식인들의 몰락을 발견한다. 「장마」(『중앙』, 1936.10)는 어떤 기성작가가 집안에 갇혀서 짜증을 내는 모습을 보여준다. 그리고 「토끼 이야기」는 조선어 신문의 간행이 금지된 이후 시기를 반영하는데, 주인공은 자신이 기르던 토끼를 먹이나 물을 줄 수가 없어서 죽게 만들고 만다. 유종호, 「인간 사전을 보는 재미」, 51~57쪽.

8   전향의 증거는 종종 이태준의 잡지 『문장』에서 제국주의적 노력을 뒷받침하는 구절들로부터 취해진다. 예를 들면 1940년 11월. "帝國의 시국은 國民皆兵을 요구한다. 文人協會가 총동원하여 半島의 一千熱血兒가 모히여 帝國軍兵이 됨을 지망하고 日夜奮務하는 訓練所를 참관케 되었음은 半島의 文人된 義務上 意義가 중대할 줄 안다." 김우종, 『한국현대소설사』, 244쪽의 재인용.

9   Caprio, *Japanese Assimilation Policies in Colonial Korea* 참고. 특히 chapter 5.

10 Shu, Treacherous Translation 참고; 그리고 Shu, "The Location of 'Korean' Culture". Henry Em 역시 이 시기의 특징이 되는 그 모순에 대해 다음과 같이 간명하게 요약한다. "식민지 시기 마지막 십년 동안 식민지 당국이 내선일체의 기치 아래 강제적인 동화 정책을 추진한 것은 잘 알려져 있다. 학교 수업에서 조선어 사용이 없어지고(1934), 신사참배가 요구되었으며(1935), 조선인들이 일본 성씨를 쓰게끔 강요되었다(1939). 그러나 내선일체(內鮮一體)의 슬로건은 식민지 시대 내내 있어온 일본 인종정책의 양면성을 드러낸다. 그 양면성은 일본을 내부(內)로 만듦으로써 조선(鮮)을 외부(外)로 배제함에도, 그와 동시에 이 외부가 반드시 언제나 그 자리에 있어온 그 내부와 하나가 되어야만 한다는 것이었다." Em, "Between Colonialism and Nationalism" 그리고 최유리, 『일제 말기 식민지 지배정책연구』, 특히 제2장 참고.

11 비록 이 장이 식민지 근대성이라는 맥락에서 1930년대 이태준의 소설에 국한하고 있지만, 이태준의 복수적 "전향"이 갖는 지위와, 모더니즘적 스타일리스트 또는 비정치적 딜레탕트라는 작가에 대한 문학적 초상과 해방기 정치적 장면에서 좌익으로서 그가 보여준 활발한 참여 그리고 1946년에 북을 여행한 것과의 괴리는 신중한 검토를 요구한다.

12 조동일, 『한국문학통사』 5권, 485~86쪽.

13 김우종, 『한국현대소설사』, 248쪽.

14 인용은 위의 책, 250쪽.

15 김윤식·김현, 『한국 문학사』, 323쪽.

16 위의 책, 325쪽.

17 권영민, 『한국 현대문학사』 1권, 470~71쪽. 그리고 Poole, 「사적 영역으로서의 동양」 참고.

18 권영민, 『한국 현대문학사』 1권, 471쪽. 강조는 인용자. 예를 들면 「패강냉」(1938)은 식민지적 억압(조선어 수업 금지)과 물질주의와 이익이라고 하는 저주 아래에 파산하는 인간 존재를 보여준다. 「토끼 이야기」에서 우리는 식민지 지식인의 곤경을 발견하게

되는데 그는 조선어 신문의 폐간에 따라 직업을 잃고 뒷마당에서 토끼를 기르고 도살하는 결론을 맞는다. 「장마」(1936)는 "식민지 시기 작가의, 일상에 붙들린 힘없는 지식인의 자의식"을 그린다. 위의 책, 474~76쪽.

19 위의 책, 476~77쪽.

20 위의 책, 472쪽.

21 "인간 사전"이라는 용어는 이태준의 묘비명에서부터 구인회의 『시와 소설』에까지 쓰였다. "나는 그 소설이 인간성의 사전이라는 느낌이 들었다." 유종호, 「인간 사전을 보는 재미」, 57쪽.

22 이재선, 『한국 현대소설사』, 367~68쪽.

23 "이 形式없이 이 內容을 生覺할수 없을 것이다… 內容則形式, 形式則內容." 김환태, 「상허의 작품과 그 예술관」은 『개벽』 2권 1호(1934.12), 11~15쪽에 발표되었다. 여기서 나의 인용은 이기인, 『이태준』, 275~79쪽.

24 여기에서 '문장'의 보다 정확한 번역은 아마 "글을 다듬다" 혹은 "글의 양식을 만들다"가 될 것이다. 그 용어에 대한 초기의 예들은 글을 꾸미는 것을 의미하기도 한다. James J. Y. Liu, *Chinese Theories of Literature*, pp.7~9. 그렇지만 나는 "작문"을 선택할 것인데 왜냐하면 이태준이 자신의 다른 비평문에서 "글"에 대해 무수히 많은 개념어를 사용하기 때문이다. 문장이란 문학을 생산하는 특별한 방법이나 과정을 의미하는 것처럼 보인다. 사실 이태준은 문장작법이라고 하는 보다 그 말을 명확하게 해주는 어구를 종종 썼다. 『문장강화』는 글의 부분을 미적인 전체로 결합해가는 발상 즉, 정련의 과정을 통해 이질적인 세부로부터 하나의 유기적 "신체"를 생산하는 생각을 중심으로 조직되어 있다. "글쓰기" (종이 위에 그저 문자를 찍는 것으로 잘못 이해될 수도 있는)로부터 문장을 구별하고자 하는 것에 더해, 내가 문장을 "작문"으로 번역함으로써 환기하고자 한 것은 이와 같은 과정과 그 기교를 강조하기 위해서다.

25 이태준, 『문장강화』, 11쪽.

26 위의 책, 12쪽, 강조는 인용자.

27 위의 책, 346쪽, 강조는 인용자.

28 위의 책, 21쪽.

29 위의 책, 18쪽. 이태준은 철학자이자 문학사가인 후스(胡適, 1891~1962)를 인용하면서 후스가 1917년에 연속해서 펴낸 텍스트 「문학개량추의(文學改良芻議)」, 『신청년』 2권, 5호(1917.1)를 인용한다. 후스는 54운동 무렵에 활약했던 중국 지식인 그룹의 일원이었고, 중국문학에 속어와 속자를 사용할 것을 옹호했다. "문학에서 모방, 전고, 대구, 속자는 끝내고 입말에 가까운 새롭고 생기로운 언어를 장려했다." 호적, 「문학개량추의」, 116쪽. 이태준은 후스가 과거의 문장작법으로부터 벗어나기 위해 제시한 8가지 방법에 초점을 맞춘다. 언어만 있고 사물이 없는 글을 짓지 말 것, 병 없이 신음하는 글을 짓지 말 것, 전고를 일삼지 말 것, 허왕된 미사여구(爛調套語)를 쓰지 말 것, 대구를 중요시하지 말 것, 문법에 맞지 않는 글을 쓰지 말 것, 고인(古人)을 모방하지 말 것, 속어(俗語)와 속자(俗字)를 쓰지 말 것. 위의 글, 23~24쪽. 흥미롭게도 이태준의 텍스트의 두 가지 번역에서 마지막 항목은 그것을 "속어와 속자를 쓰지 말 것". 이태준, 『문장강화』, 20쪽 참고. 또한 이태준, 『문장강화』(2005), 26쪽 참고.

30 이태준, 『문장강화』, 22쪽.

31 "말을 짓기로 해야 할 것이다." 위의 책, 20쪽.

32 위의 책, 22-23쪽.

33 위의 책, 22쪽.

34 위의 책, 22~23쪽.

35 이러한 관점에서 우리가 『문장강화』에서 보게 되는 것은 역사 언어학과 기호학의 혼합물이다.

36 이태준, 『문장강화』, 22쪽.

37 "실제의 의사소통에서는 언제나 이 특권적 영역(초월론적인 의식이나 고독한 정신적 삶)의 포기가 수반된다. 그것은 세계로 즉, 경험적 사실의 영역으로 나아가는 것을 포함한다. 이 같은 이유에서 (후설은) 효과적인 의사소통의 모든 경우에서 표현이 필수적으로 지시와 함께 '직조'된다고 주장한다. 그래서 의사소통은 이와 같은 내적 영역에서 원시적으로 일어나는 것을 재－현하는 것이 된다. 의사소통에서 '의미된' 것은 감각적인 기호라는 수단, 실제로 발화되거나 쓰인 기호에 의해 '지시된' 것이다." Allison, "Translator's Introduction", XXXV.

38 1934년에 비고츠키가 주장했듯이 "내적 발화는 외적 발화의 내적 측면이 아니다. 그것은 그 자체로 하나의 기능이다". Vygotshy, "Thought and Word", 인용은 Burke et al., *The Routledge Language and Cultural Theory Reader,* p.122.

39 이태준, 『문장강화』, 347쪽.

40 Fujii, *Complicit Fictions*, p.109.

41 특히 Twine, *Language and the Modern State*을 참고. Twine은 언문일치의 출현을 사회적이고 국가적인 수준에서의 근대화와 연결시키고, 봉건제에서 근대화/산업화로의 전환적 서사 안에서 맥락화하면서, 경험적이고 실용적인 용어들로 분석한다. 그녀는 이런 맥락에서 근대적 구어 스타일의 발달이나 합리화는 근대성과 자본주의, 특별히 근대적 국민성을 획득하기 위한 대중과의 협력을 위해 반드시 필요했다고 논한다. 근대화의 장애물로 비춰진 다양한 고전적 언어 규범들은 국가 전체에 걸친 공적 생활에 접근할 새로운 시민성을 제안해줄 글쓰기의 통일된 스타일에 의해 대체되었다.

42 King, "Nationalism and Language Reform in Korea" 참고.

43 이태준, 『문장강화』, 232~44쪽.

44 위의 책, 345쪽.

45 위의 책, 345~46쪽.

46 Karatani, *Origins of Modern Japanese Literature*, 특히 2장 「내면의 발견」. 가라타니의 저 유명한 주장은 언문일치 운동이 어떤 의미에서는 내면을 낳았기에 자아라는 것은 근대성 이전이 아니라 그 이후에 존재할 수 있었다고 한다. 즉, 표준화된 구어를 위한 서비스를 요구하며 그것을 만들어냈던 것은 (국가)에 앞서는 선험적 자아가 아니었고, 언문일치의 형식 그 자체가 이전에는 없던 내면을 나타내며 (국가)적 자아를 존재하게 했다.

47 모리 오가이에 대한 논문에서, Tomas Lamarre는 언어 개혁의 초기 국면을 언급한다. "한자는 일본어에 대한 합리적인 음성 대본을 만드는 것을 극도로 꺼리는 것처럼 보였다." 그래서 "일본 근대문학의 주궤적을 내면과 투명성이라는 개념을 가지고 설명하는" 가라타니는 "기본적으로 표의문자의 제거에 저항했던" 모리를 "일본 근대성의 외부"에 위치시킨다. Lamarre, "Bacterial Cultures and Linguistic Colonies", pp.624~625. 모리는 "한자는 투명하게 재현되어서는 안 된다. 그것들은 대상들로 나타나야만 한다(⋯중략⋯) [모리]는 등장인물들이 소리내어 읽지 않기를 원했는데 왜냐하면 그는 오래

된 연대기들, 기록들, 그리고 실록에 들어있는 한자의 '자연'이나 '현실성' 또는 '자발
성'을 숭배하게 되었기 때문이다. Ibid., p 627.

48 이태준, 『문장강화』, 13쪽.

49 위의 책, 97쪽.

50 위의 책, 73쪽. 이태준이 여기에서 예로 드는 것은 푸른 하늘이라는 의미를 지닌 두 개
의 한자어 조합 靑天이다. 이태준은 한글로 재현되는 조선어는 소리와 의미 사이에 일
대일 대응 관계가 작동한다. 한문의 글자에는 조선어로 발음했을 때 글자에서 나오는
발음과 그 글자로부터 제거된 의미의 층이 추가된다.

51 "冊만은〈책〉보다 冊으로 쓰고 싶다. 〈책〉보다〈冊〉이 더 아름답고 더 冊답다." 김윤식,
「이태준론」, 346쪽. 이 부분은 『이태준 문학전집』 15권, 90쪽에 들어 있는 『무서록』이
라고 하는 이태준의 수필집에서 가지고 왔다. 이태준은 "대상과 용어의 조화"가 나오는
『문장강화』의 한 장에서 똑같은 예를 들면서 똑같은 주장을 한다. 『문장강화』, 264쪽
참고. "책이라고는 '책'보다 '冊'자가 더 책 같다. 책(冊) 자는 시각적으로 형상이 조화시
켜 주는 때문이다." 「무서록」에 대한 뛰어난 번역은 Yi T'aejun, *Eastern Sentents*, trans-
lated by Janet Poole, Weatherhead Books on Asia(NY : Columbia University
Press, 2009) 참고.

52 김윤식, 「이태준론」, 347쪽. 김윤식이 언어에 대한 이태준의 접근방식을 "유물론자"라
고 했던 것은 같은 시대 요코미츠 리히치(1898~1947)의 "문학적 유물론"을 떠올리게
한다. 이태준처럼 "요코미츠 리히치에게 이것은 그가 물리적 대상이라고 언급했던, 글
로 쓰인 문자 자체의 물질적 측면에 대한 강조를 의미했다. 그의 형식주의는 근본적으
로 일본 근대문학 형성의 근간이 된 '구어적' 관용어라 할 수 있는 언문일치 언어에 대
한 거부였다. Lippit, *Topographies of Japanese Modernism*, pp.28~29.

53 이태준, 『문장강화』, 16쪽.

54 위의 책, 14쪽.

55 위의 책, 17쪽. 이태준은 재현언어를 과도하게 기술적 측면에서 접근하는 것에는 주의
를 기울이면서 역설적으로 보이는 김종휘(1786~1856)의 "寫蘭有法不可無法亦不可"
(난초를 묘사할 때는 반드시 방법이 있어야 하지만 동시에 그것은 어떤 방법이어서도
안 된다)를 인용한다.

56 위의 책, 23쪽.

57 위의 책, 24쪽.

58 위의 책.

59 위의 책, 31~32쪽.

60 Gil, *Metamorphoses of the Body*, p.188. 여기에서 이태준의 작품은 의미한 것(세계 속의
대상)과 의미된 것(그 대상에 대한 이상적인 내적 표현 음성화) 사이의 간격을 좁히기
위한 기호를 가지고 온다.

61 이태준, 『문장강화』, 16쪽.

62 위의 책, 189쪽. Gil의 작업을 소개해준 Michael Bourdaghs에게 감사드린다.

63 위의 책.

64 Derrida, *Speech and Phenomena*, p.35 참고. 또는 Husserl, *Logical Investigations.* "말하
기와 듣기, 말하기와 그것의 듣기를 수용함을 통한 정신 상태의 암시는 상호 연관되어
있다. 만약 이러한 상호관계를 조사해본다면 의사소통적 발화에 있어서 모든 표현은 지

시로서 기능한다는 것을 알게 될 것이다. 그것들은 발화자의 '생각'의 기호로서 청자에게 봉사한다." Husserl, *Logical Investigations*, vol.1, p.189. 여기에서 Husserl은 "외양적으로 신체적인 것들"을 포함한다. Derrida, *Speech and Phenomena*, p.39.

65 이태준, 『문장강화』, 33쪽.

66 위의 책.

67 나는 이것을 계몽기 때부터 계속해서 텍스트들이 번역되었던, 다른 언어들보다 결코 뒤떨어지지 않는 조선어를 방어하려는 의도로 가지고 왔다. 이태준의 도식에서는 출발언어는 "완전한" 작품을 만듦으로써 진즉 표현의 불가능성에 대한 일을 마쳤다. 반면에 도착언어는 번역의 과정에서 이 비결정성의 지점들을 가지고 그 작품 고유의 완성에 대한 작업해야만 한다. 언어의 통약불가능성에 대해서는 Liu, *Translingual Practice*를 참고. "단일언어성"(특정한 언어 내부에서 투명한 의사소통을 가정하는 것)에 관한 비판과 그 결과로서 번역을 두 언어 사이의 대칭적 교환이라고 간주하는 "번역의 체제"에 관해서는 Sakai, *Translation and Subjectivity*.

68 Hallett, *Language and Truth*, p.14.

69 Havelock, *The Muse Learns to Write*, p.13.

70 이태준, 『문장강화』, 32~33쪽.

71 위의 책, 34쪽.

제7장 서정적 서사와 근대성의 불협화음

1 Miner, *Comparative Poetics*, p.26.

2 Weinstein, op. cit., p.45.

3 Ibid., p.2.

4 Freedman, *The Lyrical Novel*, p.6.

5 Weinstein, op. cit., p.2.

6 Ibid., p.17.

7 Ibid., p.2.

8 김우종, 『한국현대소설사』, 249쪽.

9 위의 책, 248쪽.

10 위의 책, 250쪽.

11 김윤식, 「이태준론」, 353쪽. 김윤식은 백철, 『춘성』(1946.2)에서 인용한다. 김윤식은 여기에서 이태준의 "언어감각"을 1930년대와 1940년대 초반에 공적이고 사적인 삶에서 조선어를 말살시키려 했던 일본 식민지 정책과 연결시키고 있다. 1941년에 잡지 『문장』은 비정부적 신문들인 『동아일보』와 『조선일보』와 함께 폐간되었다.

12 김윤식, 「이태준론」, 354쪽.

13 위의 글, 353쪽.

14 위의 글, 354~55쪽.

15 위의 글, 347쪽.

16 위의 글, 349쪽. 김윤식은 이상의 에세이 「早春點描」 중에서 특히 "골동벽"이라는 제목을 단 장을 읽고 있다. 관련해서 이상, 『이상문학전집』 3권, 27쪽 참고.

17 Saussure, *Course in General Linguistics*, pp.24~25 참고.

18 김윤식, 「이태준론」, 352쪽. 이태준의『문장강화』를 보면 이는 더욱 분명해진다. 여기에서 이태준은 문장작법을 민족어를 진부하게 전사하는 것이라기보다는 연기하는 것이 비유한다. 이태준, 『문장강화』, 347쪽.

19 김윤식, 「이태준론」, 352쪽.

20 「설중방란기」는 원래 구인회의『시와 소설』1936년 3월호에 발표되었다. 여기에서 나는『근대문학과 구인회』, 403~4쪽에서 인용한다.

21 황종연은 이원조가 1937년 이태준의 스타일을 설명하기 위해 사용했던 "수필적 경향"(essyistic tendency)이라는 용어를 찾아낸다. 황종연, 「반근대의 정신」, 432쪽 참고.

22 이태준, 「설중방란기」, 403쪽.

23 위의 글.

24 위의 글, 403~4쪽.

25 위의 글, 404쪽. '정담'이라는 단어는 약 3세기 경 중국에서 유래된 철학적 대화를 뜻하는 기술적 용어이다.

26 황종연, 「반근대의 정신」, 426~27쪽. 황종연은 맑스와 엥겔스의 「공산당 선언」과 샤를 보들레르의 Oeuvre Complètes II(Paris : Gallimard, 1961), 695쪽에서 저 익숙한 구절을 인용한다. 나는 Marx and Engels, "Manifesto of the Communist Party", p.476; 그리고 Baudelaire, "The Painter of Modern Life", p.13에서 번역했다.

27 황종연, 「반근대의 정신」, 428쪽.

28 앞의 글, 442쪽. 황종연은 이태준, 「동방정취」,『무서록』(1941), 88~90쪽에서 인용하고 있다.

29 황종연, 「반근대의 정신」, 435~36쪽.

30 위의 글, 432~33쪽. Anderer, "Tokyo and the Borders of Modern Japanese Fiction" 참고. 그리고 자넷 풀, 「이태준 사적 영역으로서의 동양」,『아세아연구』vol.51, no.2 참고.

31 「영월영감」은 원래『문장』(1939.2·3)에 발표되었고, 1941년 8월에『복덕방』이라는 제목을 단 이태준의 일본어 작품집에도 수록되었다. 그리고 1943년 12월에『돌다리』라고 하는 선집에도 수록되었다. 나는『이태준 문학전집』으로 출간된 전집의 2권, 117~32에서 인용한다.

32 이태준, 『이태준 문학전집』2권, 124쪽.

33 황종연, 「반근대의 정신」, 446쪽.

34 위의 글, 449쪽.

35 「복덕방」은 원래『중앙』(1937.3)에 발표되었고,『가마귀』라는 표제를 달고 1937년 8월에 간행된 이태준의 작품집에도 수록되었다. 「복덕방」은 1939년 12월에 간행된『이태준 단편선』, 1941년의 일본어 이태준 소설선, 그리고 1947년 5월의 소설선『복덕방』에도 수록되었다. 나는『이태준 문학전집』으로 재간행된 전집 2권의 83~98쪽에서 인용한다.

36 황종연, 「반근대의 정신」, 442쪽.

37 이재선, 『한국 현대 소설사』, 367쪽.

38 이에 관한 두 가지 예는 박희완의 조카와 안초시의 딸 안경화이다. 박희완의 조카는 재판소에 다니는데 대서업을 해볼 요량으로 일본어를 배우려고 초등 교재인 '속수국어독본(束修國語讀本)'을 공부하고 있다. 그는 '조선총독부'가 편찬한 이 책을 끼고 여기저

기를 외고 있다. 이 조카의 인물됨을 통해 젊은 세대가 식민 지배에 저항할 의사가 없음이 증상적으로 드러난다면, 안경화는 더 심각하게 다루어진다. 大阪(오사카)에서 동경으로 순회공연을 다니면서 안초시의 딸은 유명한 무용수가 되어 서울로 귀환한다. 그러나 세 늙은이가 그녀의 한 공연을 관람할 때에 서참위와 박영감은 노출이 너무 심해서 한마디 안 할 수가 없는데 안초시는 이에 대해 "무용이란 건 문명국일수록 벗구 한다네그려"라고 답한다. 안경화는 아버지의 자살을 경찰에 신고하기를 꺼리고(그것이 그녀 명예를 훼손할까 싶어서) 생명보험금을 장례식에 쓰는 것도 달가워하지 않는다. 장례식에서 그녀는 신식 상복을 입는데 이것은 여러 늙은이들로부터 불쾌하다는 평을 받는다. 이태준이 소설에서 강조하고 있는 이런 것들은 어떤 종류의 불일치를 보여준다고 할 수 있다.

39 이태준, 『이태준 문학전집』, 2권, 90~91쪽.
40 위의 책, 92~93쪽.
41 최재서, 「단편작가로서의 이태준」, 272쪽. 최재서의 에세이는 애초에 1938년 『문학과 지성』에 수록되었다.
42 이태준, 『이태준 문학전집』, 2권, 84쪽.
43 이재선, 『한국 현대 소설사』, 367쪽.
44 황종연, 「반근대의 정신」, 447쪽.
45 이태준, 『이태준 문학전집』 2권, 91쪽.
46 Frye, *Anatomy of Criticism*, p.249. 여기서 프라이는 존 스튜어트 밀의 유명한 정의를 바꾸어서 말하고 있다.
47 Johnson, *The Idea of the Lyric*, p.1.
48 Frye, "Approaching the Lyric", p.35.
49 Brewster, *Lyric*, p.81.
50 Frye, "Approaching the Lyric", p.33.
51 Frye, *Anatomy of Criticism*, pp.273~75 참고.
52 Johnson, *The Idea of the Lyric*, p.14.
53 de Man, *Blindness and Insight*, p.169.
54 Freedman, op. cit., p.6.
55 Miner, *Comparative Poetic*, p.134.
56 O'Conner, introduction to "Lyric Poetry and Society", p.211.
57 Adorno, "Lyric Poetry and Society", p.213.
58 Ibid.
59 Brenkman, "The Concrete Utopia of Poetry", p.185.
60 이태준, 『문장강화』, 136쪽. 서정(抒情 혹은 敍情)에 대한 이태준의 초기의 정의는 20세기 동아시아에서 서정을 다루던 그 초기방식을 공유한다. 모로하시 테츠지의 『대한화사전』(동경 : 大修館書店, 1984~86)은 "서정"을 후한서(後漢書)를 인용하면서 "생각(또는 감정)의 발로"라고 정의하며 하나의 초기적 예로 "서정시"를 "감정을 그 테마로 삼아 그것을 서술하거나 읊는 것"이라고 한다. *Han Yu da ci dian*(漢語大詞典)(Shanghai : Sanghai ci shu chu ban she, 1987)은 '九章'에서 '석송(惜誦)'으로 이름 붙여진 처음의 입부를 예로 들면서 서정에 대한 최초의 발현을 초사(楚辭)로 잡는다. "惜誦以致愍兮, 發憤以抒." 또 *Han Yu da ci dian*(漢語大詞典)은 20세기 초 곽말약(郭沫若)을 인용한다.

"詩非抒情之作者, 根本不是詩. 抒情用進步的話來說便是表現意識(만약 시가 감정을 드러내는 것이 아니라면 이는 근본적으로 시가 아닐 것이다. 감정의 표현을 위해서 진보적인 말을 사용하면 그것은 의식의 표현이 된다)." 곽말약의 이 구절 번역에 도움을 준 Theodore Huters에게 감사한다.

61 이태준에게 서정적 글쓰기는 산문형식 중에서도 가장 감정적이다. 그렇기 때문에 "자칫하면 값싼 감상(感傷)에 빠지기 쉬우니" 반드시 형식에 있어서나 내용에 있어서 고상한 풍격을 갖추고 쓰여야 한다. 그러한 각별한 다듬음(이태준은 이 문단에서 '風格'과 '品格'을 함께 쓴다)이 없다면 서정의 흐느낌은 "거짓 울음"이 된다. 이태준, 『문장강화』, 142쪽.

62 「죽은 사람을 생각하며」. 작가 홍명희(1888~1968)는 민족단일 조직 신간회에 관여했고 후에 KAPF에 가담했다.

63 이태준, 『문장강화』, 139쪽.

64 「눈 오는 밤」. 이원조(1909~55)는 1930년대에 '예술을 위한 예술'을 주장하는 접근보다는 리얼리즘적 문학을 옹호하면서 경향문학의 입장에 섰다. 이원조는 카프의 후신이랄 수 있는 조선문학가동맹의 의장이 되었고, 해방기에 월북했다.

65 이태준, 『문장강화』, 139쪽.

66 Weinstein, op. cit., p.2.

67 Freedman, op. cit., p.8.

68 Ibid., p.9.

69 Ibid., p.19.

70 Ibid., p.6.

71 「가마귀」는 원래 『중앙』(1936.1)에 발표되었고, 1937년 8월에 간행된 이태준의 단편선집 『가마귀』에 수록되었다. 이야기는 1941년 이태준의 일본어 선집 『복덕방』에도 번역·수록되었고 1947년 5월 조선어 선집 『복덕방』에 재수록되었다. 나는 『이태준 문학전집』 1권, 205~18쪽에서 인용한다. 이 이야기의 번역에 관해서는 부르스 풀톤(Bruce Fulton)과 권영민에 의한 *Modern Korean Fiction : An Anthology* ed.(NY : Columbia University Press, 2005)에 실린 이태준, 「까마귀」를 참고.

72 이태준, 『이태준 문학전집』, 1권, 23~34쪽.

73 위의 책, 208쪽.

74 고전 회화에 등장하는 네 가지 식물이나 나무를 꼽자면 梅蘭菊竹을 들 수 있다.

75 이 회화는 '기명절지(器皿折枝)'라는 문구를 묘사하고 있는데, 문자 그대로 말하자면 꽃가지나 문방구 등 잡화를 어울리게 하여 그린 것이다.

76 '추사'는 조선시대의 뛰어난 학자이자 서예가 김정희(1786~1856)의 필명이다.

77 위의 책, 206쪽.

78 위의 책. 강조는 인용자.

79 권영민, 『한국 현대문학사』, 1권, 474쪽.

80 조동일, 『한국문학통사』, 5권, 485쪽.

81 Cameron, *Lyric Time*, p.10.

82 이태준, 『이태준 문학전집』, 1권, 213쪽.

83 위의 책.

84 위의 책, 209쪽.

85 김윤식·김현, 『한국문학사』, 324쪽.

86 이태준, 『이태준 문학전집』, 1권, 213~14쪽.

87 위의 책, 212쪽.

88 위의 책.

89 위의 책, 216쪽.

90 위의 책, 217쪽.

91 위의 책, 210쪽.

92 위의 책, 212쪽.

93 위의 책, 214쪽. 주인공은 병이 거의 죽음에 임박했기 때문에 그녀를 거룩하게(세속적 욕망이라고는 전혀 없다는 듯) 바라보면서 동시에 그녀가 그에게 제시하는 내장이며 신체적인 이미지들(각혈이 담긴 컵, 영구차나 상여 등)을 거부하면서 그녀에 대한 무결한 이미지를 유지한다.

94 위의 책, 212~13쪽. 강조는 인용자.

95 Weisbuch, *Emily Dickinson's Poetry*, p.19. 인용은 Cameron, *Lyric Time*, p.15을 따름.

96 Frye, *Anatomy of Criticism*, p.281.

97 Cameron, *Lyric Time*, p.18.

98 Freedman, op. cit., p.6.

99 이태준, 『이태준 문학전집』, 1권, 218쪽.

100 Freedman, op. cit., pp.26~27.

101 Ibid., p.32.

102 이태준, 『이태준 문학전집』, 1권, 215쪽. 이태준은 자신의 소설에서 과거는 돌이킬 수 없고 현재에는 어떤 자리도 찾을 수 없는 인물이 일시적으로 연결점을 찾는 것에서 죽음과의 친연성을 발견한다. 여기에서 죽음이 임박했다는 것이 확실하며, 그 사실 때문에 동시대 사회로부터 유리된 삶을 사는 인물들은 "유물적 삶"을 산다. 이런 관점에서 작품 속 여인에게는 그 가능성이 거절되었던, 주체와 객체 사이의 공감적 결합(이재선이 서정적인 동정심의 투영이라고 했던)을 꾀하는 동정 어린 시도가 「까마귀」를 구조화한다. 이재선, 『한국 현대 소설사』, 368쪽. 식민지 시대 비평가 김환태 역시 이태준의 기획을 동정어린 이해의 하나로 본다. "만약 작가가 우리에게 순정한 인간의 삶을 보여주고자 한다면, 그 작가는 반드시 인간의 삶이 다른 무엇보다도 고통스럽다는 것을 이해해야만 한다 (…중략…) 사랑이 없이는 당신은 결코 대상을 이해할 수 없다." 김환태, 「상허의 작품과 그 예술관」, 275~76쪽. 여기에서 김환태는 주인공에게 거부되고 있는 감정적 연결이라는 것이 또한 (창조하는) 주체와 (묘사되는) 대상 사이를 연결시켜주는 기능을 하고 있음을 발견한다. 이 기능이 이해의 성공을 이끌기 때문에 문학어를 통해 성공적인 의사소통이 가능해지는 것이다.

103 김우종, 『한국현대소설사』, 247쪽.

104 이태준, 『문장강화』, 252쪽.

105 위의 책, 253쪽.

106 위의 책, 75쪽.

107 Freedman, op. cit., p.16.

108 Weinstein, op. cit., p.2.

109 Reiss, *The Discourse of Modernism*, p.36. 인용은 Weinstein, op. cit., p.28.

110 Weinstein, op. cit., p.29. 원문 강조.

111 Weinstein은 "독립된 주체성에 대한 주장이야말로 정확히 모더니즘 소설이 전복하려는 것이다"라고 쓴다. "그렇기 때문에 모더니즘 소설은 인간 주체라는 것은 상황적이며, 시간/공간 의존적이며, 오직 공간 안에서 그러한 장치들이 알 수 있는 것으로 갖춰져 있을 때에만 알 수 있게 된다는 것을 드러낸다." 모더니즘 작품에서 "서사의 축들은 뭔가를 알게 되는 주체/객체/공간의 드라마를 거절한다". Ibid., p.2.

112 이태준, 『문장강화』, 347쪽. 강조는 인용자.

113 Weinstein, op. cit., p.1.

114 Ibid., p.147. 이 장에서 Weinstein은 포크너에 대해 논한다.

115 Ibid., p.96.

116 Chakrabarty, *Provincializing Europe*, p.39.

117 최재서, 「단편작가로서의 이태준」, 271쪽.

118 위의 글, 273쪽.

119 이태준, 『이태준 문학전집』, 2권, 120쪽.

120 이런 생각은 폴 드만이 특히 서정시를 근대에 들어와서 재현으로부터 벗어나는 움직임으로 이해하는 문학사의 논의를 요약한 것에서 가지고 왔다. 즉 서정시란 "근대성이라는 그 움직임"이 될 뿐 아니라 역사적 과정을 구성하는 움직임이 된다. "통상적인 발전 과정 안에서 근대성을 역사와 화해시키는 것은 대단히 큰 만족을 준다. 왜냐하면 그것은 한 사람이 기원이자 자손이 되도록 하기 때문이다. (…중략…) 그와 같은 기억과 행위의 화해는 모든 역사가들의 꿈이다." de Man, "Lyric and Modernity", pp.172~73.

121 이것은 그 재차가 근대성의 "후발주자"이자 식민주의자인 일본 제국의 경우에는 훨씬 더 복잡하다. 이와 동시에 일본은 (반서양적) 근대성을 확립한다고 하는 반서양 담론을 통해 제국주의적 확장을 합법화했다. Ching, "Yellow Skin, White Masks"; Lippit, *Topographies of Japanese Modernity*, 특히 요코미츠 리히츠에 대한 논의; Takeuchi, *What Is Modernity?*; 그리고 Karatani, "Overcoming Modernity" 참고.

122 Freedman, op. cit. viii.

결론

1 Friedman, "Periodizing Modernism", p.439.

2 Ibid., p.438.

3 Ibid., p.435. 또한 상관 개념으로서의 모더니즘에 관해서는 Washburn, *The Dilemma of the Modern*, pp.1~2 참고.

4 Friedman, "Periodizing Modernism", p.432. 이것은 Laura Doyle과 Laura Winkiel이 발전시킨 "지오모더니즘(geomodernism)" 개념과 무관하지 않다. 지오모더니즘이란 "문화적이고 정치적인 담론들과 연결되어 있는 전지구적 근대성에 대한 모더니즘의 지역적 접근"으로서 모더니즘 개념을 "부수는데", "엄격하게 국가적이거나 시기적인 틀 거리로서 혹은 명백하게 미학적인 프로그램들" 안에서가 아니라 "내용과 형식에 공히 영향을 미치는 전지구적 지평선" 안에서 모더니즘을 이해하고 비교한다.

5 Friedman, "Cultural Parataxis", p.35.

6 Ibid., pp.38~39.

7   George, *Relocating Agency*, ix.

8   Sarker, "Afterword", p.561.

9   Gikandi, "Preface : Modernism in the World", p.421.

10   Hallward, *Absolutely Postcolonial*, p.37.

11   Shih, *The Lure of the Modern*, p.4.

12   Pratt, "In the Neocolony", p.460.

13   혹은 de Man이 말하듯이 "우리는 우리가 보통 문학사라고 부르는 것이 문학과는 아무 런 관계가 없으며, 또한 우리가 문학 해석이라고 부르는 것이 실은 문학사라는 것을 명 심해야만 한다. 만약 우리가 이 개념을 문학 너머로까지 확장한다면 역사적 지식이란 경험적 사실이 아니라 쓰인 텍스트에 기초를 둔다는 것이 확인될 것이다". de Man, *Blindness and Insight*, p.165.

14   Hawley, "The Colonizing Impulse of Postcolonial Theory", p.780.

15   Ibid. Brennan, *At Home in the World*, p.207.

16   Loesberg, *A Return to Aesthetics* 참고.

17   Stephen Best와 Sharon Macus가 편집한 *Representations*(Fall 2009)의 특별호 "Sur face Reading"을 참고.

18   Levinson, "What Is New Formalism?", p.565.

19   Adorno, "Commitment", p.302.

20   Ibid., p.314.

21   Levinson, "What Is New Formalism?", p.567; Adorno, "Commitment", p.314 참고.

22   Marshik, *British Modernism and Censorship*, p.4. 마쉬크의 연구는 모더니즘 작품들에 나 타나 있는 아이러니와 풍자의 존재와 사용에 초점을 맞춘다. 이것은 하나의 "역전된 교 육학"적 형식으로 두 개의 가치 시스템들 사이에서 투쟁하는 모습을 통해 윤리적이거나 도덕적 의미를 야기한다. Ibid., p.7.

23   Chang, *Deconstructing Communication* xii.

24   티어니가 쓰는 것처럼 "보통 탈식민주의 이론은 한정된 경험적 관점에 기초를 두면서, 좁은 지리적 범위를 다루면서, 과도하게 일반화하는 경향이 있다. 그 결과, **그들의 이론 적 형식화는 앵글로-아메리카의 틀거리 바깥에 있는 식민지 제국의 역사적이고 언어적 측면 들을 무시하는 경향이 있다**". Tierney, *Tropics of Savagery*, p.13. 강조는 인용자.

25   Loomba, "Race and the Possibilities of Comparative Critique", p.501.

26   Cheah, "Grounds of Comparison", p.3~4.

27   Stoler, "Tense and Tender Ties", p.862.

28   Friedman, "Cultural Parataxis", p.39. 이 중요한 연구에서 프리드먼은 "병렬적 비교 주의"를 옹호한다. 이것은 각기 다른 문화의 장소로부터 가지고 온 여러 문학 텍스트를 "접합"시키거나 병렬시키는데, 그들이 귀속되어 있는 국가적 범주의 바깥에서 수평적 (수직적이거나 위계적이라기보다) 구조를 통해서 모더니즘이 만드는 "접경 지대에서 의 간문화적 접촉의 지리학"에 빛을 던지는 방식으로서이다.

29   Stoler, "Colonial Aphasia", p.153.

30   Ibid., pp.125·145.

31   Mao and Walkowitz, "Introduction", p.15.

참고문헌

모든 한국어 자료는 따로 언급이 없는 한 서울에서 출판된 것이다.

Abse, D. W, *The Diagnosis of Hysteria*, Bristol : John Wright and Sons, 1950.

Adorno, Theodor W, *Aesthetic Theory*, translated by Robert Hullot-Kentor. Minneapolis : University of Minnesota Press, 1997.

_____, "Commitment", *The Essential Frankfurt School Reader*, edited by Andrew Arato and Eike Gebhardt, translated by Andrew Arato, New York : Continuum, 1982.

_____, "Lyric Poetry and Society", *The Adorno Reader*, edited by Brian O'Conner, Oxford : Blackwell, 2000.

Ahmad, Aijaz, *In Theory*, London : Verso, 1992.

Alison, David B, "Translator's Introduction", Jacques Derrida, *Speech and Phenomena and Other Essays on Husserl's Theory of Signs*, Evanston, IL : Northwestern University Press, 1973.

Althusser, Louis and Etienne Balibar, *Reading Capital*, Translated by Ben Brewster, London : New Left Books, 1970.

안정일, 「신경쇠약은 어떤 병인가 더욱 청년시기에 많은 성적신경쇠약에 다하야」, 『동아일보』, 1934.2.25 · 26 · 28, 3.2 · 4.

안회남, 「작가 박태원론」, 『문장』 1, no.1, 1939.2.

_____, 「박태원저 구보씨의 일일」, 『동아일보』, 1938.12.23.

Anderer, Paul, "Tokyo and the Borders of Modern Japanese Fiction", *Visions of the Modern City : Essays in History, Art, and Literature*, edited by William Sharpe and Leonard Wallock, Baltimore, MD : Jhons Hopkins University Press, 1987.

Anderson, Perry, "Modernity and Revolution", *New Left Review* no.144(March April 1984).

_____, *The Origins of Postmodernity*, London : Verso, 1998.

Arakawa Gorō, *Saikin Chōsen jijō*, Toyko : Shimizu Shoten, 1906.

Amstrong, Tim, *Modernism, Technology, and the Body : A Cultural History*, Cambridge University Press, 1998.

Auerbach, Erich, *Mimesis : The Representation of Reality in Western Literature*, translated by Willard R. Trask, Princeton, NJ : Prinston University Press, 1953.

Ayer, A.J, *Language, Truth and Logic* 2nd ed, New Work : Dover, 1946.

Badiou, Alain, *Saint Paul : The Foundation of Universalism*, translated Ray Brassier, Stanford : Stanford University Press, 2003.

Balletm Gilbert, *Neurasthenia*, translated by P. Campbell Smith, London : Kimpton, 1908.

Barthes, Roland, *The Rustle of Language*, Oxford : Blackwell, 1986.

Bateson, Gregory, *Steps to and Ecology of Mind*, London : Intertext, 1972.

_____, Don Do. Jackson, Jay Haley and John Weakland. "Toward a Theory of Schizophrenia", *Behavioral Science 1* no.4(October 1956).

Baudelaire, Charles, "The Painter of Modern Life", *The Painter of Modern Life and Other Essays*, translated and edited by Jonathan Mayne, London : Phaidon, 1964.

Beard, George M., American Nervousness, *Its Causes and Consequence : A Supplement to Nervous Exhaustion(Neurasthenia)*, New York : G.P.Putnam's Sons, 1881.

_____, *A Practical Treatise on Nervous Exhaustion(Neurasthenia) : Its Symptoms, Nature, Sequences, Treatment*, New York : William Wood, 1880.

Behler, Ernst, *Irony and the Discourse of Modernity*, Seattle : University of Washington Press, 1990.

Bell, Michael, "The Metaphysics of Modernism", *The Cambridge Companion to Modernism*, edited by Michael Levenson. Cambridge : Cambridge University Press, 1999.

Bergmann, Gustav, *Logic and Reality*, Madison : University of Wisconsin Press, 1964.

_____, *Meaning and Existence*, Madison : University of Wisconsin Press, 1960.

Bhabha, Homi, *The Location of Culture*, New York : Routledge, 1994.

Blaut, J.M, *The Colonizer's Model of the World : Geographical Diffusionism and Eurocentric History*, New York : Guilford, 1993.

Boehmer, Elleke, *Empire, the National, and the Postcolonial, 1890-1920 : Resistance in Interaction*, Oxford : Oxford University Press, 2002.

Booth, Wayne, *A Rhetoric of Irony*, Chicago : University of Chicago Press, 1974.

Brenkman, John, "The Concerte Utopia of Poetry : Blake's 'A Poison Tree'", *Lyric Poetry : Beyond New Criticism*, edited by Chaviva Hošek and Patricia Parker, Ithaca, NY : Cornell University Press, 1985.

Brennan, Timothy, *At Home in the World : Cosmopolitanism Now*, Cambridge, MA : Harvard University Press, 1997.

Brewster, Scott, *Lyric*, London : Routledge, 2009.

Brooks, Peter, *Realist Vision*, New Haven, CT : Yale University Press, 2005.

Bürger, Peter, *Theory of the Avant-Garde*, translated by Michael Shaw, Minneapolis : University of Minnesota Press, 1984.

Burke, Lucy, Tony Crowley and Alan Girvin, eds. The Routledge Language and Cultural Theory Reader, London : Routledge, 2000.

Calinescu, Matei, *Five Faces of Modernity : Modernism, Avant-garde, Decadence, Kitsch, Postmodernism*, Durham, NC : Duke University Press, 1987.

Cameron, Sharon, *Lyric Time : Dickinson and the Limits of Genre*, Baltimore. MD. Johns Hopkins University Press, 1979.

Capio, Mark, *Japanese Assimilation Policies in Colonial Korea, 1910-1945*, Seatle : University of Washington Press, 2009.

채호석, 『한국 근대문학과 계몽의 서사』, 소명출판, 1999.

Chakrabarty, Dipesh, *Provincializing Europe : Postcolonial Thought and Historical Difference*, Princeton, NJ : Princeton University of Minnesota Press, 1996.

Chang, Briankle G., *Deconstructing Cummunication : Representation, Subject, and Economies of Exchange*, Minneapolis : University of Minnesota Press, 1996.

Cheah, Pheng, "Grounds of Comparison", *diacritics* 29, no.4(Winter 1999).

Ching, Leo, *Becoming "Japanese" : Colonial Taiwan and the Politics of Identity Formation*, Berkeley : University of California Press, 2001.

_____, "Yello Skin, White Masks : Race, Class, and Identification in Japanese Colonial Discourse", *Trajectories : Inter-Asia Cultural Studies*, edited by Kuan-Hsing Chen, New York : Routledge, 1998.

조동일, 『한국문학통사』 5권, 지식산업사, 1994.

조동일 외, 『한국문학강의』, 길벗, 1994.

조용만, 『九人會 만들 무협』, 정음사, 1984.

조용만, 「이상과 박태원」, 박태원, 『李箱의 悲戀』, 깊은샘, 1991.

최재서, 「풍자문학론-문단 위기의 대책으로서」, 최재서, 『평론집』, 청운출판사, 1961.

_____, 「리얼리즘의 확대와 심화-『천변풍경』과 『날개』에 관하여」, 『조선일보』, 1936.11.3.

_____, 「단편작가로서의 이태준」, 이기인 편, 『이태준』, 새미, 1996.

최혜실, 「경성의 도시화가 1930년대 한국모더니즘 소설에 미친 영향」, 『서울학연구』 9(1998.2).

최유리, 『日帝 末期 植民地 支配政策研究』, 국학자료원, 1997.

Choi, Kyeong-Hee, "Neither Colonial nor National : The Making of the 'New Woman' in Pak Wansŏ's 'Mother Stake 1'", *Colonial Modernity in Korea*, edited by Gi-Wook Shin and Michael Robinson, Cambridge, MA : Harvard Universiry Press, 1999.

전신재, 「보정판 서문」, 『원본 김유정전집』.

정한숙, 『현대한국문학사』, 고려대 출판부, 1982.

정현숙, 「박태원 연구의 현황과 과제」, 『박태원 소설연구』, 강진호 외편, 깊은샘, 1995.

Chou, Wan-yao, "The Kōminka Movement in Taiwan and Korea : Comparisons and Interpretations", *The Japanese Wartime Empire, 1931-1945*, edited by Peter Duus et al. Prinston, NJ : Prinston University Press, 1996.

Chow, Ray, *The Age of the World Target : Self-Referentialiry in War, Theory, and Comparative Work*, Durham, NC : Duke University of California, Los Angeles, 1993.

Chung, Jin-bae, "Re-presenting the Masses in Leftist Literature : Literary Policy and Historical Fallacy", PhD diss., University of California, Loa Angeles, 1993.

Cooper, Frederick, *Colonialism in Question : Theory, Knowledge, History*, Berkeley : University of California Press, 2005.

Daudet, Alphonse, *Sapho*, New York : Modern Library, 1948.

Dean, Tim, "Art as Symptom : Žižek and the Ethics of Psychoanalytic Criticism", *diacritics* 32, no.2, Summer 2002.

de Man, Paul, *Blindness and Insight : Essays in the Rhetoric of Contemporary Criticism*, New York : Oxford University Press, 1971.

_____, "Lyric and Modernity", *Selected Papers from the English Institute*, edited by Reuben A. Brower, New York : Columbia University Press, 1970.

Derrida, Jacques, *Speech and Phenomena and Other Essays on Husserl's Theory of Signs*, Evanston, IL : Northwestern University Press, 1973.

Dikötter, Frank, *Sex, Culture and Modernity in China : Medical Science and the Construction of Sexual Identities in the Early Republican Period*, Honolulu : University of Hawaii Press, 1995.

Dorsey, James, *Critical Aesthetics : Kobayashi Hideo, Modernity, and Wartime Japan*, Cambridge, MA : Havard University Asia Center, 2009.

Doyle, Laura and Laura Winkiel, "Introduction : The Global Horizons of Modernism", *Geomodernisms : Race, Modernism, Modernity*, edited by Laura Doyle and Laura Winkiel, Bloomington : Indiana University Press, 2005.

Duus, Peter, *The Abacus and the Sword : The Japanese Penetration of Korea, 1985-1910*, Berkeley : University of California Press, 1995.

Eckert, Carter, "Total War, Industrialization, and Social Change in Late Colonial Korea", *The Japanese Wartime Empire, 1931-1945*, edited by Peter Duus et al., Princeton, NJ : Prinsceton University Press, 1996.

Em, Henry, "Between Colonialism and Nationalism : Power and Subjectivity in Korea, 1931-1950", *Journal of the International Institute* 9, no.1, Fall 2001, http://hdl.handle.net/2027/spo.4750978.0009.101.

Ey, Henry, "History and Analysis of the Concept", *Hysteria*, edited by Alec Roy, Chichester : John Wiley and Sons, 1982.

Eysteinsson, Astradur, *The Concept of Modernism. Ithaca*, NY : Cornell University Press, 1990.

Eysteinsson, Astradur and Vivian Liska, "Introduction : Approaching Modernism", *In Modernism, col.* 1, edited by Astradur Eysteinsson and Vivian Liska. Amster-dam : John Benjamins, 2007.

Faulkner, Peter, *Modernism*, London : Methuen, 1977.

Felman, Shoshana, *Writing and Madness : Literature/Philosophy/Psychoanalysis*, trans-lated by Martha Noel Evans and Shoshana Felman, Ithaca, NY : Cornell University Press, 1985.

Fink, Bruce, *The Lacanian Subject : Between Language and Jouissance.* Princeton, NJ : Princeton University Press, 1985.

Fletcher, John, "Introduction : Psychoanalysis and the Question of the Other", Jeal Laplanche, *Essays on Otherness*, edited by John Fletcher. London : Routledge, 1999.

Fogelin, Robert J, *Figuratively Speaking*, New Haven, CT : Yale University Press, 1988.

Foucault, Michel, "The Discourse on Language", *Archaeology of Knowledge and the Discourse on Language*, translated by A.M. Sheridan Smith, New York : Pantheon, 1972.

Fowler, Edward, *The Rhetoric of Confession : Shishōsetsu in Early Twentieth-Century Japanese Fiction*, Berkeley : University of California Press, 1988.

Freedman, Ralph, *The Lyrical Novel : Studies in Hermann Hesse, André Gide and Virginia Woolf*, Princeton, NJ : Princeton University Press, 1963.

Freud, Sigmund, "Anxiety", *The Standard Edition of the Complete Psychological Works of Sigmund Freud* vol.16, edited by James Strachey, London : Hogarth, 1955.

_____, "The Defence Neuro-Psychoses(1894)", *Collected Papers* vol.1, translated by Joan Reviere, London : Hogarth, 1950.

_____, "Dora : An Analysis of a Case of Hysteria(1905)", *The Case of Dora and Other Papers*, translated by Alix and James Strachey, New York : W. W. Norton, 1952.

_____, *Jokes and Their Relation to the Unconscious*, In *The Standard Edition of the Complete Psychological Works of Sigmund Freud*, vol.8, edited by James Strachey, London : Hogarth, 1955.

_____, "The Justification for Detaching from Neurasthenia a Particular Syndrome : The Anxiety-Neurosis(1894)", *Collected Papers* vol.1, translated by John Riviere, London : Hogarth, 1950.

_____, *The Standard Edition of the Complete Psychological Works of Sigmund Freud* vol.1, edited by James Strachey. London : Hogarth, 1955.

Freud, Sigmund and Josef Breuer, Studies on Hysteria, *The Standard Edition of the Complete Psychological Works of Sigmund Freud* vol.2, edited by James Strachey, London : Hogarth, 1955.

Friedman, Susan Stanford, "Cultural Parataxis and Transnational Landscapes of Reading : Toward a Locational Modernist Studies", *Modernism*, vol.1, edited by Astradur Eysteinsson and Vivian Liska, Amsterdam : John Benjamins, 2007.

_____, "Definitional Excursions : The Meanings of Modern/Moder-nity/Modernism", *Modernism/modernity* 8, no.3(2001).

_____, "Periodizing Modernism : Postcolonial Modernities and the Space/Time Borders of Modernist Studies", *Modernism/modernity* 13, no.3, 2006.

Frisby, David, *Fragments of Modernity : Theory of Modernity in the work of Simmel, Kracauer and Benjamin*, Cambridge, MA : MIT Press, 1986.

Frühstuck, Sabine, *Colonizing Sex : Sexology and Social Control in Modern Japan*, Berkeley : University of California Press, 2003.

Frye, Northrop, *Anatomy of Criticism*, Princeton, NJ : Princeton University Press, 1957.

_____, "Approaching the Lyric", *Lyric Poetry : Beyond New Criticism*, edited by Chaviva Hošek and Patricia Parker, Ithaca, NY : Cornell University Press, 1985.

Fujii, James, *Complicit Fictions : The Subject in the Modern Japanese Prose Narrative*, Berkeley : University of California Press, 1993.

Frust, Lilian R, *Fictions of Romantic Irony in European Narrative, 1760-1857*, London : Macmillan, 1984.

Gann, Lewis H, "Western and Japanese Colonialism : Some Preliminary Comparisons", *The Japanese Colonial Empire : 1895-1945*, edited by Ramon H. Myers and Mark R. Peattie.

George, Olakunle, *Relocating Agency : Modernity and African Letters*, Albany : State University of New York Press, 2003.

Gerow, Aaron, *Visions of Japanese Modernity : Articulations of Cinema, Nation, and Spectatorship, 1895-1925*, Berkeley : University of California Press, 2010.

Gikandi, Simon, "Preface : Modernism in the World", *Modernism/modernity 13* no.3, 2006.

Gil, José, *Metamorphoses of the Body*, Minneapolis : University of Minnesota Press, 1998.

Gilman, Sander L., Helen King, Roy Porter, G.S. Rousseau and Elaine Showalter, *Hysteria beyond Freud*, Berkeley : University of California Press, 1993.

Girard, René, *Deceit, Desire and the Novel : Self and Other in Literary Structure*, translated by Yvonne Freccero, Baltimore, MD : Johns Hopkins University Asia Center, 2008.

Golley, Gregory, *When Our Eyes No Longer See : Realism, Science, and Ecology in Japanese*

Literary Modernism, Cambridge, MA : Harvard University Asia Center, 2008.

Grosz, Elizabeth, *Volatile Bodies : Toward a Corporeal Feminism*, Bloomington : Indiana University Press, 1994.

하정일, 「천변의 유토피아와 근대비판」, 구종서 · 최원식 편, 『한국 근대 문학연구』, 태학사, 1997.

Hallett, Garth L., *Language and Truth : Now Haven*, CT : Yale University Press, 1988.

Hallward, Peter, *Absolutely Postcolonial : Writing between the Singular and the Specific*, Manchester : Manchester University Press, 2001.

Hatzimanolis, Efi, "Ethnic Double Agents : The Uses of Ethnic Stereotypes in Australian Ethnic Women's Writing", *Dedalus : The Portuguese Journal of Comparative Literature* no.5, 1995.

_____, "Multiple Ethnicity Disorder : Demidenko and the Cult of Ethnicity", Presented at the "Women Writing : Views and Prospects 1975-1995" seminar, National Library of Australia, November 18, 1995. http://www.nla.gov.au/events/efi.html.

Havelock, Eric, *The Muse Learns to Write : Reflections on Orality and Literacy from Antiquity to the Present*, New Haven, CT : Yale University Press, 1986.

Hawkes, David, *Ch'u Tz'ŭ : The Songs of the South : An Ancient Chinese Anthology*, London : Oxford University Press, 1959.

Hawley, John C., "The Colonizing Impulse of Postcolonial Theory", *Modern Fiction Studies* 56, no.4, Winter 2010.

Henry, Todd, "Assimilation's Racializing Sensibilities : Colonized Koreans as Yobos and the 'Yobo-ization' of Japanese Settlers", *positions : asia critique* 21, no.1, Winter 2013.

Hewitt, Andrew, *Fascist Modernism : Aesthetics, Politics, and the Avant-Garde. Stanford*, CA : Standford University Press, 1993.

Hijiya, Yukihito, *Ishikawa Takuboku*, Boston : Twayne, 1979.

Hu Shi, "Some Modest Proposals for the Reform of Literature", *Modern Chinese Literary Thought : Writings on Literature, 1893-1945*, edited and translated by Kirk A. Denton, Stanford, CA : Stanford University Press, 1996.

Hughes, Theodore, *Literature and Film in Cold War South Korea : Freedom's Frontier*, New York : Columbia University Press, 2012.

Husserl, Edmund, *Logical Investigations* 2 vols, Translated by J.N.Findlay, London : Routledge, 2001.

황종연, 「반근대(反近代)의 정신-식민지시대 이태준의 단편소설에 관한 고찰」, 『문학동네』, 2001.

현순영, 「회고담을 통한 구인회 창립과정 연구」, 『비평문학』 30, 2008.12.

임화, 「세태소설론」, 『동아일보』, 1938.4.1~6.

Ishikawa, Takuboku, *Sad Toys*, translated by Sanford Goldstein and Seishi Shinoda, West Lafayette, IN : Purdue University Press, 1977.

Jameson, Fredric, *Fables of Aggression : Wyndham Lewis, the Modernist as Fascist*, Berkeley : University of California Press, 1979.

_____, "Modernism and Imperialism", *Nationalism, Colonialism, and Literature*, edited by Terry Eagleton, Fredric Jameson, and Edward Said, Minneapolis : University of Minnesota Press, 1990.

_____, *The Political Unconscious : Narrative as a Socially Symbolic Act*, Ithaca, NY : Cornell University Press, 1981.

_____, *Postmodernism : Or, the Cultural Logic of Late Capitalism*, Durham, NC : Duke University Press, 1991.

_____, "Third-World Literature in the Era of Multinational Capital", *Social Text* 15(Fall 1986).

Johnson, W.R., *The Idea of the Lyric : Lyric Modes in Ancient and Modern Poetry*, Berkeley : University of California Press, 1982.

Joyce, James, *A Portrait of the Artist as a Young Man*. Oxford : Oxford University Press, 2000.

_____, *Ulysses*, New York : Vintage, 1986.

강심호·전우형·배주영·이정엽, 「일제식민지 시대 경성부민의 도시적 감수성 형성과정 연구 : 1930년대 한국 소설에 나타난 도시적 소비문화의 성립을 중심으로」, 『서울학연구』 21, 2003.

강운석, 『한국 모더니즘 소설 연구』, 국학자료원, 2000.

Karatani Kōjin, *Origins of Modern Japanese Literature*, Edited by Brett de Bary, Durham, NC : Duke University Press, 1993.

_____, "Overcoming Modernity", *Contemporary Japanese Thought*, edited by Richard Calichman, New York : Columbia University Press, 2005.

Kierkegaard, Søren, *The Concept of Irony, with Constant Reference to Socrates*, translated by Lee M. Capel. London : Collins, 1966.

_____, *The Concept of Irony, with Continual Reference to Socrates*, edited and translated by Howard V. Hong and Edna H. Hong, Princeton, NJ : Princeton University Press, 1989.

김철, 「꿈, 황금, 현실-김유정 소설에 나타난 물신의 모습」, 『문학과 비평』 1, no.4, 1987.12.

김종건, 『구인회 소설의 공간설정과 작가의식』, 새미, 2004.

김한식, 「절망적 현실과 화해로운 삶의 꿈」, 상허문학회 편, 『근대문학과 구인회』, 깊은샘, 1996.

김환태, 「상허의 작품과 그의 예술관」, 『김기림 전집』 2권, 심설당, 1988.

김민정, 「구인회를 둘러싼 몇 가지 문제제기」, 『민족문학사연구』 16, 2000.

_____, 「구인회의 존립양상과 미적 이데올로기의 상관양상 연구」, 서울대 박사논문, 2000.

김남천, 「세태 분석 묘사 기타」, 『비판』, 1938.5.

김병철, 『한국근대번역문학사연구』, 을유문학사, 1975.

김상태, 『한국현대문학론』, 평민사, 1994.

_____, 「김유정과 해학의 미학」, 전관용 편, 『韓國現代小說史研究』, 민음사, 1984.

김우종, 『韓國現代小說史』, 성문각, 1978.

김영기, 「김유정의 가문」, 전신재 편, 『김유정문학의 전통성과 근대성』, 한림대 아시아문화연구소, 1997.

김영민, 『한국문학비평논쟁사』, 한길사, 1992.

Kim Yujŏng, "Wife", *A Ready-Made Life : Early Masters of Modern Korean Fiction*, translated by Kim Chong-un and Bruce Fulton, Honolulu : University of Hawai'i Press, 1998.

_____, "The Scorching Heat", *Camellias*, translated by Chun Kyung-Ja, Seoul : Jimoondang, 2002.

김유정, 전신재 편, 『원본 김유정 전집』, 강, 1997.

김윤식, 『한국현대문학비평사론』, 서울대 출판부, 2000.

_____, 『한국현대문학사』, 서울대 출판부, 1992.

_____, 「들병이 사상과 알몸의 시학-김유정 문학의 문학사적인 고찰」, 전신재 편, 『김유정문학의 전통성과 근대성』, 한림대 아시아문화연구소, 1997.

_____, 「이태준론 〈문학→문화→언어〉 도식에 대한 비판」, 『현대문학』, 1989.5.

김윤식·김현, 『한국문학사』, 민음사, 1973.

King, Ross, "Nationalism and Language Reform in Korea", *Nationalism and the Construction of Korean Identity*, edited by Hyung Il Pai and Timothy R. Tangherlini, Berkeley : Institute of East Asian Studies, University of California, 1998.

Kleinman, Arthur, *Patients and Healers in the Context of Culture : An Exploration of the Borderline between Anthropology, Medicine, and Psychiatry*, Berkeley : University of California Press, 1980.

Knox, Norman, *The Word IRONY and Its Context, 1500-1755*, Durham, NC : Duke University Press, 1961.

Kojève, Alexandre, *Introduction to the Reading of Hegel : Lectures on the Phenomenology of Sprit*, edited by Alan Bloom, translated by James H. Nichols Jr. Ithaca, NY : Cornell University Press, 1969.

상허문학회 편, 『근대문학과 구인회』, 깊은샘, 1996.

권영민, 『한국현대문학사』 1권, 민음사, 2002.

_____, 『한국계급문학운동사』, 문예출판사, 1998.

_____, 『한국 민족문학론 연구』, 민음사, 1988.

Lacan, Jacques, *Écrits*, translated by Bruce Fink, New York : Norton, 2002.

_____, *The Four Fundamental Concepts of Psychoanalysis*. New York : Norton, 1978.

_____, *The Seminar of Jacques Jacan : Book III, The Psychoses, 1955-1956*, edited by Jacques-Alain Miller, translated by Russell Grigg, New York : Norton, 1993.

_____, *The Seminar of Jacques Lacan : Book XVII : The Other Side of Psychoanalysis*, Translated by Russell Grigg, New York : Norton, 2007.

Lamarre, Thomas, "Bacterial Cultures and Linguistic Colonies : Mori Rintarō's Experiments with History, Science, and Language", *positions : east asia cultures critique* 6, no.3, Winter 1998.

Lang, Candace D., *Irony/Humor : Critical Paradigms. Baltimore*, MD : Johns Hopkins University Press, 1988.

Laplanche, Jean, "Psychoanalysis as Anti-hermeneutics", *Radical Philosophy* 79, September/October 1996.

Laseque, Charles, "Des hystéries périphériques", *Archives générales de medicine* 1, June

1878.

Levin, Harry, *James Joyce : A Critical Introduction*, Norfolk, CT : New Directions, 1960.

Levinson, Marjorie, "What Is New Formalism?", *PMLA* 122, no.2, 2007.

Lewis, Wyndham, *Men without Art. Santa Rosa*, CA : Black Sparrow Press, 1987.

_____, "The Physics of the Nos-Self", *Chapbook* 40, 1925.

Lionnet, Françoise and Shu-mei Shih, eds. Minor Transnationalism. Durham, NC : Duke University Press, 2005.

Lippit, Seiji, *Topographies of Japanese Modernism*, New York : Columbia University Press, 2002.

Liu, Lydia H., "Translingual Practice : The Discourse of Individualism between China and the West", *positions : east asia cultures critique* 1, no.1, Spring 1993.

_____, *Translingual Practice : Literature, National Culture, and Translated Modernity —China, 1900-1937*, Stanford, CA : Stanford University Press, 1995.

Loesberg, Jonathan, *A Return to Aesthetics : Autonomy, Indifference, and Postmodernism*, Stanford, CA : Standford University Press, 2005.

Loomba, Ania, *Colonialism/Postcolonialism*, London and New York : Routledge, 1998.

_____, "Race and the Possibilities of Comparative Critique", *New Literary History* 40, 2009.

Lukács, Georg, *Writer and Critic and Other Essays*, edited and translated by Arthur Kahn, London : Merlin Press, 1970.

Lunn, Eugene, *Marxism and Modernism : An Historical Study of Lukács, Brecht, Benjamin, and Adorno*, Berkeley : University of California Press, 1982.

Lutz, Tom, *American Nervousness, 1903 : An Anecdotal History*, Ithaca, NY : Cornell University Press, 1991.

MacCabe, Colin, "On Discourse", *The Talking Cure : Essays in Psychoanalysis and Language*, edited by Colin MacCabe, New York : St. Martin's Press, 1981.

Mao, Douglas and Rebecca L. Walkowitz, "Introduction : Modernisms Bad and New", *Bad Modernisms*, edited by Douglas Mao and Rebecca L. Walkowitz, Durham, NC : Duke University Press, 2006.

Marshik, Celia, *British Modernism and Censorship*, Cambridge : Cambridge University Press, 2006.

Marx, Karl and Fredrick Engels, "Manifesto of the Communist Party", *The Marx — Engels Reader*, edited by Robert C. Tucker, New York : Norton, 1978.

Megill, Allan, *Prophets of Extremity : Nietzsche, Heidegger, Foucault, Derrida*, Berkeley : University of California Press, 1985.

Meiji Taishō Shōwa honyaku bungaku mokuroku(Index of Translated Literature during the Meiji, Taishō, and Shōwa Periods), edited and compiled by the National Diet Library, Tokyo : Kazama shobō, 1959.

민충환, 『이태준연구』, 깊은샘, 1988.

Miner, Earl, *Comparative Poetics : An Intercultural Essay on Theories of Literature*, Princeton, NJ : Princeton University Press, 1990.

Moi, Toril, *Henrik Ibsen and the Birth of Modernism : Art, Theater, Philosophy*, Oxford : Oxford University Press, 2006.

Morita, Shōma, *Morita Therapy and the True Nature of Anxiety—Based Disorders*(shinkeishitsu), Edited by Peg LeVine, translated by Akihisa Kondo, Albany : State University of New York Press, 1998.

Morris-Suzuki, Tessa, *Re-inventing Japan : Time, Space, Nation*, Armonk, NY : M. E. Sharpe, 1998.

Muecke, D.C., *The Compass of Irony*, London : Methuen, 1969.

Mufti, Aamir R., "Global Comparativism", *Critical Inquiry* 31, Winter 2005.

O'Conner, Brian, Introduction to "Lyric Poetry and Society" by Theodor Adorno, *The Adorno Reader*, edited by Brian O'Conner, Oxford : Blackwell, 2000.

O'Conner, Erin, *Raw Material : Producing Culture in Victorian Culture*, Durham, NC : Duke University Press, 2000.

Ong, Walter J., *Orality and Literacy : The Technologizing of the Word*, London : Routledge, 1982.

백철, 「구인회와 구보의 모더니티-군중 속에서 고독 씹은 비타협」, 춘추지, 1967.

박헌호, 『이태준과 한국 근대소설의 성격』, 소명출판, 1999.

박태원, 「창작여록-표현, 묘사, 기교」, 『조선중앙일보』, 1994.12.17.~20, 22~23, 27~28, 30~31.

_____, 『천변풍경』, 『조광』 2, nos.8~10, 1936.8~10.

_____, 「문학소년의 일기」, 『중앙』 4, no.4, 1936.4.

박태원, 『소설가 구보씨의 일일』, 깊은샘, 1995.

_____, 「소설가 구보씨의 일일 ─ 나의 생활 보고서」, 『조선문단』 4, no.4, 1835.8.

_____, 『이상의 비련』, 깊은샘, 1980.

Park, Sunyoung, "The Colonial Origin of Korean Realism and Its Contemporary Manifestation", *positions : east asia cultures critique* 14, no.1, Spring 2006.

_____, "Writing the Real : Marxism, Modernity, and Literature in Colonial Korea, 1920-1941", PhD diss., Columbia University, 2006.

Perkins, David, *Is Literary History Possible?*, Baltimore, MD : Johns Hopkins University Press, 1992.

Poem Edgar Allan, "The Poetic Principle", *Selections from the Critical Writings of Edgar Allan Poe*, edited by F. C. Prescott, New York : Gordian Press, 1981.

Poirier, Richard, "The Difficulties of Modernism and the Modernism of Difficulty", *Images and Ideas in American Culture : The Functions of Criticism*, edited by Arthur Edelstein, Hanover, NH : Brandeis University Press, 1979.

자넷 풀, 「이태준, 사적영역으로서의 동양」, 『아세아연구』 51, no.2, 2008.

Pratt, Mary Louise, "In the Neocolony : Destiny, Destination, and the Trafic in Meaning", *Coloniality at Large : Lartin America and the Postcolonial Debate*, edited by Mabel Moraña, Enrique Dussel and Carlos A. Jáuregui, Durham, NC : Duke University Press, 2008.

_____, *Toward a Speech Act Theory of Literary Discourse*, Bloomington : Indiana University Press, 1977.

Quine, W.V.O., *Word and Object*, Cambridge, MA : MIT Press, 1960.

Rabaté, Jean-Michel, *Jacques Lacan : Psychoanalysis and the Subject of Literature*, New York : Palgrave, 2001.

Reiss, Timorthy, *The Discourse of Modernism*, Ithaca, NY : Cornell University Press, 1982.

Rorty, Richard M. ed., *The Linguistic Turn : Essays in Philosophical Method* 2nd ed., Chicago : University of Chicago Press, 1992.

Ross, Dorothy, "Introduction : Modernism Reconsidered", *Modernist Impulses in the Human Sciences 1870-1930*, edited by Dorothy Ross, Baltimore, MD : Johns Hopkins University Press, 1994.

Ryang, Sonia, "Japanese Travellers' Accounts of Korea", *East Asian History* 13/14(1997).

Said, Edward, "Globalizing Literary Study", *PMLA* 116, no.1, 2001.

Sakai, Naoki, "Nationality and the Politics of the 'Mother Tongue'", *Deconstructing Nationality*, edited by Naoki Sakai, Brett de Bary, and Iyotani Toshio, pp.1~38, Ithaca, NY : East Asia Program, Cornell University, 2005.

_____, *Translation and Subjectivity : On "Japan" and Cultural Nationalism*, Minneapolis : University of Minnesota Press, 1997.

Sarker, Sonita, "Afterword : Modernism in Our Image . . . Always, Partially", *Modernism/modernity* 13, no.3, 2006.

Saussure, Ferdinand de, *Course in General Linguistics*, Chicago : Open Court, 1987.

Shmid, Andre, "Colonialism and the 'Korea Problem' in the Historiography of Modern Japan : A Review Article", *Journal of Asian Studies* 59, no.4, 2000.

Shapiro, Hugh, "The Puzzle of Spermatorrhea in Republican China", *positions : east asia cultures critique* 6, no.3, Winter 1998.

Shih, Shu-mei, "Global Literature and the Technologies of Recognition", *PMLA* 119, January 2004.

_____, *The Lure of the Modern : Writing Modernism in Semicolonial China, 1917-1937*, Berkeley : University of California Press, 2001.

Shin, Gi-Wook, and Michael Robinson, "Introduction : Rethinking Colonial Korea", *Colonial Modernity in Korea*, edited by Gi-Wook Shin and Michael Robinson, Cambridge, MA : Harvard University Asia Center, 1999.

Showalter, Elaine, *Hystories : Hysterical Epidemics and Modern Culture*, New York : Columbia University Press, 1997.

Silverberg, Miriam, "Constructing the Japanese Ethnography of Modernity", *Journal of Asian Studies* 51, no.1, February 1992.

Simmel, Georg, "The Metropolis and Mental Life", *On Individuality and Social Forms*, edited by Donald N. Levine, Chicago : University of Chicago Press, 1971.

신명직, 『모던뽀이, 경성을 거닐다』, 현실문화연구, 2003.

신동욱, 「숭고미와 골계미의 양상」, 『창작과 비평』 6, no.3, 1971.

「신경쇠약은 봄철에 심하다-병되는 원인을 잘 살피고 속히 퇴치해야 된다」, 『동아일보』, 1929.4.5.

「신경쇠약증-그 증세와 처방에 대하여」, 『동아일보』, 1931.10.10.

Sluzki, Carlos E., Janet Beavin, Alejandro Tarnopolsky, and Eliseo Verón,

"Transactional Disqualification : Research on the Double Bind", *The Interactional View : Studies at the Mental Research Institute, Palo Alto, 1965-1974*, edited by Paul Watzlawick and John H. Weakland, New York : Norton, 1977.

Sluzki, Carlos E., and Eliseo Verón, "The Double Bind as a Universial Pathogenic Situation", *The Interactional View : Studies at the Mental Research Institute, Palo Alto, 1965-1974*, editd by Paul Watzlawick and John H. Weakland, New York : Norton, 1977.

손종업, 『극장과 숲 - 한국 근대문학과 식민지근대성』, 월인, 2000.

손화숙, 「영화적 기법의 수용과 작가의식」, 강진호 외편, 『박태원 소설연구』, 깊은샘, 1995.

Spiegel, Gabrielle M., ed., *Practicing History : New Directions in Historical Writing after the Linguistic Turn*, New York : Routledge, 2005.

Stevenson, Robert Louis, *A Child's Garden of Verses. Cleveland : World*, 1946.

Stoler, Ann Laura, "Colonial Aphasia : Race and Disabled Histories in France", *Public Culture* 23, no.1, 2011.

_____, "Tense and Tender Ties : The Politics of Comparison in North American History and (Post) Colonial Studies", *Journal of American History* 88, no.3, 2001.

Suh, Serk-bae, "The Location of 'Korean' Culture : Ch'oe Chaesŏ and Korean Literature in a Time of Transition", *Journal of Asian Studies* 70, no.1, 2011.

_____, *Treacherous Translation : Culture, Nationalism, and Colonialism in Korea and Japan from the 1910s to the 1960s*, Berkeley : Global, Area, and International Archive/University of California Press, forthcoming.

Suzuki, Tomi, *Narrating the Self : Fiction of Japanese Modernity*, Standford, CA: Standford University Press, 1996.

Takeuchi Yoshimi, *What Is Modernity? Writing of Takeuchi Yoshimi*, edited and translated by Richard Calichman, New York : Columbia University Press, 2005.

Tierney, Robert, *Tropics of Sabagery : The Culture of Japanese Empire in Comparative Frame*, Berkeley : University of California Press, 2010.

Tomoda Yoshitake, Shina, Manshū, *Chōsen ryokō : tobu tori monogatari*(Travels in China, Manchuria, and Korea : The Story of Flying Birds), Toyko : Sanseisha, 1930.

Twine, Nanette, *Language and the Modern State : The Reform of Written Japanese*, London : Routledge, 1991.

Van Haute, Philippe, *Against Adaptation : Lacan's "Subversion" of the Subject*, translated by Paul Crowe and Miranda Vankerk, New York : Other Press, 2002.

Vygotsky, L.S., "Thought and Word", *Thought and Language*, edited and translated by Eugenia Hanfmann and Gertrude Vakar. Cambridge, MA : MIT Press, 1962.

Walkowitz, Rebecca L., *Cosmopolitan Style : Modernism beyond the Nation*, New York : Columbia University Press, 2006.

Washburn, Dennis, *The Dilemma of the Modern in Japanese Fiction*, New Haven, CT : Yale University Press, 1995.

Watzlawick, Paul, Janet Helmick Beavin, and Don D. Jackson, *Pragmatics of Human Communication : A Study of Interactional Patterns*, Pathologies and Paradoxes, New York : Norton, 1967.

Weinstein Philip, *Unknowing : The Work of Modernist Fiction. Ithaca*, NY : Cornell University Press, 2005.

Weisbuch, Robert, *Emily Dickinson's Poetry*, Chicago : University of Chicago Press, 1975.

Wells, H.G., "James Joyce", James Joyce, *A Portrait of the Artist as a Young Man : Text, Criticism, and Notes*, edited by Chester G. Anderson, New York : Penguin, 1977.

White, Hayden, *The Content of the Form : Narrative Discourse and Historical Representation*, Baltimore, MD : Johns Hopkins University Press, 1987.

Yee, Yong-suk, "'Dōka'to wa nanika"(What is Doka?), *Gendai Shisō* 24, no.7, 1996.

이재선, 『한국현대소설사』, 홍성사, 1979.

이진경, 「식민지 인민은 말할 수 없는가? "동아신질서론"과 조선의 지식인」, 『사회와 역사』 71, 2006.

이중재, 『〈구인회〉 소설의 문학사적 연구』, 국학자료원 1998.

이기인 외, 『이태준』, 새미, 1996.

이광수, 「천변풍경에 서하여」, 박태원, 『천변풍경』, 깊은샘, 1998.

이경훈, 「요보·모보·구보―식민지의 삶, 식민지의 패션」, 연세대 국학연구원, 『일제의 식민지배와 일상생활』, 혜안, 2004.

이　상, 『이상문학전집』 3권, 문학사상사, 1993.

이선미, 「소설가의 고독과 억압된 욕망－'소설가 구보씨의 일일'론」, 강진호 외편, 『박태원의 소설연구』, 깊은샘, 1995.

이태준, 장영우 편, 『문장강화』, 깊은샘, 1997.

＿＿＿, 임형택 편, 『문장강화』, 창비, 2005.

＿＿＿, 「雪中訪蘭記」, 『근대문학과 구인회』, 깊은샘, 1996.

＿＿＿, 『이태준전집』, 깊은샘, 1988.

＿＿＿, 『이태준 문학 전집』, 깊은샘, 1994~97.

염무웅, 『민중시대의 문학』, 창작과 비평사, 1979.

유종호, 「인간사전을 보는 재미」, 이기인 편, 『이태준』, 새미, 1996.

유인순, 「김유정문학 연구사」, 전신재 편, 『김유정문학의 전통성과 근대성』, 한림대 아시아문화연구소, 1997.

Yu, Pauline, *The Reading of Imagery in the Chinese Poetic Tradition*, Princeton, NJ : Princeton University Press, 1987.

Žižek, Slavoj, *The Sublime Object of Ideology*, London : Verso, 1989.

Zupančič, Alenka, "When Surplus Enjoyment Meets Surplus Value", *Reflections on Seminar X V II : Jacques Lacan and the Other Side of Psychoanalysis*, edited by Justin Clemens and Russell Grigg, Durham, NC : Duke University Press, 2006.